白月照楚渊

语笑阑珊 著

长江出版社
CHANGJIANG PRESS

图书在版编目（CIP）数据

白月照楚渊 / 语笑阑珊著 .—武汉：长江出版社，2021.5
ISBN 978-7-5492-7683-7

Ⅰ.①白… Ⅱ.①语… Ⅲ.①长篇小说 - 中国 - 当代 Ⅳ.① 1247.5
中国版本图书馆 CIP 数据核字（2021）第 082352 号

白月照楚渊 / 语笑阑珊著 .

出　　版	长江出版社
	（武汉市解放大道1863号　邮政编码：430010）
市场发行	长江出版社发行部
网　　址	http://www.cjpress.com.cn
责任编辑	陈辉
印　　刷	北京盛通印刷股份有限公司
	（地址：北京市大兴区亦庄经济技术开发区经海三路18号）
版　　次	2021年5月第1版
印　　次	2022年3月第2次印刷
开　　本	880×1250mm　1/32
印　　张	12.25
字　　数	480千字
书　　号	ISBN 978-7-5492-7683-7
定　　价	39.80元

版权所有，　侵权必究。　如有质量问题，　请与本社联系退换。
电　话：027-82926557（总编室）027-82926806（市场营销部）

目录

第一章／001
第二章／016
第三章／031
第四章／050
第五章／071
第六章／090
第七章／111
第八章／136
第九章／159
第十章／183

第十一章／209
第十二章／232
第十三章／254
第十四章／269
第十五章／291
第十六章／315
第十七章／335
第十八章／356
第十九章／370
第二十章／382

第一章

西南有座山，名曰落仙。

落仙山名字好听，景致也美。三四月间，漫山遍野都是绿茵茵的小嫩芽，雨水蒙蒙一落，一夜之间便会开满野花，风吹摇曳叫人心旷神怡，着实是个踏青出游的好去处。

可惜山下镇子里的百姓一提起此地，却十个有九个都摇头，还会劝外乡人千万莫要去，问及原因又都支支吾吾不肯说。只有遇到硬要往里闯的愣头青，才会透露一二，原来这落仙山几年前便被人抢去占地称王。山寨头子叫王大宝，手下养着一群喽啰，个个凶蛮不讲理，动不动就喊打喊杀，手里又有刀，大家伙被欺负了几回，也就不敢再进山去理论，只当对方是瘟神，能躲多远便躲多远，只求能过安生日子。

亏得西南山多林广，倒也不缺这一座。

只是百姓想安生，王大宝却不想。

王大宝原本是楚国一恶霸，家里有地有房有武馆，日子过得倒也滋润。平时耀武扬威惯了，不小心就当街闹出命案，还惊动了正在出巡的皇上，为求保命不得不连夜潜逃，才会一路逃到西南地界当了土匪。大鱼大肉的日子过惯了，王大宝骤然来到这穷乡僻壤，刚开始倒也消停了一阵，时日一久却难免开始心思活络，总想找些机会东山再起。

而此时此刻，他正坐在轿子里头，被人一路抬往西南府——谁都知道，西南王段白月对于楚国而言，可是个微妙的存在。

当今天子楚渊登基时，不过刚满十八岁。彼时朝中一干老臣拉帮结派，西北各路匪患狼烟四起，只有西南算是勉强消停，甚至还能帮忙平乱，朝廷自然少不了嘉奖安抚，又是封地又是金银。几年时间下来，那些闹事的藩王大都被削了个干干净净，只有西南王段白月不仅没有任何折损，反而还受封边陲十六州，管辖势力一路延伸。

朝中大臣对此颇有微词，总觉得段白月太过得寸进尺，手里又握有重兵，不可不防。百姓也在私下传，西南王狼子野心，保不准哪天就会挥兵北上，到时候朝廷里的那位，只怕有的头疼。

而王大宝也将这个传闻听进了耳朵里。

既然身处西南，那最大的靠山自然就是西南王。想要攀附上他，首先要做的，

第一章

便是投其所好。恰好赶上西南王府新宅落成，于是王大宝花了半个月的时间，才准备好一样贺礼，又在山里足足埋了一个月，迫不及待地挖出来，屁颠屁颠一路抱着来献宝。

下轿之后，王大宝跟着管家往里走。西南王府的建筑样式不同于普通的大理白楼，倒更像是王城里头的金殿。若说是西南王没异心，只怕傻子也不会相信。

前头花园里，一个穿着粉嫩白裙的少女正坐在石桌边出神，管家小声提醒王大宝："是主子，莫要到处乱看。"

王大宝闻言低头，那少女却已经看到了两人，于是站起来脆生生地问："有客人？"

"是。"管家回答，"来拜见王爷的。"

少女上下打量了王大宝一番，王大宝见她久久不说话，于是主动称赞："小姐真是如花似玉，貌若天仙。"

话音刚落，管家脸色便是一白，那少女更是怒道："你再说一遍试试看！"

王大宝被吓了一跳，心说难不成是嫌这八个字太粗鄙，还要用高雅一些的诗句赞美？天可怜见，他只是个土匪头子而已，并不是很有文化。

"小王爷见谅，这位客人是山里头来的，没见过世面。"管家赶忙打圆场。

"……"小王爷？王大宝震惊。

"哼！"少女或者说是少年一跺脚，转身气冲冲地回了宅子。

"胡言乱语！"管家瞪了王大宝一眼，"亏得小王爷不与你计较，等会见着了王爷，若再是像这般不知轻重，当心掉脑袋！"

王大宝心里有苦说不出。民间传闻都说西南王府有个小王爷，脾气秉性与西南王无二，谁知他竟会以这副姿态出现，千万莫说西南王也有如此雅兴，喜好穿着裙装满院子乱晃。

怀揣着一丝不安，王大宝被一路领到前厅，暂时坐下喝茶。

一炷香的工夫后，外头终于传来脚步声。

"王爷！"院内侍卫齐声行礼。

王大宝也赶忙站起躬身："小人参见王爷。"

"你就是那个挖到宝的?"段白月坐在首位,随意问了一句。

"正是在下,正是在下。"王大宝喜不自禁,双手献上礼匣,并且偷偷摸摸看了眼传说中的西南王。五官俊朗身材高大,一身紫衣自是华贵轩昂,周身气度不凡,一看便知是个好靠山。

段白月打开盒子,然后皱眉:"石头?"

"是石头,但可不是一般的石头。"王大宝故作神秘,上前指给他看。

纹路隐隐约约,是一头西南猛虎,爪下踩着一条金龙,含义不言自明。

西南王挑眉不语。王大宝满心期盼。

"甚好。"许久之后,段白月终于说了一句话。

王大宝悬在嗓子眼的心终于狠狠落了回去,似乎已经预见到了锦绣未来。

"接下来还有何想法?"段白月又问。

"这是顺应天命啊。"王大宝又往近凑了凑,"若是让百姓也见一见这块石头,那对于王爷而言,可是大有好处。"

段白月听完不动声色,任由王大宝的头离自己越来越近,最后险些贴在一起。

"不知王爷意下如何?"幸好王大宝及时停住,避免了被一掌拍飞的噩运。

"不错,不愧是大楚来的客人。"段白月点头,"以后便住在西南王府吧。"

"当真?"万万没想到如此容易就混成了幕僚,王大宝很难顶住这狂喜,险些晕厥过去。

"自然是真的。"段白月点头,冲外头道,"瑶儿!"

"什么事?"先前花园里头的那个少年走进来。

"带客人去客房歇着。"段白月道,"没有本王的允许,就不用出门了。"

"走吧。"少年看也不看他一眼,"快些,我等会还有别的事。"

"是是是,多谢西南王,多谢小王爷。"王大宝也顾不上多想什么叫"没有允许就不用出门",赶紧跟着往外走。

少年看着身形单薄,走路却极快,王大宝刚开始是一路小跑,后来几乎变成了狂奔,头昏眼花气喘吁吁,还险些摔了一跤。

第一章

"到了。"少年停下脚步,不耐烦道,"进去吧。"

王大宝看着面前的阴森监牢,整个人都惊呆了。

若他没记错,西南王方才说的是……客房?

"莫不是这其中有什么误会?"王大宝讪笑着问。

"没误会,西南王府的客房就长这样,爱信不信。"少年拍拍手,转身就往外走,"安心待着吧,饿不死。"

"小王爷——"王大宝还想拉住他多解释两句,却已经有几名侍卫一拥上前,将人拖起来锁进了监牢中。

"王爷。"前厅里,管家进来禀告,"又有王城送来的信。"

"哦?"段白月看似对此很有兴趣,随手将那块破石头丢在一边,起身去了书房。

而与此同时,千里之外,当朝天子楚渊的心情却不怎么好。

"皇上。"贴身内侍四喜公公小声道,"该用膳了。"

"没胃口,撤了吧。"楚渊有些烦闷,将手里的茶盏放到一边。

四喜公公在心里叹气,躬身退下后,轻轻替他关上门。

登基两年多来,皇上的日子过得也是不轻松。

一炷香的工夫后,楚渊丢下奏折,怒气冲冲找来几名侍卫,让他们将寝宫院内的一株梅树给挖了,能丢多远丢多远。

众人应下之后,有条不紊分工协作,你拿铁锹我挖坑,不仅要动作快,还要留意带好土,更是千万不能伤着梅树的根,毕竟不出几日,皇上必然是会下旨,再捡回来种到原位的——冬天还指着它开花呐。这七八年来种了挖挖了种,来来回回折腾个不休,换作寻常树木只怕早已枯萎干死,这梅花却能一年比一年开得旺,也算是罕事一件。

虽说时节已非寒冬,王城内的夜晚却依旧寒凉。各家各户都是屋门紧闭,一早就上床暖被窝。这夜子时春雨霏霏,原本是睡觉的好时光,城内却突然传来一声号叫,更夫屁滚尿流,嗓子几乎扯破天:"了不得,杀人了啊!"

片刻之后，巡逻的侍卫便赶到现场。就见小巷里四处都是血迹，直叫人瘆得慌，一个身穿锦袍的男子趴在地上，后背插了一把尖刀，看样子已断气多时。

侍卫上前将他翻过来，看清之后却是一愣，又确认了一回，才回来道："禀告统领，死者似乎是阿弩国的小王爷。"

阿弩国位于西北边陲，统治者名叫沙达。和其余游牧民族一样，部落子民都是逐水草而居，并无固定疆域，却有一支力量不容小觑的骑兵。在楚渊登基之初，漠北各部一直蠢蠢欲动不安分，边境百姓深受其害，当时朝廷主要兵力被东南海匪牵制，分身乏术，只好派出使臣暗中前往阿弩国，游说沙达与镇西将军一道出兵，方才暂时压制住漠北动乱，消停了两年。

也正是由于这个原因，楚国一直将阿弩国视为盟友。这街巷内的死者是沙达的胞弟，名叫古力，原本是率部前来楚国纳贡，后来见王城繁华似锦，又恰好赶上过年，就多留了一段时日，还打算等山间化了雪便启程回西北，却没想到竟会在此丧命。

事关重大，众人不敢懈怠，赶忙抬着尸体，一路向着皇宫的方向赶去。

寝宫门外，四喜公公正靠在门口打盹，听到有人来后睁开眼睛，却是朝中兵部李大人。

"公公，皇上呢？"李大人年逾古稀，多走几步便气喘吁吁。

"刚睡下没多久，大人现在前来，莫不是出了什么大事？"四喜公公问。

"可不是。"李大人惶急道，"火烧眉毛也顾不得礼数，还请公公快些替老臣通传才是。"

"爱卿有何事？"四喜公公还未来得及答话，楚渊却已经推门走了出来。

"皇上。"李大人赶忙上前，"方才禁军统领来找微臣，说是在福运门后的巷道里发现了一具尸体，是阿弩国的小王爷，被人从背后一刀穿心。"

"古力？"楚渊眉头一紧。

"千真万确。"李大人道，"微臣已经下令封锁消息，尸首暂时安置在猎苑旁的空屋中。"

"先去看看。"楚渊往台阶下走，四喜赶忙从殿里拿出披风，一路小跑替他搭在了肩头。

第一章

好端端的，怎么又出事了呢。

西南王府，段白月正在对月独酌，一柄钝剑放在面前石桌上，闪着幽幽白光。

一个轻巧身影从围墙上跳了下来，见到院中有人，明显被吓了一跳。

"又去哪了？"段白月放下酒杯。

"你大半夜不睡觉，坐在这里是要撞鬼吗？"段瑶松了口气，"我还以为又是师父。"

"师父在三年前就已经仙逝。"段白月提醒他。

"那说不准，万一活了呢，借尸还魂这种事，他熟着呢。"段瑶解下腰间七八个小竹篓，里头装着各色幼虫，嗡嗡叫起来直叫人脑仁子疼。

"三眼血？"段白月随手拿起一个，"运气倒是不错。"

"喂，我守了快半个月才抓到这一只。"段瑶警惕，"你要自己去找。"

"你想多了，我还真没心情与你抢虫养蛊。"段白月摇摇头，"回去收拾包袱吧。"

"你又要将我送去哪？"段瑶瞪大眼睛。

"我要去一趟楚国王城。"段白月道。

段瑶后退两步："你要去就去，关我什么事？"

段白月答："因为你有用。"

段瑶："……"

"留你一人在王府，估摸等我回来之时，宅子都会消失无踪。"段白月道，"不是被你炸飞，就是被仇家炸飞。"

段瑶泄气，一屁股坐在石凳上："你就会利用我。"

"如何能是利用。"段白月道，"早跟你说过要收敛脾气，少气走几个先生。别人十四岁便已经在考状元，你不会吟诗作对也就算了，居然连话都不会说，想想也是心疼。"

段瑶双手捂住耳朵，原本想听若无闻，视线却被桌上那柄钝剑吸引："这是什么？"

"不知道。"段白月摇头，"刚从地下刨出来。"

"你去挖人祖坟了？"段瑶狐疑。

"是师父临终前留给我的。"段白月道,"叮嘱务必要在今夜挖出来。"

"你大概又被坑了。"段瑶拿起桌上竹篓,看都懒得多看那柄剑一眼。

段白月道:"我也这么认为。"

八岁的时候带自己上山,师父随便采了一把不知是何的毒花,说是插在房中能令功力大增,结果第二天自己看谁都是重影,走路头重脚轻险些栽进水里。自那之后傻子也能长记性,便再也没收过来自师父的礼物,这算是第二件。

段瑶打着呵欠回去睡觉。段白月仰头饮下最后一杯酒,也带着钝剑回了卧房。

三日后的子时,段瑶看着面前两匹马问:"只有你我二人,就这么悄悄摸摸出王府?"

段白月点头:"自然,难不成还要敲锣打鼓庆贺一番?"

"我以为楚皇知道这件事。"段瑶委婉道。

段白月却道:"除你之外,不会再有第三人知道这件事。"

段瑶:"……"

西南王暗中前往楚国王城,这可是杀头的罪。虽然知道他不会将此当一回事,但好端端的,去那里做什么?

"驾!"段白月一甩马鞭,向着北方疾驰而去。

黑色骏马四蹄如风,踏碎一路星光。

积攒了一夜的露水从屋顶上落下,在地上溅开料峭春寒。

王城里头,做早点的小摊主支开桌椅,赶着这阵倒春寒天气再卖上几天驱寒羊肉汤,也就该换成包子、稀粥、烙大饼了,毕竟气温越来越暖了。

"十碗羊汤,二十个大饼。"一队官兵呼啦啦坐下,看起来像是忙了一夜。

"好嘞,几位稍等。"老板手脚极快,须臾便将羊汤大饼端了上来,显然与众人熟识,笑着问道,"最近怎么看着大家都在忙,昨儿早上张统领也是带人巡逻,来我这吃的早点。"

"没什么大事,日常巡逻罢了。"打头的官兵草草敷衍两句,便低头大口喝汤吃饼,老板见状也识趣噤声,没有再搭讪,心里却开始有些没底,看这架势,莫不是真出事了吧?

第一章

皇宫里头，楚渊喝完药，依旧头痛欲裂。这几日明里暗里虽说一直有人在查，却没有得到任何有用的线索。古力当日在同福楼吃完烤鸭之后，又去茶馆听了阵小曲儿，便心满意足离去，甚至还给了琴娘不少赏银，看上去并无任何异常，众人还当他独自回了府，没想到才仅仅过了几个时辰，就被更夫发现陈尸巷中。

"皇上。"负责彻查此案的官员名叫蔡晋，"现在城里已经有些风语风言传出，依微臣所见，还是尽快将此事告知阿笃国才好，多拖怕是无益。"

楚渊坐在龙椅上，眉头久久未曾舒展。这两年西北边境虽看似消停，但矛盾根源却一直没有被消除，各部之所以会按兵不动，一是忌惮朝廷兵力，二来便是因为有阿笃国从中协助，现如今古力惨死王城，沙达又一向暴躁易怒，若是被人从中挑拨，只怕隐患无穷。

"皇上。"见他一直不语，蔡晋不得不再次小声提醒。

"朕亲自修书一封，后日派人送往阿笃国。"沉思之后，楚渊终于出声，又问，"千帆也该回来了吧？"

"回皇上，沈将军约莫七日后便会抵达王城。"蔡晋道，"若是路上快马加鞭，五日就能到。"

楚渊点点头，挥手让他先退了下去。

楚国疆域辽阔，越往北便越冷。段瑶刚出西南时尚且穿着单衣，几日后便换上了厚夹袄，连晚上吃饭都不肯离开火盆，只恨不得钻进被窝不出来，却偏偏又被段白月拎着一路出了客栈。

"到底要去哪？"段瑶问。

"做客。"段白月答。

"是做贼吧？"段瑶一语戳穿。

段白月带着他稳稳落在一户人家的屋顶。段瑶呵欠连天。

"去替我取个东西。"段白月道。

"偷就偷吧，还取。"段瑶撇撇嘴，"是什么？"

"看到前头那座塔了吗？"段白月道，"顶楼有密室，我要密室里那颗明珠。"

"先说好，就偷这一个，后半夜我还要睡。"段瑶拍拍衣服上的灰。

段白月点头。

段瑶站起来活动了下手腕，转眼便消失在了夜色里。段白月摸摸下巴，悄无声息跟在他身后。

宝塔很破旧，还四处掉渣，段瑶一进去就一脸嫌恶。等费尽功夫通过千难万险躲过机关后，段瑶顶着一头灰尘拿到明珠，已经快要飚火问候段氏先祖。

"甚好。"折返之时，段白月依旧在原地等他。
"拿去，你的破珠子。"段瑶好像在丢蟑螂，"脏死了。"
"你可知这是什么？"段白月晃晃手里的盒子。
"我怎么会知道，也不想知道。"段瑶扯过他的衣袖擦了擦手，"走吧，回去。"

"那座塔是九玄机。"段白月继续道。
"我管它是九还是……九玄机？"段瑶睁大眼睛，"机关塔？"
段白月点头。

"四处都是杀人暗器的九玄机？就是这座破塔？"段瑶又再确认了一次，"这颗珠子，就是江湖传闻里的焚星？"
段白月依旧点头。
段瑶深呼吸了一下，然后怒不可遏："那你就这么让我去？"
多少江湖豪杰在里头丧命，戴着钢盔铁甲都能被射穿。怪不得自己方才进去的时候，满屋子都是死人白骨鬼骷髅。
还能不能靠谱一点了！

武林之中，想要焚星的人没有一千也有八百，不过大多只能想想而已。据传九玄机乃高人所建，里头机关处处危险重重，稍有不慎便会丧命——事实上近年来，也的确有不少江湖中人命丧于此，因此传闻也就愈发诡谲起来。段瑶先前倒是听说过九玄机，不过他向来对中原武林没兴趣，也就未将其放在心上，只知是个险而又险的地方，还想着将来遇到定要绕着走，却没料到居然就这么稀里糊涂地闯了进去。

段白月将木盒揣入袖中，转身离开。
段瑶："……"

两人一路无话回了客栈，待到卧房门口，段白月拍拍他的肩膀，道："今晚有劳，快些回去睡吧。"

段瑶躲过他，自顾自推门走进去。

段白月在身后提醒："这是本王的卧房。"

"给我看一眼。"段瑶坐在桌边伸手。

"看什么？"段白月明知故问。

"当然是焚星啊。"段瑶道，"那些江湖中人为何都想要它，还有，你又为何想要它？"

段白月答曰："不知道。"

段瑶："……"

不知道？

"不是我想要，是有人想要。"段白月说得理所当然，"既然你我恰好路过此处，那正好一同取了来。"

"说得轻巧，一同取了来！"段瑶愤恨，用手指在桌上戳洞，"你可知那里头有多危险？"

"再多危险，你不也囫囵出来了。"段白月语气轻松，"除了脏了点，并无其余损失。"

段瑶觉得再这么下去，说不定还没等到王城，自己就会先被此人气死。

看着段瑶一路回房后，段白月打开木盒，从里头拿出来一颗珠子。既不圆润，色泽还很暗沉，四周垫着破布，像是直接从丐帮衣服上撕扯下来，看起来着实没有任何值钱之处。

隔壁房中，段瑶气冲冲洗完澡，爬上床就开始闷头睡，直到第二天中午才起床，也未去找段白月，而是直接翻窗出去瞎逛，买完糖糕听说书，又去馆子叫了一大桌菜，直到深夜才回客栈。

段白月正坐在桌边喝茶。

"给。"段瑶把手里的药罐"咚"一声放在桌上，"借了厨房刚熬好。"

段白月一笑："还当你忘了今日是十五。"

段瑶撑住腮帮子，坐在门口替他守着。一个大腹便便的富商大约是喝多了酒，大声与同伴说着经商之事往这边走，结果才哈哈大笑到一半，就见一个十三四岁的少年正在前头抱剑怒视自己，小阎罗凶神恶煞，于是富商赶忙收了声音，一路蹑手蹑脚走回客房。

段白月饮尽药汁，静心坐在床上调息打坐，直到一个时辰后才睁开眼睛。

"会死吗？"段瑶靠在门口问。
段白月答："三五年内不会。"
段瑶道："祸害遗千年。"
段白月失笑："我当你会嫌我命短。"
段瑶使劲打了个呵欠，伸着懒腰回去睡觉。

王城里头，那桩凶杀案也被暂时压制下来，古力带来的下属被安置在宫内暂居。从王城到阿弩国路上一去一回，就算是用最快的骏马昼夜不停，少说也要花上三个月，急不来。

"皇上。"这日午后，四喜公公道，"沈将军回来了。"
"快宣！"楚渊心里一喜，将手中奏折全部丢往一边。
"沈将军，请进去吧。"四喜公公替他打开门，又压低声音道，"皇上可是把将军宣回来了，这朝中近来不太平啊。"
沈千帆笑笑，大步踏进书房。

中原武林，无人不知赫赫有名的沈家日月山庄。老庄主沈峰德高望重；长子沈千枫武功绝顶，是公认的下一任武林盟主人选；次子沈千谦未曾出过江湖，却也是个英气翩翩的世家贵公子；四子沈千凌单纯烂漫天性灵动，据传一笑便能令冬日百花开。至于第三个儿子，便是楚国赫赫有名的战神沈千帆。无论是当初的夺嫡之争还是后来的平乱之战，沈家都曾立下过赫赫之功，因此沈千帆也被楚渊视为心腹。他先前原本想回江南探亲，谁料到还没走半个月，又被一道密旨给传了回来。

"辛苦将军了。"楚渊走下龙椅。
"皇上言重，这是末将分内之事。"沈千帆问，"朝中出了事？"

第一章

"传你回来，是因为刘府似乎有动静。"楚渊道，"朕想一次把他们解决干净。"

"皇上想提前计划？"沈千帆有些意外。

"这是一件事，还有另一件事。"楚渊道，"不知你可曾听说？"

沈千帆摇头："末将一路从城门口策马回宫，并未同其余人交谈，路上也没听到什么风言风语。"

"古力被人杀了。"楚渊回到龙椅上。

"刘府干的？"沈千帆眉头猛然一皱。

"你这么想？"楚渊冷笑，"朕也这么想。"

"那就是凶手还没抓到？"沈千帆又问。

楚渊道："就算是抓到，也只能装作没抓到。"

沈千帆试探："那皇上下一步想要怎么做？"

"朕已经将此事修书一封，差人送往阿弩国。"楚渊道，"按照沙达的脾气，只怕又会被奸人挑拨，更何况此事本就是我大楚理亏在先，稍有不慎，便会落人口舌。"

"末将明白。"沈千帆点头。

"你一路奔波也累了，先回府休息吧。"楚渊道，"至于其他事情，明日再作商议。"

"启禀皇上。"四喜公公恰好又在外头道，"户部刘大人有要事求见。"

沈千帆顿时停下脚步。

"先去后头等着吧。"楚渊朝他摆摆手，示意赶紧躲起来。

沈千帆如释重负。

刘大人为人忠厚耿直，肚子大又富态，原本应该很招人喜欢才是，但问题是实在太过婆姨碎嘴，又爱说媒，一直想将自己的侄女嫁给沈千帆，逮着了就喋喋不休，甚至还试图通过皇上赐婚，令沈千帆十分头疼。所以沈千帆还是避而不见为好。

"老臣参见皇上。"刘大人手里抱着一卷画像。

沈千帆在屏风后捂住额头。

"爱卿平身吧。"楚渊传来内侍赐座。

"多谢皇上。"刘大人坐下后,第一句话便是问沈千帆,"方才臣在宫门口听说,沈将军回来了?"

"咳。"楚渊摸摸下巴,"已经回将军府了。"

刘大人眼底流露欣喜,显然已经做好了上门拜访的打算。

沈千帆决定在宫里头吃完饭,子时再回家。

"爱卿来这御书房,就是为了找千帆?"楚渊问。

"自然不是。"刘大人赶忙站起来,将怀中画卷呈上,"这是高丽国昨日送来的画像。"

"又要朕立后?"看着画上亭亭玉立的女子,楚渊皱眉。

"这回不是。"刘大人连连摇头,"皇上若想立后,自然应在全国征选,广招貌美聪慧、贤良淑德、品行端正的适龄女子进宫,像这等姿色平平又出身异国番邦之女,如何能来我大楚为后,担起母仪天下之责?"说完又补充,"况且看着太瘦,也不好生养。"

楚渊:"……"

"咳咳。"段白月在客栈内咳嗽。

"喂!"段瑶赶紧捂住面前小罐子,生怕他把自己的蛊虫吹跑。

段白月道:"头有些晕。"

"成亲就好了。"段瑶随口敷衍。

段白月疑惑:"成亲还能治头疼?"

"应该能吧,成亲听着像是能包治百病。"段瑶把蛊虫转移进瓶子里,"上回三姐肚子疼,王大娘就是这么说的,成亲生完儿子就好了。若是喜欢,你也能去生一个。"

段白月:"……"

看着满脸喜庆的刘大人,楚渊很想差人把他扛出去,免得又头疼。

但是刘大人显然没有自觉离开的觉悟。

楚渊只好问:"那爱卿为何要拿这幅画像来给朕看?"

"此女子是高丽王的妹妹,名唤金姝。"刘大人神秘道,"也到了适婚的年龄,却谁也不肯嫁,问了几回才说出口,原来是看上了西南段王。"

楚渊一愣:"谁?"

刘大人又重复了一遍:"西南王段白月啊!"

沈千帆在屏风后听得莫名其妙,东北附属国的公主看上了西南藩王,把画像送到楚国宫里头做什么?

"这与爱卿有何关系?"楚渊也问。

"西南王为人向来桀骜,和东北那边还曾闹过一些矛盾。"刘大人解释,"高丽王为此很是头疼,又招不住妹妹一直闹,实在无计可施,只好想出这个法子。"

"什么法子?"楚渊端起茶盏掩饰脸上表情。

"高丽王想请皇上从中协调,让西南王允了这门亲事。"刘大人笑容可掬很是慈祥,"就算不能做正妃,当个偏房也无不可,嫁了便成,嫁了便成。"

沈千帆靠在后头,发自内心地开始佩服刘大人,说媒能从东北说到西南,也是能人一个。

第二章

半个时辰后,刘大人从御书房里晕晕乎乎走出来,怀中依旧抱着卷轴。待回到宅子里,夫人见他这副模样,赶忙问:"皇上不肯答应帮忙牵线说媒?"

刘大人摇头:"倒也不是,皇上他答应了。还说那幅画像画得太过普通,要让宫里头的画师重新画。"

"那你愁眉苦脸的,我还当是又被堂兄那头牵连,受了责骂。"刘夫人松了口气。

"妇道人家,说这么多做什么。"刘大人闻言不悦,又把卷轴放在桌上,道,"去让小三子找个好匠人,将这卷轴裱起来,我要挂在中堂里头。"

刘夫人闻言莫名其妙,还当他发了烧:"高丽公主的画像,你挂在中堂做什么?"

"那幅画像早就留在宫里头了,这是皇上御笔亲书,赐给我的名号。"刘大人小心翼翼解开系绳。

"皇上还给你赐了名号?"刘夫人喜出望外,赶紧上前欣赏。就见在洒金宣纸上,几个大字苍劲飘逸,气势磅礴——天下第一媒。

刘大人的心情其实也很复杂,既喜悦,又觉得这几个字着实很难拿出去炫耀。毕竟他是朝中大人,并不是王城街上穿红戴绿,鬓边还要插朵花的媒人婆。

御书房内,宫廷画师在看完高丽国送来的画像后,问:"不知皇上想要如何修改?"

"画得倾国倾城一些。"楚渊道,"不用管先前是何模样。"

画师领命退下,沈千帆这才从屏风后出来,疑惑道:"皇上当真想给西南王说亲?"

"举手之劳罢了。"楚渊放下茶盏,漫不经心道,"老大不小,也该娶亲了。"

沈千帆:"……"

这也要管?

"刘家人里,怕是只有他一个尚且算是忠心了。"楚渊继续道。

"左丞相呢?"沈千帆问。

"刘一水?老油条一根,看不出来是奸,却也称不上是忠。"楚渊道,"不过若他识趣,朕这次并不想动他。"

沈千帆点头："刘府一除，朝中这次怕是要倒不少人，到时候群臣难免慌乱。有刘丞相在，能从中调停倒也好。"

楚渊心里深深叹了口气，靠在龙椅上微微闭上眼睛。

刘氏本是太皇太后娘家那头的人，外戚一族盘根错节，王城百姓都在嘀咕，正阳街上的刘府越修越气派，看着都快赶上皇宫一般高。刘府的主人名叫刘恭，原本手握军权驻守东北，楚先皇花了整整十年，才将他手中兵权逐步削减收回，并且不顾众人反对，将太子之位传给了楚渊——而不是刘家一直扶植的高王楚项。

而楚渊在即位后做的第一件事，便是将自己这个同父异母的兄弟贬为庶民，流放到了西南海岛。与他同被贬黜的还有刘恭的五子，辽州刺史刘锦德。

有了这几件事，楚渊与刘府的关系如何，不言自明。但谁都不是傻子，就算心里有再多纠葛仇怨，两方表面上还是谈笑自如。而在楚渊登上皇位一年后，刘恭更是主动请辞，说是要回府里颐养天年。

百姓都当此举是示弱，楚渊却心知肚明，莫说刘恭还在王城里，就算他回了东北老家，也依旧是刘氏一族的实际掌权者，这朝中上上下下文武百官，只要与刘家沾上边，照旧会对他言听计从——只有两人例外。一个便是方才来说媒的刘大炯，他与刘府的关系向来不密切，因为太憨太直，也因为没有野心，一心只想做好自己的户部之职，所以这么多年一直置身事外。还有一个便是左丞相刘一水，严格说起来，他只能算是刘恭的同乡，当年考科举也是拜在别的大人门下，为人又狡猾，所以看不出来到底脑子里在想什么。

"皇上，沈将军。"四喜公公在外头提醒，"该用晚膳了。"

"已经这么晚了。"楚渊回神，虽说依旧没什么胃口，但想到沈千帆千里迢迢才赶回来，应该早已饥饿不堪，因此便下旨传了膳，甚至还陪他饮了几盏酒，直到天色完全漆黑，才派四喜将人送出宫。

"若是文官倒是要送，我一介武夫，就不劳烦公公了。"走到崇德门前，沈千帆笑道，"还是请回吧。"

"也好，那沈将军早些回去休息。"四喜公公笑呵呵的，"我也该去伺候皇上服药了。"

第二章

沈千帆点点头，转身继续往外走，却被人从半道截住。

"章画师？"看清来人是谁后，沈千帆松了口气，这不声不响的，还以为又是刘大人要说媒。

"沈将军。"章画师与他向来交好，因此也未曾拘束，"我听小福子说将军在与皇上一道用膳，就知道定能在此等到将军。"

"好端端的，你等我做什么？"沈千帆不解。

"有件小事想要求将军。"章画师道，"今日皇上宣我去御书房，有一幅高丽公主的画像，说是嫌原本画上的人不好看，要重新画一幅。"

"那你重新画一幅便好，难不成还要我帮忙画？"沈千帆笑道。

"我已经画好了，但那高丽公主姿色平平，想来原本的画师已经美化过，现如今我再一改，怕是没有半分相似了。所以我想问问将军，你可知道此事？若是能告知在下皇上想用这画像做什么，我也好有个谱要怎么改，否则现在这样，实在是心里没底啊。"章画师一口气说了一大串，憋得直喘。

沈千帆帮他顺了顺气，道："画像是户部刘大人送来的。"

章画师恍然大悟："哦，说媒啊。"

沈千帆忍笑："你只管画，画得多不像都无妨。"反正也不是皇上娶，而且无论美丑，西南王想必也不会答应，胡闹一场罢了。

"是是是，这就行，那我这就去把画像呈给皇上。"章画师高兴，又忍不住炫耀，"我这幅画画得好啊，是照着江湖第一美人画的。要多好看便有多好看，给谁说媒都能成。"

沈千帆拍拍他的肩膀，转身大步回了将军府。

另一头的福多镇上，段瑶正在客房里头摆弄小虫子，突然窗外便进来了四五个人，段瑶随手就要甩过去一把飞镖。

"是属下。"来人忙不迭躲过去，心有余悸。

"是你们？"段瑶疑惑，西南王府的杀手，怎会一路跟来。

"家里头出了些事。"说话的人名叫段念，是段白月的心腹。

"师父又活了？"段瑶紧张。

"他老人家要是活了，第一件事便是来找你算账。"段白月推门进来。

019

段瑶:"……"

"如何?"段白月问。

段念道:"王爷离开没几天,珍宝塔便失了窃。"

"那些假信函被偷走了?"段白月一笑。

段念道:"是。"

"甚好。"段白月点点头,又道,"既然来了,便跟着一道去王城吧,切记不要泄露行踪。"

段瑶戳破一只小虫子,心里撇撇嘴。可不是,连你都是偷偷摸摸去的,更别提是其他人。到底什么时候才能回西南。

倒春寒的天越来越冷,天气看上去完全没有转暖的迹象。段瑶把自己裹成一个包子,整天钻在马车里不肯出来。段白月倒是不忙不赶,甚至偶有雅兴,还能去歌坊听个小曲儿。

时间一晃过去二十来天,段瑶又被大半夜拎出去,从驿馆"取"来了一道圣旨。

"本来便是要送往西南王府的。"段白月坐在桌边拆封,"所以不算偷。"

段瑶翻了个白眼,抱着热茶踱过来:"又怎么了?"

段白月展开圣旨。段瑶看完后吃惊:"楚皇还要管你成没成亲?"怎么和府里的婶娘一个爱好。

段白月又打开卷轴。段瑶更加吃惊:"楚皇要将无雪门主嫁给你?"

"无什么雪,这是高丽公主。"段白月敲敲他的脑袋。

"高丽公主和无雪门主是兄妹吗?"段瑶拿着画轴对灯火看,"这分明就是无雪门主嘛。"江湖第一美人,倒是挺好看。

段白月笑笑,将卷轴与圣旨一道丢进火盆,又将段念找了进来:"可曾探听到什么消息?"

"有一件事。"段念先是点头,后又迟疑了一下,"不过属下也还没查清楚。"

"先说说看。"段白月道。

"据说阿弩国的首领沙达已经到了王城。"段念道。

段白月皱眉:"他?"

第二章

段瑶在旁边腹诽，这有什么好吃惊的，你不是也偷偷摸摸来了，准你来不准别人来？

"应该是他没错，在王城一家典当铺子里暂住，我们的人无意中发现的。"段念道，"而且他的弟弟古力，前不久刚刚在王城一条巷子里被人暗杀，楚皇先是在查，最后却不了了之。"

段白月摇摇头，从桌边站起来道："走吧。"

"去哪里？"段瑶很警惕，这三更半夜的。

"王城！"段白月大步往外走。

段瑶目瞪口呆，什么人啊这，现在去王城。

段念也对此很意外，当真如此在意？

"估摸着是暗恋那个沙达。"段瑶愤愤把虫子揣进兜里，"所以一听人在王城，便激动难耐觉也不睡，赶着去见面。"

从众人先前住的客栈到王城，就算昼夜不停地赶路，也得花上足足半个月的时间。驾车的马匹皆是良驹，一鞭子抽下去，跑起来如同腾云驾雾。段瑶刚开始还坚持要坐车里，在脑袋被撞了三四回之后，终于不甘不愿地丢下暖炉，出来同其余人一道骑马。山道上风嗖嗖一吹，只觉得连耳朵都要被冻掉，鼻子脸蛋通红，于是又在心里将段白月狠狠踩蹦了一番。师父下次若是再借尸还魂，一定要让他将哥哥也一起带走！

这一年的倒春寒似乎格外久，眼看着道两旁已是柳飞花红，空气却依旧清冷。热乎乎的早点摊子上挤满了人，一碗冒着鱼片香气的粥吃下去，手脚才总算是暖了起来。段瑶擦擦嘴付完钱，而后便一路回了锦绣坊，那是西南王府暗中设在王城的联络点，明着是一家布料行。掌柜名叫邹满，媳妇是段白月儿时的乳母，十多年前才被派来这王城。

"邹叔。"段瑶拎着一包点心打招呼，"其余人呢？"

"都在书房。"邹满示意他小点声，"王爷看着像是不大高兴，小王爷可得小心着点。"

又不高兴了？段瑶莫名其妙，先前一门心思赶着来王城，现在好不容易到了，难道不该庆贺一番，还以为晚上有席面吃。

"小王爷可是买给王爷的？"邹满又问，"这点心真不错，只是要趁热吃才好。"

"送给邹婶吃吧，我还是不去触霉头了。"段瑶把点心包塞给他，"免得又殃及无辜。"

"唉、唉，小王爷你又要去哪？"邹满在身后叫。

"出去逛逛！"段瑶单脚踩上树梢，从院墙翻了出去。

邹满看得直头疼，王爷都说了这回是暗中前来，小王爷怎么还到处乱跑，若是被人看到还了得，这可是天子脚下啊。

王城虽大，不过段瑶也不是爱看热闹的性子，在街上胡乱走了一阵，抬头刚好看到一家鸿运典当行。

沙达住的地方？段瑶四下看看，见并无人注意，于是从后门溜了进去。

一院子的母鸡。

段瑶："……"

见到有人闯进来，母鸡还当是来喂食的，咕咕咕地便一窝蜂冲了过来，段瑶心里叫苦不迭，却听到有人正在往这边走。

"你看，这不就是鸡饿了吗？"木门被打开后，进来两个男人，一胖一瘦。

"现在不比以前，家里有客人，还是小心些好。"瘦的那人道，"多留意外头的动静，免得又出乱子。"

"是是是，你说得都对，那这下看完了，就是个鸡窝，能回去了？"另一人打呵欠。

段瑶躲在石磨后看着两人离开，方才悄无声息跟在后头。

这间当铺不大，因此段瑶没多久便将四周布局摸了个清楚，客院只有两座，其中一处住了人，听口音看打扮，似乎的确是从西域那头来的。

屋内的人正在吃饭，段瑶盯着看了一会，觉得有些纳闷。虽说他对阿弩国不了解，但既然能联合楚国在大漠竖起一道屏障，这沙达应该有些能力与警惕性才对。但为何丝毫不遮掩行踪，居然就这么大摇大摆地坐在堂屋中间，四周更是连个侍卫都

第二章

没有?

吃完饭后,沙达起身在院子里转了两圈,便回去卧房洗漱歇息,临睡前还特别问了一回,明天早上要吃什么,似乎只关心吃与睡。

段瑶:"……"

这是什么王,怎么这么蠢,和说好的耍阴谋诡计的不太一样。

前头典当铺子里的生意依旧红火,段瑶自幼在西南长大,擅长易容又经常被打扮成姑娘,因此也不怕有人看出来,捏着一根簪子就踩着莲花步进去当,交谈间顺便观察了一下四周,还当真没有发现任何异常。

"这位小姐。"出了当铺后,有人跟过来。

段瑶停下脚步看了他一眼,见是个二十来岁的男子,一脸油滑相。

"小姐是遇到了麻烦?"男子笑容可掬,身上脂粉香气很浓,稍微走近一些便熏得人鼻子直痒痒。

段瑶白他一眼,自顾自往前走,心说你千万莫要不识趣拉我,不然剁了你的手。

"姑娘小心,这人是红香楼的龟奴。"擦肩而过时,一个婢子小声提醒。

段瑶挑眉,青楼来的啊。

"小姐,小姐慢些走。"那男子又追上前来。

段瑶回头,咬着下唇泪眼婆娑:"我师父在前几日暴毙,我还赶着去筹钱葬他,这位大哥你莫要再拉着我了。"

"哎哟!"那男子心里大喜,赶忙问,"不知小姐打算如何筹钱?"

段瑶答曰:"我打算将我哥哥给卖了。"

男子:"什么?"

……

"你要吗?"段瑶问。

男子不死心,又问:"令兄也像小姐这般貌若天仙?"

段瑶心里一塞,本打算逗一逗就走,怎么当真要啊。我倒是想卖,只怕你也不敢买。

"走走走。"先前那大婶见男子还在纠缠不休，不忍见好端端的姑娘家被拐去那种地方，于是索性上前直接把段瑶拉开，一直领到了巷子里才松手，叮嘱让他快点回家。再回到街上，却见围了一大群人正在议论，一问才知道方才那龟奴不知为何，突然便长了满脸红包，猪头样哭着去了医馆。大婶心里吃惊，再伸手一摸，腰间的布兜里不知何时竟然多了一小粒金豆子。

段瑶拍拍手，哼着小调回了锦缎行。

而皇宫大内此时却异常安静。

三日前，楚渊摆驾出宫去了江南，留下太傅率六部，暂时处理朝中大事。对此朝臣纷纷在私下议论，都不知为何圣上会突然做此决定，先前一点预兆都没有。

皇上出巡，派头自然不会小，就算楚渊向来不喜铺张，官道上的队伍也很是浩浩荡荡。走几日再经过津河城，便能自运河乘船南下，一路前往千叶城。

四喜公公坐在另一驾马车里，很想找机会偷摸出去问问沈千帆，这好端端的，怎么就突然又要去江南。虽说河堤修建也是大事，但朝中如此不稳，皇上镇守王城尚且不觉安心，还能往外跑？揣摩了这么多年圣意，这是唯一一回，一头雾水。

楚渊倒是心情不错，在宫里头待久了，能出来见见别处天光也好。

王城锦缎行里，段白月将自己关在书房，谁也不知他在想什么。
这么久苦心经营，皇宫里有不少西南派进去的眼线，杀手、侍卫、太监、宫女，所以每每一有任何风吹草动，消息都会在最快的时间里传回西南，只是这次苦就苦在眼线也不知自家主子这么快就来王城，派出去的人刚走了两天，约莫着是在哪里恰好错过。

"可要跟去江南？"段念试探。
"你猜他为何要在此时离开？"段白月问。
段念摇头："属下不知，但王爷此行一直保密，理应不是……"
"怎么，难不成你想说楚皇是要避开本王？"段白月失笑，"能在诸多兄弟中夺得太子之位，你当他的心这么小，会一直对与本王之间的那点纠葛耿耿于怀，甚至还要出城躲？"

段念语塞。

"待几天再去江南吧。"段白月道，"正好看看这王城里会闹出什么事端。"

"是。"段念领命。

"沙达怎么样了？"段白月又问。

"我们的人一直在盯，但是对方似乎没有任何动静。"段念道，"没和外人打过交道，就是吃吃睡睡，对自己的弟弟遇刺一事，看上去也完全不放在心上。"而在传闻中，沙达与古力可是亲得恨不得穿一条裤子，此举明显太过反常。

段白月皱眉。

"这次的事情有些诡异，怕是要费些工夫。"段念道，"王爷当真要插手？"

"既然都来了，自然不能白来。"段白月扬扬嘴角，"总要捞些东西才够本。"

院内传来一阵声响，邹老板笑道："小王爷回来了啊，厨房还温着菜呢，可要现在吃？"

段瑶赶紧冲他摆手，邹老板反应过来，一把捂住自己的嘴。但显然已经有些迟。

"瑶儿！"段白月在屋里叫。

"属下先行告退。"段念抱拳。

段瑶心里很是苦闷，伸出一根手指戳开门，早知道自己就绕着走了，或者三更半夜再回来也不错。

"去哪了？"段白月坐在屋中间。

"出去玩。"段瑶老老实实回答。

"玩什么？"段白月显然不打算被敷衍。

段瑶撇撇嘴，道："去见你想见的那个人了。"当铺里那个，五大三粗手上脸上都是毛，吃得又多，英俊得很。

话音刚落，段白月手中的茶盏就掉到了地上。

段瑶被吓了一跳，怎么这么大反应啊。

"你敢背着我进宫？"段白月狠狠一掌拍在桌上。

段瑶闻言更震惊："你要见的人在宫里？！"

房里很安静。

许久之后，段白月沉声道："出去！"

出什么去！段瑶还沉浸在方才的震惊中无法自拔，暂时不能回神。

大抵是因为对面两道目光如炬，段白月如芒在背，索性甩袖想要出门。段瑶从身后死命拖住他。段白月额头青筋暴起。

"是谁？"段瑶不依不饶。

段白月头痛，连他自己也想不通，为何竟会犯下如此愚蠢的错误。

"我就说，你怎么这么关心皇宫里头的动向。"段瑶觉得自己戳中了真相，先前还以为是他哥想做皇帝，现在看来，敢情还有另一层原因？想了想又道，"但按照你的性子，不管想见的是谁，别说是在宫里，就算在蓬莱仙山只怕也会去找来，为何这次居然如此隐忍？"

段白月语塞，事实上他也根本不想解释。

段白月攥紧拳头。

段瑶警觉后退两步，道："好好好，我不问了。"

段白月冷哼一声，大步踏出房门。

段瑶继续想，怪不得听说楚皇出宫会心情不好，八成是那人也被一道带跑了。

几日之后，连段念心里也是纳闷，王爷与小王爷之间这是怎么了，怎么连吃饭都不在同一张桌子上。也没听说吵架啊。

江南四月，时雨纷纷，景致自然是美的，就是路上的泥泞着实恼人。深山之中处处翠绿，一个青年男子正背着背篓，双手撑着腮帮子打呵欠，等着雨停了好继续去采药，他脸颊白皙五官清秀，一看便知是个脾气极好的斯文人。

"哎哟！"背后突然传来一声呻吟，在原本寂然无声的山林里，显得有些瘆人。

男子被吓了一跳，回头一看，不知何时居然出现了一个衣衫褴褛像是乞丐的老者。

第二章

"哎哟、哎哟……"见他转过身,老者表情愈发痛苦起来,"救命啊!"

这是鬼还是人?男子站起来,从怀里掏出一根狗血泡过的桃木棍戳了戳他。

老者:"……"

没化形啊。男子把木棍装进怀里,上上下下捏了一遍老人的筋骨,确定没伤到之后,才将人拖到了避雨处。

"公子是大夫?"老者问。

"嗯。"叶瑾把新采的草药捣碎成泥状。

老者赶紧伸手。结果叶瑾涂到了自己手腕上。

老者道:"不是要给我治伤啊?"

"这花草有毒的,我试试药性。"叶瑾又从怀里掏出一瓶药粉,这才帮他处理伤口,"你是逃荒到这里来的吗?"

"是啊是啊。"老者点头,"公子可真是个好心人。"

叶瑾帮他包好伤口。老者倒吸一口冷气,痛得五官都变了形:"就是医术生疏了些。"

"你敢说我医术生疏?!"叶瑾闻言惊怒交加。

老者猝不及防,被他一嗓子吼得脑仁子疼,过了会才道:"不生疏、不生疏,简直就是华佗再世。"

叶瑾哼了一声,又从怀里掏出饼给他:"先垫垫肚子吧,等我去将药采完,就带你去城里善堂。"

老者点头道谢,见他站起来拍了拍身上的土,腰间挂着一枚青绿色的枫叶玉佩,上头刻着"瑾"字。

还当真是那位传闻中的江湖第一神医。老者摸摸下巴,饶有兴致地看着他离开。

悬崖上生着一簇艳红色的小花,叶瑾试着摘了三四回,都没能顺利摘到手里。他倒是会功夫,轻功甚至还称得上是不错,但雨后峭壁何其湿滑,也不敢掉以轻心,最后只好遗憾放弃,背着背篓回到避雨处,搀着老人往山下走。

山脚下的镇子挺大，善堂也有三四处，里头的老人都是被子女抛弃的，身上难免会有些沉疴痼疾，叶瑾自打来到这城里采药，便经常会去替老人看诊，里头的管事都很尊敬他。见叶瑾送来一个老人，二话不说便收留下来，还准备了新的被褥和肉汤，说是补补身子。

　　把人交出去，叶瑾也未将这件事放到心上，拍拍袖子就回了家。他此行少说也要在城里住上三五个月，等到山上开满马头草，采够了才会回琼花神医谷。

　　"哥。"王城里，段瑶小心翼翼地敲了敲书房门。

　　段白月沉声："何事？"

　　"我不会再问你宫里头的事情了。"为了避免被段白月拍出去，段瑶先在外头声明了一回，而后才推开书房门。

　　段白月看着他。

　　"有两件事。"段瑶伸出手指，"说完我就走，第一件事，师父他又诈尸了。"

　　段白月揉揉太阳穴。

　　"但这回他没回王府，谁也不知道去了哪儿。"段瑶道，"婶婶已经派人去找了，让我们也留意着些。"

　　"第二件呢？"段白月问。

　　"刘府这几日张灯结彩的，说是刘恭要过寿。"段瑶道，"杂七杂八的人实在太多，书房几乎时刻都有人在商谈，很难防备他要做什么。"

　　"当真只为了过寿？"段白月问。

　　"说不准。"段瑶怨念，"他可真是个老狐狸，议事都在戏园子里，周围一圈人，外头咿咿呀呀的，什么都听不清。"

　　"他若是没两把刷子，又如何敢觊觎皇位。"段白月笑笑，"罢了，换个法子吧。"

　　"你又想做什么？"段瑶很警觉。

　　"这城中有家歌坊名叫染月楼，管事叫顾云川。"段白月边说边上下打量他。

　　"刘恭有个儿子刘富德，是染月楼的常客。"段白月道，"你这模样，打扮一下倒是能见人。"

第二章

段瑶闻言五雷轰顶："你敢叫我去接客？当心爹娘从地里出来埋你啊！"

"风雅之地，如何能是接客。"段白月摇头，"最多让你唱个曲儿，还能有银子赚。"听起来非但不亏，反而还很占便宜。

段瑶很想把他哥的头按进五毒罐里。

"还有事吗？"段白月又问。

"有。"段瑶索性坐在他面前的桌子上，"就算刘府心有不轨，也是冲着楚皇，与西南没有任何关系，你插什么手？"

段白月道："因为我多管闲事。"

段瑶听到这种回答觉得胸很闷。

"事成之后，有好处。"段白月利诱。

"什么好处？"段瑶上钩。

"我教你菩提心经。"段白月拍拍他的脑袋。

段瑶悲愤："我就知道师父一定偷偷传给了你！"师父他不能这么偏心啊，每次师父诈尸回来，给他坟上填土的人可都是我！

"菩提心经？"江南小镇里，叶瑾一边晒草药一边道，"我不学。"

"公子现在拒绝，将来怕是要后悔。"老者在一边苦口婆心，他自称名叫白来财，是从西南流落至此。自打在善堂养好伤之后，便经常往叶瑾的院子里头跑，更说自己有一本武林秘籍，好得很，人人都想要。

"我对舞刀弄枪没兴趣。"叶瑾坐下喝茶。

"男子不舞刀弄枪，将来如何保护心上人？"老者循循善诱。

叶瑾也是没料到，自己居然救回了一个膏药。若换作平时的性子，早就抄起笤帚将人赶了出去。无奈这次对方是个白发苍苍的病弱老头，看上去少说也有七八十岁，动手未免太不君子，只好听而不闻，在心里狂躁发飙。

见他执意拒绝，老者手拿破书，唏嘘不已，泪流满面。

"好吧好吧，我学。"见他这样，叶瑾又不忍心，于是道，"多谢。"

老者顿时眉开眼笑，将那本《菩提心经》交到他手中，又从盘子里捏了块点心，笑呵呵地回了善堂。

　　手中书册油腻破旧，还泛着一股酸臭味，叶瑾强忍住才没有丢，扯了张写药方的纸垫着，翻开扫了眼第一页：此心经可令研习之人内力大增，唯有一弊，恐……
　　"啪"一声合上破书，叶瑾再也不想翻开第二次。
　　练个内力还有可能会失阳，这是什么破烂功夫。不知道看一眼会不会有影响。早知如此，就该从南面带些柚子叶来洗澡去霉。

　　暮色临近，运河两侧亮起星点火光。楚渊裹紧披风，坐在甲板上看着远处出神。
　　"皇上。"沈千帆上前，"刚收到宫中密函，西南王此时正在王城，住在锦绣坊中。"
　　楚渊点点头，看上去并没有多意外。

　　"当真就如此放任？"沈千帆迟疑着问。
　　"如何能是放任。"楚渊失笑，"若当真想放任，我也不会容他的人在宫中来去自如。"
　　"但这次牵扯到刘府，事关重大。"沈千帆道，"稍有不慎，怕是会打草惊蛇。苦心布局了这么多年，为的就是能有朝一日将其连根铲除，如此大事，当真要交给西南王？"
　　"朕有分寸，将军不必担忧。"楚渊拍拍他的肩膀，"他若做不成，我们的人再出手，也不算晚。"

江南阴雨连绵，这日好不容易见着天放晴，叶瑾刚把草药晒好，还没来得及歇息喝口茶，就见城中善堂管事正在往这边小跑，像是出了什么急事。

"怎么了？"叶瑾站起来问。

"叶神医，您可快去看看吧。"管事头疼又哭笑不得，"善堂中正打得不可开交，拉都拉不开。"

老人还会打架？叶瑾闻言先是莫名其妙，又细问了才知道，原来这几日白来财不知哪里不畅快，处处找别人的麻烦，还在饭堂里撒尿，其余老人气不过，于是便联合起来将他揍了一顿。

叶瑾觉得很头疼。

一炷香的工夫后，白来财坐在椅子上哭诉，满头是包。

叶瑾帮他处理好伤口，看着门外一脸为难的管事，发自内心叹了口气："罢了，以后你便随我一起住吧。"

白来财顿时眉开眼笑。

管事如释重负，赶忙派了几个年轻后生来，帮着叶瑾将他那间客房清扫干净，又加了新被褥。

由于方才起了阵风又落了雨，先前放在院中晾晒的草药已经湿了大半，吹得到处都是。叶瑾草草扫了下院子，也没吃晚饭便回屋歇下，白来财倒是很有食欲，不仅自己煮了面，还炒了一大碗腊肉吃。

第二天一早叶瑾起来时，桌上放满了刚采来的新鲜草药，甚至还有那生在悬崖上的红花。白来财捏着几个包子，一边走一边晃进来。

"这是哪里来的？"叶瑾问。

白来财一脸茫然："啊？"

叶瑾与他对视片刻，然后拿过簸箕，把草药丢了进去。

白来财："……"

叶瑾转身回了卧房。白来财摸摸下巴说道："看着斯文白净，气性还挺大。"

知道这个老头或许来路不简单，但叶瑾自问在江湖没结过怨，也不会有人来向自己寻仇，便也懒得多问，只是每日依旧采药晒草。白来财蹲在旁边看稀奇，随口道："今日我去街上逛，听人说皇上要来。"

叶瑾手下一顿:"来就来吧,难不成你还要去跪迎?"

白来财从兜里掏出一把瓜子嗑。叶瑾继续拿着小筛子分拣药草,像是没把这话放在心上。

楚渊十八岁登基,就算有沈家在背后支持,在刘府一脉的人看来,也无非是个羽翼未丰的小娃娃,拉拢了个大一些的江湖门派而已,自然不会将他放在眼中。刘恭更是在宫内安插了不少眼线,就连今日御膳房做了什么菜式,都会第一时间将消息送回刘府。但对于这次突如其来的南巡,却连一丝风声都没有事先获悉。

"父亲对此怎么看?"刘富德小心翼翼地试探。

"什么怎么看?"刘恭依旧闭着眼睛,手中把玩着一枚文玩核桃。

刘富德意有所指道:"宫里头,现在可是空着的。"

"做人不能冒失冲动。"刘恭道,"刘府权势滔天,你做什么事都要多加几分考虑。"

"儿子自然知道,但这滔天权势,只怕也挺不了几年了。"刘富德道,"连父亲大人自己也在说,如今金銮殿中坐着的那位,行事作风可不同先皇。若是父亲再不做些事情,只怕先前哥哥的下场,就是将来刘府的下场。"

"那你想做什么?"刘恭反问。

刘富德犹豫着不敢说。刘恭摇摇头,重新闭上眼睛:"出去吧。"

刘富德在心里狠狠叹了口气,而后便起身出了门,心情不忿,索性出府去找乐子。轿夫知道他近来喜好听曲,因此问也没问一声,径直便抬到了染月楼。

段瑶:"……"还真敢来。

"这副模样,谁敢点你。"段白月坐在八仙椅上喝茶。

段瑶咬牙:"不然你自己来干。人高马大,想必人人抢着要。"

段白月提醒:"菩提心经。"

"哼!"段瑶冷哼一声,拎着裙摆出了客房。

刘富德正在往楼梯上走。段瑶抽出手巾笑靥如花。

"走走走。"随从满脸嫌弃丢给他一锭碎银,"干瘪成这样也敢出来,莫打扰我家少爷的兴致。"

段白月在屋内扶着墙笑。段瑶瞪大眼睛。

"小红啊……"刘富德迫不及待去找老相好。

段瑶一脚踹开门,坐在椅子上暴躁:"我能将他宰了吗?"

段白月好不容易才止住笑:"事成之后,随便宰。"

"那现在要怎么办?"段瑶问。"你也看到了,不是我不帮,而是我没本钱帮。"

段白月叫来顾云川。

另一处房中,刘富德还没听完一支曲儿,就又有人不识趣来敲门。原本一肚子火,打开门后却见是染月楼的掌柜顾云川,于是赶忙换上笑脸:"顾老板怎么有空,今日还特地过来。"

顾云川将段瑶拎到身前。

刘富德:"……"

段瑶:"……"

"小月自打来我这染月楼,便说对刘少爷倾慕有加,心心念念忘不了,我们听了都颇为感动。"顾云川面不改色,"如今刘少爷既然来了,还请多少让小月陪一阵子,也好了她一桩心愿,也省得夜夜垂泪。"

看着面前一脸麻子肥头大耳的男子,段瑶强忍住脱鞋拍他脸的冲动,娇柔道:"嗯。"

刘富德上下打量了一番,虽说身材瘦小,但好在五官还算清秀可人,小嘴长得也好看。再加上是顾云川亲自带来,这份面子还是要给,于是不仅慷慨答应,甚至还付了双倍的银子。

顾云川贴心地替他关上门,转身回了段白月房中:"也是瑶儿脾气好,否则换作别人,定将你这种哥哥扫地出门。"

"他脾气好?"段白月失笑,"你像是忘了西南王府的五毒池。"

"为何要盯着刘富德?"顾云川问。

段白月答:"因为此人容貌生得不合我意。"

顾云川:"……"

第三章

段瑶不会弹琴，不会唱曲，不过幸好嘴够甜。为了菩提心经，有些事情也能咬牙忍——但也仅仅是有些事情。当刘富德得寸进尺，想要一亲芳泽之时，段瑶险些掏出毒虫照脸撒过去。

幸好琴娘小红机灵，见到苗头不对，赶紧笑着挡在中间，又敬了他一杯酒，才算将事情挡过去。

段白月在隔壁不紧不慢地喝茶。足足过了一个多时辰，段瑶才回来，看架势像是要吃人。

"如何？"段白月问。

"他要娶我回家当妾。"段瑶在桌上狠狠戳洞。

段白月闻言欣慰："爹娘泉下有知，定会喜极而泣。"

话音刚落，一只硕大的蜘蛛便迎面飞了过来。

"不知是他警惕性太高，还是当真什么都不知道。"段瑶道，"总之听上去这回刘府就是想要做寿，戏班子请了一堆，宾客除了朝中大员就是名望乡绅，也没什么谋反的架势。"

"沙达呢？"段白月问。

段瑶道："我说想去西域见世面，他便说那里风沙茫茫，没什么好景致。我又说在老家时听过不少沙达的传奇，他反问我老家在哪，话题半天也拐不回来。"

段白月摇头。

"喂！"段瑶不满。

"看来我是亏了。"段白月道，"白白将菩提心经交了出去。"

"你别说想反悔。"段瑶叉腰道。

"反悔自然不会，不过要教也不是现在。"段白月站起来，"你今晚在此过夜，我要去趟皇宫。"

看着他走后，段瑶卸下易容之物，坐在桌边啃点心。

顾云川推门进来问道："段兄呢？"

"进宫去了。"段瑶随口道。

顾云川笑："怎么瑶儿看着不高兴？"

"什么有用的消息都没探到。"段瑶又想戳桌子，"还差点被流氓占了便宜，就说是个烂主意！"

"怎么会？"顾云川意外，"先前段兄还在说，这趟染月楼之行收获颇丰，改日要请我喝酒。"

"嗯？"段瑶闻言不解，收获颇丰？可自己明明什么都没问到。

顾云川意味深长地拍拍他的脑袋，果真年岁小，还是嫩啊。

运河之上，楚渊正坐在船舱内用晚膳，四喜公公则是临近深夜才回来——今日大船恰好停在金光寺附近，听闻其香火鼎盛很是灵验，他便去代求了支签。

"如何？"楚渊问。

四喜公公连连摇头："这寺庙约莫是吹出来的，做不得真，做不得真啊。"

"算出段白月是帝星？"楚渊漫不经心。他原本只给了这一个八字去合，看段白月此行到底是吉是凶。

四喜公公赶忙摆手道："倒不至于如此荒谬，但我今日才刚将段王的生辰八字送出去，那和尚便大惊失色，连问纸上之人是谁家小姐，还说这是千年等一回的皇后命，将来要去宫里当娘娘的。搞得四周百姓都来围观，啧啧羡慕了大半天。"

楚渊："……"

"就说信不得，信不得。"四喜公公依旧哭笑不得。

楚渊咬牙道："来人！"

"皇上。"御林军应声进门。

"传旨回去，将那棵梅树给朕挖了。"楚渊怒气冲冲，拂袖进了船舱。

御林军与四喜公公面面相觑，这才刚种好没几天，又来啊。

春末正是农忙耕种时，百姓休养了一整个冬天，个个浑身充满干劲。楚渊沿途经过诸多城镇，看到运河两岸皆熙熙攘攘、人声鼎沸，一派盛世之相。

楚渊看在眼里，心也舒坦了些。

"皇上。"这日四喜公公上前替他加上一件披风，又道，"下一处该到云水城了。"

第三章

楚渊点点头，并未多语，继续看着远处出神。

云水城的知县名叫刘弼，是刘恭一房远亲。云水城知县虽说只是个小小七品官职，但朝中却有不少人眼热这个位置。运河一开便能来财，南下的盐北上的粮，往西洋运的茶叶瓷器，可都要经过这小小的云水城，哪怕不是存心想要贪，也处处都是赚银子的机会，比起穷乡僻壤之地，不知肥了多少倍。

得知楚渊要下江南，刘弼倒是没有多担心。账目上看不出任何问题，府衙内又都是自己的人，一条绳上的蚂蚱，自然不怕会有谁告御状。再者王城里头还有个刘太爷，那可是刘家人的大靠山，一时半会也不会倒。于是这日一早，他便沐浴更衣，带着下属去码头接驾。四周百姓也聚集了不少，个个眼底透着兴奋，都等着见皇上。

正午时分，大船总算缓缓驶近云水城码头，明黄色的旗帜在桅杆上烈烈飘扬，船舷两侧御林军持刀而立，锋刃在日头下泛出寒光，叫人忍不住心生忌惮。

"下官恭迎皇上！"刘弼率众跪地相迎，百姓跟着哗啦啦地跪倒一片。

不远处的小院子里，叶瑾依旧在晒药，像是没听到嘈杂声。

"当真不去看？"白来财心里很痒。

"你要去便去，我又没拦着你。"叶瑾端着小筐站起来，"皇上也是人，两个眼睛一个鼻子，为何要专程去跪着看。"

"倒也是。"白来财蹲在椅子上，想了一阵又站起来，"但我还是要去看，万一能有银子领呢。"

叶瑾很后悔自己将他从山里救出来。

楚渊走下船，刘弼笑容满面抬起头："皇上。"

四周一片寂静，有胆大的百姓偷眼看，心里忍不住就称赞，皇上相貌生得可真好啊。玉冠束着黑发，眉眼明朗如星，鼻梁俊挺，周身气质华贵、不怒自威，又赶忙老老实实地低下了头。

"爱卿平身吧。"楚渊亲自上前，伸手将他扶起来。

刘弼笑得满脸褶子，又招呼道："四喜公公，沈将军。"

"这云水城真是热闹繁华。"沈千帆道,"刘大人果然治理有方。"

"沈将军过誉了,这本就是下官分内之事。"刘弼侧身让开路,"府内已备好宴席,还请皇上移驾。"

人群里,一个老头正在嗑着瓜子看热闹,还使劲伸长脖子踮着脚,一看也是个好事之人。直到銮驾离开百姓散去,才恋恋不舍地回了家。

"没领到银子?"见白来财垂头丧气地进了小院,叶瑾揶揄道。

"皇上也能这般小气?"白来财坐回石桌边,愤愤道,"看着与大夫你挺像,还以为也是个善心人,结果莫说银子,连个包子也没有。"

"你说谁和他长得像?"叶瑾目露凶光。

白来财迅速道:"我!"

叶瑾冷哼一声,仰着下巴施施然回了卧房。白来财拍拍胸口长出一口气,真是凶啊。

楚渊不喜铺张,刘弼自然不敢大摆筵席,菜式虽多却都是家常口味,酒也是最普通的绍兴黄酒。楚渊与其余人聊了几句运河改道之事,也并未多问其他,散席后便早早回了卧房休息,甚至连官员都未召见。刘弼倒是松了口气,还以为要查账,却没料到皇上提都没提一句。

按照先前的计划,楚渊只会在这里待两天,待到船只补给充足后,便要继续一路南下前往千叶城。谁料大抵是因为前几日在河上吹风受了凉,自打来这云水城的第二天楚渊便开始发热,随行御医调养了整整五天,才总算有了些精神。

"听说皇上染了风寒。"小院里,白来财用胳膊肘捣捣叶瑾,"你是大夫,可要去毛遂自荐?若是撞大运治好了,说不定还能进宫去当御医。"

"老子去给他当御医?"叶瑾把一瓢蚕沙怒拍过来,叉腰道,"想得美啊!"

白来财抱着脑袋往外跑。大夫这是要吃人。

刘弼对此亦有些慌,他倒不是怕楚渊会在此出事,毕竟不过是个风寒而已。他慌的是不知这场风寒是真是假,若是假,那楚渊又有何目的。

"大人多虑了。"衙门里的管家名叫刘满,看上去倒是比他要镇定许多,慢条斯理揣着袖子道,"皇上染病,你我自当尽心照料,又岂可多想其他?"

第三章

刘弼欲言又止，一时搞不清他葫芦里在卖什么药，想多问又不敢问，整个人都惴惴不安，直到晚上歇息时还心事重重，辗转反侧搞得姨太太满腹抱怨。快天亮时好不容易睡着，刚闭眼就被御林军从床上拎了起来。

"沈将军这是何意啊？"刘弼大惊失色问道。

"来人，将此逆贼投入地牢。"沈千帆冷冷下令。

逆贼？刘弼面色惨白，还欲喊冤，却已经被卸掉下巴，一路拖入监牢。

御林军将知县衙门团团围住，有早起的百姓看到，心里纷纷纳闷不知出了何事。回家跟媳妇一合计，都觉得大概是刘弼近年贪污腐败的罪行败露，所以才会被皇上捉拿下狱。直到晚上才有消息传开，说是因为御医在刘府的饭菜里查出了毒。给皇上下毒啊……百姓闻言脸色煞白，这等诛九族的灭门罪，也有人敢冒天下之大不韪去做？

消息传到叶瑾耳中，白来财小心翼翼地盯着他："皇上中毒了，大夫也不去瞧瞧？"

叶瑾狠狠放下药杵："我与他又不熟。"

"这天下病人多了去，大夫哪能个个都熟。"白来财道，"还不是谁生病就给谁瞧。"

叶瑾被他吵得心神不宁，索性自己出去逛街。

衙门早已被围成铜墙铁壁，不仅有楚渊带来的御林军，还有沈千帆从别处调拨的驻军。叶瑾刚听到消息时还有些乱，后头却逐渐想清楚——若当真是毫无防备被下毒，谁会将如此数量的人马事先安排到附近，只等今日来擒拿逆贼？

哼！叶神医愤愤一跺脚，气呼呼地去吃馆子消火。小时候就装病欺负老子，长大了也还是一个德行，这人果真同情不得。

"皇上。"衙门书房内，沈千帆道，"供状已经写好，刘弼也画了押，末将即刻便率人回王城。"

楚渊点点头："此行凶险，有劳将军了。"

"这本就是末将当做之事。"沈千帆道，"只是若西南王还在王城……"

"他不会为难你。"楚渊打断，"若是他实在不识趣，便让他亲自来江南找朕。"

"是。"沈千帆低头领命。退出书房后率领数十人马，连夜启程快马加鞭，一路暗中折返王城。

刘弼在狱内畏罪自杀,家小悉数被流放海南,新一任知县在十天内便走马上任。驻军替代原本的城门守卫,日日对进出百姓详加盘查,一时之间城内气氛严肃,百姓走在街上都觉得心头闷。

叶瑾开始盘算,自己要不要先去别的地界转一圈,等这里消停了再回来。

"大夫可走不得。"白来财拉着叶瑾的包裹不松手,"我昨晚观了一番天象——"

"你还会观天象?"叶瑾嫌恶打断。

"自然会。"白来财点头。

叶瑾问:"观出什么了?"

白来财道:"羊入狼窝。"

叶瑾摇头:"你这样若是去街上算命,定然半文钱都挣不到。不会舌灿莲花就罢了,连吉利话都不会说,什么叫羊入狼窝。"

"皇上抄了刘弼的家,却没找出多少银子。"白来财啧啧几声,"那可是个大贪官,雁过拔毛。"

"你到底想说什么?"叶瑾皱眉。

"银子去了哪,问问这回调来的东南驻军首领曾大人,怕是要清楚得多。"白来财继续嗑瓜子。

叶瑾猛然站起来。

"听说沈将军已经回了王城。"白来财又不紧不慢道,"刘弼是死了,可谁说过先前那知县衙门里管事的人是他?"

叶瑾一跺脚,转身跑出了院子。

衙门里,新调来的县令林永被五花大绑,丢进了地牢中。东南驻军一夜之间叛变大半,悄无声息地将楚渊困在了府内。

楚渊负手站在院中,冷冷地看着面前的刘满与驻军统领曾宣。

"大胆!"四喜公公挡在前头,"还不快些退下。"

刘满语调不阴不阳:"事到如今,还请皇上在这多住上一段日子,等王城里有了消息,再出去也不迟。"

第三章

"很好。"楚渊并未理他，只是冷冷地看着曾宣，"朕果真错看了你。"

曾宣不发一语，脸色有些苍白。他本是东南驻军里一个小小伙夫，全靠楚渊看重，才会一步步爬到统领之位。只是手中的权力一多，难免心生贪念，所以才会被刘弼抓到把柄。楚渊在惩治贪官污吏上从来不会手软，横竖是一死，曾宣不得已才会与刘家同流合污，却没料到对方竟会胆大至此。只是已经上了贼船，就算前头是死路，也只有硬着头皮走下去。

小院内外都有重兵把守，待到两人走后，四喜公公扶着楚渊回到房中。虽然四喜公公方才没说几句话，但却把自己气得够呛，加上体型又胖，扶着桌子直喘气。

楚渊见状失笑："当心闹出病，这里可没有药草替你调养。"

"这些逆贼当真要反天。"四喜公公叹气，"只可惜沈将军不在，否则如何能轮到他们跳脚猖獗。"

"任先前计划再周全，没料到曾宣会投靠刘家。"楚渊摇头，"百密一疏，也算是得了个教训。"

"那皇上下一步要如何？"四喜公公问，"一个小小的管家敢如此肆意妄为，定然是得了上头指令，也不知王城里现在如何了。"

"王城倒是不必太过担忧，朕早已做好部署。"楚渊道，"况且还有西南王段白月，想必也不会眼睁睁地看着刘府肆意妄为。最多今晚子时，就会有人前来救驾。"

"是。"四喜公公先是点头，而后又跪在地上落泪，"只怕老奴此后再也不能伺候皇上了。"

"为何？"楚渊嘴角一扬，"莫不是想留下跟着刘家人？"

四喜公公还在唏嘘垂泪，尚未伤感完却骤然听到这么一句，顿时大惊失色连连摆手："皇上——"

"朕知道，谁说朕要丢下你了。"楚渊打断他，弯腰将人扶起来，"儿时亏得有公公，多少回替朕挡住那些心怀叵测之人。此番既是救驾，自是要连你也一道救出去。"

"……这。"四喜公公为难，低头看了眼自己的臃肿体态与大肚子，不管怎么瞧，都是一副累赘样貌。早知如此，平日里就该少吃两碗饭。

衙门后的小巷内，叶瑾正挎着菜篮子，施施然往前走。

一队侍卫持刀而立，面色肃穆威严，看上去宛若铜墙铁壁。

"此路不通！快些出去。"叶瑾还未靠近，便像对待苍蝇一般被侍卫挥手驱赶，于是愤愤转身往回走。若换作平常，他定然是要争回去的，漫天撒药可以有！但现如今府衙里还困了个人，无论是凶是吉，总要想办法先见上面才行。

围着府衙逛了一圈，一处偷溜进去的缝隙都没有，叶瑾心塞胸闷，坐在街角茶楼喝茶泻火，顺便留意对面的动静，打算看看晚上有没有机会能浑水摸鱼。时间一点一点过去，茶楼要打烊了，叶瑾翻身上了屋顶，躲在暗处呵欠连天。好不容易到了子夜，还没来得及等到对面守卫交接换岗，一队黑衣人已经悄无声息地从天而降，手起刀落干净利落地将守卫放倒在了地上。

叶瑾："……"

"来人！有刺客！"衙门里有人觉出异样，高呼出声。

熊熊火把瞬间燃起，将天也照亮了半边，刀剑相撞之声不绝于耳，周围百姓被嘈杂声惊醒，躲在被窝中不敢出门，不知外头发生了什么事，哆哆嗦嗦地等着重新恢复平静。

"走！"楚渊拖着四喜翻身上马，在黑衣人的护送下，一路杀出刘府。

"来人！给我追！"刘满气急败坏。事已至此，所有人都知道若是让楚渊回到王城，自己将会有什么样的后果，于是曾宣亲自带人追出城，眼中杀机四现，满脸狰狞。

前来营救楚渊的黑衣人是宫内影卫，每一个都由沈千帆亲自挑选，全部暗中送往江南日月山庄学过轻功，身手很是了得。平日里不会现身，只有在紧急关头才会前来救驾。饶是叛军人再多，也是来一批杀一批，将楚渊牢牢护在最中间。

"放箭！"曾宣率人先登上前方高岗，将楚渊一行人困在谷底。

闪着寒光的箭刃刺破风声呼啸而来，楚渊拔剑出鞘，将四喜挡在了自己身后。

"护驾！"影卫有人中箭受伤，眼看对方又换了一批新的弓箭手，情急之下只有用血肉之躯挡在前方，为楚渊争取更多时间逃离。

火油弹带着浓浓黑烟滚下陡坡，楚渊的战马右眼受伤，嘶鸣着将两人甩下马背。四喜趴在地上急道："皇上快走，莫要管老奴了啊！"

第三章

楚渊挥剑扫开面前火光,上前将他一把拉起来,带着往外突围。曾宣看在眼里,狠狠朝地上吐了口唾沫,从亲信手中接过弓箭,意图置楚渊于死地。

"小心!"影卫见状出声大呼,楚渊只觉背后有破风声尖锐传来,只来得及一把推开四喜,自己后背却传来一阵剧痛。

"皇上!"四喜魂飞魄散,连滚带爬上前扶住他。

"给我杀!"曾宣拿着刀冲下山,正欲乘胜追击,迎面却飞来一个布包,里头粉末铺天盖地糊上脸,脸上皮肤像是被蚊子叮了千百个包,又痛又麻又痒。

"还没死吧?"叶瑾刚一赶到就见楚渊中箭,急急忙忙地扑到楚渊身边。

"侠士,侠士救救皇上啊!"四喜公公宛若见到曙光。

叶瑾闻言快哭出声,我这点功夫还侠士,你怎么这么多年眼神还是如此不好。

眼看楚渊已经昏迷,叶瑾也来不及顾及周围的情况,割开衣服便替他处理伤口。影卫还在与叛军激战,叛军如潮水般杀光一轮又来一轮,影卫眼看就要力不从心,叶瑾仰天怒吼了一嗓子:"白来财!"

咆哮声太过震撼,楚渊在昏睡中哆嗦了一下。

一个老头应声从树梢上一跃而下,土行孙般就地打了个滚,便向着叛军杀过去,手中看似没有任何武器,所到之处却一片哀号,在顷刻之间,便有一大半人被卸了胳膊。

"侠士,皇上没事吧?"四喜公公哆嗦着问。

"不知道,死了就死了吧。"叶瑾咬牙回答。四喜公公险些又跪在了地上。

匆匆帮楚渊包扎好伤口,叶瑾站起来急道:"别打了!"

白来财嘴里叼着野果,将最后一伙叛军踢下山,而后又不知从哪里搞了一驾马车出来。城内不知还有多少叛军,这种时候显然是要找个安静的地方,于是叶瑾当机立断,带着楚渊与影卫一道进了深山——在那里有一处小房子,原本是叶瑾为采药时躲雨过夜搭建的,此时恰好能派上用途。

"侠士,皇上他没事吧?"一路上,四喜这句少说问了七八回。若非看在小时候四喜公公抱过自己的份上,叶瑾现在很想将他打晕。

楚渊脸色苍白,衣服被血染透大半,手指也冰凉。幸好木屋内本就有不少药材,叶瑾烧了热水替他擦洗换药。白来财又折返云水城拿来不少衣服被褥与干粮,两人一起忙活了好几个时辰,才总算将所有人的伤口处理完。

叶瑾守在楚渊身边,时不时帮他试试脉相,确定一时半会死不了,方才松了口气。四喜公公瞅准机会,又道:"这位侠士……"

"不会死。"叶瑾心力交瘁,连骂人的力气也没有了。

"不不不,侠士误会了,我是想问侠士尊姓大名。"四喜公公弯腰施了个大礼,"这回多谢二位侠士出手相救啊。"

"小事一桩,我就是正好闲得慌。"叶瑾撇撇嘴道。

四喜公公:"……"

"我去山上找找,看能不能采到赤红藤,可以补血养身。"叶瑾站起来,"公公若是累了,也睡一会吧,他一时半刻不会有事。"

"好好好,有劳侠士。"四喜公公忙点头,又担忧道,"但看着天色像是要落大雨。"山中难免湿滑,而且看方才双方打斗的架势,像是功夫也不怎么好。

叶瑾却已经背着背篓出了门。白来财不知去了哪里,四喜公公赶忙让未受伤的两个影卫跟上去保护叶瑾,也好有个照应。

果不其然,叶瑾出门没多久,山里便下起了暴雨,电闪雷鸣轰隆隆地从天边压来,叫人心里头都发麻。叶瑾这一去就是两个多时辰,四喜公公在门口张望了三四回,直到天彻底黑透,叶瑾才满身雨水被影卫搀扶回来,说是采药的时候差点掉下山。

四喜公公被吓了一跳,赶紧烧热水给他擦洗驱寒。叶瑾满肚子都是火,觉得自己着实倒霉,先前将师父的骨灰送往寺庙后,就该换一条路回琼花谷,来什么云水城,这下可好,撞到了麻烦甩都甩不掉。

楚渊一昏迷就是两天,这日下午,叶瑾坐在床边,照例帮他解开绷带检查伤口。

"侠士下手轻着些。"四喜公公看叶瑾换药看得心惊,"皇上可是龙体。慢慢擦药,拍不得啊。"

第三章

叶瑾哼一声,将手巾沾满药粉拍下去。四喜公公看得倒吸冷气。楚渊也在昏迷中闷哼一声,然后费力地睁开眼睛,看到的景象很模糊,像是有人在看着自己,却只是一瞬间工夫,就又换成了熟悉的另一张脸。

"四喜。"

"皇上,您可算是醒了。"四喜公公喜极而泣,心里却又纳闷,好端端的,怎么方才还坐在床边的侠士"嗖"一下便跑了出去,速度还挺快。

楚渊又闭着眼睛想了一阵,方才道:"这是哪里?"

"这是云水城的后山。"四喜公公将先前发生的事情大致说了一遍,又感慨道,"这二位侠士可真是大好人。"就是脾气怪异了些,一个时不时就会哼,另一个连影子都见不着。

"人呢?"楚渊嘴唇干裂,"朕要亲自道谢。"

叶瑾蹲在门外撇嘴,心想:"谁要你当面感谢。"

"侠士,侠士。"四喜公公出门来唤,"皇上请您进去。"

"我才不进去!"叶瑾站起来,施施然钻进了马车。

四喜公公:"……"

但嘴里说不见,脉还是要诊的,毕竟楚渊受了重伤。于是片刻之后,叶瑾又从马车里钻了出来。恰好路过的影卫看到叶瑾的打扮被吓了一跳。

"看什么看!"叶瑾叉腰怒道。

"没看没看。"影卫赶紧低头。

叶瑾把头包得严严实实,只露出两只眼睛进了屋子。

楚渊:"……"

四喜公公也惊疑:"侠士这是何意?"

叶瑾瓮声瓮气道:"染了风寒。"

四喜公公恍然,楚渊一直看着叶瑾的眼睛。叶瑾坐在床边,一把拖过楚渊的手腕把脉。

"敢问阁下尊姓大名?"楚渊问。

"你管我叫什么!"叶瑾把他的手塞回去,施施然站起来,打算出去煎药。

"浩儿?"楚渊忍不住,狐疑试探。

045

"不要叫得这么恶心啊！"叶瑾勃然大怒。

楚渊惊道："真的是你？"

叶瑾冷静无比："是你个头。"

"九殿下？"四喜公公总算反应过来，心想就说看着如此眼熟。

叶瑾面无表情："认错人了。"

"果真是啊。"四喜公公喜极而泣。

楚渊也靠在床头，笑着冲他伸手。

"哼！"叶瑾转身出了木屋，在悬崖边蹲到天黑，才被白来财带回去。

楚渊正在床上吃粥，叶瑾站在门口，双眼充满幽怨，心想其实我并不是很想救你，你千万不要感谢，也不要缠着我不放！毕竟大家都不熟。

楚渊掀开被子想要下床。

"喂！"叶瑾后退一步，警告道，"躺回去！"

"滚——"

"滚你个头！"叶瑾单脚踩上门槛，一派土匪样貌。

"那总该告诉朕，要如何称呼你。"楚渊有些好笑，心里又有些暖意。先前当皇子时，宫里兄弟虽多，却个个心怀叵测，还从未有人会如他一般，肯舍命救自己。

"叫我叶神医。"叶瑾思考了一下，然后回答。

"那多生疏。"楚渊皱眉。

"我们本来就很生疏啊！"叶瑾一屁股坐在床边，"昨日府衙还有人来搜山，虽说没找到这里，但总住着也不是长久之计，你下一步打算去哪里？"

楚渊道："无地可去。"

叶瑾："……"别说你当真赖上我了，身为皇上要有骨气。

"朕一直视为心腹的曾宣也能背叛朕，这云水城附近，当真不知道还有谁能信得过。"楚渊摇头。

叶瑾哀怨道："一个熟人也没有？"

"此行原本是打算前往千叶城的。"楚渊道。

第三章

"我才不去千叶城！"叶瑾闻言炸毛。

楚渊被他的反应惊了一下，莫不是叶瑾在千叶城有仇家？

"只有千叶城？"叶瑾不甘心，又问了一次。

楚渊点头："千叶城日月山庄，是千帆的家，这江南只有他一人我信得过。"

"跟你说了不要提日月山庄。"叶瑾站起来走了两圈，然后又重新坐回去，"算了，我带你回琼花谷，离得近，也好继续治伤。"

"叶老谷主近来可安好？"楚渊问。

"三个月前刚驾鹤西去。"叶瑾回答。

楚渊："……"

"没什么可伤心的，师父都一百来岁了，是喜丧。"见他沉默，叶瑾撇撇嘴，眼眶却有点红。

楚渊见状伸手想安慰他，却被兜头糊了一巴掌。真是非常非常凶。

王城皇宫内，段白月正靠在一棵梅树下，看着天边流云出神。这里本是冷宫，平日里压根没人来，某天四喜公公经过时觉得土壤还挺肥沃，于是此后皇上再龙颜大怒，梅树便会被暂时挖来种在此处，长得倒也不错。

直到天黑，段白月才起身回了锦缎行。段瑶正坐在桌边捯饬一堆毒草，看到他后抽抽鼻子皱眉："你喝酒了？"

"三杯而已。"段白月道。

段瑶怨念："让我日日去刘府探听消息，你居然一个人跑去喝酒？"

"探到什么了？"段白月问。

段瑶答："什么也没探到。"

段白月摇头："还不如我去喝酒。"

段瑶险些把毒药塞进他敬爱的兄长嘴里。

"不过让你去，也不是想听到什么，刘府这么多年在王城盘根错节，又岂是你短短几天能看出端倪的。"段白月道，"只是楚皇近日不在王城，盯着看他们有无异动罢了。"

"有异动又如何？"段瑶问，"你还能管？"

段白月反问:"我为何不能管?"

段瑶道:"这与我们又没关系,何必平白无故沾染一身腥。"

段白月摇摇头:"这朝中谁当皇上,对西南部族而言,关系可大了。"

段瑶趴在桌上打呵欠,显然对此事没有任何兴趣。

"王爷。"段念在门外道,"属下刚刚得到消息,沈将军似乎回来了。"

"果然。"段白月对此倒是没有任何意外,"人在何处?"

"日月钱庄,并未回将军府。"段念道,"王爷可要去会一会?"

段白月拿起桌上佩剑,大步走了出去。

日月钱庄内,沈千帆正满头冷汗,让下人处理伤口,一道剑伤从胸口贯穿小腹,满地是血。院内传来一声闷响,而后便是拔剑出鞘之声:"谁!"

"沈将军。"段白月站在院中。

果不其然……沈千帆披好外袍,开门将他请了进来。

"将军受伤了?"段白月有些意外。

"在快进城的时候,遭到了伏击。"沈千帆道,"对方一共三十余人,现已全部毙命。"

"刘府的人?"段白月又问。

沈千帆道:"西南王还没说,为何会无故出现在王城。"

段白月道:"楚皇没有告知将军?"

沈千帆摇头。

段白月道:"那本王也不说。"

沈千帆:"……"

"我虽不知将军下一步想做什么,但有一件事最好提前告知于你。"段白月道,"西北边境怕是又要乱。"

沈千帆闻言皱眉。

"当年楚先皇为防刘家权势过大,费尽千辛万苦,才将东北兵权逐步收回,不过他大概没想到,这十余年时间,也足够刘恭暗中布局,逐渐控制西北局势。"段白月道。

第三章

"西南王是说我大楚西北驻军?"沈千帆问。

"不是楚军,而是异族。"段白月道,"阿弩国的沙达只是个傀儡棋子,而那支骁勇善战的西北骑兵的真正主子在刘府。"

沈千帆脸色一变。

"如今沙达就在王城,我的人在盯着他。"段白月道,"楚皇不在宫中,刘恭应该是要借古力之死,找借口向朝廷发难。"

"途中既有人刺杀我,刘恭想必早已猜到了一些事。"沈千帆道,"局势危急,我要即刻进宫。"

"可要本王出手相助?"段白月问。

沈千帆道:"皇上有旨,王爷若是闲得没事做,便好好在家待着,莫要到处乱跑。"

段白月挑眉:"也没说不能帮。"

沈千帆翻身上马,一路朝皇宫大内而去。

客栈里,段瑶迷迷糊糊刚睡着,就被人从床上拎了起来,险些气哭。

"白日里你还在愁找不到人养蛊。"段白月拍拍他的脸蛋,"清醒一些,带你去抓几个活的!"

刘府内,刘富德急忙道:"沈千帆此番突然回来,定然是冲着刘府,不知父亲可有打算?"

刘恭坐在太师椅上,面色阴沉不发一语。

刘富德直跺脚:"父亲,如今这局势不是你我要反,而是朝廷要掘根啊!"

"慌什么。"刘恭站起来,"去叫你三叔来。"

"是!"刘富德闻言赶紧转身往外跑,却险些和管家撞了个满怀。

"少爷,对不住。"管家跑得上气不接下气,也来不及多说其他,只将手中书信呈上前,"云水城送来的,像是出了事。"

刘恭挑开火漆,将信函大致扫了一遍,而后便面色一变,过了许久,才狠狠一拍桌,道:"来人!随我进宫!"

第四章

第四章

夜色寂寂如水，宫门口的守卫正在打盹，突然就听见远处传来一阵嘶鸣声，守卫慌忙站直身子，见一匹快马正疾驰而来，走近之后才发现，原来是大将军沈千帆。

守卫松了口气，上前替他牵马："将军怎么这时候来了？"

"在我之前，可有谁先一步进宫？"沈千帆问。

"没有。"守卫摇头，"一直安静得很。"

沈千帆点点头，也来不及多做解释，快马加鞭冲入崇阳门，直奔宫内御林军驻地。片刻之后，又有一队人马赶来，火把明晃晃的，若非见着打头之人是刘恭，守卫还以为是有人要来滋事。

"刘——"一句话才说了一个字，守卫便被跟跟跄跄推到一边，眼睁睁地看着这群人闯入了宫。

这下就算脑子反应再慢，也能觉察出事有异常，况且刘恭早已卸任多年，断然没道理这时候往宫里跑，于是守卫慌忙跟着进宫，要将事情禀告给上头。

御林军副统领名叫曹弛，平日里看着蔫头蔫脑，像是没什么野心抱负，这时候见到沈千帆骤然出现，却像是换了个人一般。

刘恭远远前来，疾声下令："将他给老夫拿下！"

御林军"哗啦"分为两拨，一些人站在了沈千帆身后，更多的，却聚集在了曹弛身旁。

"皇上有旨。"沈千帆拔剑出鞘，怒吼道，"捉拿刘府逆贼，若有反抗者，杀无赦！"

"是！"铁血呼声整齐划一，直上九霄。

正文街的一座大宅子里，当朝太傅陶仁德还在酣睡，外头却有人大喊："老爷快跑，有强盗杀进来了啊！"

身旁夫人坐起来，惊魂未定道："出了什么事？"

窗外刀剑相撞声无比刺耳，陶仁德虽说年逾六十，但毕竟是做大官的，心知这朝中有人不安分，早就将生死置之度外，倒也没慌。套上鞋子随手拔出床边大刀，就要带着夫人往外杀，耳边却传来一声轻笑："陶大人，外头还冷，至少披件衣裳。"

"啊哟！"陶夫人又被吓了一跳，这屋里何时多了个人？

"西南王？"陶仁德万分震惊。

段白月道："外头来的可都是高手，陶大人还是乖乖待在这卧房为好。"

"你竟敢谋反！"陶夫人将自家老爷护在身后，摆出诰命的气场。

"夫人误会了，本王是来保护二位的。"段白月道，"至于外头的人是谁，陶大人想必心知肚明。"

"皇上可还安好，宫内局势如何？"陶大人问。

"皇上人在江南，不过沈将军回来了。"段白月道，"解决了外头这一群，若还有时间，本王再去宫内助沈将军一臂之力。"

段瑶从兜里摸出一把毒虫，一巴掌呼过去，全部塞进了面前叛军的嘴里，半夜三更被拉出来打群架，自然要占些便宜才不亏。刘富德胸口吃了段念一刀，嘴里涌出鲜血，腿软跪在了地上。

叛军约莫有一百余人，个个都是死士，显然是铆足了劲要将陶大人置于死地，却没料到会中途杀出一个段白月，将计划打乱。

陶仁德急道："西南王，还有其余朝中同僚——"

"陶大人不必担忧。"段白月道，"皇上早就派了人暗中保护。"

"那就好。"陶仁德松了口气。

"能回去睡了吗？"段瑶打呵欠。

"不能。"段白月翻身上马，"来人，随本王进宫！"

段瑶泪眼婆娑深感受骗，原来不止打一架。

宫里杀声震天火光熊熊，内侍与宫女尖叫逃窜，都觉得宫里怕是要变天。这些年刘恭苦心经营，在楚渊身边与军中皆安插了不少眼线，为的就是有朝一日能助自己成事。如今既已难回头，自然要杀出一条血路，先将楚渊亲信除尽，再告知天下皇上已在江南遇刺，好能名正言顺地将流放中的高王楚项召回王城，将手中的牌重新洗一回。

第四章

沈千帆浴血厮杀，连双眼都赤红。

"将军还是早日降了吧。"刘恭在人群外，慢条斯理道，"如今这宫中，可都是老夫的人。"

沈千帆握牢剑柄，直取他面门而去。

不只是宫里乱，皇城里头也早已乱了套，叛军像是一夜之间从地底冒出来似的，想将所有与刘府作对的朝中大员都俘虏软禁，却被楚渊暗中布下的影卫截住，火光阵阵杀声四起，有胆大的百姓将门开个小缝听上一阵子，又被家人拉住耳朵扯了回去，这热闹也要凑？

眼看沈千帆已有些力不从心，刘恭冷笑一声，转身大步朝御书房而去。

"刘大人想去哪里？"段白月策马立于前方，微微挑眉。

"西南王？"刘恭心里惊疑，不知他为何会出现在此，亦分不清对方是敌是友，是要助楚渊一臂之力，还是要来从自己手中分一杯羹。

"听说这里有热闹看，本王就来了。"段白月笑笑，"果然不虚此行。"

"西南王若是有想法，不妨直说。"刘恭道。

段白月问："不管是何要求，刘大人都能答应？"

刘恭咬牙："若西南王能助我成事，此后云贵所有省份尽可割让。"

段白月摇头："本王想要的不止这些。"

刘恭也没料到他胃口会如此之大，于是不满道："西南王可要想清楚，我所给出的条件已是前所未有，若换成楚家人，只怕连如今的西南十六州都会想方设法收回去。"

"这点条件，也敢拿来吹嘘？"段白月失笑，"楚皇能给本王的，才叫前所未有。"

"楚渊答应给什么，老夫亦能答应。"刘恭狠下心。

"楚皇能给的，你怕是给不了。"段白月拔刀出鞘，"还是早些将命拿来，我也好拿去哄人开心。"

"放肆！"刘恭后退两步，"给我上！"

四周杀手一拥而上，段白月冷笑一声，手中刀锋划破空气带出风声，金石相撞间，带出无数火光。

另一头，段瑶大抵是因为没睡醒，所以下手残暴了许多，将沈千帆丢到一旁后便开始漫天撒毒虫，一眨眼放倒一大片。

沈千帆："……"

这场酣战一直持续到天明，楚军大获全胜，刘恭父子被五花大绑，以谋逆罪名投入狱中，其余叛军死伤无数，刘府一脉的朝中大员也悉数被控制。其余官员第二日战战兢兢来朝中议事，原先座无虚席的厅内，竟空了大半。

"太傅大人，沈将军他没事吧？"刘大炯忧心忡忡——经此一劫后，他成了这朝中为数不多的刘家人。

陶仁德道："刘大人尽可放心，耽误不了与令侄女的亲事。"

刘大炯爱做媒，朝野上下都知道，此番百官听到后也笑出声，将昨夜变故带来的忧虑冲散不少。

不过话说回来，就算是德高望重的太傅陶仁德，也没想到楚渊竟会早就料到这一天，在每人身边都安插了侍卫保护。想到此处又难免庆幸，幸好没有一时糊涂做错过事。

沈千帆虽受了些伤，不过却无性命之虞，多养几天就能好。段白月则是在第二日下午便告辞，说是要回西南。

"关于沙达，西南王怎么看？"沈千帆问。

"刘家倒了，应该也没人会去管他。"段白月道，"至于刘恭为何要找他进王城，古力又为何会惨死街头，这一切都与西南无关，在下插手多有不便，就交给将军审了。"

"如西南王当日所言，西北怕是又要乱。"沈千帆忧心叹气道。

段白月笑笑，与他告辞之后，便动身离开王城，一路策马往南面赶去。

整整过了十天，段瑶才后知后觉反应过来："这是回西南的路？"

"自然不是。"段白月道。

段瑶震惊地张开嘴，什么叫"自然不是"？

"谁说本王要去西南了？"段白月反问。

"你自己说的啊！"段瑶悲愤，前几日亲口说的。

第四章

段白月挑眉，没有一丝负罪感："我们去千叶城。"

段瑶绝望："为了见那个人？"

段白月策马扬鞭，一路烟尘滚滚。段瑶很想号啕大哭，你想见就去见，为什么不能让我先回去。

琼花谷内，楚渊正躺在床上看书，叶瑾端了药进来，然后就想拔腿往外溜。

"小瑾。"楚渊叫住他。

"什么小瑾，小瑾是师父叫的！"叶瑾叉腰，"跟你说了，要叫我'这位神医'。尊称懂不懂，有没有礼貌！"

"好，这位神医。"楚渊笑着看他，"可否陪朕说会话？"

"还笑得出来。"叶瑾一屁股坐在床边，"一个皇上混成这样。"

"要坐稳龙椅，总要付出些代价。"楚渊道，"朕不觉得委屈。"

你当然不觉得委屈啊！带着一大群人白吃白住白聊天，一文钱都不用付，还顿顿要有肉。叶瑾愤然地想，委屈的那个人分明是我。

"听小厮说，明日这谷中有客人要来？"楚渊问。

"是追影宫主，恰好路过。"叶瑾啃了口梨，随口回答。

"秦少宇？"楚渊有些意外。

"你居然认识江湖中人？"叶瑾倒是没想到这一点。

"不认识，不过听千帆说起过，武功盖世侠义心肠，是能做大事之人。"楚渊道。

"别说你想拉他去做官。"叶瑾提醒，"他不会答应的。"

"当真？"楚渊有些失望，"如今西北边境战乱频起，朝中正是用人之际，江湖之中人才济济，若是肯——"

"别人我不知道，但秦少宇是定然不会答应的。"叶瑾打断他，又重复了一回。

楚渊只好叹气。

"当初人人都想要抢皇位，还以为是什么好差事，结果这么累。"叶瑾很是想不通。

楚渊笑笑，伸手替他整理好衣领。不要乱碰啊！叶瑾一巴掌拍掉，都说了大家不太熟，怎么好动手动脚。

"会有人来接你出去吗?"过了阵子,叶瑾又问,"还是说要我去帮忙送信?"
"朕已经派了人回王城。"楚渊道,"估摸着过段日子就会有人来。"
王城……叶瑾很想背着手在院子里头仰天长叹。
那岂不是还要住很久。

官道上,段白月昼夜不停地赶路,若非坐骑是旷世名驹,只怕早已累死好几匹。
"这么赶干啥啊?"这日夜半,段瑶暴躁地问道。
段白月提醒:"三个时辰后,我们便又要上路。"所以并没有多少时间可以睡。
段瑶躺回树下,生不如死。来世若能投胎,定要选一家没有哥哥的。

小树林里头很寂静,一行人连日赶路,睡觉都很熟,不过即便如此,习武之人的本能还在,因此当听到一丝微小的破风声之后,所有人的眼睛几乎都在同一瞬间睁开。数百枚飞镖密密匝匝迎面飞来,闪着幽幽蓝光钉在树上,随后便是一张金丝大网,上面遍布淬过毒的倒钩利刺。段白月一刀将其扫开,带着段瑶避到安全地带。

"西南王。"银铃般的笑声从森林深处传来,而后便是漫天花瓣四下飘起。段瑶翻了个白眼,问:"你的风流债?"看这香喷喷的,还不赶紧笑容满面迎上去。
段白月道:"这你就想错了,只怕她此行的目的不是我。"
"难不成还能是我?"段瑶撇嘴。

"西南王可曾想好,要何时将瑶儿给我?"一顶软轿从天而降,从中走出一名美艳少妇。
段瑶:"……"这位大婶,你刚刚说什么,能不能再说一遍。

"蓝教主。"段白月道,"当日我就说过,瑶儿他并未学过菩提心经,教主怕是找错了人。"
"他练的是什么功夫,我比任何人都清楚。"少妇步步逼近,"将他交给我,或许能换西南王一条活路。"
来者不善,段白月挡在段瑶身前,目色渐厉。

第四章

局面紧绷如满月弓弦，段瑶耐着性子解释道："我真没练过菩提心经。"先前倒是想练，因为据说那是当今武林数一数二的魔功，听起来很威风，但师父无论如何也不肯，便只有遗憾作罢了。

少妇冷笑："当日南摩邪曾亲口说过，将心经传给了你，难不成他还会骗我？"

果然啊……段瑶发自内心道："哪天若是师父不骗人，那才是活见了鬼。你信谁不好，居然信他？"

"废话少说！"少妇声音陡然一厉，"总之今日无论如何，我也要将你带回天刹教！"

"这又是个什么教派？"段瑶先前没听过，于是小声问。

"她叫蓝姬，和紫薇门蓝九妹是师姐妹。"段白月解释。

段瑶依旧不理解，紫薇门是西南毒教，和王府虽说关系算不上好，却也不差，自己还曾亲自去过几回买蛊，但却从未听过蓝九妹有同门，况且即便是有，又和自己有什么关系？真是无妄之灾。

"就算瑶儿当真练过菩提心经，也不能助教主练成神功，又何必如此咄咄逼人？"段白月道。

段瑶胸闷，我真的没练过。

"有没有用，也要带回去才知道。"蓝姬手中寒光一闪，一条红眼毒蛇便吐着信子嘶嘶迎面而来，段白月还未来得及出手，段瑶已经捏住蛇颈七寸，啪啪两下甩断脊椎，卷巴卷巴装进了自己的小布包里。

飞来横财，这蛇略贵。

段白月啧啧道："一年不见，蓝教主下三烂的路子倒是丝毫未改。"

蓝姬恼羞成怒，疾色出手攻上前来，西南王府的杀手也与天刹教徒战成一团，林中乌烟瘴气，段瑶果断后退两步看热闹——其实若论起实打实的功夫，段白月定然会占上风，倒是不用担心。但如今段白月既有内伤在身，如此打斗也着实没有意义，于是在两人缠斗数百招后，蓝姬只觉左颈一凉，也不知是何物软软滑滑，在脸上舔了一下。

"呱！"一只紫色蟾蜍跳到地上，飞快躲至段瑶身后。蓝姬脸色骤变。

"你还是快些回去逼毒吧。"段瑶好心好意劝慰，"会烂脸。"

057

没有哪个女人能受得了这三个字，即便是魔教妖女也不例外。蓝姬几乎是一眨眼就消失了。

"没事吧？"段瑶松了口气，扶着段白月坐到火边。

段白月摇头："调息片刻便会好。"

"都是那死老头！"段瑶想了想又生气道，"也不知教了你什么破功夫！"居然险些练到走火入魔。

段白月笑笑，自己吃了一丸药。

段瑶继续道："早知如此，当初就该拜个别的师父。"武功好不好暂且不论，人品好不好也可以不说，但至少不能坑徒弟！

"蓝姬看来是铁了心要将你带回天刹教。"段白月道，"这一路还是小心为好。"

"你看，这也是师父惹出来的祸端，好端端的，跑去和妖女说我练过菩提心经。"提及此事，段瑶更生气，"练的那个人分明就是你。"

段白月拍拍他："没错，是本王。"

"那你知不知道，为何她非要带我回教中？"段瑶又问。

段白月答曰："因为要成亲。"

段瑶："……"

段念与其余部下听到后，也被震了一下。原来是要成亲啊。

段白月在他面前晃晃手："听到要娶媳妇，高兴傻了？"

段瑶不可置信，指着自己的鼻子："可我才十三岁。"

"十三岁又不算小。"段白月拍拍他的脑袋。

段瑶："……"话说清楚。

段念眼底充满同情，王爷这个兄长，当真是不怎么靠谱。

不过虽说话里调侃，段白月在接下来的路途中也加强了防备，平平静静又赶了十几天路。眼看着就要到千叶城了，段白月却突然下令掉头，原路折返。

段念提醒段瑶，王爷似乎心情不大好，小王爷还是莫要去触霉头为妙。段瑶泪眼婆娑，他心情好不好关我什么事，我只想找间客栈上房，好好睡一觉而已啊！

第四章

段瑶问:"那又要去哪?"

段念答:"琼花城,离这里并不算远,小王爷再忍两天,再忍两天就好。"

段瑶闷闷"嗯"了一声,心中充满怨念。

琼花谷内,叶瑾正蹲在院子里分拣草药,楚渊坐在他身边,随手捡起一根参须。

"吃了吧,对身子好。"叶瑾随口道。

楚渊嚼了两下:"甜的。"

"真吃啊?"叶瑾和他真诚对视,"骗你的,是毒药。"

楚渊看着他笑。

叶瑾撇撇嘴:"你什么时候走?"

"大约就是这几天。"楚渊道,"算来日子也该差不多了。"

叶瑾自己也拿了一根药材嚼。

沉默片刻后,楚渊试探道:"小瑾也跟着朕一起回宫?"

"做梦!"叶瑾一口拒绝,"我过几天还有事要做。"

楚渊想了想:"可是要去日月山庄?"

叶瑾闻言睁大眼睛:"我去日月山庄做什么?"

"猜的。"楚渊道,"前几日秦宫主来时,曾说是要去日月山庄提亲,还当你也会去喝喜酒。"

"以后不要提这四个字!"叶瑾提醒,"不然阉掉你!"

楚渊哭笑不得:"这是什么胡话。"

"江湖里混大的,自然不比你斯文。"叶瑾抽抽鼻子,"我去采药了,你也去睡吧。"

楚渊点点头,目送他一路出了小院,眼底难得平静带笑。

"皇上。"片刻之后,四喜公公小跑进屋,"有人送来了书信。"

"千帆?"楚渊从床上坐起来。

"不是。"四喜公公气喘吁吁,"西南王。"

楚渊闻言手下一僵。见他面色有恙,四喜公公小心翼翼地问了句:"皇上可要看?"

楚渊从他手中接过信函,拆开匆匆扫了一遍。

059

四喜公公又道:"宫里头暂时还没回音,按照一来一往的日子,怕是还要等个三四天,皇上不必担忧。"

楚渊心里叹气,也未再多言。

而在琼花城客栈内,段瑶终于得偿所愿,躺在床上呼呼大睡了一觉,直到第三天才醒。

"小王爷。"段念正在门口守着他,听到动静后问,"可要用饭?"

"哥哥呢?"段瑶伸着懒腰问道。

"早上就出了门。"段念道,"说是去见故人。"

段瑶顿时来了精神,咕噜从床上坐起来道:"见故人?"

段念推开门,替他端了洗漱用水进来。

琼花谷外有一株别地移栽来的合欢树,被神医天天用药渣养着,茂盛得有些邪门,疯了一般,几乎一年到头都在开花。段白月靠在树下,看着湛蓝湛蓝的天际出神。远处传来脚步声,段白月唇角一扬,却并没有回头。

"西南王。"四喜公公恭敬行礼。

段白月笑容僵在脸上。

"皇上龙体有恙,怕是不能来了。"四喜公公态度很是恳切。

段白月皱眉:"伤还未好?"楚渊遇刺,西南王府的眼线也是前几日才得到消息,却没说是重伤。

四喜公公道:"是啊。"

段白月笑笑:"既如此,那本王也就不打扰了。"

四喜公公站在原地,一路目送他离开山谷,才转身折返。

楚渊裹着厚厚的披风,正在不远处站着等。

"皇上,西南王走了。"四喜公公回禀。

楚渊点点头,脸色有些苍白。

四喜公公继续道:"这谷内机关重重,到处都是毒草瘴气,即便是武林高手,也闯不进来的,皇上尽可放心。"

楚渊闭上眼睛,耳畔却只有风声渺渺。

第四章

是夜，雨雾霏霏，段白月撑着伞，看着不远处的人影笑道："楚皇果然在等我。"

"小瑾不喜有外人闯入，朕自然不希望打扰到他。"楚渊神情疏离，手心冰凉。

段白月大步上前。

楚渊："还没说你为何会在此处？"

段白月反问："刘府已被连根拔除，我又为何还要留在王城？"

"就算想要封赏，也得等朕回宫。"楚渊转身往回走，"若西南王没其他事情，就请回吧。"

段白月在身后叫住他："可要我护你北上？"

楚渊摇头。段白月顿了顿，许久之后才道："也好。"

四周静悄悄的，琼花谷内没有外人，御林军也受了伤，因此并无人守夜，连四喜也正睡得香甜。楚渊强撑着坐在桌边，胸口闷痛。

这夜，段白月在树下站了许久，久到雨雾初停，朝阳蓬勃。身后有人唉声叹气，段白月闻声骤然转身。白来财看着他连连摇头，就差捶胸顿足。

段白月头又开始隐隐作痛："师父。"

几十年前在西南苗疆一带，若是谁家小娃娃夜晚啼哭不睡觉，爹娘只要唬一句南摩邪来了，不管先前娃娃们闹得多惊天动地，都会立刻消停下来，比狼婆婆和阎罗王都好用。因他功夫奇高无比，行踪神出鬼没，擅长养蛊制毒，手段又阴险狠毒，几乎各个寨子都吃过苦头。到后来大家伙不堪其扰，于是联名去找当时的西南王段景，求他出兵镇压，也好讨一个安生日子。

段景在获悉此事后，亲自率军前往深山密林，设下重重陷阱，足足花了三个月的时间，才将其擒获。寨子里的人都以为王爷要一把火烧了这妖人，却没料到南摩邪在狱中待了没几天，便被堂而皇之地请进了王府客房，成了段白月与段瑶的师父。

乡民虽说无法理解，但能将人困于西南王府，不再出来为祸世间总是好的。况且既然有了身份地位，想来也不会像先前那般胡闹，于是便渐渐忘记了这回事。

而在南摩邪的教导下，段白月与段瑶的功夫也绝非常人所能及，但就有一个毛病，招式着实太过阴毒。不过段景对此倒是不以为意，他向来就看不上中原武林那套侠义仁德，能打赢不吃亏便好，管他手段如何。

西南王府里的下人都知道，虽说南师父看上去疯癫了些，但对两位小王爷是当真好。段景因病去世之后，也是南摩邪暗中相助，才能让年幼的段白月坐稳西南王位，逐渐有了今日气候。

亦师亦父，有些事段白月自然不会隐瞒，也着实隐瞒不住。

"你打算在这里站多久？"白来财或者说是南摩邪道，"这山谷里头有个神医，脾气不好，若是等会听到有不速之客站在他家门口，只怕又会出来漫天撒毒药。"

"好端端的，师父怎么会来这里。"段白月扶住他。先前每回诈尸刨坟钻出来，可都是大摇大摆回王府的。下人刚开始还吓得半死，次数多了便也习惯了，后来甚至还会念叨，为何南师父这回居然能埋这么久，到现在还没诈出来，我们都十分思念。

"你与瑶儿都不在，我回去作甚？"南摩邪道，"况且来这里，也有大事要做。"

"与神医有关？"段白月与他一道往客栈走。

"他是叶观天的徒弟，中原武林数一数二的神医。"南摩邪道，"也是你故人的弟弟。"所以不管是治疗旧疾还是心病，听起来都应该很是靠谱才对。

"虽说这神医脾气不怎么好，心肠却是极软的。"南摩邪雄心勃勃道，"为师与他先搞好关系，将来也好为你出一把力。"

段白月哭笑不得。

"不过这段日子我试探了几次，他似乎也不知道何处才能有天辰砂。"南摩邪叹气。

"有劳师父挂心了。"段白月道，"不过徒儿这内伤由来已久，最近也并无异常，倒是不必着急。"

第四章

南摩邪又问:"瑶儿呢?"

"在客栈,这些天赶路狠了些,应当正在睡。"段白月道,"还有件事,前几日在桑葚镇露宿林中时,天刹教的蓝姬曾追来,要将瑶儿带回去成亲。"

南摩邪闻言震惊:"瑶儿今年才多大,那妖婆子是疯了吗?"

"据她所言,应当是师父亲口承认,说瑶儿练过菩提心经。"段白月道,"虽不知传闻从何而起,不过近些年江湖中倒是一直有人在说,菩提心经能壮人阳元,蓝姬既是妖女,自然会对此分外信服,跑来抓人不奇怪。"况且西南王府的小王爷长得也好,粉嫩嫩的,脸蛋一掐一把水,若是对人不随便下毒养蛊,任谁看了都会喜欢。

南摩邪怒道:"胡言乱语!我就随口一编,怎么也有人信?"

段白月:"随口一编?"

南摩邪又问:"瑶儿没吃亏吧?"

段白月摇头:"这倒是没有,还平白捞了一条红眼蛇。"

南摩邪深感欣慰:"果然不辱帅门。"

"菩提心经到底是何功夫?"段白月问,"还有,师父为何要找人在西南散布谣言,将此物吹捧上天?"

南摩邪拍拍他:"你想练?"

段白月摇头:"不想。"

南摩邪叹气:"怎么就是不肯呢,你看瑶儿想练,我还不想教他。这功夫好啊。"

段白月冷静道:"可要本王下令,替师父将墓穴扩大一些?"不知道在上头压块铸铁板,能不能多关两年。

"这回为师出来,可就不回去了。"南摩邪道,"至少要看着你成亲。"

段白月道:"我从未想过要成亲。"

"师父!"段白月站定脚步道,"还有什么话,在此一次说完再回客栈!"

"你想与皇上论交,那可是皇上。"南摩邪提醒。

段白月问:"皇上又如何?"

"皇上心里要装家国天下,如何能单单顾得上西南一隅?"南摩邪道,"你不想做这西南王,却因一封书信便改了主意,东征西战扫平边陲叛乱,甚至不顾内伤险些走火入魔,只为能让他安心坐稳皇位。此等情义,若是被戏班子唱出来,估摸着十里八乡的百姓都要落泪。"

段白月道："现在这样很好。"

南摩邪唉声叹气，突然凌空劈下一掌，转身就往琼花谷跑。

段白月猝不及防，加上原本就有内伤，闪躲不及只觉胸口一阵闷痛，竟是生生吐出一口鲜血。段白月心里窝火，想站起来却又眼冒金星，只能靠坐在树下喘气。

叶瑾这天一大早就去了后山，因此只有楚渊一人在院中，身边站着四喜公公。

"白侠士，这是出了什么事？"见白财来急匆匆跑进来，四喜公公赶忙问。

"叶神医不在？"南摩邪神色慌张。

"小瑾去了后山，要晚上才能回来。"楚渊道，"怎么了？"

"方才我想去城里买些酒，谁知还没等出山谷，却见着一个白衣人正躺在树下，看着高大英俊、威猛潇洒、玉树临风、仪表堂堂，甚至还有一丝丝贵气，像个有钱人家的公子哥，却不知为何受了重伤。"南摩邪滔滔不绝不歇气，"估摸着是来找神医治病的，却还没等撑到山谷入口，便体力不支昏了过去。"

楚渊心猛然一紧。

"估摸着是要死了。"南摩邪唉唉叹气，非常惋惜。

楚渊大步朝外走去。

"皇上！"四喜公公吓了一跳，赶紧追上前，"皇上要去何处？药快煎好了。"

"传旨下去，谁都不准跟来！"楚渊头也不回。

"皇上！"四喜公公又急又忧，在原地直跺脚，这又是怎么了啊。

远远看到躺在树下一动不动之人，楚渊脑中一时空白。

"我没事。"被他扶起来之后，段白月强撑着摆摆手。

楚渊握住他的手腕把脉，然后皱眉道："你几时受了内伤？"

段白月道："调息片刻便会好。"

楚渊又问："你的人在哪里？"

"城中杨柳客栈。"段白月道，"无人知道本王来了这里，楚皇尽可放心。"

指下脉相虽虚却并不乱，楚渊也是习武之人，自然知道其实并无大碍。在经历过方才的慌乱之后，也逐渐冷静下来。

第四章

段白月问:"可否请人送封信去客栈?"

"这是你的火云狮?"楚渊招手叫来不远处的一匹马。

段白月点头。楚渊带着他翻身上马,一路疾驰出了山谷。南摩邪远远看着,心情甚好。

杨柳客栈里,段瑶正在和段念一道吃饭,突然就有侍卫来报,说王爷被人扶了回来,像是受了伤。

"什么?"段瑶吃惊,还没来得及下楼,却已经有人先一步上了楼梯。

"哥。"段瑶赶紧迎上去。

楚渊把人交给段念,转身想走,却被一把拉住。

段瑶:"……"

"我有话要说。"段白月脸色有些苍白。

楚渊与他对视,微微皱眉。

段瑶纳闷无比:"你是谁?"

段念:"……"

段白月继续道:"与边陲安稳有关。"

楚渊一语不发,扶着他回了卧房。段瑶想要跟进去,却被段念生生拉了回来。

屋门被"哐啷"一声关上,甚至还在里头插了锁,段瑶更加迷惑:"你认识这个人吗?"

段念纠结了一下,道:"认识。"

"是谁啊?"段瑶刨根究底,"看着和哥哥很熟,但我却没见过,还蒙着脸。"似乎颇为神秘。

段念斟酌用词道:"宫里头的人。"

"哥哥出去就是为了见他?"段瑶迟疑着坐回桌边,还没过一会,却又猛然站起来。

段念立刻单膝跪地、双手抱拳:"属下什么都不知道!"

段瑶:"……"

段瑶:"!!!"

065

屋内恰好有暖炉温着水，楚渊拧了热毛巾，让他将脸上血迹擦干净。段白月的呼吸已经平缓许多，事实上他原本也没什么大事，只是被一掌拍得有些蒙而已，毕竟那可是南摩邪，用过的筷子指不定都有毒。

"要说什么？"楚渊问。

段白月道："苗疆有个门派叫欢天寨，似乎与西北反贼暗中有联系。"

"江湖门派？"楚渊意外。

段白月点头："掌门人叫李铁手，贪生怕死又贪得无厌，被外族拉拢算不得稀奇。"

"先盯着他吧。"楚渊道，"如今刘府已倒，朝中势必要大清洗一番。西北那头若不主动出兵，朕也没理由先动手。"

段白月道："那待朝中局势稳固，楚皇又打算如何解决西北之患？"这些年战事不断，楚军虽派兵扫荡过几回，却也只是将入侵者驱逐出境，并未斩尽杀绝。但如此打打停停，总不是长久之计，更何况刘府一倒，也就意味着阿弩国已名存实亡，漠北各部随时都有可能联合一致挥兵南下，不可不防。

楚渊道："西南王有话直说。"

段白月笑笑："李铁手曾派人送来过一封书信，想要拉拢我。"

楚渊对此倒是并不意外，毕竟在旁人眼中，朝廷与西南一直便势同水火，段白月更是出了名的狼子野心。

"两军交战，能打得对方措手不及自然最好。"段白月继续道，"若哪天楚皇真想动手除掉这根刺，我可以先暗中抽调三万西南军北上，与大楚西北驻军汇合。再假意在西南折腾出动静，到那时漠北部族定然会以为楚军主力都在西南战场，于他们而言乃天赐良机，不可能不反。到那时楚皇便可名正言顺，出兵剿匪清贼，永绝后患。"

楚渊道："条件。"

段白月闻言失笑："那要看楚皇能给我什么。"

楚渊声音很低："你想要什么？"

段白月敛了笑意，沉默许久。楚渊面色如常，手心却沁出冷汗。

第四章

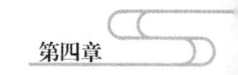

许久之后，段白月道："锰祁河以南。"

楚渊猛然抬头与他对视，咬牙道："锰祁河以南，是整片西南。"

段白月扬扬唇角："楚皇也可不给。"

楚渊挥袖出了客栈。

段瑶正站在门口，见客房门被打开，赶紧用灿烂的笑容迎接，结果什么都没接到。楚渊几乎是瞬间就消失在了走廊。

"你又在傻笑什么。"段白月在屋内头疼，"去吧，一路护送他回谷，免得又出乱子。"

段瑶小跑下楼。段念识趣，伸手替自家王爷关上卧房门。

段白月听着外头动静渐小，轻轻叹了口气。

南摩邪骑在窗户上道："当初就该建议老王爷，送你去戏班子唱戏。"说不定现在已经成了角儿。

段白月与他对视片刻，然后拉过被子，捂住头。

"要这么多封地作甚，能吃还是能喝？"南摩邪跳进来。

段白月道："若什么都不要，按照他的性子，定然又会在心里多一桩事。可若是要别的，想来也不会给。"倒不如就像现在这般，各取所需，两不相欠。

"你问都没有问过，又怎知别人不会给？"南摩邪把被子丢到地上。

段白月靠在床头："我懂他。"

南摩邪胸口很是憋闷。

楚渊武学修为并不算低，自然知道这一路都有人在跟着他，不过也未计较，独自回了琼花谷。段瑶直到目送他的背影消失，方才转身往回跑，打算好好盘问一番哥哥，结果刚回客栈就和人撞了个满怀，定睛一看顿时魂飞魄散："救命啊！"

"浑小子！"南摩邪将他扛在肩头，伸手重重拍了两下屁股，"连你师父也敢下毒？"

段瑶自知理亏，于是扯着嗓子干号。段白月在房内捂住耳朵。段念颇为同情，不过也只是同情而已。纵观整片西南，应该还没有谁敢在南师父手中抢人。

几天后，朝廷的书信也送到了琼花谷，一道前来的还有东南驻军，是沈千帆的亲信。

叶瑾坐在院内啃烧鸡。

楚渊推门进来，笑道："怎么今日如此有胃口？"

叶瑾吐掉骨头："听说你要走了，庆祝一下。"

楚渊坐在他对面："当真不想随朕一道回宫？"

叶瑾脑袋几乎甩飞。楚渊心中有些失望，不过还是笑道："也好，在外头自在些。"

"以后当皇帝小心着点。"叶瑾哼哼，"不是每回都能运气好，恰巧被人救。"

楚渊答应："好。"

四下一片安静。

叶瑾心里很是奔腾。按照往日习惯，若是出现此等尴尬场面，他定然会将人撵回去睡觉，但皇上马上就要走了……似乎应该稍微收敛一下脾气。当然，并不是因为不舍，而是因为这人是皇上，不能轻易就被赶走。替自己找好理由之后，神医又仔细思考了一下，平日里琼花谷的婶婶大娘们是如何聊天的。

片刻之后，叶瑾问："成亲了吗？"

楚渊："……"

叶瑾咳嗽。

楚渊道："没有。"

叶瑾又道："年纪也不算小了，该成亲还是要成亲。"

楚渊顿了顿，道："好。"

叶瑾继续耐下性子："可有喜欢的姑娘？"

楚渊几乎想要落荒而逃："没有。"

于是四周就又安静了下来。

叶瑾觉得自己似乎没有找准切入点。幸好四喜公公及时找过来，让皇上早些歇息。叶瑾如释重负，赶紧离开。

月色下，楚渊一路走，却又无端地有些想笑。

"皇上与九殿下聊了些什么？"见他眼底带笑，四喜公公也跟着高兴，"九殿下

第四章

可是愿意跟着一道回宫了？"

"小瑾说在江湖浪荡惯了，不想去王城，不过倒也无妨。"楚渊道，"还剩这一个弟弟，又有救命之恩，朕不会强迫他。"

"也是，在这山谷里挺好。"四喜公公道，"医术也高超。"住了这些日子，自己的大肚子下去不少，走起路来轻盈许多。

"皇上，胖爷爷。"琼花谷的小童子蹦蹦跳跳地跑过来，是叶瑾平日里收养的弃儿，年岁小也不知见到皇上要行礼，笑笑闹闹便将手里的盒子递上前，"方才有人送到山谷门口，说要我亲手送，还不能给师父知道。"

"多谢。"楚渊被逗笑，从他手中接过来。

小童子继续一跳一跳地跑远。四喜公公原本还有些担忧，觉得此物来路不明，余光却扫到了西南王府的火漆封口，于是便也没有多言。

回到卧房后，楚渊坐在桌边，轻轻挑开封口。打开红木盒，里头是一枚晶莹剔透的淡蓝玉珠。

焚星？

楚渊迟疑着用手拿起玉珠，沁凉圆润，在灯光下像是会发光。

第三日清晨，叶瑾双手揣在袖子里，一路送众人出了琼花谷。

"朕以后会常来看你。"楚渊道。

千万别！叶瑾望天，我们又不是非常熟。楚渊失笑，伸手抱住他拍了拍，而后便翻身上马，一路烟尘滚滚朝北而去。叶瑾一边哼哼，一边踮起脚看，直到最后一个人影消失在尽头，才转身往回走。

南摩邪在旁边道："不愧是做皇上的，出行都有几拨人抢着送。"

也并不是很想送啊，顺路而已。神医施施然回了药庐，并未注意到"好几拨人"是何意。

段白月策马立于山顶，一直看着楚渊带人出山谷上官道，与沈家派来的影卫汇合，方才调转马头回了客栈。

见着他回来，段瑶识趣噤声，继续专心摆弄自己的小虫子——傻子才会触霉头。

段白月一语不发,进了自己的卧房。段瑶立刻脑补出了哥哥扑倒在床号啕大哭的场景,觉得感人非常。

"小王爷。"段念拿着几包点心进来,"属下刚买的,可要尝尝看?"
"当真不能告诉我,那日送哥哥回来的人是谁吗?"段瑶抓住他的手不放。
段念面不改色:"属下什么都不知道。"
"莫非是楚皇的侍卫?"段瑶撑着腮帮子胡猜乱想。
段念冷静道:"大概是。"

段瑶一边啃点心,一边继续疑惑万分。边陲十六州楚皇都能给,为何偏偏这个侍卫就不行?他也是非常想不通。

第五章

从王城下江南时，楚渊心里装满了事。

从江南归王城时，楚渊心里也装满了事。

不过所不同的是，来时心事重重，是为防备途中凶险，以及猜测刘府会作出何等风浪。归时更多的，却是在考量如何将朝中权势重新布局，一触即发的西北战事以及段白月。

掌心的焚星很凉，无论握着暖多久，都如同刚从冰里拿出来一般。楚渊若有所思地看着窗外，像是想起了什么事，嘴角不自觉地扬起弧度。

"皇——"四喜公公端着果品推门进来，见他似乎正在凝神想事情，于是慌忙把余下的话咽了回去，小心翼翼将盘子放在桌上，便要躬身退下。

"回来吧。"楚渊道，"朕有话要问你。"

"是。"四喜公公又重新掩上门。

"杏干？"楚渊坐回桌边，随手拿起一枚果干。

"是啊，用上好的狼牙花蜜腌制的。"四喜公公道，"百姓一片心意，尝个鲜也不错。"

"带些回王城吧。"楚渊道，"刘氏已倒，刘大炯虽与之无牵连，这会八成心里也是惴惴难安，带些小玩意回去，权当是压压惊。"

"是。"四喜公公点头，"我这就让人去准备。"

"如此一来，王城可就消停多了。"楚渊擦了擦手指，"回去刚好赶上殿试，也不知今年学子资历如何，能否够格填补朝中空缺。"

"皇上不必忧虑。"四喜替他捏肩膀，"楚国疆域辽阔，还怕找不到能人做官？"

楚渊点点头，却又想起来一件事，于是漫不经心道："那株梅树……"

四喜公公赶忙道："正在冷宫栽着呢。"没扔、没扔。

楚渊道："哦。"

半响之后，四喜公公出门叫来驿官，令其派人快马加鞭赶回王城。那株梅花树在皇上回宫之前，务必要栽得妥妥当当才成。

窗外传来一阵嘈杂声，楚渊往下扫了一眼，就见一伙山贼样的人正被枷锁套住，

第五章

由衙役押着往前走，数量还不少，百姓纷纷站在两边看热闹。侍卫打听后回来禀告，说是有个书生要从江南去王城赶考，结果路上遇到这伙山贼，也不知是怎么搞的，非但没被劫财害命，反而还带着这伙人主动到了衙门自首，平白赚得不少赏银。

"哦？"楚渊失笑。

"读书人的嘴可当真是能说。"侍卫感慨，"人都到衙门了，那些山贼竟还未醒悟过来，一直哭喊着要让那书生做大当家，劝都劝不住。"

"人呢？"楚渊问。

"据围观百姓所言，在将劫匪带到衙门之后，那书生便用赏银买了几大罐蜜饯，继续高高兴兴地去王城了。"侍卫道，"可要追回来？"

"罢了。"楚渊摇头，"既是去赶考，那迟早要见面，朕也想试试看，能不能在一众试卷中将他找出来。"

另一头的官道上，段瑶踢了一脚马腹，紧追几步与段白月并驾齐驱："当真就这么回去了？"

"不然呢？"段白月问。

段瑶很是难以理解，为何在别的事情上都那么霸道，到了这处却又如此优柔寡断？更何况这次还千里迢迢，专门去王城替朝廷除掉了心腹大患，若是连一个人都换不回来，那西南府颜面何存！

"咳咳！"段瑶清了清嗓子，准备长篇说教一番。

段白月一甩马缰，踏碎无数水洼向前疾驰而去，将弟弟远远甩在了后头。

段瑶："……"

南摩邪此番却并未一起回西南，而是留在了琼花谷。叶瑾这日上街去逛，药铺的老板都认得他，纷纷笑呵呵打招呼，说是从西南来了一批新的草药，有不少稀罕货。叶瑾闻言果然有兴趣，进去挑挑拣拣买了一大堆，老板眉开眼笑地帮他包好，又强行送了本武林秘籍，说是药材贩子一道带来卖的，西南人人都想要。

叶瑾接到手里翻开一眼，扉页恁大四个黑字。

菩提心经。

当然，虽然名字一样，招式心法却不尽相同。叶瑾摇摇头，随手塞到包袱底下，打算带回去当柴烧。

王城里头，关于刘府的事早已传得沸沸扬扬。百姓都在感慨，当今万岁当真是厉害，登基还没满三年，便将在朝中盘踞了几十年的刘府彻底铲除，所有同党皆未能幸免，却又没错杀一人。比如说刘大炯刘大人，虽说与刘府也是远亲，却依旧好端端地当着大官坐着轿，甚至还得了块御笔亲书的牌匾，明晃晃地挂在中堂上，不知让多少王城里头的媒婆羡慕红了眼。

　　而楚渊在回宫后，还未休息两天，便又召集礼部官员至御书房，一同商议此届科举之事。

　　沈千帆一介武夫，对科举一窍不通又大伤初愈，于是难得清闲下来，一遇到好天气就满御花园乱逛散心，顺便想着能不能抽空回趟江南，据说四弟摔伤了脑袋，自己这当哥哥的也该去看看。不过还没等他写好折子，却又有一道八百里加急的西北战报连夜送来——漠北众部族在听闻沙达失踪之后，又开始不安分起来，近日连连与楚军起冲突，意图昭然若揭。

　　楚渊叹气："辛苦将军了。"

　　"皇上言重了。"沈千帆低头领命，翌日便率亲卫军启程，前往西北与楚军汇合，共同镇守边疆。

　　科举如期举行，五日之后，经过筛选的试卷送往御书房。楚渊一张张仔细阅过，饱读诗书文采斐然者自然有，却也算不得多出类拔萃，更别提是一眼相中，心中难免有些失望。

　　"皇上。"四喜公公在外头道，"太傅大人求见。"

　　"宣。"楚渊放下手中考卷。

　　陶仁德进了御书房，内侍照旧端来一把椅子。楚渊示意他免礼落座，笑道："太傅怎么来了，有何事不能明日早朝再议？"

　　"皇上见谅，此事本不合规矩，只是老臣思前想后大半天，这份试卷若是不能让皇上看到，着实可惜。"陶仁德从袖中取出一叠折好的宣纸，双手呈上前。

　　"为何不合规矩？"楚渊问。

　　"此考生不知何因，题目只做了一半。"陶仁德道，"但字体飘然洒脱赏心悦目，通篇文采斐然独出心裁，若是能将文章写完，只怕状元非他莫属。"

　　"哦？"楚渊闻言兴致大起，细细看过之后大笑，"此考生叫何名字？"

　　陶仁德道："温柳年，江南人。"

第五章

"将人找来！"楚渊道，"朕要亲自见见他。"

陶仁德心里一喜，回府后便急匆匆找来管家，让他快些去城内寻人。管家名叫陶大金，办事也是利索的，没多久便问到了那考生的客栈，亲自带人找了过去。

"阁下可是温公子？"陶大金笑容满面。

"你是谁？"温柳年很警惕。

"在下姓陶，是当朝太傅大人陶仁德府中的管家。"陶大金恭恭敬敬道，"我家老爷差我来请温公子，说是有要事相商。"

"啊呀，真是恭喜温贤弟啊！"管家话才刚说完，温柳年还没来得及张嘴，周围一圈书生便已经围了上来，争先恐后攀谈作揖，甚至还试图拉住温柳年的手。

先前不是还没人理我吗？温柳年赶紧躲到管家身后，与他一道出了客栈，先是被请进了陶府，后又与陶仁德一道被抬进了皇宫。

天色已经很晚，不过楚渊依旧在书房内等着他二人。

"草民参见皇上。"温柳年行礼。

见着他之后，楚渊心里反而有些诧异，因为面前的书生白白净净，看着最多就十五六岁。先前读那考卷文章，思维之缜密、见地之深刻，还以为作文之人至少也有三十来岁。

温柳年跪在地上，心说怎么半天也不叫我起来。

"温柳年。"楚渊道。

"正是草民。"温柳年微微抬起头。

"起来吧。"楚渊吩咐内侍端来两把椅子，又随手拿起那份试卷，"这当真是你所作？"

"谢皇上"温柳年惴惴不安地点头。

楚渊又问："为何不肯做完？"

"如何能叫不肯，我是当真很想中状元光宗耀祖。"温柳年内心自语着，嘴上却老老实实道："因为考试当天，草民腹中不适。还没开始就往茅房跑了七八回，不仅腿软还头疼，后来实在坚持不下去，只好匆匆交了卷，让守在外头的小厮将自己搀到了医馆。"

075

"原来如此。"楚渊了然，"今晚便留在宫中吧。"

温柳年吃惊："啊？"

"明日一早，随朕一道去早朝。"楚渊扬扬眉梢，"若是能有本事将那帮老臣说服，朕给你个探花。"

温柳年跪地谢恩，顺便遗憾地想，为何只肯给个探花，我还是想当状元。

西南王府安插在宫里的眼线，这日回到住处继续一五一十记录，皇上早膳吃了小笼汤包，晚膳吃了银丝面。又写，梅树今日没被挖，长得挺好。最后再一句，召了个白净秀气的江南才子进宫，相谈甚欢，彻夜未眠。

第二日早朝，在议完各地政务后，一干老臣又不约而同地齐齐跪于殿前。楚渊看着送到面前的折子，还未翻开就已知道内容，头再度开始隐隐作痛。

"皇上，这回可当真拖不得了啊。"王大人感情充沛，态度恳切。

"何事拖不得？"楚渊明知故问。

"自然是从各地招选秀女入宫之事。"王大人答。

"朕先前就说过，西北战乱未平，此事押后再议。"楚渊皱眉。

"皇上。"王大人以头叩地，"西北战乱由来已久，先皇在位时曾派大将军石呼延出兵清剿十余次，足足花了二十余年方才平乱，却也未完全将其根除，漠北各部族仍对我大楚虎视眈眈，若是以此为期怕是不妥啊。"

"温柳年。"楚渊揉揉眉头。

其余人在下头面面相觑，皇上方才说什么？王大人也眼带疑惑，温柳年……是何意？

"草民参见皇上。"温柳年上前行礼。

众人这才发现，原来在文官队列之后，不知何时竟多站了一个人。

"你对此怎么看？"楚渊问。

温柳年不自觉便想挠脸，不过立即反应过来场合不太妥，于是赶忙将手又放了回去。先前皇上只说要在早朝议事，却并未说明是何事，还当至少也是江南运河扩建或是西北战事布局，却没料到居然是选妃立后之事。

第五章

"为何不说话？"见他一直沉默，楚渊语气似有不悦。

"回皇上，依照草民所见，这西北战事也拖不了多久。"温柳年清清嗓子，朗声答道，"不出三年，定能将漠北叛军逐回胡塔河以北，还边境百姓安宁。"

"为何？"楚渊饶有兴致。

温柳年赶紧道："自然是因为皇上威震九州。"

此言一出，其余官员都很佩服，马屁自然是谁都要拍的，但如此赤裸而又无丝毫掩饰的马屁，也算是少见。

楚渊嘴角一勾。

"也因为如这位大人所言，在此之前，先皇已经花了二十年时间来清剿叛军。"温柳年继续道，"漠北各部虽说勇猛善战，却不比我大楚粮草充足，近年之所以频频犯我边境，一是狼子野心，更多却是因为经过多年征战，整片草原早就风声鹤唳草木皆兵，根本无暇安心储备粮草，只能靠硬抢，否则只怕连下个冬天都撑不过去。"

"那又如何？"王大人不屑，"漠北一族向来逐水草而居，又不是只有这两年才如此。"

"但频频战败却只有这两年。"温柳年道，"漠北兵的确骁勇，但打仗靠的不仅是体格，还有谋略。先皇在位期间，漠北部族首领是号称大漠胡狼的勘哈，虽说此人最终被我大楚将士斩杀，却到底是个谋略出众的军事家，不算好对付。而如今漠北各部皆为散兵游勇，好不容易前段时间刚被其中一族勉强统一，尚未成大气候，与当年规模不可同日而语。而我大楚将士却正是兵强马壮之时，经过这么多年累积，早已深谙大漠作战之法。大将军沈千帆治军有方，最重要的是吾皇如此英明神武，区区漠北匪帮，又何以为患？"

"既是不足为患，那便更该考虑立后大事，选召秀女充盈后宫。"王大人强硬道，"为何还要等？"

"选召秀女说来简单，背后却是数以万计的银两花销。前些年江南水患频发，朝廷不惜耗费巨资改道运河。不知这位大人可曾亲眼去看过，直至今日，仍有万千劳工顶着严寒酷暑日夜劳作，就算离家只有十几里地，也难得回去陪妻儿，只为能在今年汛期前完工，保住千里沃土鱼米之乡。"温柳年掷地有声道，"若在此时广选秀女，一来会给原本就事务繁杂的江南府多添一桩大事，再者在百姓心中，只怕也会颇有微词。"

朝中一片沉默。

"皇上为国事不眠不休，当真殚精竭虑心系天下。若是先皇知晓，定然也会感动落泪深为欣慰啊。"温柳年语调颤抖言辞悲切，就差泪流满面长跪不起。

"众爱卿可还有话要说？"楚渊问。

殿下无一人应答。

"这份是今年的科考试卷。"楚渊示意四喜公公端下去，给众大臣传阅，"温爱卿在考试当日身体抱恙，没能写完文章，却依旧文采斐然，太傅便自作主张呈给了朕。这事本不合规矩，所以想问问看诸位爱卿，这个探花郎，朕是给还是不给。"

这都温爱卿了，莫说是探花，即便是状元，也没人敢说不是。于是众臣纷纷点头，连称恭喜。

"是考试当日恰巧不适，还是一直便身染疾病？"王大人在一旁斜眼问。

温柳年挠挠脸，不好意思道："在科举前日忍不住吃了两只烤鸭，所以腹痛如绞。"

楚渊失笑。

王大人："……"

"张爱卿。"楚渊道，"这半份试卷若是看完了，便交给后头李大人吧，他已经踮脚瞄了许久。"

其余人都笑出声来，工部侍郎张黎回神，躬身道："文章虽只有寥寥数语，但其中提到的水利之法却见地独到，臣着实汗颜。"

"还有哪位爱卿有疑虑，尽管开口。"楚渊道，"朕也想看看，若非太傅大人有心，那两只烤鸭到底会让我大楚失去何等人才。"

温柳年再度很想挠脸。为什么又提起烤鸭，其实都是骨头，并没有吃多少。

大殿开试自古有之，却还没有哪回像这次一样，是由群臣舌战一人。

温柳年语速不紧不慢，声音也不大，底气却很足。若面前的大人是真想探讨一二，便文采飞扬滔滔不绝，若遇到存心夹枪带棒的，噎人功夫也是一等一的强。待到最后众臣散去，温柳年拍拍袖子，笑眯眯一句"承让"，满身皆是儒雅光华。

楚渊龙心大悦，事实上这应该也是近日以来，他心里最畅快的一天。

第五章

选召秀女一事被再度压了下去，短期内也不会有人再提。温柳年春风策马穿过长街，胸前戴着大红绸缎花，沿途还有人敲锣吹唢呐。百姓纷纷挤在街两边看，都说怪不得都是探花郎游街，长得可真是俊俏。

刘大炯大人充满期待道："温大人可曾成亲？"

"还没还没。"温柳年笑容灿烂，一口小白牙。

"甚好甚好。"刘大炯满足地一拍大腿，心里还在盘算要嫁哪个侄女，楚渊却已经一道圣旨，将温柳年派去云岚城，当了个七品小县令。

对此，众大臣都颇为不解，看着那般喜爱，还当是要留下填补朝中空缺，怎么反而一竿子支到了蜀地？

楚渊却自有考量，他原本的确是想将人留下，温柳年却主动提出想去当几年地方官，于是他也就顺水推舟地答应下来，将人派往蜀中云岚城当县令——那里是追影宫的所在地。既然能在大殿舌战群臣，那若能将追影宫宫主秦少宇说服来朝中做官，也是幸事一件。

温柳年在十日后离开了王城，高高兴兴地前往蜀中走马上任。于是在此后几十天里，西南府陆续收到的密报大致内容如下：皇上和江南才子彻夜长谈。才子名叫温柳年。温柳年长得挺好。皇上对其极为喜爱。皇上日日招他进宫，连用膳也要一道，还特意叮嘱御膳房做烤鸭。刘大炯大人给说了一桩亲事，却被皇上出面推辞。

而就在段白月黑风煞气，打算连夜赶往王城之时，又有一封密函八百里加急送来——那位温大人被派往蜀中云岚城当县令，已经走了。

段白月阴着脸，将马又栓了回去。

段瑶后背贴着墙，小心翼翼地往卧房挪。

"瑶儿！"段白月道。

段瑶泄气，怎么还是被发现了。

"又去哪了？"段白月皱眉。

"就后山林子里。"段瑶手里拎着两条蛇，"刚抓的，吃吗？"

段白月："……"

"我先走了。"段瑶趁机转身。

"回来！"段白月皱眉。

段瑶："……"

"和人打架了？"段白月捏起他的耳朵。

"树枝刮的。"段瑶哼唧。

"谁？"段白月神情一阴，西南府里，应当还没有谁敢和他动手。

段瑶无赖道："不知道。"

段白月一语不发与他对视。段瑶开始心虚。

"说！"段白月声音陡然变厉。

段瑶抱着头蹲在地上，连蛇也顾不得捡，气若游丝承认："我去了禁地。"

段白月抬起手，段瑶一嗓子哇哇哭出来。

"怎么了怎么了？"几乎只是一眨眼的工夫，便有人从门外跑进来。

"金婶婶。"段瑶哭得愈发惨烈。

"王爷！"来人是个约莫四十岁的妇人，见状后赶忙将段瑶护进怀里，"好端端的，怎么又要打小王爷。"

"你问他去了哪里。"段白月气道。

段瑶拼命哽咽。

"还能去哪里，怡红院？"金婶婶替他擦脸，"都十三了，去一去又怎么了，下回婶婶陪你去。"

段白月摇头，也没空说其他，转身去后山一看究竟。段瑶使劲用袖子擦鼻涕。不就是关押犯人的地方嘛，有什么不能去的，这么凶。

段白月一路去了后山，就见东侧林地遍地狼藉，显然刚刚有人打斗过。再往里走，一个满脸胡须的男人正坐在树下调息。

段白月在他十步远处站定，恭敬道："舍弟年幼无礼，方才冒犯大师了。"

男人闻言睁开眼睛，不耐烦道："去问问你爹，何时才能练成解药，将老子放出去？"

解药？

第五章

段白月微微皱眉，在此之前，他并不知道还有这回事。

见他许久不语，那人不耐烦地一挥手："我不与你这小崽子说话，去将你爹找来。"

段白月清了清嗓子，道："家父已经过世多年。"

四周一片安静。

那男人一脸震惊，只是张着嘴，却半天也没出声。

段白月又问："前辈中了毒？"

话音刚落，就见那人身子一软，直挺挺晕了过去。

别无他法，段白月只得先将人带出禁地，安置到西南王府客房，请来大夫医治。段瑶趴在门口，露出半个脑袋看。

"进来。"段白月道。

段瑶心虚无比："我真将他打伤了？"不应该啊，只是一掌而已，不是说这人功夫邪门得很吗？

"好端端的，跑去那里做什么？"段白月头疼。

"我又不是存心去闯。"段瑶老老实实道，"在后山看到一条七步青，我就追了过去，也没注意已经到了禁地。后头他突然冲出来，不分青红皂白便要出招，我情急之下挡了一掌，然后就跑了。"说完又补充，"并没有打得很用力。"

"罢了，以后小心些。"段白月道，"回去歇着吧。"

"他没事吧？"段瑶又往卧房里看了一眼。

段白月道："大夫说是急火攻心。"

"就因为我打了他一掌？"段瑶不可置信。

段白月摇头，事实上，连他也未想明白这究竟是怎么回事。

"那是为什么？"段瑶刨根问底。

段白月将方才在林中的对话大致说了一遍。

"这样也能晕。"段瑶摇头，"这不能怪我。"

段白月狠狠拍了把他的脑袋。

"王爷！"金婶婶恰好端着汤药进来，见着后埋怨，"说了多少回，不要打小王爷，要打也不能打头。"

段白月淡定收回了手。

"婶婶，你认识这个人吗？"段瑶往屋里指了指。

"不认识，却知道。"金婶婶道，"他是中原武林的高手，名叫屠不戒，原本与西南王府毫无渊源，后来有一天却大杀四方闯进来，说要带走三王妃，还吼着要与王爷比武。"

当时三王妃身怀有孕，段景宠在手心还来不及，却遇到这么一个疯子，自然不会有什么好态度，将人打出王府之后还嫌不够，又塞了一把毒药，里头甚至还有虫。

屠不戒不堪受辱，两人的梁子自然也就结了下来。此后每隔三年，便会上门挑衅一回，虽说回回都被打跑，却回回都不死心。即便是三王妃抱着小王爷段玽出来亲口劝慰，也不能使其说动半分。到后来段景身染恶疾，自知不久于人世，于是在他最后一次上门比武时，便将人打晕关在后山禁地，屠不戒也由此被囚禁了十余年。

"说来也怪。"金婶婶道，"后山既没牢笼也无铁索，按理来说就算是个小娃娃也能轻易离开，他却一待就是十余年，也不知究竟是何原因。"

还能是什么原因。段白月与段瑶不约而同地想，肯定是被坑的。

"来人！"屠不戒在房中大喊。

段白月起身走进去。

"你爹当真已经死了？"屠不戒已经下了床。

段白月点头。的确也没人会拿这种事开玩笑，于是屠不戒双手抱拳："多谢贤侄替在下解毒。"

段白月笑容淡定："前辈不必客气。"

"既如此，那我便走了。"屠不戒道，"不知小小在何处？我想与她道个别。"

赵小小便是段景的三王妃，原是西南一名歌姬，想来屠不戒也是因此才会将她当成红颜知己。

段白月道："三姨母在前些年，也已经病逝了。"

屠不戒闻言震惊，眼底很是悲怆："那小玽呢？"

"说是要出去闯荡江湖，现在该是在蜀中。"段白月道，"也是我这个做哥哥的没有照顾好他。"

屠不戒长叹一声，抬腿想往外走，却又顿住脚步："不知我先前所中的是何奇毒，为何必须待在那棵红泪树下方可保命？"

第五章

段白月随口胡扯："七叶海棠。"

屠不戒点头，而后便头也不回，大步出了王府。

直到他的背影消失，段瑶才问："他当真中了毒？"

段白月道："自然没有。"但这当口，若是不编一个，只怕此人会跑去刨段家祖坟。毕竟江湖中人，被打输了囚禁十余年并不可耻，可耻的是平白无故被骗了十余年。

"老王爷也真是。"金婶婶也是无奈，临终前只说要按时往后山送饭，让其余人没事莫要招惹他，他再无其他遗嘱。此番若不是小王爷误打误撞去抓蛇，也不知这倒霉的武林中人还要被关多久。

"我还当禁地是有多神秘。"段瑶道，原来竟是因为这种原因。

段白月对此倒是丝毫也不意外。按照他爹的做事风格，如此已经算是手下留情，估摸着也是因为有三姨母从中周旋，对方才得以保全性命。不过也无人将此事放在心上，毕竟这个屠不戒大家都不熟，走了也就走了，还能省下一天三顿饭。

"王爷！王爷！"这日下午，下人嘴里喊着跑进来，"南师父又从坟里钻出来了！这回身上干净得很！"

段白月在书房揉揉太阳穴，从琼花谷回来了？

"师父！"段瑶也从房顶跳下来。

南摩邪将他接在怀里："前头那缸胖虫是你养的？"

"嗯。"段瑶得意扬扬。

"不错。"南摩邪称赞。

"师父。"段白月站在书房门口，"怎么也不事先送封信回来。"我好提前走。

"为师有话要跟你说。"南摩邪进了书房。

段瑶也想跟进去，却被生生挡在了外头。段白月拍拍他的脑袋，转身跟了进去。段瑶愤愤，蹲在院子里刨虫玩。凭什么！

"师父有何事？"段白月替他倒了一盏茶。

"再过一段时日，便是你体内蛊虫苏醒之时。"南摩邪道，"如今天辰砂尚未找到，若想安然渡过此劫，最好能随为师一道闭关。"

"师父言重了。"段白月摇头，"区区几条蛊虫而已。"

"虫是我养出来的，会有什么后果，我自然比你更清楚！"南摩邪道，"总之此事没得商量。"

"承蒙师父暗中散布谣言，现在中原武林人人都在说，瑶儿练过菩提心经。"段白月凉凉提醒，"光这一个月，西南王府前已经来了十几拨人要与他成亲。若在这当口你我闭关，只怕等出关之时，瑶儿不仅人被抢走，说不定连儿子都已经有了。"

南摩邪："……"

"徒儿自有分寸，师父就莫要担心了。"段白月道。

南摩邪却不打算妥协，连夜便出了府。

段白月虽不知他要做什么，心里却隐隐有些不祥预感。

果不其然，第二天一早，南摩邪便又自己跑回来，还顺便带了个人——王城歌坊染月楼的大当家，顾云川。

"顾兄？"段白月心里纳闷，"你怎么来了。"

"我要回江南，顺便来这西南买一批药材，原本打算后天再来拜会段王。"顾云川道，"谁知今早恰好在街上遇到南师父，不由分说便将我拉了过来。"

"瑶儿。"南摩邪伸手叫。

"师父。"段瑶一蹦一跳，手里捏着一条胖虫跑过来，"要去街上买早点回来吗？"

南摩邪手起掌落，将他干净利落一掌拍晕。

顾云川："……"

段白月："……"

如此天真烂漫，也舍得？！

"有劳顾少侠了。"南摩邪将人递到他怀中，"最近有人想找瑶儿的麻烦，烦请先将他带回王城养一段日子，三五月后自会有人来接。"

顾云川很想收回手："方才说了，在下是要回江南。"

"那便带去芙蓉苑。"南摩邪倒是不挑，"都行，都行。"

顾云川求助地看向段白月。

段白月揉揉太阳穴，叹气道："有劳顾兄。"

顾云川觉得自己很是吃亏。谁不知道西南王府的小王爷功夫好，人又凶，还爱给人下毒撒蛊。原本只想来买些香料带回去，却没想到竟会惹来这个麻烦。但事已至此，后悔也来不及，也只好长吁短叹，带着昏迷不醒的段瑶一起上路，往千叶城而

第五章

去。只求能找个机会将人丢给日月山庄，自己也好求个清净。

段瑶一走，西南王府便更加寂静。段白月每日早上都会去石室打坐，等着什么时候体内蛊虫苏醒，再前往墓穴闭关。

又过了半月，西南漫山遍野开出了火一般的绯霞花，摘下花瓣用来酿酒，连酒液都透着红，入口余味绵长，看着也煞是喜庆，因此价格极贵。

数十匹快马一路昼夜不停，送了一大车前往王城，名曰贡品。楚渊习惯了勤俭自律，平日里几乎滴酒不沾，因此这十几坛绯霞，一大半都被赐给了群臣，只在宫中留下一坛。

这可是西南王送来的酒啊。众大臣惴惴不安，不管怎么想，都觉得里头定然会被下毒种蛊。楚渊却不以为意，自顾自饮了一杯，脸颊上也有了暖意。

"皇上喜欢这酒？"四喜公公又替他添了一杯。

"有些淡。"楚渊道，"不过余味泛甜，与去年送来的绯霞不同。"

"可不是，听送来的人说，今年这十几坛酒是西南王亲手酿制。"四喜公公道，"自然与外头买的不一样。"

楚渊："……"

嗯？

于是半个时辰后，一大批御林军被派出宫，将先前送往诸位大人府中的酒坛子，又重新给囫囵抱了回来。亏得是还没喝啊，众大臣庆幸不已，果然有毒！

大约是因为喝了酒，这个夜晚，楚渊难得一夜安眠，第二日早朝时，心情也好了许多。站在前头的刘大炯心想，平日里见着皇上都是一脸威严，这偶尔笑起来，可当真是英俊好看。十分想给说个媒。

时间一日一日，过得说慢也慢，说快也快，一晃眼就从夏到秋，再一晃眼，山上已被红枫染了霞。

"快入冬了。"西南王府内，段白月道，"已经过了日子，想来今年蛊虫不会再醒，师父也不必劳心费力，替我涤清内力了。"

"还有四个月。"南摩邪摇头，"在年关之前，都不可掉以轻心，更不可离家半步。"

"可若是再不把瑶儿接回来，顾兄的家当也该被他拆完了。"段白月提醒。

"你堂堂一个王爷，还怕赔不起一座青楼？"南摩邪瞪眼。

段白月语塞。幸好这时侍卫来报，说是有一封宫里送来的信函。

南摩邪眼神别有深意。段白月转身离开。此等师父，是当真很想重新埋他回坟堆里。

密函只有寥寥数笔，不过段白月在看完后，眉头却微微皱起来。

"王爷。"段念端了汤药进门，"金婶婶刚熬好，叮嘱王爷在服药前，务必吃些点心垫肚子。"

"多谢。"段白月随手拿起一块糕点，"找卢峰进来吧。"

段念试探："卢将军？"

"否则呢？"段白月笑笑，"怎么，连这也要问？"

"属下不敢。"段念道，"只是南师父与金婶婶都说过，余下这几个月，王爷最好什么事都不要做。"若能吃完睡，睡完吃，就再好不过了。

"去吧。"段白月吩咐，"一盏茶的时间，我要见到人。"

"是！"段念抱拳，大步退出书房。

段白月靠在椅背上，若有所思地看着外头，眼底却有些笑意。

与此同时，官道上，一辆马车正在沐浴星光前行。四喜公公倒了杯茶水双手呈过去："皇上。"

"还有几天路途？"楚渊回神。

"回皇上，约莫再有三十来天，便能到欢天寨。"四喜公公道，"那李家小姐的比武招亲在下月二十八，时间刚好。"

楚渊点点头，继续闭着眼睛休息。

此番暗中离开王城，对外只说是龙体欠安，需前往承安山庄休养一段时日，暂由太傅代理朝中事务，最终目的却是西南，或者说是漠北。

坦白而言，先前段白月的建议的确可行。先假意让楚军与西南军产生冲突，待

第五章

漠北众部以为两方已经开战，按捺不住想要趁机南下分一杯羹时，再出其不意一网打尽，才可名正言顺将其斩杀驱逐，永绝后患。

而在三天前，沈千帆已经接到密旨，为了比武招亲，从西北策马，一路前往西南欢天寨。

"比武招亲？"南摩邪从段白月手中抽走密函，草草看了一遍，然后道，"不行！"
"为何不行？"段白月道。
"为何要行？"南摩邪瞪大眼睛，"这场战役，对你而言可有半分好处？"
段白月道："有。"
南摩邪鼻子都气歪了："什么好处？"
段白月道："心情好。"
南摩邪："……"
段白月继续道："此战之后，楚皇许我整片西南。"
南摩邪很想脱鞋拍他的头。

"总之这趟欢天寨，我非去不可。"段白月道，"师父即便想阻拦，只怕也没用。"
南摩邪背着手在屋子里转圈，然后停下道："你就不怕蛊毒发作？"
段白月答："有师父在，自然不怕。"
南摩邪一屁股坐在地上："我不去，我死也不离开西南王府！"
段白月遗憾道："那本王就只有客死他乡了。"
南摩邪眼前发黑。
段白月道："还请师父好好照顾瑶儿。"
南摩邪觉得自己这回要是再死，一定是被这孽徒活活气死的。堂堂一个西南府的王爷，跑去比武招亲？即便只是个借口，传出去也当真是丢人现眼，估摸着能把老王爷从坟里气出来。

不过段白月却不以为意，在一个月后，便带着亲信，前往欢天寨。南摩邪心里窝火，收拾了个小包袱在后头跟上。

若放在中原武林，欢天寨自然算不上是大门派。但若在西南，还是颇有些规模，再加上李铁手为人素来慷慨，因此也有不少江湖中人前来凑趣，一时之间很是热闹。

比武招亲的小姐名叫杜筝，是多年前欢天寨从秦淮河赎回来的歌女，据说容貌很是清雅脱俗。一般富户赎身都是为了做妾，李铁手却带回家认作养女，当时也被传成美谈。

既是美人，喜欢的人自然也不会少。在这回比武招亲开始之前，就已经有各种流言扬扬散开，从江湖侠士到江浙富户，几乎人人都与杜筝有过一段。更有甚者，说是当朝大将军沈千帆与西南王段白月，也都对杜筝倾慕有加，甚至还要来比武招亲。

其余人听到后，也纷纷受了一惊。虽说武林中比武招亲并不罕见，但那也只是江湖中人凑热闹，怎么这回连王爷与朝中大将都要来？

"就说那李家小姐不一般啊！"街头老树下，乡民眉飞色舞，唾沫星子飞溅，"秦淮第一美人，哪里是普通人家的小姐能比得上的？啧。"

百姓也围在两边七嘴八舌，若是西南王与沈将军要来，那杜筝怕是也落不到旁人手中，只看这两人谁有福气，能最终抱得美人归。

在距离欢天寨不远处有座宅子，主人家姓周，明着是做米粮生意，暗中却是朝廷派在此处的眼线。楚渊此行，便是住在周府里头。

段白月坐在城中一处酒楼二层，仰头饮下一杯酒，远远看着周府门口两盏大红灯笼。

"既然来了，不去找，还能凭着眼珠子将人活活看出来不成？"南摩邪酸道。

段白月笑笑："若他想见我，自会派人来请。"

居然还想着让人来请？南摩邪唉声叹气。

"走吧。"段白月道，"回客栈。"

而在周府内，楚渊这几日的心情倒是不错，因为叶瑾也在欢天寨中，甚至还一道吃了顿饭——虽说依旧哼哼唧唧，一脸不熟，但知道他性子如此，楚渊也未计较，一派融融和乐。

"身子太虚，又一直熬夜？"这日下午，叶瑾抓过他的手腕把了把脉，"等着，我去街上给你抓些药吃。"

第五章

楚渊点头，目送他出了宅子，而后便转身回了卧房。

却有人正在桌边等。

"别来无恙。"段白月放下手中茶盏。

"若朕没记错，约定见面的日子不是今天。"楚渊语调无风无浪。

"闲来无事，就不能来看看？"段白月笑笑，"更何况若非楚皇，比武招亲这种事，只怕本王下辈子也不会有兴趣。"

"只是演一场戏而已。"楚渊坐在桌边。

"虽说只是演一场戏，不过若是弄假成真，那要怎么办？"段白月声音很轻，微微凑近。

楚渊将人一掌拍开，冷冷道："那朕自当恭喜西南王。"

段白月笑着摇摇头："胡言乱语逗个趣罢了。"

"城里人多眼杂，若是没事，便请回吧。"楚渊错开他的视线，"三日之后比武招亲，千帆自会输给你，不过你若是真将他打成重伤，朕定不饶你！"

屋内寂静沉默，许久之后，段白月才道："好。"

楚渊也未说话。

段白月起身，在推门而出的一刹那，却觉得心口有些生疼。之前也不是没疼过，只是这次却似乎不太妙。段白月苦笑一声，独自回了客栈。

"如何？"南摩邪目光炯炯，"为师给你的药，可派上用处？"

"扔了。"段白月回答。

南摩邪痛心疾首："你说什么？"那可是高价买来的，比黄金还要贵上三分。

"那些药是用不了，不过别的药或许有用。"段白月撑着坐在桌边，额头冒出冷汗，"至少在比武招亲之前，让这些蛊虫先乖乖蛰伏回去。"

第六章

第六章

南摩邪眉头一皱，握过他的手腕探了探脉相。段白月脸色苍白，口中隐隐有腥甜气息传来。南摩邪抬掌拍在他身后，缓缓渡了几分内力过去。段白月凝神调息，直到体内真气渐渐平复，方才睁开眼睛。

"你打算胡闹到何时？"南摩邪头痛。

段白月擦掉嘴边血迹，问："小玙如何了？"

明知他是岔开话题，南摩邪还是叹气道："还在明水村中，你当真打算带他回西南？"

"王府是他的家。"段白月倒了杯茶水。

"何必要从秦少宇手中抢人。"南摩邪道，"况且小玙与瑶儿不同，他心在江湖，从来就不在你身边，就算是强行带回去也没用。"

段白月摇头："中原江湖水太过深，多少人对追影宫虎视眈眈，我不想让他以身涉险。"

"总不能将人绑在你身边一辈子。"南摩邪提醒。

"此事我自有考量。"段白月道，"师父不必忧心了。"

段玙是段白月同父异母的弟弟，为人憨厚耿直，眼底容不下一粒沙子，对段白月为一统边境，率部大杀四方之举颇有微词。自从母妃去世之后，便留书出走闯江湖，后来留在了蜀中追影宫，化名赵五，做了秦少宇的手下。段白月一直想将他召回身边，却屡遭拒绝，这回恰好在距离欢天寨不远处的洛萍镇遇到，兄弟二人毫无意外再次起了冲突，段白月一怒之下，索性将人囚禁在了一处村落，与此同时被囚禁的，还有赵五的未婚妻——追影宫左护法花棠。他打算在这场比武招亲结束后，带两人一道回西南。

"有些事情，你以为好的，未必就是好。"南摩邪苦口婆心劝慰道。

"那如何才是最好？"段白月问。

南摩邪回答："我认为好的，才叫好。"

段白月："……"

"兄友弟恭这种事，强求不得。"南摩邪摇头晃脑。

"说正事。"段白月饮下杯中茶水,"比武招亲在三日后,我不想有任何差池。"

"这话难说。"南摩邪揣着手,斜眼道,"蛊虫僵而复生,第一件事就是要吃饱肚子,既然活在你体内,又如何能一点影响都没有?"

段白月道:"待到比武招亲之后,它想吃多久,就吃多久。"

南摩邪唉声叹气,也只好暂时给他扎了几针,只求能熬过这三天,然后再回府慢慢调养。

又过了一日,段白月拿着好不容易才找人绘制的西北地形图,暗中送到了周府。回来之后,南摩邪问:"如何?"

段白月答:"甚好。"

南摩邪戳破:"看你这副模样,便知好个屁,被人赶出来了?"

段白月推开门:"本王要调理内息了。"

南摩邪连连叹气,老子一生风流快活,儿子整天苦兮兮地也就算了,还将自己整出了内伤,若是被老王爷知道,估摸着会直接来自己坟里彻夜长谈。

房内,段白月强行运功,将体内乱窜的真气压回去,又一口气灌下半坛浊酒。若是醉不死蛊虫,那便醉了自己,也好过周身疼痛,彻夜辗转。

周府里头,楚渊靠在窗前,看远处星火闪烁。坦白来说,这次西南之行,他原本可以不来,只需递一封书信将事情说清便可。但在思量再三后,还是不远千里,从王城来了这欢天寨。

楚渊微微闭上眼睛,仰头饮下一杯酒。四喜公公站在门外叹气,陪了他整整一夜。

比武招亲当日,南摩邪心里到底还是担忧段白月的伤势,一直在暗中看着擂台,打算中途若是出了意外,便冲出去将人强行带走。不过或许当真是前日服下的药物起了作用,段白月在与沈千帆交手数百招后,并未出现任何不适,最后顺利按照计划,将人一掌击落擂台。

事情原本可以到此为止——沈千帆身受重伤,楚皇闻讯雷霆大怒,又对段白月的狼子野心耿耿于怀,此番正好有借口出兵。一切都按照预料之中的路线进行,只等漠

第六章

北部族上钩,便皆大欢喜。岂料段白月这头赢了比试,人还未下擂台,却又有一名黑衣人从天而降,语调僵硬要抢杜家小姐。

南摩邪皱眉,擂台下其余人也面面相觑,不懂这又是什么情况。

对方出手狠辣阴毒,段白月勉强与他过了十几招,胸口隐隐作痛,脸色也有些发白。南摩邪刚想出去捣乱搅局,那黑衣人却突然出手,攻向了人群中的追影宫秦少宇。

对方目的是谁,显而易见,南摩邪心里窝火,冤有头债有主,你要报仇就直接报仇,还要迂回一下,拖我徒弟下水作甚,而且非挑此时此地,就不能找个别的日子?

人群乱成一团,段白月抬手封住自己身上三处大穴,助秦少宇将那黑衣人制服。

若非是怕被叶瑾看出端倪,南摩邪简直想站在屋顶上骂娘,自己尚且有伤在身,还有心思管这档子闲事?

大内影卫也回了周府,将这一切悉数上告。

"有人捣乱?"楚渊皱眉。

"倒不是冲着西南王与沈将军。"影卫答道,"那黑衣人已自尽,据说是追影宫主曾经结下的梁子,此番趁乱来寻仇的。"

"可有人受伤?"楚渊问。

"有。"影卫道,"沈将军当场吐血,昏迷不醒被人抬了下去。"

楚渊微微叹了口气。

四喜公公在一旁问:"那西南王呢?"

楚渊:"……"

"西南王没事,已经回了住处。"影卫回答。

"没事就好,没事就好。"四喜公公笑呵呵地挺着肚子,"皇上见谅,是老奴多嘴了。"

楚渊拍拍他的肩膀:"以后一个月,不准沾荤腥。"

四喜公公:"……"

影卫很是同情。

客栈内,段白月泡在滚烫的水中,脸上却依旧没有血色。房间里满是药味,段念每隔一阵子就进来一回,替他往浴桶里加热水。整整一天一夜过去,脉相却没有丝毫要平稳的迹象。

"南师父，这要如何是好？"段念心中焦急。

南摩邪吩咐："客栈太过嘈杂，先去城中寻一处安静的宅子。"

段念点头，先下去问了小二，回来却说这城里由于欢天寨在比武招亲，早就住满了人，莫说是空院落，就连空房也是高价难求。

南摩邪问："周府呢？"

"周府？"段念一愣，反应过来后道，"但那是楚皇的住处。"

"就因为是楚皇的住处，才更合适。"南摩邪往段白月嘴中喂了一丸药，"安静无人打扰，还有御林军暗中把守，安全。"

段念："……"

似乎也是这个理。

自家王爷看上去情况着实不算好，于是段念也顾不得太多，骑马便径直去了周府。

天色已经昏昏暗暗，楚渊沐浴之后，正在桌边看书，突然有人急急敲门："皇上。"

"进来，"楚渊问，"出了何事？"

"皇上，方才客栈那头来了人。"四喜公公脸色有些惶急，"说是西南王受了伤，现昏迷不醒，想要找处僻静的宅子疗伤。"

"受伤？"楚渊猛然站起来。

"话是这么说的，皇上您看？"四喜公公试探。

"跟两个人过去。"楚渊吩咐，"先将人带过来再说。"

"是是是。"四喜公公不敢懈怠，转身便往回跑。这么长时间下来，就算再深藏不露，也总能揣摩出一点圣意。

半个多时辰后，一驾马车趁着夜色从后门驶入周府，段念先从车上跳下来，而后便是个脑袋被捂得严严实实的老者。

四喜公公不由自主地便想起了当日在琼花谷中的九殿下。

南摩邪嗓音低沉，指挥人将段白月抬进了厢房——事出突然，他也来不及易容，却又不能被楚渊认出，只能如此。幸好也并未有人在意他这副怪异模样。

第六章

"到底出了什么事?"楚渊问。

"回皇上,王爷先前练功之时,曾不慎走火入魔。"段念按照南摩邪教的说,"此番又在擂台上强行运功,所以伤了心脉。"

楚渊握住他的手腕探了探,脉相一片紊乱。

"这……可要请九殿下前来看看?"四喜公公问。

楚渊点头,还未来得及派人去找叶瑾,南摩邪却已经挥手制止:"我来便好。"

嗓音尖锐,四喜公公不由自主地打了个冷战。

段念在一旁扶额,要装也要装成一样的,哑一阵尖一阵是要作甚。

楚渊目光疑惑:"阁下是?"

"回皇上,是我家王爷的师父。"段念答。

既然是师父,那应当也很是靠谱。楚渊主动让开床边的位置。

南摩邪摩拳擦掌,撕拉一声便扯开了段白月的上衣,然后在众人还未反应过来之前,又去解腰带。

"这位公公!"段念一把揽住四喜公公,"不如带我去厨房?烧些热水,等会王爷好用。"

四喜公公虽说身形胖了些,挺敦实,但毕竟不是习武之人,因此轻而易举便被段念架了出去。

屋内很是安静。

楚渊眼睁睁看着南摩邪下手如飞,将段白月扒得只剩一条里裤,露出精悍结实的上半身。

"替我抱住他。"南摩邪吩咐。

楚渊短暂犹豫,而后便依言扶起段白月,让他半靠在了自己怀中。南摩邪取出一根银针,朝着他的一处穴位扎了下去。没有别的用途,就是疼,锥心刺骨之疼。即便段白月此时正昏迷不醒,也咬紧了牙关,指间骨节泛出森白。

半个时辰里,南摩邪少说也往段白月身上施了数百根银针。一半为了治伤,一半则是为了看起来更惨。

感觉到怀中人一直在闷哼,楚渊不自觉便收紧双臂。

"为何会突然间走火入魔?"趁着疗伤间隙,楚渊问。

"并非突然。"南摩邪一边将银针旋转取出,一边道,"白月原本就有内伤,此番在比武招亲时又强行运气,难免会加剧。"

楚渊追问:"原本就有内伤,何时受的伤?"

"此事说来话长。"南摩邪清清嗓子,刚打算将事情从头说起,段白月却已经醒了过来:"师父!"

"醒了便好,醒了便不会手脚瘫软、七窍流血、印堂发黑、万蚁蚀心、生不如死。"南摩邪看似松了一口气,站起来道,"我去厨房看看热水。"走到门口又叮嘱,"还请皇上务必将我这徒弟看紧一些,免得又出事端,毕竟蛊毒不比其他,还是要小心为上。"

楚渊:"……"

段白月:"……"

"你中了蛊?"待到南摩邪离开后,楚渊方才问。

"西南王府长大的人,谁身上没几条蛊虫。"段白月道,"算不得大事。"

"为何突然走火入魔?"楚渊又问。

段白月答:"自然是因为练功不得要领。"

"既是身受重伤,便该回西南王府好好休息。"楚渊摇头,"此次西北之战,你不必去了。"

"我不去,谁帮你?"段白月坐起来。

"武林盟主沈千枫,他与小瑾是朋友。"楚渊道,"秦少宇也与朕达成了交易。"

"看来帮手颇多。"段白月重新靠回床头道,"也罢,那就回西南。"

楚渊没有接话,于是四周便重新安静下来,安静到几乎能听清对方呼吸。

许久之后,楚渊站起来:"好好休息,这里无人会来打扰。"

段白月道:"好。"声音却有些不自然。

"怎么了?"见着神情有异,楚渊握住他的手腕试脉,发现快得超乎寻常。

段白月眼底赤红。楚渊想要去找南摩邪,却被一把拉住。

"无妨。"段白月哑声道,"过阵子便会好。"

南摩邪正守在院中,将几根鱼头草翻来覆去地捡,假装自己当真很忙。

第六章

楚渊站在卧房门口，面色通红。

"皇上。"四喜公公赶忙上前扶住他，"可是西南王身体不适？"段念也跑上前，显然不知道里头发生了何事。

"前辈。"楚渊欲言又止。

南摩邪吩咐段念："快去，把怡红院里最好看的姑娘都包下来。"

"为什么？"段念受惊，四喜公公也觉得不能相信自己刚刚听到的。

"找她们来要作何？"楚渊也问。

南摩邪答："自然是做该做的事。"

南摩邪耐心道："白月身中合欢蛊。"

楚渊目瞪口呆。段念此番总算反应过来，于是拔腿就往外跑。

"回来！"楚渊怒道。

段念犹豫着停下脚步，回来做甚，时间拖不得啊。

"也是，这里是皇上的住处，不方便让外人知晓。"南摩邪醒悟过来，"干脆我直接带着白月去怡红院。"

话还未说完，楚渊已经拂袖进了内室。

四喜公公："……"

段白月一脸痛苦地皱眉，全身都被汗水浸透。

"皇上。"南摩邪揣着袖子在外头叫，"我们何时才能带王爷走，拖不得太久啊。"

床上许久没有声响，楚渊再一看，段白月却已昏昏睡着。

这个夜晚，楚渊一直待在书房，连四喜公公想要送茶，都被打发了出来。

天色将明，段白月沉沉睁开眼睛，南摩邪的脸出现在眼前。段白月闭上眼睛，继续昏迷不醒。

南摩邪唉唉叹气。

段白月道："一般人的师父，都会先问一句伤势如何。"

"还能如何，为师已经替你把过脉。"南摩邪道，"用合欢蛊吞掉你体内的金蚕线，此招最为省时省力，虽说身子有些虚，却并无大碍。"

段白月说不上自己该是何心情,坦白讲他宁可中金蚕线,尝锥心之痛噬骨之苦,也不愿再像昨晚那般。

"等你成亲之后,才能知道合欢蛊的妙处。"南摩邪摇头晃脑,一副看戏的模样。

段白月很想将他重新埋回坟堆里。

"金蚕线一旦苏醒,至少要三日才会重新蛰伏。"南摩邪又道,"若为师是你,便会继续吃这合欢蛊,蚀骨销魂总好过万箭穿心。"

段白月将他直接赶了出去。南摩邪连连叹气,抬头却见楚渊正站在院中,于是赶忙苦情道:"皇上,我家王爷他又毒发了。"

楚渊果断转身出了门。南摩邪眼睁睁看着他离开,险些要折回卧房,先将段白月一掌打吐血,然后再带着段念回西南。到时候半死不活,看你是见还是不见。

此后两天,段白月体内金蚕线时有活跃,从脑髓到骨缝四处游走,几乎全身都要变形粉碎。最后一拨剧痛袭来,整个人再度昏沉沉睡去,神志模糊间,像是有温热的手巾在额上轻轻擦拭,将痛意带走不少。楚渊将被子铺好,方才转身出门,径直去了城内另一处院落。

"金蚕线?"叶瑾点头,"知道,苗疆害人用的蛊虫,阴毒缺德,你问它做什么?"

"可有解药?"楚渊问。

"你中毒了?"叶瑾飞快握过他的手腕探了探,半响后松了口气,"没什么事。想解金蚕线,就要找到天辰砂,不过上古传说里的东西,就算你是皇上,只怕也不好找。"

"只是不好找,还是找不到?"楚渊刨根问底。

"天下这么大,说不定哪就有呢。"叶瑾抽抽鼻子,"这种事,谁也说不好。"

楚渊闻言沉默。

"到底是谁中了蛊?"叶瑾又问,"四喜吗?"

楚渊愣了愣:"为何要是他?"

"瞎猜的。"叶瑾道,"除了四喜,你似乎也没将其他人放在心上。"更别提是亲自上门找药。

第六章

楚渊问："那你呢？"

"那不一样。"叶瑾揣起手，"我是'这位神医'。"和你并不熟。

周府内，段白月潜心打坐运功，终于将金蚕线全部逼回蛰伏。虽只是短短三天时间，受的煎熬却不算小，脸色也有些苍白。

四喜公公笑呵呵地端了一罐甜汤送来，说是特意熬的，大补。段白月问也不问，几口吃得一干二净。

四喜公公又道："皇上亲自看着熬的。"

楚渊推门进来。四喜公公手脚麻利收拾好空碗，低头退了出去。

楚渊站在床边，声音很淡："朕要回王城了。"

段白月问："何时？"

楚渊答："明天。"

段白月也并未多言，只是叮嘱："路途迢迢，凡事多留几分心。"

楚渊道："好。"

"还有。"段白月想了想，"不管我师父说了些什么，都不要信。"

"包括天辰砂？"楚渊问。

"传闻中才有的药物，信它做甚。"段白月语调轻松，"不如看开些，至少心不累。"

"为何不早些告诉我你中了蛊？"楚渊又问。

段白月答："因为丢人。"

楚渊："……"

段白月挑眉："若不能来比武招亲，岂非要白白错失大片西南封地？"

"好好休息吧。"楚渊不想与他再多言此事，站起来道，"至于天辰砂，朕也会去帮你找。"

段白月道："多谢。"

楚渊刚走到门口，却又被叫住问道："今晚可否一起喝杯酒？"

段白月靠在床上道："此番来欢天寨，特意带了坛雪幽。"

楚渊道："你有伤在身。"

"金蚕线一年也就醒一回。"段白月道，"已经没事了，况且蛊虫不比刀剑伤，只是饮几杯酒而已。"

楚渊犹豫了一下，点头道："好。"

段白月嘴角勾起弧度。

南摩邪从窗户里钻出来——为了进出方便，他在周府都戴着面具，街边小摊上用一枚铜板买的驱魔人，青面獠牙满脸毛，曾在黑天半夜将四喜公公吓得险些晕过去。

段白月问："若我用内力逼出一口血，师父可会因此闭嘴？"

南摩邪道："十口也不行。"

段白月用被子捂住头。

南摩邪道："不过你这回倒算是出息了，竟然知道要将人留下来喝酒，可要为师给你下点药？"

"来人！"段白月忍无可忍。

"王爷。"段念从门外进来。

"带师父去睡觉。"段白月吩咐，"若是不肯睡，便打晕了丢在床上。"

段念拖着人就往外走。南摩邪还在叮嘱："至少换件衣裳。"

段白月头疼欲裂。

是夜，楚渊果然准时上门。

段白月倒是真换了身衣服，看上去颇为风姿挺拔。

楚渊："……"

"坐。"段白月在桌上一字排开两个酒杯。

"你酿的？"楚渊问。

段白月笑笑："送往王城的那些绯霞，可还喜欢？"

楚渊点头。

"喜欢就好，来年接着送。"段白月将酒坛启封，"雪幽要比绯霞更烈一些，先尝尝看，若不喜欢——"

"那朕便能走了？"楚渊打断他。

段白月顿了顿，然后摇头："若不喜欢，那我便差人去街上买两坛女儿红。"

楚渊眼底难得有些笑意。段白月递给他一杯酒。

楚渊饮尽之后，道："是很烈。"

"若是醉了怎么办？"段白月问。

第六章

楚渊替自己又斟了一杯:"若是醉了,叫四喜进来便可,他就在外头站着。"想必你的师父也在。

段白月摇摇头,与他碰了一杯。

四喜公公揣着手,在外头一直候着。南摩邪捏着一包瓜子,一边嗑一边与他闲话家常。先将关系搞好,将来说不定有用。

半坛酒空了之后,楚渊伸手想继续斟,却被段白月压住:"先前就说了,酒太烈,喝多会醉。"

"醉了又如何?"楚渊反问。

"我还有话要说。"段白月将他的手轻轻拿开。

"嗯?"楚渊看着他。

"当真要自己去西北?"段白月问。

楚渊点头。

"打起仗来刀剑无眼,自己多加小心。"段白月往桌上放了枚玉印,"西南军已全部安插分布在西北重镇,这是兵符。待到漠北叛军南下之时,自会有人来找你。"

楚渊道:"多谢。"

"何必言谢。"段白月将酒坛重新递给他,"话就这些,酒还要喝吗?"

楚渊犹豫了一下,问:"你的伤,当真很重?"

"又是师父说的?"段白月摇头,"信他做甚。"

楚渊与他对视。

段白月道:"即便是手上破了个口,也会被他说成是断了胳膊。"

楚渊错开他的视线:"没事就好。"

段白月嘴角一弯,又替他斟了一杯酒。

"不如去隔壁房吃夜宵?"南摩邪诚心建议,虽说酒只有一坛,但看起来两人似乎要喝到明早天亮,一直站在这里也无趣。

看着他青面獠牙的面具,四喜公公坚定摇头。面对如此一张脸,莫说是吃饭,就算坐着不动也是煎熬。

最后一杯酒饮尽,楚渊站起来时,觉得头有些重。

"叫四喜进来吧。"楚渊昏沉道。

"好。"段白月答应，却也没有下一步动作。

楚渊闭上眼睛，眉头微微皱起。这么多年，他喝醉的次数屈指可数，是当真难受。

"好好照顾自己。"段白月拍拍他的背，"待出关之后，若西北之战仍未结束，我便去找你。"

楚渊睫毛有些颤抖。段白月深吸一口气，挥手扫开房门。

"哎哟。"四喜公公赶忙跑进来。

"也不必煮醒酒汤，歇着就好。"段白月道，"雪幽只会让人醉一场，明早醒了就会没事。"

四喜公公点头称是，将楚渊扶回了卧房。

在被师父拉住之前，段白月果断关上了房门。南摩邪蹲在地上继续吐瓜子壳，他自认卑鄙无耻了好几辈子，所以此番极为想不通，为何竟然能教出一个这么有辱师门的徒弟。也不知将来若是见着老王爷，是该放肆吹嘘还是痛哭流涕。

第二日一早，楚渊便与沈千帆一暗一明，先后离开了欢天寨。几天后，段白月也带着赵五与花棠，率部回了西南王府。南摩邪在路上买了无数糖人绣花扇子小铃铛，花花绿绿拉了能有一车。

段白月提醒："单凭这些东西，想要收买瑶儿，只怕远远不够。"

南摩邪闻言顿时苦了脸。

段白月继续道："若是再加上师父心爱的紫金蛊，或许能起些作用。"

南摩邪的脸顿时拉得更长。

段白月翻身下马，弯腰进了马车。

赵五正与花棠在说话，见他进来，花棠道："可要回避？"

段白月点头："多谢姑娘。"

花棠笑笑，转身踏出马车。

"你打算何时放我回追影宫？"赵五不耐烦道。

"瑶儿要回来了，你至少先在王府住一阵子。"段白月道。

第六章

赵五看着窗外不发一语。

段白月拍拍他的肩膀："就算是想要成亲，也该将媳妇接回西南府，在外头流浪算什么样子。"

"追影宫不是外头！"赵五皱眉。

"我不想与你争论这些。"段白月摇头，"再说下月就是父亲祭日，你打算年年都在外头遥祝一杯酒？"

赵五语塞，闷了许久后道："那过完年后，便放我走。"

"好。"段白月点头道，"我答应你。"

车队一路回了西南王府，段白月又抽了两名护卫，将杜筝暗中送往大理——她本就是无辜女子，与其继续留在火坑，倒不如带走找个小村落，让她隐姓埋名重新过日子。幸而杜筝原本在欢天寨时就有个心上人，得了追影宫暗中相助，早就在大理置办好田产家业等她，后半生也不至于漂泊无依。

楚渊回到王城后没多久，西南便陷入战乱纷争。沈千帆身受重伤生死未卜，朝廷调拨大军征讨段白月，各地百姓都在说，战场上的军队黑压压一眼望不到头，这回皇上怕是铁了心要收回西南。

不过段白月却并未参战。

段瑶气鼓鼓被接回来，还想着要找哥哥和师父闹，却没料到一进门就被告知，两人都在后山，已经待了快一个月。

"为何？"段瑶一愣，"为了躲我？"

赵五哭笑不得。

"王爷似乎伤势颇重。"花棠解释，"南师父在替他疗伤。"

段瑶："……"

"先回去歇着吧。"赵五拍拍他，"大哥说怕是会有人找你的麻烦，这段日子好好待在王府里头，别到处乱跑。"

段瑶蹲在地上愤愤揪草。

墓穴里，段白月闭目凝神，全身凉到没有一丝温度，几乎连血液都已经凝结

103

成冰。

南摩邪从他后颈拔出最后一根银针，然后松了口气："总算带出来一条。"

看着针头那条发丝般的蛊虫，段白月问："只是一条？"

"能有就不错了。"南摩邪道，"慢工出细活，急不得。"

段白月："……"

"况且今年金蚕线已醒，你还跑去比武招亲，会受内伤也是理所当然。"南摩邪继续道，"外头的战事也不用你操心，好好在这里待着吧。"

段白月问："还要多久？"

南摩邪算了算："五个月。"

段白月："……"

"西北你是别想去了。"南摩邪看出他的心事，"若是落下病根口歪眼斜"……

"师父！"段白月头疼妥协，"我继续练功便是。"

虽说段白月一直在墓穴内闭关疗伤，但有段瑶与赵五在，西南王府也如往常一般井井有条——或者说是段瑶负责漫天撒虫，赵五跟在后头替他收拾残局。至于其余西南事务，则是由几名心腹官员代为处理，一切倒是未受干扰。

这日南摩邪回到府中吃肉，还没待够一炷香的工夫，便不小心一脚踩死了段瑶的红蛇虫，在震惊惋惜完之后，师父果断拍拍屁股回后山，将烂摊子丢给了其余人。

赵五："……"

花棠问："不如我再去林子里找一条？还未冰封降霜，应该还有。"

"我去吧。"赵五头疼，拿起佩刀道，"若是那小鬼回来后哭闹，只有你和金婶婶能哄得住。"

花棠叮嘱："若能找到虫窝，记得挑条肥大些的。"

密林离西南府挺远，不过红蛇虫向来喜好在夜间出没觅食，因此时间倒是刚刚好。赵五拿着一盏油灯挂在树上，便寻了根树枝打算躺着盯。约莫过了半个时辰，虫没等到，远处却隐隐传来呼救声，以及一声虎啸。赵五翻身下树，循声追了过去。

林地中，一个女子满身是血，怀中抱着一个婴儿，右手紧握佩剑，正与面前身形巨大的一只猛虎对峙。那小婴儿像是受了惊，哇哇哭声更加刺激了猛虎，长啸一声便要扑过来。

女子闭眼咬牙，用尽全力一剑刺了过去，原以为已无生路，却被人一把拉开，跌坐在了旁边草丛中。

赵五合刀入鞘，将那猛虎一掌打晕，而后便上前扶起那母子两人。

"多谢这位小哥。"女子脸色苍白，已经连站都站不住。

见她伤势颇重，赵五也来不及多问，背着人便回了王府。

"回来了回来了！"金婶婶正站在门前盼，远远见着后赶忙高兴道，"二少爷回来了！"

话音刚落，屋内便呼啦啦地冲出来一群人，有眼泪汪汪的段瑶，一直在陪段瑶的花棠，心虚所以还是回来哄徒弟的南摩邪，头疼欲裂的段白月，以及一干把段瑶当成宝的丫鬟老妈子。

"红蛇虫呢？"金婶婶开口就问。

其余人都沉默，这架势，难道不该先弄清楚这平白无故背回来的女子是谁。

"她是谁啊？"段瑶问，顺便打了个嗝。

"从林子里救来的，有只老虎不知怎的下了山，险些吃了这对母子，已经被我打晕了。"赵五道，"派人拖回山上吧，免得蹿入城镇伤人。"

"没什么大碍，就是受了惊又受了些皮外伤。"花棠替那女子把了下脉，"先带回客房吧，我替她治伤。"

金婶婶也抱着那小娃娃哄，其余人纷纷去帮忙，出了这事，段瑶也没心思再要红蛇虫，于是蹲在院子里挖坑，准备埋了心爱的虫。南摩邪蹲在他身边，眼神飘忽，时不时用胳膊拱拱他，心里着急上火，还真气上了，怎么也不跟师父说句话。

"我将人带回来，没事吧？"赵五问。

段白月不解："这是你的家，带人回来算什么，拆房子都行。"

赵五也觉得自己方才的担忧有些好笑，于是挠挠头："那你休息吧，我先回去了。"

"小玙。"段白月在身后叫住他，"不如下月就给你办亲事，如何？"

猝不及防，赵五闹了个大红脸。

"老实成这样，也亏得人家姑娘不嫌弃。"段白月笑着摇摇头，"若没意见，此事就这么定下了。"

客房内，花棠替那女子治完伤，又将已经吃饱米糊的孩子放在她身边，方才轻轻退出门。

赵五正在院内等她："如何？"

"都是外伤，流了太多血才会晕，养个把月就会好。"花棠道，"我问过她，只说是从海岛漂泊来此，丈夫不幸身亡，打算去晋地投奔亲戚。"

"嗯。"赵五点头，"等伤好之后，看看有没有前往晋地的镖局商队，可以将她一起带过去。"

花棠活动了一下筋骨，然后疑惑地看着他："你在脸红什么？"

赵五："……"

段瑶与南摩邪坐在屋顶上，撑着腮帮子深深叹气。憨厚成这样都能拐到漂亮媳妇。

成亲自然是件大事，一时之间，王府内要多热闹便有多热闹。那女子在外伤愈合后，也会前来搭把手，府里的婶婶阿婆们可怜她的遭遇，都劝着说不如留下，那女子却执意要走，也是个倔性子。

大婚当日，西南府到处都是红灯笼，南摩邪笑容满面地坐在太师椅上等茶喝——虽说他没教过赵五功夫，但好歹辈分在，所以也就理所当然占了回便宜。

"大哥。"席间，赵五道，"多谢。"

段白月笑着拍拍他："成了亲便好好过日子，爹与姨娘泉下有知，也定会欣慰万分。"毕竟好不容易，才得了这么个老实憨厚、一到年纪就乖乖成亲的好儿子。

在赵五成亲后没多久，漠北众部族便率军南下，西北之战正式拉开。楚渊御驾亲征，诸多江湖门派亦合力抗敌。至于西南的战事，则是悄无声息平定下来。

南边的百姓个个都很吃惊，虚张声势地闹了好几个月，怎么说和谈就和谈，朝廷连个大臣都没派，就已经熄了战火。不过同时也很高兴，毕竟没有谁会喜欢打仗打到家门口，还是安生过日子比较重要。

第六章

秦少宇人在西北，赵五自然也想过去相助。墓穴内，南摩邪道："明着是帮追影宫，实际上却是在帮你那皇上，派个弟弟过去，你不吃亏，将来还能借机讨便宜。"

段白月："……"

不过当日下午，金婶婶便欢天喜地吩咐府里的厨子煲汤熬药。因为花棠有了身孕。

"得。"南摩邪闻讯后又唉声叹气，"这速度，你怕是再来十匹火云狮都赶不上。"

段白月坐在冰室中，觉得自己或许会再次走火入魔。为何别人家的师父都生怕徒弟在运功时被干扰，偏偏自己就遇到如此一个话痨？

西北战局云谲波诡，楚渊第一次御驾亲征，要学的事情不算少，幸好身边之人大都能帮一把，也能得个喘息的机会。

这日午后天气正好，楚军大营中，一个红衣女子正在晾晒草药，衣着火辣妖娆，显然不是中原人，是漠北游医，随部落族人一起前来给先锋队将士治伤。

"朱砂姑娘。"楚渊走上前。

"皇上。"那女子闻言转身。

"可有时间？"楚渊道，"朕有些事情，想要向姑娘讨教。"

"自然。"朱砂把手洗干净，将他让进了自己的营帐，"皇上想知道什么？"

"姑娘既精通巫毒之法，不知可听过金蚕线？"楚渊问。

"嗯。"朱砂点头，"听是听过，却不算熟，也没见过。"

"无妨。"楚渊道，"把知道的说出来便是。"

"金蚕线是苗疆毒物，狡猾至极，一旦钻入血脉，便很难再将其除去。"朱砂道，"每年醒一回，喝饱了血便会继续沉睡，而一旦其苏醒，中蛊之人便如同万蚁噬心，生不如死。"

想起当日段白月苍白的脸色，楚渊不由自主地握紧双手。

"金蚕线生长速度极其缓慢，前头十几年或许没什么，只是若不管不顾，任由蛊虫在体内长大，只怕没人能撑过二十年。"朱砂道，"皇上为何突然想起问这个？"

"可有药能解？"楚渊声音有些沙哑。

"据说有，天辰砂。"朱砂道，"不过我连金蚕线也没见过，天辰砂是传说中才有的药物，就更不知在何处了。皇上若是还想知道更多，叶谷主或许能帮上忙，若是连他都不知道，就只能去西南王府问问看了，毕竟是南边才有的东西。"

"若是连西南王府都无计可施呢？"楚渊继续问。
"那就只有再往南找。"朱砂道，"我曾听族里的老人说过，在楚国以南有个翡缅国，又称为巫国，本就擅长这种毒物，应该会有帮助。"
翡缅国。楚渊点头："多谢姑娘。"

回到营帐后，恰好四喜正在整理书桌，楚渊便问了他一句。
"翡缅国？"四喜公公摇头，"据说神秘得很，全国都住在林子沼泽里，没人见过。"
"哪里会有这样的国家。"楚渊道，"若是当真让百姓住在沼泽里，只怕三天就会亡国。"
四喜公公道："皇上怎么突然问起这个？"
"没什么。"楚渊问，"酒还有吗？"
四喜公公赶忙下去拿。

身为帝王，楚渊的日子当真是节俭，行军打仗一件多余之物都没带，若非要说特殊，便只带了三坛绯霞。酒很甜，喝完便能安眠。

西南府中，段白月也靠在窗前，仰头饮尽杯中雪幽。

往后数月，不断有战报送来王府。
楚军一路势如破竹，先攻喀默河再破云罕州，叛军营地离奇生起大火，当晚火药爆炸声几乎震破苍穹，大军乘胜追击，对方四散溃逃，纷纷跪地请降。
自楚先皇起便连绵不绝的十年西北纷乱终获大捷，漠北部族被彻底驱逐。蜿蜒曲折的国境线上，是千万大楚男儿用血肉之躯铸成的如铁边防。
楚军浩浩荡荡大胜而归，西南军也暗中分批折返。百姓都在说，当今皇上可当真了不得，第一场仗便打得如此风光。

花棠顺利产下一对双胞胎，胖乎乎的，段瑶天天笑呵呵地跟在后头转。看得金婵

第六章

婶心惊胆战，生怕他会突发奇想给侄儿送条虫。

段白月的内伤也逐渐痊愈，虽说金蚕线依旧无法根除，不过却也暂时蛰伏了回去，至少在余下一年内不会再有影响。

这日又有宫中密报传来，说楚皇派出使臣，去了翡缅国。

"翡缅国？"段白月疑惑，"去那里做什么？"

"这还用说？"南摩邪斜眼。

"师父知道？"段白月依旧不解。

南摩邪提醒："听说那翡缅国的国主，生得甚是高大英俊。"

段白月："……"

南摩邪感慨："貌若潘安啊。"

段白月道："师父这段时日倒是没少看书。"还能知道潘安。

"你就不能有所行动？"南摩邪又问。

段白月放下手中信函："比如说？"

"至少也要换身新衣裳，再找个画师，将你的画像往王城送一幅。"南摩邪道，"画好看一些，不像你也就不像了，总归这么久日子没见面，楚皇应该已经忘了你是何模样。"

段白月面无表情叫来段念，将他直接拖了出去。南摩邪连连叹气，这点出息。

待到两个小婴儿身子骨长硬实了，赵五便来找段白月辞行。

段白月叹气："看来还是留不住你。"

"我心不在此，强留下来也不快活。"赵五道，"不过追影宫距离西南府不算远，以后若是有时间，我与花棠会经常带着儿子回来。"

"在我闭关的这些日子里，辛苦你与弟妹照顾瑶儿了。"段白月拍拍他，"也罢，一路保重。"

"还有天辰砂。"赵五道，"我也会帮你找。"

段白月笑笑："多谢。"

听闻赵五要走，段瑶自然舍不得，亲自去后山挖了一罐子虫，送给了花棠。金婶婶又开始埋怨南摩邪，都是南师父小时候乱教，看这都是什么破习惯。

再往后过了一个月，西南府暗线回禀，说是楚渊去了大雁城出巡。
"还不快些去？"南摩邪靠在门口催促，"我替你看着瑶儿，省得他捣乱。"
火云狮脚力上佳，寻常马匹要十天的路途，段白月只用了五天便抵达城门口。此番楚渊并非微服南下，随行浩浩荡荡人不算少，自然不会住客栈，而是住驿馆。

是夜，春雨霏霏，楚渊正靠在桌边翻书，窗棂微微传来一声响。御林军听到动静后赶来，结果还没进门，便被四喜公公揣着手打发了回去，还说切莫再来打扰。

楚渊依旧在看折子，头也未抬："西南王当真如此喜欢翻窗？"
段白月靠在窗边，看着他的身影笑。

第七章

夜晚寒凉，四喜公公泡了一壶热茶送进来，而后又低头退出了卧房。

段白月随手关上窗户："已经很晚了，怎么还不肯睡？"

楚渊答："等你。"

段白月："……"

楚渊放下手里的折子，抬头看着他，语调有些调侃："怎么，只许你派人监视朕，不准朕在西南府安插眼线？"

段白月挑眉："那本王此番回去之后，可要全力彻查一番，看到底是谁有这么大的胆。"

楚渊笑着摇摇头，倒了杯茶水递给他。

"好端端的，怎么会突然来这大雁城。"段白月坐在桌边。

"你可曾听过天刹教？"楚渊问。

段白月微微一愣："天刹教？"

"地处西南，你应该有所了解。"楚渊道。

段白月点头："教主名叫蓝姬，制毒有一手，武功路子邪门至极，怎么突然想起问这个？"

"这大雁城隶属紫云州，山林茂密，珍稀木材多，木匠也多。"楚渊道，"即便一把普普通通的梨花木椅，只要说是产自大雁城，若是放在王城商铺里，价钱能高上至少三成。"

"所以？"段白月依旧不解。

"这里可不单单只是造些桌椅板凳。"楚渊道，"暗器、木剑、玲珑塔，那些坐在巷道里闲话家常的老人，说不定哪个就是机关高手，据说那座被你毁了的九玄机，最初图纸也是出自这里。"

"焚星喜欢吗？"段白月问。

没料到他会突然提起这个，楚渊明显一愣。

在被赶出去之前，段白月及时拉回话题："先前听到过传闻，据称修补九玄机的工匠名叫木痴老人，却不知是来自大雁城。"

"前些日子朕接到消息，说木痴老人已经回到大雁城，才会借着查政的由头来此。"楚渊道，"只是来之后才知道，天刹教已经先行一步将人绑走，至今生死未明。"

"蓝姬绑了木痴老人？"段白月摸摸下巴道，"我还当魔教妖女只会绑年轻力壮

第七章

的英俊男子。"

楚渊与他对视。

段白月冷静道:"没有绑过我,倒是一直在觊觎瑶儿。"

"朕已经派人去天刹教附近打探消息。"楚渊道,"不日便会有回话。"

"为何想找木痴老人?"段白月问,"是要造暗器,还是宫里有机关要解?"

楚渊错开视线,说道:"此事与你无关。"

段白月摸摸下巴,说道:"万一西南府能帮上忙呢?"

"若是真想帮忙,那以后便离天刹教远一些。"楚渊道。

段白月想了想道:"怕我被妖女绑走?"

楚渊失手打翻了一盏茶。

"皇上?"四喜公公听到动静,在外头小心翼翼试探。

"无妨。"在楚渊开口前,段白月先道。

四喜公公放了心,继续揣着手站回去。

楚渊:"……"

屋内有些过分安静,段白月随手拿起桌上一盘点心问:"能吃吗?"

楚渊答:"有毒。"

段白月笑着咬了一口,然后摇头道:"有些甜,想来你也不会喜欢。"

"很饿?"楚渊问。

"不眠不休赶了三天路,你说呢?"段白月替自己添满茶。

楚渊叫四喜传了些吃食上来。

三更半夜,驿馆的厨娘自然做不出生猛海鲜,不过两碗素面配些小菜,看上去也颇有食欲。只是段白月筷子搅了还没两下,四喜公公又在门口禀告,说是派出去查探的人有了回话,正在外头候着。

段白月端起碗,又顺手捏了个包子,去屏风后继续蹲着吃。楚渊哭笑不得,叫四喜将人传了进来。

"皇上。"回来的人名叫向洌,是楚渊的近身侍卫,轻功极其了得,"属下今日收到消息，这紫云州的知府徐之秋，似乎与天刹教暗中有牵连。"

楚渊闻言神情明显一僵，段白月也皱眉。徐之秋是工部徐然徐大人的长子，也是王城里出了名的风流才子。楚渊原本是想让他先在地方历练几年，而后便召回朝中委以重任，却没料到居然会和天刹教扯上关系。

朝廷官员与西南魔教不清不楚，传出去可是死罪。

"属下在徐府书房的火盆中找到半封被烧毁的信函，落款天刹教。看不出是何内容，也不知是否为他人伪造，算不得证据确凿。只是皇上吩咐过，一有任何蛛丝马迹都要即刻来报，故不敢懈怠。"向洌道，"如今知府衙门四周都是大内高手，城门口亦有人暗中把守。"

楚渊点头："继续盯着。"

"是！"向洌领命，转身大步出了卧房。只是心里不解，听呼吸声，方才屏风后明显还有一个人，却不知皇上为何那般坦然，居然连一丝想遮掩的眼神都没有给自己。

段白月端着空碗，从屏风后走出来。楚渊与他对视。

"要我去盯着徐府吗？"段白月问。

"朕这次带的人足够多。"楚渊道，"不必了。"

"也好。"段白月坐在桌边，依旧没有要走的意思。

驿馆床很大。

楚渊随手拿过桌上的折子，继续一条条往下看。段白月撑着腮帮子靠在他身边，昏昏欲睡。

片刻之后，楚渊实在忍不住："你打算何时回去？"

"蓝姬做事邪门阴狠惯了，城中既有危险，本王自然要留下。"段白月答得坦然。

楚渊道："朕会怕区区一个妖女？"

"皇上自然不怕。"段白月道，"本王怕。"

楚渊很想将他打出去。

"皇上。"四喜公公在外头道，"夜深了，可要烧些热水送进来？"

段白月道："多谢。"

第七章

楚渊已经放弃了开口的想法,只当这两人不存在。四喜公公笑呵呵地吩咐下去,不多时便有人送来热水。当然,在将浴桶抬进来之时,段白月不得不暂时蹲在了房梁上。楚渊内心充满了复杂情绪。

不过没过多久,城里又有了新乱子。西边一处善堂失了火,几乎将半边天际都照亮了,火势熊熊不可遏制,等官府与乡民好不容易将其浇灭,原先宽敞精致的大院已被烧得一片狼藉,甚至连邻居的屋宅也受到了波及。

"皇上!"徐之秋急匆匆带人赶来,见到惨状后双腿一软,扑通便跪在了地上。

周围百姓亦低头不敢多言,心里却都在惋惜,善堂里住着的都是些年逾古稀的老者,遇到如此凶猛的火势,就算是年轻人都未必能逃脱,这回怕是凶多吉少。

果不其然,片刻之后侍卫禀报,说烧毁的大梁下压着不少尸首,个个面目全非,具体人数要等里头温度降下来一些,方能一一查验。

"下官失职,还请皇上恕罪。"徐之秋脸色煞白。
"此事交由向统领负责,徐大人就不必插手了。"楚渊淡淡道。
"是是是。"徐之秋连连点头。
天色将亮,楚渊又看了眼还在冒烟的焦黑残木,转身回了驿馆。

"如何了?"段白月问。
"有人存心为之。"楚渊道,"徐之秋应该也能看出端倪,否则不会惊慌至此。"
"为何如此确定?"段白月道,"这里原本就是木宅子,火势滔天,烧起来谁也拦不住。"
"正因为是木宅,所以在修建时才尤为注意水龙的位置,以免失火。"楚渊道,"善堂隔壁的房屋也是木宅,却只是焚毁了半间偏房。只有被人浇上了火油,才会烧起来那般不受控。"
段白月皱眉:"对着一群孤寡老人,若当真如此狠毒,可算是丧尽天良。"

"向洌原本在大理寺任职,查案应该难不住他。"楚渊道,"看来这城中古怪颇多,怕是要待一阵子了。"

"天都快亮了，歇息一会吧。"段白月道，"就算要去府衙，也不能不眠不休。"

"会不会是天刹教？"楚渊问。

"按照魔教的行事作风，倒是有可能。"段白月收回手，"但明知道你在这里，还要存心触怒天威，目的是什么？"

"震慑徐之秋，或者干脆是为了给朕一个下马威。"楚渊道。

"震慑知府倒也想得通，不过若说是冲着你，蓝姬应当不会如此不知死活。"段白月摇头，"只是一个小小魔教，犯不着给自己惹麻烦。"

"你对她很了解？"楚渊眼皮一抬。

段白月冷静道："四五十岁，当我娘都够了。"

楚渊："……"

段白月重新叫了热水进来，而后便道："我去知府衙门里看看，说不定会有发现。"

楚渊点头道："好。"

四喜公公揣着手看段白月翻墙出去，心里感慨，西南王身姿还挺矫健。

楚渊在后头咳嗽了两声。

四喜公公立刻一脸笑容地转身道："皇上。"

"多事！"楚渊狠狠敲了一下他的脑袋，若论起不务正业来，倒是和刘大炯有一比。

城中出了事，百姓自然不会再像往日那般欢声笑语，气氛比平时肃穆了不少。府衙更是死气沉沉，徐之秋坐在书房里，一直唉声叹气，躁了就在房里来回转圈，连奉茶的下人都被赶了出去。

段白月靠在房梁上，目光大致审了一遍这书房的布局。比起别的建筑来，设计当真要精巧不少，一样大的房子，却能多装足足两倍的书册。

四处都是暗格啊。段白月嘴角一弯，倒真是个藏东西的好地方。

徐之秋在书房一待便是整整半天，直到正午时分有客来访，方才整理衣冠出了门。待他走后，段白月从房梁跳下来大致检查了一遍，能放在外头的都是些寻常书

第七章

籍,自然不会有什么问题。至于夹层,段白月试着轻轻推了一下暗格,纹丝不动。

屋外传来脚步声,段白月闪身隐在屏风后,却是一个小厮进来取账簿,怀中抱了一大堆,跑急了还会往下掉,里头应当也不会有什么秘密。

而在另一头的善堂,向洌也带人从余烬中将老人们的尸首抬了出来,一具一具盖上白布。有前来帮忙的年轻后生,看到后都唏嘘不已,住在这里的都是些孤寡老者,无儿无女,平日里坐在大街上晒太阳时,总会笑呵呵地给小娃娃送些糖果点心,如今却落得如此下场,自然谁心里都不好受。

片刻之后,负责清点尸首的侍卫回禀,说一共有二十六位老人不幸身亡,尸体焦黑,已然分辨不出谁是谁。

"二十六?"向洌皱眉,若他没记错,早上看名册时,这里该有二十五名老人才是,为何会无故多出一具尸体。

善堂出了此等惨祸,管事也是懊悔叹气,自责当初为何不多请些护院。这响听到侍卫说向统领有请,赶忙抹了把眼泪跑过去。在听向洌说完后先是呆愣了一阵子,而后便一拍脑袋,说是二十六人没错。

"先前的确是二十五人,只是在昨日清晨,又有一名被不孝子赶出家门的老者流落至此,被好心人送到善堂,尚未来得及编入名册上报官府。"管事道,"今早太过慌乱便忘了这茬,人数是没错的。"

"原来如此。"向洌点头,又道,"此事太过蹊跷,只怕暂时不能让逝者入土为安,还请管事见谅。"

"自然自然。"管事叹道,"这城里百姓也都盼着皇上能查出真相,好给大家伙一个安心呐。"

房屋被烧毁大半,焦黑木梁脆到轻轻一脚便能踩断。向洌独自到后院检查,随手捡起一根尚有些红漆的窗棂凑在鼻边,闻到一股浓浓的火油味。

段白月出了府衙,又绕道至善堂远远看了一眼,见四处都是御林军,便也未再插手,转身回了驿馆。

天色将暗,楚渊依旧坐在桌边。西南王也依旧翻窗而入。

四喜公公揣着手站在门口,笑眯眯的,大肚子挺富态。

"如何？"楚渊问。

"昨晚出了惨案，官府意料之中一片肃穆。"段白月道，"徐之秋在书房心神不宁地待了一早上，而后便同徽州商帮一同讨论两地通商之事，听上去像是一个月前就已经约好，并无太多异样。至于那间书房，里头暗格倒是有不少，不过机关锁扣精妙，若是用蛮力打开，怕是会被对方察觉。"

"这处知府衙门建于近百年前，只怕当时的工匠也已经不在人世。"楚渊道，"现如今这大雁城内最好的木匠，名叫天羽。"

"西南府的人今晚便会赶到城中。"段白月道，"若怕御林军太过惹人注目，有些事情可以交给他们去做。"

楚渊点头："多谢。"

"何必言谢。"段白月笑笑，随手替自己倒了一杯茶。

"已经隔了夜。"楚渊将茶杯从他手中抽走，让四喜换了壶新茶进来，又传了晚膳。有鱼有肉，比起昨晚已是丰盛不少。

段白月将一小碗鱼汤挑干净刺，放在楚渊面前。

楚渊皱眉。

段白月嘴角一扬："既是天子，吃饭自然要有人服侍。"

楚渊拿勺子搅了搅，搅出碗底一根奇长无比的尖刺。

段白月咳嗽两声。毕竟这种事也不常做，难免生疏，多几回便会熟。

一顿饭吃到一半，段白月少说往碗里加了十几回盐和辣椒，最后索性连罐子都刮干净。大雁城的厨子，做饭当真是寡淡。

楚渊："……"

四喜公公在门外禀告，说向洌统领求见。

段白月心想活见鬼，这人倒是会挑时间，回回都趁着吃饭找上门。

楚渊道："先去前厅候着。"

"是！"向洌领命离开小院。段白月将一碗肉羹递过来："吃完再去。"

楚渊站起来："没胃口。"

"一碗面一碗汤一盘青菜，谁家皇帝会吃得如此清淡。"段白月将他压回去，

第七章

"至少吃一半。"

楚渊勉强吃了两勺,觉得油腻加之心里有事,便转身出了门。

段白月想着这次回西南后,要不要找个厨子送进宫。

一炷香的光景过去,院内依旧安安静静,段白月打开门,四喜公公正在外头溜达——宫里太医都嫌他胖,叮嘱平日里要多走动。

"王爷怕是要等一阵子了。"见他出来,四喜公公道,"皇上方才打发老奴回来先歇着,说那头约莫还有一个时辰才能完。"

"无妨。"段白月坐在台阶上,"出来透透气。"

四喜公公又问:"晚膳可还合口味?皇上特意叮嘱要煮清淡些,避开牛羊海鲜发物,怕是还在担忧王爷的内伤。"

段白月闻言意外,当真?

四喜公公继续气定神闲地在院里头打拳。看西南王的表情,就知道定然是吃得极为满意。约莫这个厨子要得赏。

待到楚渊回来,时间已经到了深夜,推门进房却不见段白月。

四喜公公赶忙道:"王爷刚走没多久,说是王府的人应该到了,先去看看。"

楚渊拍了把他的肚子:"朕问你了吗?"

"没问没问。"四喜公公笑呵呵,"是老奴多嘴了。"

楚渊洗漱完后歇息,被窝里暖烘烘的,一摸发现是一块暖玉。楚渊靠在床头,如往常一样随手取过一本书,翻看了还没几页,就已经沉沉睡了过去。

四喜公公小心翼翼地将烛火移走,又替楚渊盖好被子,心说自打西南王来此,皇上看着也轻松了许多,当真是挺好。

善堂里,段白月揭开遮掩尸体的白布,就见尸首已被火烧得面目全非。由于突遇火灾,大多全身都佝偻在一起。待将二十六具尸体全部查过一遍后,段白月觉得似乎有些不对——其中一具看骨骼像是个年轻人,而非上了年岁的老者。再重新将死者遗体验看一遍后,段白月摇摇头,起身回了客栈。

第二日一早,楚渊才睁开眼睛,便听到四喜公公在外头与人说话:"皇上还在歇息，王爷怕是要多等一阵子了。"

"无妨。"段白月道，"那本王便先出去转转。"

被子里很暖，暖到动也不想动。楚渊难得偷懒，在被子里头趴了好一会方才起来。

段白月恰好带着一身寒气推开门，手里拎了两个食盒。

"大模大样上街，不怕被人看到？"楚渊问。

"我自然有分寸。"段白月将早点一样样拿出来，蒸肉饼，酸辣汤，还有几盘小菜，看着便觉得口味不轻。

"又嫌腻？"见着他的表情，段白月笑道，"都是本地名产，多少尝尝看，吃完我还有事要说。"

"何事？"楚渊一边喝汤一边问。

段白月将一个肉饼递到他嘴边。楚渊本能地往后退了退。

段白月失笑："怕什么？"

楚渊一巴掌拍开他，眼底有些恼。

段白月识趣收声，陪着他吃完早饭后方才开口："我昨夜去了趟善堂。"

"有何发现？"楚渊问。

"那些尸体不像是善堂中的老人。"段白月道。

楚渊意外道："全部？"

段白月点头道："全部。"

"但是向洌带着仵作查验过，死者的确已经有了年岁。"楚渊道。

"尸首已然面目全非，就算是向统领，也只有看未烧焦的残余皮肤与骨骼，才能做出推断。但想要将一个壮年变成老者，用几条蛊虫便能做到。"段白月道，"若我没看错，善堂中的那些尸体，十有八九都是年轻人遇害，再多几天时间，我或许还能从尸骨中找到蛊虫。"

话音刚落，便又有侍卫在外头禀报，说是有人去官府报案，城里有一个人离奇失踪了。失踪之人名叫孙满，是城里的一个痞子混混，无家无口亦无朋友，因此也无人知晓他到底是何时不见。还是邻居看到官府贴出的榜文，说近期一切异常都需多加留意，才犹豫着到府衙报了案，以免被无辜牵连。

第七章

皇上就在大雁城，徐之秋自然不敢懈怠。待楚渊前往官府时，衙役已经带了一个小寡妇过来，看着眉眼挺俏丽，跪在堂前一直哆嗦。见着皇上就更加惊慌，也不会说别的，只知道磕头喊冤。

城里的人都看在眼里，孙满与这卖豆腐的风流小寡妇有些不清不楚，不过事不关己高高挂起，也没人想着去管闲事，顶多在茶余饭后打趣两句。此番一听人不见了，自然大家的第一反应都是与她有关。

审到一半，又有个围观的乡民想起来，说在前日下午还见过孙满，在货郎担子旁挑挑拣拣买头花说要送给相好的，后头就再没见过。小寡妇抖若筛糠，也说与孙满约了前晚私会，谁知等了一夜也没见有人来，后头听说善堂失火，还当他是去看热闹，因这种事先前就有过，也就没放在心上，其余是当真不知道。

"孙满可有何体态特征？"楚渊问。

"回皇上，此人是城里的泼皮，年前曾因调戏良家妇女被人打断右腿，伤愈之后，走路便成了高低脚。"徐之秋道。

楚渊点头，在四喜耳边低语两句后，便带人去了善堂。那二十六具尸首依旧整整齐齐地摆在院内，片刻之后，段白月也赶了过来。

"先前所说，哪一具尸首与其余人不同？"楚渊问。

"最左边。"段白月道，"四喜公公方才说这城内失踪了一个混混，可是他？"

"十有八九。"楚渊伸手想掀开白布，却被段白月握住手腕。

段白月道："想查什么，交给我便是。"

"失踪之人名叫孙满，身形高大，三十来岁，右腿有骨伤。"楚渊收回手，也未坚持要亲眼看。

段白月蹲下又细细检查了一遍那具尸体，在右腿膝盖处，果然有道已经变形了的旧刀伤。

"那便没错了。"楚渊道，"不过城里只失踪了一人，除开孙满，其余二十五具尸首又是谁？还有，这善堂中的老人又去了何处？"

"你我都是初到大雁城，有些事情，知府衙门里的人才最清楚。"段白月道，"不如先去府衙书房看看？那里暗格众多，说不定会有发现。"

"要如何才能打开机关？"楚渊问。

段白月笑笑："有个办法，不妨试试看。"

下午，一个年轻人被带到了驿馆，看着模样挺周正，手上都是硬茧。这位年轻人便是城内最好的木匠天羽，原本正在给善堂的老人们做棺木，却不知为何会被带来此处，更没想到会亲眼见着皇上，心中难免惴惴不安。

楚渊示意他平身，又让四喜公公赐座上茶。天羽受宠若惊，整个人都愈发局促起来。

而与此同时，段白月也在府衙书房内，将一瓶细蛛丝般的木蠹虫撒进暗格缝隙。不出三日，这些小虫便会吃空大半木屉，外人只会以为是闹白蚁，不会想到是有人存心为之。

徐之秋依旧心神不宁，倒是与孙满的离奇失踪无关，总归只是一个小混混而已，死了也便死了，算不得大事。他真正担心的是不知天刹教下一步还有何目的，又要借此强迫自己做些什么。

段白月一直盯到天黑，见一切如常，方才出府回了驿馆。

楚渊披着外袍，正在服药。

段白月上前坐在床边："不舒服？"

"回王爷，皇上并无大碍。"四喜公公赶忙道，"只是晚上睡不好，叶谷主便开了几帖药，叮嘱每隔十日服一回。"

"身子既没事，怎会睡不好。"段白月从他手里接过空碗。

"衙门里如何了？"楚渊问。

四喜公公识趣退下。

"顶多三日，徐之秋怕就要满城寻工匠补书房了。"段白月道，"天羽既是这城里最好的木匠，没道理不被请进府。"

"他可信吗？"楚渊问。

段白月道："自然。"

楚渊点头："嗯。"

段白月笑："就一个'嗯'，不想问他为何可信？"

"不想。"楚渊懒洋洋地靠回床头。

"也是，心里压的事情太多，少一件是一件。"段白月替他盖好被子，"睡吧，我等会便回去。"

第七章

楚渊侧身背对他，依言闭上眼睛，大抵是因为服了药，被窝里又着实温暖，不多时便呼吸绵长起来。

回到客栈后，段念正在房内等。

"查到了什么？"段白月问。

"回王爷，我们的人一整天都在各处茶馆，借由做桌椅生意的由头与百姓攀谈。"段念道，"听上去徐之秋在城内的口碑不算坏，就算无大功却也无大过，顶多就是风流好色了些，不像是个雁过拔毛的糊涂昏官。"

"只有这些？"段白月坐在桌边。

"还有一件事，这城里有几户人家，家里的男丁都说要去外头做大生意，已经两三年未曾回来过。"段念道，"只是不断托人往家捎银票，的确赚了不少钱，邻居纷纷眼红打听，却始终问不出来什么，说闲话的也不少。"

"大生意。"段白月摸摸下巴，"王城皇宫翻新修补都是交给大雁城的工匠做，还能有比这更大更让人眼红的生意？"

"可要继续查下去？"段念问。

段白月点头。

段念领命想要离开，却又被叫住："回去告诉师父与瑶儿，本王怕是要过阵子才能回去。"

"南师父早已传了话给属下。"段念道，"让王爷尽管待在外头，爱多久多久，三五年不回去就再好不过了，十年八年也无妨。"

段白月："……"什么叫爱多久多久。

两天过去，这日徐之秋打开暗格一拉抽屉，就见木屑哗哗往下掉，再一细看，有不少木材都被蛀空，于是赶忙差人去找工匠。

段白月靠在院外大树上，看着师爷将天羽一路带进了书房。

"回大人，是年份久了未防虫，才会引来白蚁。"天羽检查过后道，"幸而只是一部分暗格被损毁，顶多半月就能修补好。"

徐之秋点头，亲眼看着他画完图纸，方才一起出了门。

是夜，向洌暗中潜入小院，从天羽手中将图纸拓了一份带回驿站。

"暗格当真不算少。"楚渊道。

"再多也无妨。"段白月从他手中抽走图纸,"顶多两天。"

楚渊点点头。

"要一起去吗?"临出门前,段白月突然问。

楚渊不解:"嗯?"

"暗探,想不想去?"段白月冲他说道,"很好玩的。"

楚渊犹豫,坦白讲,他先前从未想过,这种事也能自己去做。但或许正因为没做过,便会觉得试试也无妨。于是片刻之后,四喜公公被叫到了房内。

"皇上与王爷要去何处?"见着衣着整齐的两人,四喜公公不解。

段白月坦然道:"赏景。"

楚渊:"……"

赏景好,赏景好。四喜公公恍然大悟,揣着手笑呵呵地看着两人出门。

夜晚天凉,走在寂寂长街上,段白月问:"冷吗?"

楚渊纵身踏上树梢,然后落入府衙院中。段白月神情冷静,随后跟上。

院内很寂静,书房并未落锁。虽无烛火,但月辉也能将四周照亮大半。按照天羽所绘的图纸,段白月很快就解开连环锁,将暗格里的抽屉一个个拉了出来。里头的账册纸张落满灰尘,显然已经有些年月没动过。

"四十余年前的州府县志,怕是前几任留下来的。"楚渊看了几页道,"应当与徐之秋无关。"

"既是暗探,自然急躁不得。"段白月道,"这里少说也有七八十个暗格,总要一个个找过去看完,才能盖章定论。"

楚渊又拉开一个抽屉,几只硕大的蟑螂一齐跳出,险些窜到手上,于是楚渊本能一退。

段白月摇摇头,伸手将他面前的抽屉轻轻合住:"这里脏,我来吧。"

楚渊看着他晨星般的带笑眼眸,心里又无端有些跟自己赌气,索性转身背对他,自顾自地检查起另一边的抽屉。段白月挑眉,也未多说话,继续将下一个抽屉拉开。

第七章

房内很安静，细小的灰尘四处飞舞，楚渊鼻尖没多时就开始泛红。段白月余光瞥见他想打喷嚏又忍着不出声的模样，像是挺不舒服，刚想着不然先将人带回去，楚渊却已经翻开了一卷账目，看上去像是有所发现。

"是什么？"段白月上前。

楚渊示意他仔细看，纸张很新，像是这两年的新物。上头画了些古怪符号，看不出是什么意思。

"抛开字不谈，你觉得此物看上去像什么？"楚渊低声问。

段白月又扫了两眼，猜测："账目？"

楚渊点头。

"徐之秋的私账？"段白月啧啧，"看来这个知府大人，还真不单单是好色风流一个问题。"

楚渊又匆匆扫了两眼，将翻开的那一页纸记了个七七八八。外头天色已经开始发亮，不宜久留，段白月道："走吧，若还想看，明晚再来。"

楚渊点头，小心翼翼地将一切复原，便与他一道回了驿馆。

四喜公公正在偏房打盹，听到动静后赶忙传热水，又问可要准备些吃食。毕竟皇上在外头待了整整一夜，也不知做了些什么，说不定会饿。楚渊摇头，也顾不上说话，匆匆取来纸笔将那些符号一一复原描画出来。

"若当真是文字，倒也有据可查。"段白月站在他身后看，"可若是徐之秋自己想出来的鬼画符，怕只有从别处下手了。"

"有账目就必然有生意。"楚渊道，"但听百姓白日所言，他并未私开商号，况且就算当真违例经商，在大雁城能做的营生，也只有木匠活，堂堂一个朝廷大员的世家公子，总不会连几把桌椅板凳都要偷偷去卖。"

"人心叵测，也难说。"段白月递给他一个小瓶子，"闻一闻，鼻子会通气。"

楚渊："……"

看着他通红的鼻头，段白月叹气："下回若再暗探，我们换个干净的地方去。"

楚渊刚一拔掉瓶塞，便是一股冲天的调料味。

"阿嚏！"

"啊呦。"四喜公公赶紧在外头道,"皇上染了风寒?"

"无妨。"楚渊眼泪汪汪,头晕眼花,不过鼻子倒真是通了不少。

段白月忍笑。楚渊挥手将人赶了出去。

片刻之后,四喜公公端来热水伺候洗漱,又说天色已经快亮了,西南王也便没有回客栈,住在了隔壁空房里。

楚渊:"……"

段白月枕着胳膊躺在床上,悠然地听着隔壁的动静。细小的水声,被褥被掀开的窸窣声,以及鼻子不通气的喷嚏声。隔着薄薄一道木墙,段白月笑笑,安心地闭上眼睛。

第二日清早,楚渊刚起床,四喜公公便送来了热气腾腾的早膳,说是西南王亲自去街上买来的,都是清淡口味。

"外头有人在办丧事?"楚渊问。

"回皇上,是这城里的百姓凑钱,请大师给逝去的老人们做场法事。"四喜公公道,"虽说善堂被封,逝者一时半会不能入土为安,但在外头街上念段经,也是大家一片心意。"

段白月拎着一包点心走进来。四喜公公识趣地退了出去。

"鼻子好了吗?"段白月问。

楚渊点头,拉开椅子坐在桌边。

"方才没买到,趁热尝尝看这个。"段白月打开纸包,"油煎饺子,加了特产小鱼干。"

楚渊皱眉:"腥。"

"还没吃,怎么就知道腥。"段白月往他面前的小碟子中倒了些醋,夹了个饺子进去,"尝尝看。"

楚渊咬了一口,汁液饱满,鲜美异常。

"怎么样?"段白月问。

楚渊放下筷子,错开视线看外头:"还是腥。"

段白月笑着摇摇头,又递给他一碗菜粥。

第七章

"善堂里的那些尸首,还能查出什么吗?"楚渊又咬了一口煎饺。

"这还吃着饭,当真要聊尸首?"段白月问。

楚渊道:"要。"

"那些尸首应当是在死后,才被人种了蛊,蛊虫将骨骼蚕食变形,再加上烈火焚烧,就算是有经验的仵作,也未必能看出死者其实是年轻人。"段白月道,"至于孙满那具尸首,则是在将死未死时,被人强行以蛊虫炮制,所以才会与其余死者不同,粗看不易察觉,若加以观察,还是能发现端倪。"

楚渊果然放下筷子,不吃了。

段白月无奈:"我就该让你先把饭吃完再说。"

"能看出那些尸首是出自何处吗?"楚渊又问。

"损毁太过严重。"段白月道,"我的人已经去查过,这城内乱葬岗并未有被翻动的痕迹,也没听说哪里丢了人或是被刨了坟。"

"那就是从别处运来的尸体,为了神不知鬼不觉,将善堂内的老人换出去。"楚渊道,"平日里善堂只有二十五人,凶手也就准备了二十五具尸体。谁知在当夜行动时才发现多了一人,情急之下为了不出纰漏,便上街去抓,正好遇到了前去偷情私会的孙满,将其杀害。"

段白月点头:"这里经常会有大宗货物进出,运尸体进城不算难,但二十六个活人不比其他,想出城怕是颇费周章。而且在大火之后,城门口戒备森严,连一只蚊子都飞不出去,照这个推论,善堂内的老人九成九应该还藏在城里。"

"目的呢?"楚渊问。

"善堂里住着的,都是老木匠。"段白月敲敲桌子,提醒道,"木痴老人也是老木匠。"

楚渊推测:"天刹教?"

段白月点头:"绑架如此多的老木匠,怕是蓝姬要破什么旧机关。"

"为何偏偏在此时动手?"楚渊道,"明知道朕在大雁城,她即便是绑了人,也很难带出去。"

"为了震慑徐之秋。"段白月道,"若是没有你,他便是这城内第一人,魔教未必能威胁到他什么。而如今哪怕只出现一丝异样,他也会为之胆战心惊,蓝姬若想利用拉拢他,这是最好的时机。"

"真是可惜了徐爱卿一生忠厚。"楚渊摇头,"儿子却偏偏如此不争气。"

"现在真相未明,说这些为时尚早。"段白月道,"至于那些善堂内的尸首,明日便入土为安吧,亦能让蓝姬放松警惕,觉得我们并未查出什么。"

楚渊点头:"好。"

"尸首之事说完了,今晚还想去徐府的书房吗?"段白月又问。

楚渊道:"去。"

段白月笑笑:"那下午便多睡一阵子,才有精力熬夜查案。"

看着他眼眶下的淡淡青黑,楚渊欲言又止,最后只是低头吃了口粥。段白月不眠不休地赶来大雁城,紧接着便遇到善堂大火,想来也只有昨夜方才好好睡了几个时辰,却又一大早就出去买早点,还买了两回。想到此处,楚渊虽说依旧被尸首之事弄得食欲全无,最终却还是吃完一盘煎饺一碗粥,才去书房处理政事。

待他走后,段白月刚想回客栈看看,四喜公公却进门,说皇上吩咐下来,若西南王无事可做,下午便在这驿馆歇着吧,莫要再到处乱跑。

段白月哑然失笑:"莫要再到处乱跑?"

四喜公公揣着手也笑:"皇上口谕的确如此。"

段白月欣然答应,或者不如说是求之不得。

前几日着实是累,因此脑袋沾到枕头没多久,段白月便已经熟睡过去。外头极安静,莫说是人,就连一只老鼠都进不来。一队御林军围着小院,心里都在纳闷,皇上分明人在书房,为何却下旨要把守这座空院落,莫非里头藏了什么大宝贝不成。

暮色沉沉,楚渊刚从书房回到住处,四喜公公便说西南王一直在睡,连饭都没吃。

段白月躺在床上,悠然地听着外头的动静,唇角扬起弧度。他是习武之人,自然在方才院门吱呀时便已醒来,却也没出声,只等着那人进来唤。

片刻之后,果真有人推开门。段白月扭头,就见四喜公公走了进来,段白月收回视线,继续盯着床顶。

"皇上还在等着王爷一道用膳呐。"四喜公公站在床边,眼底很有几分笑吟吟的深意。这回不来叫,说不定下回就来了,毕竟皇上的性子,也没谁能说得准,段王可

第七章

千万莫要气馁。

段白月深吸一口气,起身洗漱去了隔壁。

桌上饭菜依旧清淡,而且连盐和辣椒罐也被收走。段白月看着面前一大碗素炒饭,笑容淡定。楚渊自顾自吃饭。

"里头加了山菇,汤也是新煲的,养身。"四喜公公在桌边伺候。

"挺好。"段白月拿起筷子,吞了一口。

意料之中的寡淡,然而味道当真是挺好。只因四喜公公当初那一句"皇上特意叮嘱要煮清淡些,怕是还在担忧王爷的内伤"。

徐府书房里一切如旧,显然徐之秋并未发现曾有人闯入过。这回段白月用半透纱袋装了夜明珠,即便没有月光,也刚好能微微照亮。

楚渊低头快速誊抄账本,段白月守在一边。据传当年大楚皇后姿容绝世,如今看来也是有凭有据——否则如何能生出这般俊朗英挺的皇子。

"好了。"楚渊吹干墨迹,又将一切都恢复原状,"走吧。"

段白月心里叹气,在后头跟上。

"天干物燥,小心火烛!"大街上,有更夫从对面走过来。

四周空旷,段白月一把握住身边人的手腕,带着他落入一处小院。两串红艳艳的灯笼高悬屋檐,是一处青楼。

段白月:"……"

楚渊先是愣了一下,而后便恼怒挥手将人甩开,独自一人回了驿站,头也不回地锁上卧房门。

四喜公公碰了一鼻子灰,低声问:"皇上为何生气?"

段白月同样压低声音回答:"因为查到了徐之秋的案底。"

四喜公公恍然大悟:"原来如此。"

看着紧闭的屋门,段白月将四喜打发回去休息,自己坐在台阶上看月亮。

天色一点点亮起来,楚渊将整理好的账目放在一边,长出了一口气。总算没有白费这一夜时光。

门外，段白月正在掰虫渣喂蜘蛛，看着约莫有成年男子拳头大，黑白相间有些瘆人。楚渊刚推门就看到这一幕，于是脸色一僵。

段白月："……"

楚渊问："这是何物？"

"不知道。"段白月站起来，将蜘蛛扫到墙角，语调随意，"刚从院子里捡来的。"

白额蛛晕头转向，显然极度不理解为什么饭刚吃到一半，便被主人丢到了草丛里。

"想吃什么？"段白月问，"我去买回来。"

"账目上的那些图形都有规律可循。"楚渊道，"只要找准方法，其实并不难看懂。"

"所以？"段白月试探问道。

"虽说只誊抄了几页，不过单凭这几页账目上的数额，便足以证明徐之秋不仅贪，还是个大贪官。"楚渊道。

"这便有些说不过去了。"段白月摇头，"贪也要有路子，他到底私下在做什么勾当，居然有本事不动声色如此敛财，甚至连百姓也未觉出异样。"

楚渊坐在台阶上，显然也未想清楚。

"就算一时半刻找不到答案，饭总得要吃。"段白月道，"否则便不是皇帝，而是神仙了。"

"想个法子，逼徐之秋自己露出马脚。"楚渊道。

段白月点头："好。"

楚渊好笑："如此轻易便说好？"

"答应过的事情，我自会想办法做到。"段白月坐在旁边，"不过有条件。"

楚渊神情一僵，扭头看他。

段白月挑眉："西南王从来不吃亏。"

"又想要什么？"楚渊语调微微变冷，"整片西南，如今可都是你的。"

段白月笑笑，起身大步出了小院。四喜公公与他擦肩而过，还想着要笑呵呵地打个招呼，余光却扫见楚渊的神情，于是慌忙低头躬身，未敢再多言一句。

第七章

四下一片静谧，白额蛛小心翼翼地爬过来，继续啃先前掉在地上的虫渣，还要时时提心吊胆，免得被踩扁。四喜公公站在一边，心里亦是担忧，先前皇上与西南王还好好的，就一夜的工夫，这到底是怎么了。

约莫过了一炷香的光景，楚渊站起来想回房，段白月却又从院墙跳了下来。

"还有事？"楚渊错开视线。

"刚买的卤水烧鸡。"段白月握住他的手腕，将人带到屋内关上门，声音里有些笑意，"安心吃完，我便答应帮你。"

楚渊："……"

四喜公公屏气凝神，弯腰在外头听。

段白月洗了手，打开纸包扯下一只鸡腿，肥嫩嫩、金黄黄，还在往下滴汁，看上去颇为诱人。

楚渊迟疑片刻，方才道："这就是你所谓的条件？"

"否则呢？"段白月将鸡腿递给他，"连吃了三天素面，知道的说是皇帝，不知道的还以为是谁家和尚。"

楚渊："……"

段白月自己也啃了一口肉，叹气道："在外头奔波一天，估摸今晚回来又是一碗青菜面，至少先混点油水。"

楚渊哭笑不得，擦擦油腻的手指，自己剥了个卤蛋吃。

听屋里头两个人重新开始谈天，四喜公公才算是松了口气，继续站在外头，悠闲地揣着手看云彩。

又过了一日，城中开始有流言传开，说是皇上对徐知府极为不满，估摸着过不了多久便会下旨，撤了官职将人召回王城。又有人说，不仅仅是革职如此简单，旁人再问缘由，却又没人能说得上。还有人说，这回不单是徐知府，连王城里的徐老爷也要受牵连。

一时间传闻到处飞，百姓说什么的都有，自然也传到了徐之秋的耳朵里。于是他便愈发惴惴不安起来，整日里如同见了猫的老鼠，连饭也吃不下去，生怕会被皇上传唤。

这日下午，一辆堆满柴火的板车从后门进了知府衙门，随行几人都在伙房帮着卸货，却唯独有一个身材瘦小的男子，急匆匆地径直去了后院。段白月跳下树，在后头悄无声息地跟上。

"你怎敢现在前来？"徐之秋正在书房写信，突然就被人从身后一把捂住了嘴，登时大惊失色。

"大人不必担忧。"那送柴山民解开他的穴道，声音清脆，竟是个女子易容而成。

"现如今这城里，可四处都是御林军！"徐之秋连连跺脚。

"大人也知道局势危机。"那女子嗤笑道，"连三岁的小娃娃都在说，皇上对大人的政绩颇为不满，只是光着急怕没多大用，唯有答应教主的要求，方能有机会保住乌纱帽。"

"皇上尚且在城中，有何事不能等到日后再说？"徐之秋压低声音，咬牙切齿。

"若是皇上不在，只怕大人也不会甘心受制于人。"女子道，"若大人识相，便乖乖交出私库里头的金山，教主自不会多加为难。"

段白月闻言微微皱眉，清早还在说此人是个巨贪，却没料到居然能贪出一座金山，未免也太匪夷所思了些。徐之秋面色白一阵红一阵，面如死灰坐在椅子上。

"大人还真是死心眼。"见他这样，女子啧啧摇头，"只要秋风村还在，大人的私库便不愁没银子，这回没了，下回再赚便是，留得青山在，还怕没柴烧不成？"

"闭嘴！"听到"秋风村"三字，徐之秋显然更加紧张了起来。

"大人还是再考虑一番吧，我家教主可不是个有耐心的人。"女子说完便出门离开。一直盯着徐府书房的段念得了段白月指令，亦一路尾随她出府前去一看究竟。

段白月则是先行回了驿馆。

"秋风村？"楚渊道，"快马加鞭出城，半个时辰就能到。这大雁城毕竟地方有限，因此一些大的木梁车具，都是先在秋风村里做好样子，再运回城中铺子里拼装，最后通过雁水河售往楚国各处。"

"想不想去看看？"段白月道，"听今日两人所言，徐之秋的猫腻应该就在那里。"

楚渊点头，又道："若被人发现呢？"

第七章

"易个容便是。"段白月说得轻松。

楚渊:"……"

他自幼只学了功夫,却从未学过要如何易容。

段白月道:"西南府的人,个个都是易容高手。"

楚渊只好端坐在椅子上,任由他在自己脸上涂抹。指尖触感柔软微凉,段白月唇角上扬,拇指轻轻蹭过他的侧脸。楚渊很想将人打出去。段白月凑得很近,神情极为专注。楚渊忍不住往后躲,却又无处可躲,几乎整个人都贴在了墙上。段白月轻轻抬高他的下巴。四喜公公在窗缝里无意中看到此景,赶忙转身背对。楚渊终于忍无可忍,将人一把推开。

段白月眼神疑惑:"这是何意?"

楚渊擦了把脸,咬牙道:"朕不去了,此事交由向冽便可。"

"都易好了容,若是不去,岂非白白忙活这么久。"段白月拿过铜镜放在他面前,"可还满意?"

镜中人五官平庸神情黯淡,还有些斑,看上去像是个外乡生意人。

"还是去看看吧,总待在驿馆也无事可做。"段白月拿起另一张面具,很快便贴在了自己脸上。

楚渊皱眉。段白月解释道:"先前行走江湖时,经常给自己易容,自然要更加熟练一些。"

楚渊:"……"

"走吧。"段白月又道,"秋风村,听上去倒是个好地方。"

村子里经常会有商人来看货,因此骤然见到两个外乡客,也并没有谁觉得异常。小娃娃在田埂玩闹着,段白月随手折下路边一串红花,取了花蕊拔出来:"吃不吃?"

"吃?"楚渊一愣。

"甜的。"段白月道。

楚渊干脆利落地拒绝。身为皇上,若是像寻常人家的小孩般抓住什么都往嘴里塞,只怕也活不到现在。

"有我在，便无人能害你。"像是看穿他的心事，段白月笑笑，"这叫灯笼芯，西南漫山遍野都是。"

楚渊只当没听见，加紧几步向不远处的村落走去。

既是以木匠手艺为生，秋风村的牌匾也比寻常村落要精巧得多。道路两旁的小院里，男子伐木妇人编织，零零散散的零件堆了不少，见着两人后都笑着打招呼，以为是商人前来看货收货。

围着村子走了一圈，依旧没看出什么端倪，家家户户都在锯木头做手艺，见着有人也不遮掩，遇到热情的村民，还要招呼进去喝茶，实在不像是藏有秘密的样子。

村尾一户农庄里，一个男子正在大汗淋漓地做活，段白月与楚渊一道走进去，问可否给碗茶喝。

"自然。"男子放下手中活计，很快便从屋里端了水出来，"两位是来看货的？"

"是。"段白月点头，"想订购一批马车轱辘，看大哥这院里似乎堆了不少零散件，便进来问问。"

"要买货，要从大雁城的商铺里定。"男子道，"这里只是做些零件，家家户户分的东西都不同，最后拼装贩卖还是在城里头。"

"原来如此。"段白月恍然道："那大哥便专门做这车轱辘？"

"还有桌腿与木盒。"男子擦了把汗。

"木盒？"段白月问，"装首饰用的？"

男子摇头："这便不知道了，村子里都是工匠，也不懂外头什么好卖。都是城里的大商铺交来图纸，我们再按样做好便是。"

"看着有些大，也不像是女儿家喜欢的东西。"段白月拿起一个木盒，"看大哥手艺如此娴熟，想来也做了挺久。"

"祖辈就是做车轱辘的，至于这木头匣子倒是几年前才开始做，却卖得最好。"大概是平日里极少有人来此，男子的话也多起来，笑道，"每个月少说也要出去二百来个。"

"我可否带走一个？"段白月问。

"不行。"男子面有难色，"吴员外说了，这木头匣子不能给外人，多少银子也不卖。"

"这样啊。"段白月歉然,"是在下鲁莽了。"

"没有的事,客人太客气了。"男子连连摆手,"若是我自己的,想带走多少都成,只是上头实在不允许。若客人真心想要,去大雁城里吴家车行问问便是,我这做好之后,也是要送到车行去的。"

段白月点头道:"多谢。"

两人又坐了一阵,喝完茶后便出了村,沿着小路慢慢往回走。

"方才那个木头匣子,有何古怪?"楚渊问。

"古怪说不上,但实在不像是日常能用到的东西。"段白月道,"既笨重又不好看,也装不了许多物件,卖不出去才算正常。"

"去城里看看便知。"楚渊道,"吴家车行离驿馆不远,先前还曾看到过,生意似乎不错。"

段白月点点头,与他一道回了大雁城。

第八章

第八章

吴家车行里人来人往，看货的、询价的、凑热闹的，生意看着是红红火火。

楚渊在街对面远远看了眼招牌，刚打算进去，却被段白月拦住，于是不解道："有事？"

"既然易容成小商贩，气度自然也要像。"段白月提醒，"走起来这般器宇轩昂，倒是和长相格格不入了。"

楚渊顿了顿，问："那要如何走？"

段白月道："像这大街上的百姓一般便可。"

楚渊："……"他并不觉得自己和百姓走路时，哪里不一样。

段白月笑着摇摇头，将他挺直的脊背稍稍压下去一些："就像这样，或者再弯腰驼背一些也无妨。"

楚渊狐疑："如此简单？"

段白月点头，与他一道进了吴家车行。

伙计都在忙，见着有两个陌生人，也来不及上前招呼，只能远远喊一声，让客人先四处看看，自己得了空便过来。

"无妨。"段白月道，"小哥只管忙，我们闲来无事，所以过来看看罢了。"

马车在后院空地一字排开，样式还挺多，往后便是新造的桌椅样品，再想往里走，却被家丁拦住，说后头是吴老板的私宅，谢绝客入。

段白月道过歉，两人又在前头商铺里逛了一圈，方才出了车行，沿着街道慢慢走。

"有何发现？"楚渊问。

"什么发现也没有。"段白月答。如此才叫古怪，车行里主营各式马车，兼着卖些桌椅板凳，除此之外再无他物，还当真没见着那些木头匣子是用来作什么的。

"按照秋风村的村民所言，明天便会有车行的人去他那里收货。"楚渊道，"至少能跟着看看，那些木匣最后究竟被送往了何处。"

段白月点头道："好。"

"走吧。"楚渊道，"回驿馆。"

"白日里人多眼杂，若是被发现了怎么办。"段白月摇头，"晚上再回去。"

137

"那现在要做什么？"楚渊问。

"出来这么久，也没吃顿饭。"段白月伸手一指，"正好有处酒楼，吃饱肚子再回去。"

楚渊皱眉。

"走吧。"段白月不由分说，拉着人就上了楼。小二热情地前来招呼，楚渊便没再多言，拿着菜牌看了半天，点了一个青菜汤羹，一碗酿豆腐。

段白月随口道："八宝嫩鸭，醉酒牛肉，干烧猪脚，海参丸子，红烧羊腿，布袋鱼。"

小二一边答应，一边提醒："就您二位爷？菜怕是有点多。"

邻桌有人听到后难免往这边看，楚渊顿时觉得如芒在背。这回不仅是脸上不舒服，连身体上也开始觉得扎。

段白月递给他一杯茶："用粮食炒熟做成，与茶叶不同，却别有风味。"

楚渊尝了一口，满满的大麦香气。

"可还喜欢？"段白月问。

楚渊道："有些甜。"

"就跟你说，平日里不要总在驿馆吃饭。"段白月道，"天下都知道皇上勤俭，地方官员连想给你多做几条鱼几碗肉，都要担心会不会掉脑袋。"

楚渊摇头："再被你说下去，朕就不是清廉勤俭，而是脑子有毛病了。"

段白月失笑，低声提醒："在外头还自称朕？"

楚渊顿了顿，道："我。"

段白月笑得愈发爽朗，又让小二送来了花叶茶，也好尝尝鲜。

菜式很快上齐，热气腾腾琳琅满目地摆了一桌。楚渊见他胃口颇好，便也没催促，一直陪着慢慢吃——自然，旁边依旧时不时会有人看过来，被看得多了也就无妨了，总归易了容，被当成是饭桶也不丢人。

段白月问："怎么今日胃口如此不好？"

楚渊抬头："嗯？"

"那根鸭腿在你碗里翻来覆去，少说也被夹了十几回。"段白月提醒。

楚渊："……"他是当真吃不下。

段白月伸长筷子将鸭腿弄到自己碗中，又端了一盏清淡些的竹荪汤给他。段白月

第八章

三两口便自己啃完,又捞了一大块牛肉。

楚渊有些不忍地心想,照这个饭量,大概前几天在驿馆的时候,他是一顿饱饭都没吃过。

等一顿饭吃完,外头天色也已经黑透,段白月放下茶杯,感慨这才叫吃饭,先前在驿馆里那般清汤寡水,顶多算是果腹。

楚渊道:"可以回去了?"

段白月看了眼窗外,雁水河曲折蜿蜒,两侧景致颇好。楚渊却已经起身下了楼。段白月心中惋惜,只好在楚渊后头跟上,心说下回若是有机会,定然要一同赏景吹风。

楚渊却没心思多想其他,一路加紧脚步回了驿站,进门便让四喜公公烧热水。四喜公公赶忙吩咐下去,又用询问的眼神看向段白月,皇上这是怎么了,怎么回来就要洗澡。

段白月总算觉察出异样:"怎么了?"

"面具太闷。"楚渊道。

"我帮你。"段白月伸手在他耳边摸索,然后将面具整个撕了下来。

楚渊低声痛呼,脸上已经泛起红色小点,看着便痒。

"啊哟!"四喜公公受惊,怎么搞成这样。

"怎么不早些告诉我。"段白月也被吓了一跳,让他坐在椅子上,又挑亮灯火。

楚渊心说,看你方才的架势,不知情的还当是饿了十来天,好不容易才逮顿饱饭。能不打扰,还是不要打扰得好。

段白月先用帕子沾了温水,替他将脸轻轻擦干净,又敷了药:"还疼吗?"

"一直就不疼。"楚渊道,"有些痒罢了。"

"是我先前没考虑周全。"在徐府灰尘大了些都会打喷嚏,更何况是将整张脸都用药物盖住,幸好只是半天时间,否则只怕还会更严重。

脸上冰冰凉凉的,早已没有方才在酒楼时的刺痒,倒是不难受。楚渊看着段白月近在咫尺的脸,淡定道:"看你的表情,像是要毁容。"

"乱讲。"段白月哭笑不得,"不用担心,顶多明早就会好。"

楚渊道:"嗯。"

段白月继续仔细检查了一遍，发现的确没什么大碍，而且在上过药后，那些红点也已经褪下去不少，方才松了口气。

楚渊有些好笑地看着他。
"还笑。"段白月坐在他身边，"下回不带你这么玩了。"
"可明日车行的人还要去秋水村拉货。"楚渊道。
"我去便好。"段白月道，"你在驿馆等消息。"

"皇上。"四喜公公又在外头道，"可要传御医？"
"不必了。"楚渊道。
四喜公公很担忧，当真不必吗，不然还是瞧瞧吧。
"公公不必担心。"段白月打开门，"本王会照顾好楚皇。"
四喜公公只好点头，苦着脸继续在心里叹气。外人都说西南王府处处带毒，如今看来还真是，怎得易容都能将皇上易出大红脸。

房内，段白月看着楚渊歇下，便坐在了床边，将烛火熄灭一盏。
楚渊问："不去隔壁？"
段白月替他盖好被子，"若有哪里难受，便告诉我。"
"你未免将朕看得太弱不禁风了些。"楚渊好笑。
段白月心想，可不就是弱不禁风。但想归想，显然不能说出来，于是道："睡觉。"
楚渊拗不过他，侧身想要靠墙，却又被一把压住："脸上还有药，莫要乱动，就这么睡。"
四喜公公在外头疑惑，看着烛火都熄了，西南王怎么还不出来。

段白月靠在床边，自己也闭起眼睛养神。过一阵子便检查一回，一直等到那些红点彻底褪去，甚至还号了号脉，确定已无其他事，方才起身回了自己的房间。
听着屋门轻轻一声响，楚渊睁开眼看着床顶，唇角无端有些笑意。

第二日一大早，段白月便暗中去了秋风村。一直等到下午，果然看见吴家车行的伙计赶车停在了村尾。昨日那个汉子热情地打招呼，几人有说有笑地将做好的零散木件搬上车，清点过数目后当场结清银子，便两下散去。段白月挑眉，银子还当真不算少。

第八章

伙计赶着马车一路回了大雁城,分批将那些木件送到不同的库房,最后剩下三个大箱子,看着便是昨日那些木匣。

段白月一路尾随那伙计,先是穿过铺子后的私宅,又绕了一圈,最后进了一处年久失修的荒废客院,掏出钥匙打开门,将那三个大箱子背了进去。出来之后四下看看,确定没人发现,方才大摇大摆地回了前头。

这处屋宅看着四处漏风,也不知多久没修缮过,连房顶都像一脚就能踩漏。段白月靠在窗边往里看了一眼,却是微微一愣——房内空荡荡的,除了几块破烂木板外并无他物,方才那三个箱子则是连影子都没有。

有暗道啊。段白月一笑,转身回了驿馆。

"暗道?"楚渊闻言意外。

"见不得人的事,自然要在见不得光的地方去做。"段白月道,"虽说今日没找出机关,不过无妨,多盯几次便能看出端倪。"

"会不会有危险?"楚渊问。

"危险应当不至于,只求不要打草惊蛇就好。"段白月问,"你这头呢?可有查出那吴家车行与徐之秋的关系?"

"他们来往极其紧密。"楚渊道,"不过这车行本就是大雁城内最红火的铺子之一,与官府多打几次交道算不得奇怪。"

"这城内车行众多,吴家是从何时开始火起来的?"段白月问。

楚渊答:"两年前。"

"也就是说在徐之秋上任之前,吴家车行还是间名不见经传的小铺子。能有今日气候,定然少不了官府暗中扶植。"段白月道,"还有一件事,先前假扮成送柴人的女子,在离开府衙后,回的地方也是吴家车行,像是个粗使娘。"

楚渊问:"下一步要如何行动?"

"不如放长线钓大鱼。"段白月道,"我去盯着车行,至少也要先弄清楚,他们究竟在暗中做什么。"

"那朕便派人去盯着徐之秋那头。"楚渊道,"听你当日所言,蓝姬似乎已经快将他逼到了绝境,这几日他应当会做出决定。"

段白月点头道:"好。"

两人正说着话,段白月冷不丁地凑了过来,楚渊本能往后一躲。
"怕什么。"段白月哑然失笑,"正事说完了,我看看你的脸,如何了?"
"没事。"楚渊道,"四喜早上硬拉了随行太医过来看。"
"然后呢?"段白月拉过椅子,坐在他身边。
"然后太医又是观察又是号脉,发现当真是没什么事,又不敢说自己什么都没诊出来,一直在那战战兢兢。"楚渊道。
段白月笑:"这可不像你的性子,故意使坏吓人。"

"皇上。"四喜公公在外头道,"晚膳已经备好了。"
段白月脑海中顿时浮现出一碗青菜豆腐。段白月想,幸好昨日多混了些油水。
"传。"楚渊吩咐。
四喜公公打开门,将菜一道道端进来,平日里都是三四道就完,这回桌上摆了少说也有七碟八碗,还有一条大鱼——当真是挺大。
段白月:"……"
楚渊端起碗,道:"你打算一直看着?"
段白月觉得自己有必要解释一下,其实他并不是顿顿都能有昨日那般的饭量,着实是因为连着吃了几天豆腐青菜,肚子里有些没油没盐而已。
楚渊却已经夹了一块排骨,低头慢慢啃。于是段白月话到嘴边又咽了下去——若是能让他每顿多吃几块肉,那倒也值当。

屋内烛火跳动,只有两人吃饭时的小小声响。
段白月问:"夜明珠?"
"嗯?"楚渊抬起头,没听清,"什么夜明珠?"
"柜子里有东西在发光。"段白月伸手指了指。
楚渊看了一眼,然后道:"是焚星。"
段白月笑问:"一直带在身边?"
楚渊继续吃饭:"没有。"
段白月替他盛了一碗汤,却又觉得似乎有些不对,想了想,问:"当真是焚星?"
楚渊:"……"

第八章

这种事，又何必要说谎。

"当日我从九玄机将它取出时，莫说是发光，就连夜明珠都不如。"段白月解释。
楚渊微微愣了愣，然后便站起来打开柜门，从中取出一颗珠子。
幽蓝圆润，像是异色的猫儿眼。
段白月："……"

"不对吗？"楚渊将珠子递回给他。
段白月接在手里，见形状的确是焚星，但居然会发光？
楚渊也不解："到底怎么了？"
"没什么。"段白月将东西还给他，"怪不得人人都想要，原来当真有灵气。"
楚渊将焚星握回手心："我也不知有何用处，只是偶尔听人说起过。"便无意中提了一句，那时两人年岁都不大，却没想到有朝一日，居然真被他找了来。

"喜欢便收着，管它有何用处，看着心里高兴也成。"段白月道，"以后还想要什么，尽管说出来便是。"
楚渊将珠子收回去，坐回桌边继续将汤羹吃完，又喝了盏茶漱口。

楚渊道："你可以回去了。"
段白月："……"
楚渊与他对视。
段白月问："隔壁也不能睡了？"
"一张硬板床，如何能舒服。"楚渊摇头。
"段王。"楚渊打断他的纷飞思绪。
段白月叹气："也罢。"横竖今日是十五，也该回去服药运功。

段念正在客栈等他，桌上还有一封南摩邪写来的书信。
段白月问："可以不看吗？"
段念苦了脸："王爷饶命，若不看，南师父怕是要将属下喂虫。"
段白月只好头疼地拆开。里头是一张武林秘籍——是真只有一张。八个招式，一段内功心法，看着也不难，叮嘱每月十五运气回转周天。

143

段白月又抖开另一张纸，就见密密麻麻天花乱坠的文字，将此武功吹嘘了一通。既能独步武林，又能雄霸天下，更能包治百病，小到风寒头疼脑热，大到男子阳痿不举，甚至还能治妇人小腹疼痛，产后血崩。

段念看得胆战心惊："王爷当真要练？"
段白月反问："为何不练？"
段念语塞，这还有为何，随便哪个正常的武林中人，拿到这张所谓的"秘笈"，应当也不会想要练吧？

段白月端起桌上汤药一饮而尽，而后便进了卧房。段念只好惴惴不安地守在外头，生怕自家王爷不慎练出毛病，毕竟南师父看起来也不是很靠谱。

西南王府，段瑶正趴在南摩邪背上："师父！"
"不行。"南摩邪一口拒绝。
"我又不想练，看看也不行？"段瑶用脸蛋拼命蹭他。
"说不行就是不行。"南摩邪锁好暗格，随口敷衍，"瑶儿看错了，这里头没有菩提心经。"
分明就有啊！段瑶眼底充满怨念，看一眼也不成？师父简直小气。

不得不说，这回南摩邪送来的内功心法虽说看着荒诞，练来倒是颇有些用。在练过之后，段白月觉得周身清爽利落，连内力也比先前稳了不少。段念总算是松了口气，担心了一整晚，生怕王爷会走火入魔。

吴家车行里依旧人来人往，段白月寻了一处隐蔽树梢，一直盯着那座破败客院。一连过了两天，果然又有一驾马车驶了进来，依旧是先前那个伙计，先是从车上将货物一箱一箱卸下来，再逐个背进去，都是木头零件自然不轻，看起来累得够呛。

待他又背了一箱东西进去，段白月也趁机跳入院中，透过破烂窗棂往里看了一眼，就见地上果然有暗道入口，平日里被几块破木板遮着，若不多加留意，很容易便会忽略。

粗略计算了一下那伙计往返一趟所用的时间，段白月心里生出主意，打算下去看

第八章

看里头究竟有何古怪。

院里还剩最后三箱,伙计提起一口气,使劲将货物扛到肩上,沿着暗道台阶慢慢往下走。段白月悄无声息地跟在他身后,走了约莫半盏茶的工夫,方才到了平地,也不知究竟是往地下挖了多深。

地道光线暗,那伙计肩上又扛着一个大箱子,看着也不像是有武功底子,因此也未觉察到身后有人。只是自顾自地往前走,等穿过一段长长的地道,前头才出现星点亮光,以及说话声与做工声。

见着伙计来,里头的人纷纷同他打招呼,而后便又低头各忙各的。段白月隐在暗处,看着里头的情形,眉头微微皱起。地道尽头的大厅里少说也有百余人,靠近墙壁的地方竖着货架,上头整整齐齐堆满了各类木头零件,工匠与工匠之间分工明确,整整齐齐坐成三排,配合默契无间,看起来已经磨合了有一段时日。

那伙计将箱子放下后,便又擦了把汗出去抬剩余两个。段白月并未随他一道出去,而是又留神观察了片刻,确定最后的成品便是装进那个木头匣子里,再上一遍漆,等干后就堆到墙角,等着被运往别处。

空气中飘着淡淡花香,若有似无。段白月很熟悉,先前段瑶在养蛊的时候经常用来炼毒,名叫蝶翼兰,算是起个药引的功效。地道另一头传来吭哧吭哧的声音,是那伙计搬来了最后一个木箱,段白月照旧跟在他身后,一道出了暗室。

驿馆内,楚渊正在看折子,便听四喜公公在外头通传,说是王爷来了。

"看来是有发现。"楚渊抬头看着他,"否则不会这么早回来。"

"若再没发现,那徐之秋也未免太滴水不漏了些。"段白月坐在桌边,"今日又有一批新的零件被送往荒废客院,我便跟着去暗道看了看。"

楚渊一愣:"你跟下了地道?"

"不能跟?"段白月显然没理解过来他的意思。

楚渊皱皱眉,却没说话。段白月想了想,又笑:"在担心我?"

"既然敢跟下去,我自然有分寸。"段白月也没再继续逗他,将话题主动拉回

145

来，"那伙计不像是会功夫，并未觉察到什么。地下暗室挖得很深，里头如我们先前所想，有约莫一百个工匠，井然有序、配合默契，想来便是那些所谓'出去做大生意'、让邻居都眼红的人。"

"一百来个，这么多的人？"楚渊问，"在做些什么？"

段白月道："不认识，看起来像是某种机关，全部装在当日我们看到的木匣中，而且似乎还有蛊毒。"

"如此复杂？"楚渊眉头紧锁。

"虽不认识是什么，不过大致零件是什么形状，我也记了个七七八八。"段白月道，"可要找人问问？"

"找谁？"楚渊猜测道："天羽？"

段白月点头道："他虽说年纪小，却是这城里最好的木匠，平日里又爱听说书、看故事，说不定当真知道。"

楚渊首肯道："好。"

"白日里人多眼杂，晚上我再去将人带来。"段白月道，"时间还早，外头在耍灯火戏，想不想去看看？"

"出门？"楚渊迟疑道："若是被人看到要如何？"

"看到就看到了，有谁还规定皇上不能出门看戏？"段白月闻言失笑道："我易容便是。"

在屋子里待了一天，的确有些闷，楚渊便也没再拒绝。

所谓灯火戏，无非是民间艺人哄小娃娃的手法，搭个台子扯快布，唢呐一吹锣鼓一敲，就能演一出天仙配。城里的大人们吃完饭没事做，路过时也会驻足多看几眼，人多，也热闹。

戏是没什么看头，楚渊却挺喜欢站在人群里。没人发觉皇上就在自己身边，大家伙都在说说笑笑嗑瓜子，笑容朴实又真切。于是楚渊眼底也就染了笑意。

段白月买了包炒瓜子递给他："加了盐津粉，甜的。"

楚渊好笑，与他对视了一眼。

"怕什么，朝里那些老臣也看不着。"段白月在他耳边低声道，"没人会跳出来

第八章

说有失皇家体统。"

楚渊从他手中抓了把瓜子,优哉地慢慢嗑。

台上咿咿呀呀,用沙哑的嗓音唱着戏。待有情人终成眷属,台下掌声雷动,都说是佳话一段。

楚渊也往台上丢了一小锭碎金:"走吧,回去。"

段白月与他一道回了驿馆。

四喜公公笑着替两人打开门,心说难得见皇上这样,眼睛里都带着光。

"若是喜欢,下次再带你去看别的。"

楚渊点头:"好。"

"时辰也差不多了,我去将天羽带过来。"段白月道。

"向洌在。"楚渊道,"让他去吧。"

段白月闻言迟疑,转而又欣喜。这似乎还是第一回,他主动将自己留在身边。

楚渊别过视线道:"只是个小手艺人,先前没见过你,省得受惊。"

"是。"段白月拉开椅子坐在他身边道:"我这般凶,还是不要乱跑得好。"段白月语调很是严肃。

楚渊只当没听见,伸手倒了杯茶。

约莫过了半个时辰,天羽被向洌暗中带来驿馆。由于天羽先前已经见过一次皇上,知道皇上挺和善也不凶,因此这回已经放松许多。

楚渊拿过旁边一叠纸,叫四喜递给他:"小先生可知这是何物?"

段白月易容未卸,站在他身后充当侍卫。

"这个?"天羽翻看了两页,摇头,"没什么印象。"

"不用慌。"楚渊道,"慢慢看。"

天羽闻言不敢懈怠,又仔仔细细看了许久,方才吃惊道:"莫非是鬼木匣?"

"鬼木匣是何物?"楚渊第一次听这三个字。

"这可是祖宗明令禁止的机关盒。"天羽有些犹豫,"不过草民也说不准到底是不是,先前从未见过实物,甚至连图纸都没有,只听老人在给小娃娃讲故事的时候提到过。"

"为何要禁止？"楚渊问。

"这……"天羽跪在地上，"老人都说，先祖原本只想制出一门暗器，可杀人于无形，在危急关头保命。于是便潜心研究多年，谁知最后逐渐魔障，临终前终于造出了鬼木匣。使用之时打开鬼木匣，里头便能万针齐发，针头淬毒，针孔内藏有蛊虫。一个鬼木匣打开，就算对面有七八十名男子也难以招架，无论是谁，只要被蛊虫所侵，顷刻便会毙命僵化。"

"如此阴毒？"楚渊吃惊道。

段白月在心里摇头，若徐之秋当真在私造此物，可当真该杀。

"鬼木匣也曾风光过一阵子，直到后来族人因此自相残杀，酿成了几次灭门惨案，才有一位德高望重的先人下令，将所有的鬼木匣都付之一炬，连图纸也在全族人的注视下化成了灰。"天羽道，"自那之后，大雁城才重整旗鼓，制出各式桌椅板凳车马床，逐渐有了木匠祖师的名声，而鬼木匣也成了传闻，再也没有出现过。"

"原来如此。"楚渊道，"所以当今世上，该是无人见过鬼木匣才对。"

"理应如此。"天羽点头。

"有劳小先生了。"楚渊示意四喜公公，将他带下去领赏。

"公公请放心。"天羽将银票揣进袖子里，"草民知道，什么该说，什么不该说。"

四喜公公笑呵呵，让向洌将他暗中送了回去。敞亮人，到哪里都讨人喜欢。

"十有八九就是了。"段白月道，"我今日去那地下暗室时，的确闻到了一丝蝶翼兰的香气，此花产自西南，只有炼蛊时才会用。"

"混账！"楚渊眼神冰冷，显然怒极了。

段白月在心里叹气，轻轻拍拍他的手："气也没用，事到如今，想办法解决问题才是最该做的事。"

如此多的鬼木匣，显然不会是被江湖中人买走。大雁城的木具销路极好，连南洋的商人也抢着要，若是想在正常货物里藏几千上万个木头匣，可是轻而易举之事——光是一批普普通通的红木大衣柜，里头就能神不知鬼不觉塞上几百个鬼木匣。

第八章

而别国愿以重金购得此物，目的为何，不言自明。一个鬼木匣，便有可能要了数十大楚将士的性命，想及此处，楚渊只恨不能将徐之秋千刀万剐。

段白月站在他身后，楚渊身体一僵。

"眼底不要有杀气。"段白月声音很低，"这些杀戮之事，我做便好。"

"徐之秋，他哪来这么大的胆？"楚渊站起来说。

"人为财死，鸟为食亡。"段白月道，"被诱惑不算稀奇，那可是一座金山。"

楚渊道："无论他先前卖出去多少，从今日开始，此物断然不能再流出城。"

段白月点头道："好。"

两人说话间，四喜公公又在外头报，说向洌统领有要事求见。

"宣！"楚渊坐回桌边，示意段白月暂时避在屏风后。

"皇上。"向洌进来后行礼，"府衙那头有了动静。"

"什么动静？"楚渊问。

"魔教的人又去找了徐之秋一回，两方达成协议，明日午时要去猎崖山挖金山。"向洌道。

"徐之秋要亲自前往？"楚渊又问。

向洌点头道："是。"

"辛苦向统领了。"楚渊道，"继续盯着他，看看那座金山到底有多少。"

向洌领命离去，心里依旧纳闷。为何屏风后又有人。这到底是谁，怎的天天待在皇上卧房里。

段白月问："我也去盯着？"

"倒是不必，有向洌就足够，人多反而容易打草惊蛇。"楚渊道，"先看看到底是怎么回事。"

"也好。"段白月蹲在他身前，"时辰不早了，休息？"

楚渊摇头，心烦意乱。

"就知道。"段白月无奈，"方才还没觉得，此时看你这样，我倒是真想将徐之秋宰了。"

"若当真违律,自有大理寺办他。"楚渊道,"国法大于天,没人能逃脱。"

"你看,道理你都懂,就偏偏要与自己过不去。"段白月站起来,替他将衣领整好,"就算这一夜不睡又能如何,除了熬垮身子之外,似乎也无其他用途。"

楚渊道:"朕不想听你讲道理。"

段白月一笑:"不想听道理,那要说什么,哄你玩行不行?"

楚渊闻言一怔,觉得自己似乎听错了什么。段白月眼底带笑看着他。然后四喜公公便听屋内"哐啷"一声。片刻之后,段白月从房内出来,坐在台阶上淡定地看月亮。

四喜公公用颇有深意的眼神看他。

第二日吃过饭,徐之秋果然鬼鬼祟祟地坐上马车出了城。

虽说有向冽盯着,不过段白月还是一路尾随。横竖在驿馆也无事可做,不如出来解决问题——省得有人为此日夜烦心,食不知味。

马车驶出城门停在路边,徐之秋又下来独自走了一段路,七拐八拐上山下坡,最后才停在一处山崖下。

那里已经等了两名女子,段白月倒也眼熟,都是蓝姬的侍女,还在林子里抢过段瑶。

见到徐之秋,其中一名侍女笑道:"大人果真是个豁达慷慨之人。"

徐之秋心疼肉疼,也没心情与她调笑,只是将钥匙狠狠丢过去。那侍女倒也不恼,捡起钥匙插入山石处机关,一阵轰鸣隐隐从地底传来,原本爬满藤蔓的山壁上,竟然缓缓裂开了一道缝隙。

段白月心里摇头,果真是机关城,连个私库都设计得如此精妙。

天上日头明晃晃的,从段白月的方向看过去,里头一片璀璨光亮,说是金山银山,可是丝毫都不算夸张。向冽也在心里啧啧,真是可怜徐老大人,怕是又要老来丧子。这种贪法,十个脑袋也不够掉。

侍女进洞检查了一圈,也极为满意,对徐之秋道:"此后这里便与大人无关了,待我家教主将东西拿走之后,自会将钥匙还给大人。"

"钱我是给了,你家教主答应过我的事,最好还是做到!"徐之秋恶狠狠地吐了口唾沫。

第八章

"大人不必担心,我天刹教向来都是言出必行。"那侍女声音脆生生的,段白月听到后暗自好笑,这妖女倒也脸皮厚,魔教也敢自称言而有信。

徐之秋连连叹气,也不想再多待,转身便回了府衙,向冽也一路跟过去,怕有人会在半路对他痛下杀手。段白月则是暗中尾随那两名侍女,回了大雁城的雁回客栈。

"恭喜教主,贺喜教主。"侍女在门外道,"东西拿到了。"

屋内传来咯咯笑声,蓝姬亲自打开门:"辛苦两位护法。"

段白月在暗处摸摸下巴,先前倒是没想到,蓝姬竟然会亲自前来。

待段白月回到驿馆,天色已经彻底黑透,楚渊刚听向冽报完今日之事,正在屋内喝茶。

"王爷今日来得有些晚。"四喜公公小声快速道,"皇上连晚膳也没用,一直等着呢。"

段白月笑笑,道了声谢后,便伸手推开屋门。

楚渊放下手中茶壶:"今日去了哪?"

"雁回客栈。"段白月答,"蓝姬住在那里。"

"天刹教的教主?"楚渊道,"那可有见着木痴老人,或是其余善堂老者?"

"上下找了个遍,都没有。"段白月摇头。

楚渊闻言道:"也不知人究竟被藏在哪里。"

"既然是绑不是杀,便说明还有用途,暂时不会有性命之虞。"段白月道,"慢慢找便是。"

楚渊说:"嗯。"

"今日还吃青菜豆腐吗?"段白月突然问。

楚渊不解。

"看在找到了金山的分上,吃顿好的吧?"段白月眼底诚恳。

"金山先是徐之秋的,如今是天刹教的,与你何干。"楚渊语调带笑,"顶多素面一碗,爱吃不吃。"

"就当是由他们暂为保管。"段白月道,"你若想要,我抢回来便是。"

"如何能是抢。"楚渊摇头，"朝廷命官贪赃枉法，所得本就该悉数充入国库。"

段白月从善如流："你若想要，我拿回来便是。"换一个字，听起来便名正言顺了许多。

四喜公公将饭菜送进来，油汪汪的卤排骨看上去很是诱人。

段白月欣慰："还当真的没肉吃。"

"贫。"楚渊将筷子递给他，"关于天刹教你怎么看，这些人好对付吗？"

"西南一个小魔教，不足为惧。"段白月道，"只是先前从未主动招惹过西南王府，也就最近这段时日才听信谣言，想抢瑶儿回去成亲。"

楚渊道："听起来果真是魔教。"十四五岁的少年也能抢。

"这回也算是误打误撞，若没有她们，怕是也不会如此轻易就找到徐之秋的私库。"段白月道。

楚渊点头："金山一案算是结了大半，当务之急，便是搞清楚那些善堂老人的去向，以及木痴老人被关在何处。"

"不如我去问问蓝姬？"段白月道。

"你？"楚渊一愣，"你与蓝姬很熟？"

"我不熟，不过有人熟。"段白月笑笑，"易容成他便是。"

"易容成谁？"楚渊继续问。

"先吃饭。"段白月替他夹了块排骨，"吃完我再告诉你。"

坦白讲，这驿馆的厨子其实不比酒楼大厨差，毕竟是专程请来给皇上做饭的。奈何楚渊口味着实太淡，日日不是青菜就是豆腐，连盐也不要多放。厨房大娘满心愁苦，觉得自己甚是屈才，这将来若是出去，连显摆都显摆不了。所以此番好不容易听到皇上想吃肉，自是变着花样做，道道菜品都鲜美无比，将看家本领全部使了出来。

楚渊难得胃口大开。或许是因为菜好吃，又或者是因为别的原因。

段白月很细心，在烛火下将鱼刺一根根挑出，又用勺子搅了搅，方才放在他面前："这回定然没有刺了。"

楚渊低头喝了一口，有些烫，在这种夜晚却刚刚好。

第八章

窗外落下霏霏雨雾，房内却是丝毫冷意也无。

四喜公公在隔壁房中喝茶，心说皇上这顿饭吃得可真是久。估摸着厨房大娘在天亮之后，要得西南王不少赏赐。

撤掉桌上残余杯盘，又泡了一壶热茶，楚渊方才道："继续说，你要易容成何人？"

段白月答："魏紫衣。"

楚渊糊涂："魏紫衣是谁？"

"江湖中一个独行剑客，不算有名气，也不算是好人，但长得颇为高大英武。"段白月道，"蓝姬向来对他倾慕有加。"

楚渊："……"魔教妖女的倾慕有加，想来也没有第二个目的。

屋内很安静。

片刻之后，段白月道："只是一起聊几句，应当也无妨。蓝姬已经纠缠了魏紫衣许久，不过至今仍未得逞。"

楚渊心说，并未得逞，想来也是念念不忘。

"我只是随口一提。"见他久久不语，段白月只好道，"若是不高兴，那便不去了，再想别的法子。"

"伪装外貌容易，但行为举止、说话习惯，要如何才能不露馅？"楚渊终于开口，"蓝姬也不会一见到魏紫衣，就主动将所有事情都和盘托出，总要套话。"

"这倒不用担心。"段白月道，"魏紫衣对蓝姬向来避犹不及，我与他又打过几次交道，想要学个八成形态，并不算难。"

楚渊道："哦。"

哦是何意。段白月试探地看着他："那到底是去，还是不去？"

楚渊道："去。"

段白月点头："好。"

楚渊继续喝茶。

又过了一阵，段白月突然建议："不如一起去？"

"嗯？"楚渊意外。

段白月道："蓝姬功夫并非出神入化，若是龟息在屋顶，她不会发现。"

楚渊闻言更沉默，不会发现归不会发现，但这种事情，又何必要专程去看？那般场景，光是想想连头皮都发麻。

段白月后头也觉得自己这个提议有些古怪，似乎未经深思熟虑，于是又道："不去也行。"

楚渊却道："朕去。"

段白月："……"还真去啊？

楚渊喝空了整个茶壶，然后便将段白月打发到了隔壁卧房。隔壁已经换了新的大床，床帐被褥红艳艳的甚是喜庆，说是驿馆里现成的，皇上有旨要勤俭，所以只能凑合用，犯不着买新的。

四喜公公一边替他铺床，一边笑道："这被褥料子好，软和。"

段白月也摸了一把，是挺软。

四喜公公又道："皇上白日里还在这里坐了一阵。"

段白月心情立刻好了起来——但也没好多久。段白月三更半夜躺在床上，越想越觉得方才自己中了蛊，居然主动相邀去看魔教妖女，偏偏那人还真答应了。

但事关善堂老人的生死，一时片刻又想不出别的计策，也只有如此。于是第二日下午，段白月依旧坐在镜前，将自己易容成了魏紫衣。楚渊站在他身后，心情很是复杂。

段白月道："我不在身边，若真要来客栈，务必事事小心。"

楚渊道："好。"

段白月往外走了两步，在门口又回头叮嘱："不来也行。"

楚渊继续道："……好。"

段白月独自一人出了驿馆。

楚渊坐在桌前，颇有些头疼。

段白月挎着长剑在街上走，看上去还真挺英俊，招来不少姑娘家回头看。不过这大雁城远离江湖，倒也无人认出他是谁，只道是个好看的外乡客。

第八章

段白月径直去了雁回客栈。正是吃晚饭的时候，厅里坐着不少人。小二殷勤地端来花生米与小菜招呼，问客人想要用些什么。段白月还未接过菜牌，身后却已经传来娇俏声音："阁下可是魏大侠？"

段白月回身。

"果真是啊。"蓝姬的侍女大喜过望。

"采田姑娘。"段白月微微颔首。

"真是没想到，会在这里遇着魏大侠。"侍女笑道，"我家教主就在楼上，可要上去共饮一杯酒？"

"自然。"段白月拿起桌上佩剑站起来。

侍女见状倒是意外，只因魏紫衣嫌被追得紧，又对蓝姬无意，一直见了天刹教就跑，还从没这么爽快过。

"还愣着做什么？"见她站着不动，段白月催促，"快些见到蓝教主，我正好有要事相商。"

侍女回神，将他领上了二楼，让在门外暂等一阵子，自己先进去通传。过了没一会，蓝姬亲自开门迎了出来。见果真是魏紫衣，脸上自是一喜。

段白月抱拳道："蓝教主。"

"方才听采田说，我还不信，却没想到果真是魏大侠。"蓝姬将人让进房内，又反手关上门，"怎么会来这城内？"

"来这城内是无意路过，不过来这雁回客栈，却是存心为之。"段白月道。

蓝姬闻言咯咯笑，蛇一般缠上来："真是难得，魏大侠总算想明白了？奴家先前就说，人生苦短，何必假正经。"

段白月不动声色躲开，心里暗暗叫苦，只求窗外没人看。

"既是来了，为何又要躲开？"蓝姬不满道。

"在下有个条件。"段白月道。

"什么条件？"蓝姬贴在他身侧。

段白月冷冷道："城外山上的金库，我也要分一杯羹。"

没料到他会如此直接地就说出这件事，蓝姬明显一愣，脸色也变了。

"蓝教主不必惊慌，在下也不是不识趣之人。"见她神情有异，段白月笑笑，"只是那日走山路，无意中看到了些东西。江湖规矩见者有份，最近手头也着实有些紧，便厚着脸皮来讨要。不过蓝教主大可放心，魏某定不会狮子大张口。"

"你想要多少？"蓝姬坐直身子。

段白月比了个数。

蓝姬啧啧："这也算胃口小？"

"比起洞中金山来，自然不算多。"段白月答得坦然，"怕只是九牛一毛而已，若当成封口费，教主也不亏。"

"也行。"蓝姬倒了两杯酒，掩嘴笑道，"银子我给，不过要看你功夫如何。"

段白月忍不住又往窗外扫了一眼。务必要没人，没人，没人。

蓝姬手指轻轻滑过他的胸膛，想要挑开衣带。

段白月将她的手挡开："银子还未见着，教主未免也太心急了些。"

"你倒是个实诚人。"蓝姬反而被逗笑，"有趣。"

"并非人人都能像蓝教主这般有天降横财能捡。"段白月道，"我等普通人，只有多留几分心。"

"魏大侠还真当我是白捡？"蓝姬摇头，"为了这天，我可花了不少精力。"

"这我倒信。"段白月晃晃手中酒杯，"前几日城中善堂起了大火，想来也是蓝教主所为。"

"果真聪明。"蓝姬脱掉外衫，露出珠圆玉润的臂膀。

段白月笑而不语，很是冷静，继续喝酒。

"三天后我便要回天刹教。"蓝姬声音慵懒，"不知这银子，是要替魏大侠送往何处？"

"江西老宅。"段白月答。

"好。"蓝姬伸手点点他的唇，"本教向来说一做一，可不像你们这些臭男人，满嘴没有一句话可信。"

段白月环住她，顺势将人放到另一边："我说了，先要拿银子。"

蓝姬叹气，手指挑挑他的下巴，很有几分不甘心。胸前汹涌澎湃，晃得人眼晕。

第八章

喝完小半坛酒，段白月好不容易才得以脱身，满身都是香粉，刚想着要回客栈洗个澡，段念却已经跟了上来，道："方才皇上来了。"

段白月："……"

段念继续道："然后又走了。"

走了就对了，按照那人的性子，能一直待着才怪。段白月问："然后呢？"

"然后皇上让属下转告王爷，立刻去驿馆。"段念用颇为同情的眼神看着他，又补了一句，"看着好像挺生气。"

段白月觉得自己今晚应当会连地板都没得睡。

驿馆里，四喜公公见着段白月后也道："王爷快些进去吧，皇上已经等了许久。再不来，看着就该拆房了。"

段白月深吸一口气，伸手推开门。

楚渊伸手一指屏风后，面无表情道："去洗干净。"呛！

段白月识趣道："好。"

屏风后传来哗哗水声，楚渊继续坐在桌前，翻折子。才出宫没多久，为何太傅大人的字就变得如此难看。回去之后，定要让他每日抄八回《楚律》。

直到确定身上再无香气，段白月方从浴桶里出来。四喜公公早已备好了一身新衣，虽说颜色着实鲜艳难看，但三更半夜皇上突然要，也实在找不到更好的，只能凑合。好在西南王相貌好，穿什么都挺英俊。

段白月坐在桌边。

楚渊开口："问出什么了？"楚渊一直在看折子，眼皮也不抬。

段白月道："天刹教三天后会离开大雁城，那些老人很有可能已经不在城内。"

楚渊闻言皱眉。

"说不定木痴老人也在其中。"段白月道，"我打算跟过去看看。"

楚渊迟疑："可有危险？"

"暗中尾随，应当没什么大事。"段白月道，"若要抢人，再折回来找帮手便是。"

楚渊犹豫着点点头。

"所以不气了？"段白月问。

楚渊又拿起折子："朕何时生过气？"

段白月撑着腮帮子看他。楚渊余光瞥见一丝红意，于是狐疑着抬头。

段白月问："有事？"

楚渊主动凑近他。段白月心中顿时天人交战，电闪雷鸣。

段白月："……"他有些头晕，是当真晕。

然而还没等晕完，楚渊便已经伸手怒气冲冲一拍桌："四喜！"

"唉唉，在！"四喜公公还在外头吃花生，没曾想冷不丁被传唤，赶忙跑进来。

"送客。"楚渊已经恢复了平静。

段白月："……"

四喜公公看向西南王，心想是出了什么事。

段白月比他更加无辜，我怎么知道。

但天子震怒，其余人也不能忤逆。段白月回到隔壁，勾开自己的衣襟，低头想看看到底出了什么事。结果赫然一片红痕，看上去颇像是方才经历了些什么。

"当真是因为它乱爬。"片刻之后，段白月捏着蜘蛛，从窗户里伸进去一只胳膊，"估摸着是在罐子里待腻了，所以不知何时跑了出来，身上又带毒。"倒是多少看一眼啊，并不是因为其他原因。至于为什么要从窗户里伸手，因为门被锁了，进不去。

看着那只毛乎乎的大胖蜘蛛，楚渊觉得自己快要疯了。

"四喜！"

"在！"四喜公公这回有了准备，并没有吃花生，声音洪亮，跑起来可矫健了，硬将西南王劝回了隔壁房，并且很想叹气。生气就要好好哄，哪有人反而拿着蜘蛛跑去吓唬，又不是三岁小娃娃，简直想不明白。

第九章

夜深人静，段白月跷腿躺在床上，盯着床顶出神。枕边趴着一只大蜘蛛，无辜且无助。

隔壁房中，楚渊辗转反侧，于是随手拿起桌上一本书想消磨时间——是先前四喜买点心时随手捎回来的，说是西南王秘史，好看得很，大家都喜欢，想买还要排队。

打开第一页，便是恁大一幅画，将西南王府画成了百虫窝，不仅有蜘蛛，还有各种蛇虫毒蚁。段白月则是被画成了一个蝎子尾的妖怪，正裸着上身撕扯羊腿，面目狰狞。

"啪"一声合上书，楚皇觉得自己有必要下旨肃清民风，让百姓看些该看的东西。

两人皆是辗转一夜，第二日一早，楚渊便听到四喜在外头说话。又过了一阵子，院门吱呀作响，是段白月的声音。

楚渊披衣下床，四喜进来伺候洗漱，顺便小心翼翼地问，西南王已经买来了早点，是要用，还是要让驿馆另做。楚渊用帕子擦干净脸，推门出去，就见段白月正抱着刀，靠坐在廊柱下的石台上。面前摆了一个大食盒，还在冒热气。

"要吃吗？"见他出来，段白月问，"烤羊腿夹饼，据说酒楼老板特意从西域请来的厨子。"

羊腿啊，楚渊又想起了昨夜那幅画。

"怎么了？"见他站着不说话，段白月问。

楚渊抿抿嘴，忍笑："吃。"

段白月眉间有些疑惑，这么高兴？

楚渊却已经进了屋。四喜公公跟在后头，连连冲西南王使眼色，皇上看着挺高兴，可千万莫要再将那蜘蛛拿出来了啊，看着心里瘆得慌。

金黄酥脆的烤饼加上洒满辣椒粉的烤羊肉，一般人在早上吃都嫌太油腻，况且楚渊向来就口味清淡。不过这回他倒是没挑剔，还吃得颇有胃口。

从小在宫里长大的皇子，仪态自然是规矩的。旁人拿在手里都四处掉渣的烤饼，他却硬是能吃得斯文好看，一点声响残渣都没有。

第九章

楚渊喝掉最后一勺汤,整个人都暖和起来。

段白月问:"关于城外的金山,要如何处置?"

四喜公公在外头直摇头,西南王也是,怎么刚吃完饭就议公事,也不知道说些别的哄皇上开心。

"嗯?"楚渊擦擦嘴。

"蓝姬再过两日就要走了,在此之前,她必然会想办法将徐之秋的私库搬空。"段白月道,"虽说就算运回天刹教,想抢回来也能抢,但若能让她压根带不出城,就再好不过了。事情太多,能省一桩是一桩。"

楚渊点头:"这倒不难,正好那处山崖附近都是珍稀林木,是官府花重金从南洋引来想栽培的,尚未长成气候。徐之秋在先前也当政绩上报过几回,朕若是想去看,也算不得突兀。"到时候多带些兵马过去,想来就算蓝姬有再大的胆子,也不敢在朝廷眼皮下硬抢。

"好,那便照此做。"段白月道,"我也会尽快找出那些老者与木痴老人的下落。"

"又要易容成魏紫衣?"楚渊看似把玩茶杯,语调随意。

"自然不是。"段白月道,"魏紫衣的目的只是要得财,如今蓝姬既已答应分一杯羹,若是三天两头上门去找,反而容易叫人觉出异样。"

楚渊又问:"还是要易容成别人?"

段白月失笑:"为何一直要易容?"

楚渊心想,自然要易的,看你昨夜那般乐在其中。

"昨晚蓝姬曾说,下月初三天刹教会有一场百蛊庆,听着声势浩大,身为教主势必要赶回去。"段白月道,"她在城中待不了多久,而若是要走,就算是暂时带不走金山,也定然会带着那些老人。"

楚渊问:"要帮手吗?"

"西南王府的人对付魔教,该是绰绰有余。"段白月,"等将那些老者救出后,再查办徐之秋也不晚。"

楚渊道:"嗯。"

"往后几天,我怕是要一直盯着雁回客栈。"段白月又道,"蓝姬虽不至于敢对朝廷下手,去山里的时候也要加强戒备。"

楚渊继续道:"好。"

段白月笑笑:"那我走了。"

楚渊点头,目送他一路出了小院,方才叫四喜传了向冽进来。

出了驿馆,段白月先回了趟自己的客栈。段念正在桌边埋头吃早点,见着他进门后险些被面条呛到,王爷这是中邪了吗,为何要买一套如此难看的新衣裳穿,鹅黄柳绿的。

段白月神色冷静,一掌劈过去。段念抱住头,觉得自己甚是无辜。

府衙里头,徐之秋最近上火,嘴巴周围都是大燎泡,这晌正在冲下人发火,突然便听管家通传说皇上驾到,慌得赶忙换上官服前去恭迎。

"徐爱卿看着气色不大好啊。"楚渊慢条斯理,撇去盖碗茶浮沫。

"回皇上,下官这几日的确有些虚火乏力。"徐之秋道,"已经找大夫看过了,开了几帖药。"

"爱卿这般国之栋梁,可要好好保重身子。"楚渊放下茶碗,"朕在这大雁城里也待了有一段日子,昨晚突然想起来,爱卿曾说城外山上有一批南洋来的新木林,长势喜人,不知如今可还在?"

"在。"徐之秋道,"都已经长大了许多,约莫再过几年便能成林。"

"御花园里一株南琵北迁都难成活,却没想到这里还真能种出南洋木种。"楚渊道,"今日朕闲来无事,不知爱卿可愿随朕前去看看?"

"自然,自然。"徐之秋连连答应,"下官这就前去准备。"

天子出巡,派头自然不会小,于是晌午时分,百姓就见浩浩荡荡一队御林军出了城,队伍长得一眼望不到头。初时还以为出了什么大事,后头才说是要去山中查看林木长势。

徐之秋坐着轿子跟在后头,满心唉声叹气。他倒不是怕私库被发现,毕竟机关设计精妙至极,蓝姬应当也没蠢到明知有如此数量的御林军进山,还要跑去刨金。他只懊恼自己平日里太过好色,又太过掉以轻心,竟会着了魔教妖女的道,眼睁睁被夺走如此巨额的钱财,白忙了这么些年。不过幸而秋风村还在,吴家车行还在,只要等城

第九章

中重新消停下来,便能再度将鬼木匣变成钱财。

山中树木正是抽枝发芽的时节,嫩绿色泽看上去赏心悦目。而在特意辟出来的一片大空地上,那些从南洋引来的树木长势茁壮,一派勃勃生机。

楚渊欣慰:"徐爱卿果真是个人才。"

"皇上过誉了,微臣只是将木苗购入,而培育之法,全仰仗山中几位守林人。"徐之秋道,"他们守了一辈子山林,这批树苗经长途跋涉,来时都已根枯叶落,亏得有他们不眠不休悉心照料,方才得以存活。"

"哦?"楚渊来了兴趣,"不知这些守林人现在何处?朕倒是想见见。"

徐之秋赶忙派衙役去后山,将守林人请了过来。一共七人,看着都有了年岁,但由于常年在山中活动,所以身子骨都很硬朗。大雁城是木工城,要做活就要有山林,能担任守林人一职,首要便是经验丰富。楚渊与之聊了几句,发现的确在育苗之法上颇有见地,于是龙心大悦,不仅立刻赐了赏,还下令御林军留在此处,守着这几位长者将经验概要撰写成书,甚至特意从城中请来了画师,将不同形态的树苗该如何分类种植,全部画了下来。

徐之秋一一照办,心里还有几分幸灾乐祸。如此一来,蓝姬怕是不敢再来了,虽说那笔银子自己也不可能拿回来,但能给她添些堵,也是美事一件。

一时之间,城外山上到处都是御林军。天刹教的人去看了三回,又旁敲侧击地向城中百姓套话,结果都说至少还要一个月,还不一定能完。蓝姬闻言自是恼怒,却也无计可施。

"教主。"侍女道,"那批金山不如就先留在此处,量那徐之秋也不敢动歪脑筋,待到朝廷大军走后,我们再来取也不迟。"

蓝姬不耐烦地挥挥手:"便照你说的做,两日之后,启程回西南。"

段白月在窗外听到,嘴角轻轻扬了扬。

当然,为了能有始有终,他还是又假扮了一次魏紫衣上门,问银子何时才能给。蓝姬正在心烦意乱,自然没心思再想其他,又听他开口闭口就是钱,只觉脑仁子都疼,匆匆喝了几杯酒,便将人敷衍打发走。出门之后,段白月如释重负,又威胁段念,不许告诉任何人。段念低头允诺,好不容易才忍住笑。

163

两日之后，天刹教众果然带着几大车柜子，伪装成商贩动身离开，赶回西南去办百蛊庆。东城门守卫是徐之秋的人，很容易便将其放了出去。段白月悄无声息地一路尾随，两日后的傍晚，一行人停在道边架起火堆，看着像是要在此煮饭。采田则是带着其余五名侍女，急匆匆进了林子，足足走了约莫一炷香的工夫，方才停在一个乱葬岗，也不知是在哪里按动机关，就见一处孤坟在月光下缓缓裂开。

段白月隐在暗处，看着她们依次跳了进去，片刻之后再出来，身后果真多了一群老人。全部被封住嘴，倒是未捆手脚，想来也是觉得上了年岁，逃脱不了。

段白月一一数过去，恰好二十六人，依旧不知木痴老人在何处。

"快些！"采田催促，"只要你们乖乖听话，日后自能活命。若是想要使诈逃跑，可别怪姑奶奶不客气！"

老人们在城里做了一辈子木匠活，哪里见过这阵仗。那夜大家原本正在睡觉，突然就闻到一股甜腻香气，接着就头眼发晕，等醒来时已经被关押到了地下，不知道是什么时候，也不知道究竟发生了什么事。这几日都没见着太阳，如今又被妖女恐吓，早就战战兢兢，连路都走不稳。

采田虽说嘴上凶狠心中烦躁，却也不敢像对寻常犯人那般下狠手，毕竟辛辛苦苦绑了这些老人，还要带回教中做机关，出不得乱子。

二十余人都上了年纪，要硬抢难免会受伤，况且在没找出木痴老人的下落之前，段白月并不想就此动手，因此只一路跟回了营地。

另一头已经煮好饭菜，老人们被一人分了一个饼、一碗汤，都蹲在地上吃。段白月随手一弹，往其中一人碗中丢了一粒药丸。对方看着少说也有七十来岁，吞咽很是困难，不吃又怕被打，因此全靠着汤水往下灌，不多时便将一碗汤喝了个干净。

"教主，今晚可要继续赶路？"采田问。

"再走一个时辰吧。"蓝姬道，"深山里人也少一些。"

采田点头称是，招呼众人将东西收拾好，又赶了三驾马车过来，让老人们分批进去。

第九章

"啊！"人群中传来惊呼。

"叫什么！"采田柳眉一竖，抬掌就要打人。

一个老者捂住胸口，痉挛着倒在了地上，脸色煞白大口喘气，看着像是犯了心疾，不多时便闭眼咽了气。

采田踢了那老者两脚，已经没了声响，于是问蓝姬如何处置。

蓝姬头疼："丢回坟堆吧，埋深一些，莫被人发现。"毕竟该是烧死在善堂里的人，总不能又出现在道边。

天刹教杀了不少人，还是头回埋人。几名侍女合力刨了个大坑，将那老者埋了个严严实实，方才转身离开。

沿途火把越来越远，黑暗寂静中，段念带着人刨开土，将老者用披风裹住带回了城。西南王府的毒药，可以让人假死三日，服下解药便会醒。

眼睁睁看着同伴毙命，其余老人心情自是更加消沉，低头坐在马车里，一句话都没有。蓝姬对此倒是很满意，只要人不死不疯，安静些也是好事——若都像木痴老人那般神神道道，时不时还要大吼大叫，才是叫人头疼。

段念挥手扬鞭，骏马在山道一路疾驰，只用了一天就将老人送回大雁城客栈，并且递了一封书函给四喜公公。又过了半个时辰，向洌统领亲自上门，将众人接到驿馆。

太医早早就抱着药箱在等，老人先前已经服过解药，用热水擦身后又喝了热汤，没多久便悠悠转醒。只是在刚睁眼时看到床边一群人，难免受惊，险些又吓晕过去。四喜公公赶忙上前将人扶住，劝慰了半天，才算是安抚下来。

"皇上？"老者闻言震惊万分，哆哆嗦嗦不敢相信。

"是啊，是皇上。"四喜公公道，"老人家莫怕。"

"皇上啊。"老者涕泪横流，也不顾身子虚弱就要跪，捂着胸口连连咳嗽。向洌赶忙将他扶住，又端了杯热茶过来。

"不必多礼。"楚渊坐在床边，"这几日究竟发生了什么事，老人家只管说出来，朕自会替你们做主。"

老者名叫褚付，是这城里的老手艺人，无儿无女一直住在善堂。年逾古稀却不聋不瞎，思维也挺清晰。此番虽经历了劫难，但在喝了几碗热汤后，便也缓过神来，将这几日经历的事大致回忆了一遍。

"千回环？"楚渊道。

"是啊。"褚付道，"我们醒之后，便有人来问谁会制千回环，大家开始都摇头，她却说我们耍奸猾。"

"老人家当真不知道这是何物？"楚渊问。

褚付叹气："这城里的老伙计平日都是做些板凳桌椅，即便是机关，也都是一些常见暗器。再往大了，一来官府不许，二来没人买，三来图纸也少。这千回环是何物，莫说是做了，大家伙连听都没听说过。"

"既是不会，为何魔教还要将诸位带走？"楚渊不解。

"我们说不会，他们便拔刀要杀人，有人受了惊吓，就说能试试。"褚付道，"大家便又稀里糊涂都跟着点头，想着先保住命。况且听说木痴子也被他们抓了，说不定当真能做出来。"

"木痴老人？"楚渊又问。

"是他。"褚付点头，"木痴子和大家伙不一样，他不做桌椅板凳，会功夫，只对暗器有兴趣，研究了一辈子机关，九玄机里的暗器便是出自他的手。"

"那些人可曾说起过，木痴老人现在何处？"楚渊追问。

褚付道："这倒没说，只说过几日就能见到。"

过几日就能见到。楚渊摸摸下巴，看来尚且没带出这雁云州。

天刹教那头，还没动身就死了一个人，其余人看上去也病病歪歪，采田担忧道："怕是要慢些赶路了。"否则再死几个，想破解千回环只会更难。

"路途迢迢，就算行进再慢，只怕也慢不过这些老不死的速度。"蓝姬斜靠在马车里，"我写封书信，你去交由归来庄，告诉齐醉梦，就说天刹教遇到了麻烦，要到他那里暂住几日。"

"是！"采田领命，又试探，"那先前抓到的人要如何处置？"

"自然也是带去归来庄。"蓝姬懒洋洋道，"总归抓人是为了破解机关，也没必要非回西南，找个安静的地方便是。留下二十天赶路，应当误不了百蛊庆。"

采田点头，转身出去做准备。

第九章

归来庄，齐醉梦。

段白月挑眉，倒是没想到，此人居然也与天刹教有关联，而且听上去还颇得信赖。

归来庄不算是正统武林门派，在江湖中却颇有些名气，只因庄主齐醉梦酿得一手好酒，捧着银子也难求。西南王府也曾买过几坛，段瑶的虫倒是很喜欢，天天泡在里头，醉生梦死不出来。

楚渊既然想要木痴老人，段白月自然会想尽一切办法要将人囫囵带出来，因此极其有耐心。天刹教在原地安营扎寨等了足足三天，方才收到齐醉梦的回信。

"果真是生意人。"蓝姬啧啧，"知道本教有了麻烦，狮子大开口，胃口倒是不小。"

"对方想要何物？"采田问。

蓝姬道："菩提心经。"

段白月暗中听到，神情一凛。

采田嗤笑："想要菩提心经，不去找那半人半鬼的南摩邪，问我们要甚？"

"也罢，将来若能抓到西南府的小王爷，丢给他审问两天便是。"蓝姬摆摆手，"算不得大事。"

"那我们何时启程去归来庄？"采田问。

"即刻动身。"蓝姬一脸嫌恶，"赶了这么多时日的路，身上都要臭了。"

归来庄离众人停留的地方不算远，半天便能赶到。齐醉梦像是知道蓝姬必然会答应自己的条件，正在山下等。因要酿酒，所以山庄也极大，四处都摆着酒坛，不胜酒力的人就算进去闻上一闻，只怕也会醉。

段白月轻而易举便跟了进去，见蓝姬与齐醉梦一起进了宅子，还当会商议什么大事，结果没多久屋内便传来巫云楚雨之音，听上去快活至极。

西南王觉得有些晦气。

那些老者被安置在了一处小院落里，四周都有人把守。采田安顿众人住下之后，草草吃了些馒头垫肚子，也没等晚饭，天不亮便进屋睡下，看着像是晚上有事要做。果真，到了子夜时分，就见她独自一人出了归来庄，顺着小路下了山。段白月一笑，等了这么久，总算是等到了木痴老人出现。

快马一路疾驰，对于段白月的轻功来说，想悄无声息尾随并非难事。一个时辰后，采田翻身下马，伸手抓住悬崖上一处藤蔓，灵巧地向上攀去。段白月倒是没想到，蓝姬居然会将木痴老人藏在如此隐秘的地方。

两人一前一后登上悬崖，却都是神情一变。就见在不远处，一处木屋正在熊熊燃烧，火势正旺，将天也染红了半边。

采田急匆匆赶过去，就见木屋几乎燃烧殆尽，木痴老人若未跑出来，只怕此时已连尸骨也烧得不剩一根。千算万算将人藏在此处，以为不被找到便万事大吉，却没算到会遇此不测。采田急得连连叹气，转身想去归来庄向蓝姬回禀，脖颈后却是冗然一凉。

"来这里找谁？"段白月声音冰冷。

"西南王？"采田意外至极，本想回头却又心惧寒凉刀锋，于是强作冷静道，"西南王若想要人，尽管带走便是，婢子绝不敢有半分抱怨。"

"你似乎没有听清本王的问题。"段白月不耐烦，手下多了三分力。

"是。"采田抬起头，不敢再动分毫，"木痴老人。"

"天刹教为何要抓他？"段白月又问。

采田道："因教主想要制出一门暗器，名曰千回环，而木痴老人是这世间最好的工匠。"

"还有谁知道这件事？"段白月道。

采田答："只有天刹教众人。"

段白月合刀回鞘，采田还未来得及松一口气，却又被一把卡住脖颈，嘴里不知塞进何物，瞬时化开一片甜腻。段白月松开手，把她丢到一边。采田涨红脸拼命咳嗽，想要将其吐出来。

第九章

"不会要你的命。"段白月道,"最后一个问题,最后一件事,都做到之后,本王自会给你解药。"

"是何问题?"西南府的蛊毒比起天刹教,只会有过之而无不及,采田不敢轻视。

段白月道:"蓝姬为何想要制出千回环?"

采田道:"教主遇到一位异人,称自己握有奇药,能令女子肌肤回春。而若想要方子,便要拿千回环去换,又说这世间知晓千回环的人,应当只有木痴老人。"

段白月倒是有些意外,他先前还当又是如鬼木匣一般,要售往南洋敛财,却没想到只是为了一张药方。

"那异人给了教主半年时间,说一旦拿到千回环,便去王城找他。"采田继续道,"无名无姓,戴着一张鬼面具,左手肌肤幼嫩如同少年,右手却遍布沟壑如同耄耋老者。"

"装神弄鬼。"段白月摇头。

"教主一心只想求药方,却不知原来西南王也想要人。"采田继续道,"若能早些时日知晓,天刹教决计不会不自量力,在西南王府眼皮底下抢人。"

"不会不自量力?"段白月失笑,"当初蓝姬抢瑶儿的时候,可没看出有此等觉悟。"

采田语塞。

"话说得再好听也没用。"段白月道,"将蓝姬带来此处,我便饶你不死。"

采田神情大变,叛教?

"与本王合作,你只是有可能会死。"段白月道,"不合作,便是生不如死。"

采田脸色煞白:"还请西南王莫要强人所难。"

"这就好笑了。"段白月扬扬嘴角,"西南王府最常做的事,便是强人所难,别人越不想做的事,强迫起来才越有意思。"

采田:"……"

"那套江湖道义武林仁德,说再多也于事无补。"段白月道,"若我是你,不想合作又不愿受苦,便会自己从这崖上跳下去,一了百了倒也干净。总好过等几日后蛊毒发作万箭穿心,到那时再想自我了断,可就没那么容易了。"

采田手有些发抖。

"况且你背着蓝姬与景回公子私通,若让她知道,莫说是活路,就算是全尸,只怕也难留一具。"段白月挑眉。

采田被戳中痛处,胸口剧烈起伏:"我自会将教主引来此处,还请西南王守诺。"

段白月提醒:"天亮之前。"

采田转身朝山下跑去。

归来庄中,蓝姬还在房内打坐静心,便听有人跳入院中,先前还以为是齐醉梦不知餍足又来求欢,打开门却是采田。

"出了何事?"见她面色有异,蓝姬皱眉。

"回教主,山上出事了。"采田有些气喘,"起了场大火,将木屋烧得干干净净。"

"什么?"蓝姬闻言震怒,"留下看守的弟子呢?"

"不知是被一起烧死在了木屋,还是已带着木痴老人叛教离开。"采田道,"而且灰烬中似乎有些异样,属下不敢妄动,教主可要去亲自查看?"

"混账!"蓝姬不疑有诈,狠狠咒骂一句,便与她一道离开归来庄,前去山上查看到底出了何事。

离木屋越来越近,采田的手心也逐渐沁出冷汗。浓烟尚未完全散去,看着那焦黑一片的木椽,蓝姬不由加快了脚步,采田却刻意后退两步,与她拉开了距离。

天色已经开始发亮,残余的灰烬看上去并无任何异样,蓝姬转身刚想问话,迎面却有三尺刀锋破风而至。

"西南王!"蓝姬飞身闪开,脚下几个踉跄,险些狼狈跌倒。

段白月出手招招凌厉,一路将人逼至悬崖。当日在林中遇到时,内伤未愈又有段瑶在身边,他自是不敢轻敌大意。不过此番却是打定主意要取她性命——虽说剿灭魔教乃武林盟之事,西南王府本不便插手,但此番既是招惹到了头上,自是不会就此罢休,况且还有归来庄中的二十余名老人等着救。

天刹教武功邪门至极,传到蓝姬这里时,更是阴毒了几分。她初时还自认两人顶多打个平手,却不曾想段白月招式越战越狠辣,周身寒气逼人,额头掌心皆泛出青蓝色的诡异图案。

"你!"被锁喉困在悬崖边,蓝姬眼中一片惊恐。

"这便是你想要的菩提心经。"段白月眼眸赤红,"瑶儿从没练过,你一直就找错了人。"

蓝姬呼吸困难,眼神也逐渐涣散。段白月当胸一掌,将她击落悬崖。

"西南王。"亲眼看见这一切,采田"扑通"便跪在地上,抖若筛糠。她虽知道菩提心经,却只当是一门玄妙至极的秘籍,但看方才段白月的魔怔之相,只怕也不是什么正统功夫,而是半入邪道。

段白月淡淡道:"方才之事,只当没看到便好。"

"多谢王爷,多谢王爷。"采田连连点头。

"魔教作恶多端,你本不该有活路。"段白月道,"只是今日也算将功补过,去把那些老人带出来,自会有人带你去西南王府领罚。"

"是。"采田强撑着站起来,与他一道下了山。

直到天色大亮,归来庄里才开始有了动静,齐醉梦洗漱完后出门,还想着要去找蓝姬快活,却有下人来禀告,说是采田已经将那些老人带出了府,蓝姬也不知去了哪里,只有其余教众尚未起床,还在歇息。

"也罢,不管她。"齐醉梦在天刹教得了好处,也懒得多做计较,抱着酒饮了大半坛,方才摇摇晃晃前去酒窖。只是这一日直到天黑,也未见蓝姬与采田回来,于是睡前难免嘀咕,也不知是去了何处。

一日两日还好,三日四日五日六日不见人,齐醉梦方才醒悟过来或许出了事。赶忙招来天刹教其余人一问,却都是面面相觑,一片茫然。显然不会有人去向他解释。

段白月带着二十余名老人折返大雁城,将人安置在了驿馆暂住。见他安然归来,楚渊总算是松了口气。四喜公公也笑呵呵小声道,皇上这些日子少说也提了王爷十几回。

段白月心情甚好,沐浴之后又换了衣裳,方才去隔壁找人,却被段念告知皇上已经去了府衙,估摸着还要一阵才能回来。

段白月:"……"

段念也很想替自家王爷叹气，新衣裳都换了，却无人欣赏。

而此时城里也早已沸沸扬扬传开，说是善堂里头的老人并未身亡，而是在当夜被西南魔教偷梁换柱，用早已预备好的死尸顶包，将活人偷偷运出了城。

徐之秋自然也听到了这个消息，正在书房急得团团转。他倒不是怕因糊涂结案被治罪，毕竟即便是包青天大人，也未必就没断过冤案，顶多罚俸一年，撑破天官降一级。但这批老人先前是被天刹教绑走，如今却被朝廷抢了回来，期间都发生过什么事，自己与蓝姬的交易又是否能滴水不漏，无人能给出保证，亦不知皇上都知道了些什么，自是惴惴不安。

只是还没等他理出头绪找好借口，御林军便已经破门而入，三两下套上枷锁，将他拖到了楚渊面前。

"皇，皇上。"徐之秋哆哆嗦嗦，面如死灰。

"徐爱卿。"楚渊淡淡道，"城外山上的金库朕要充公，爱卿该是没什么意见吧？"

徐之秋一屁股跌坐在地上，竟是吓得失了禁。

明晃晃的金山从山外被运回城，沿途百姓看得目瞪口呆，这些年城中所制的桌椅板凳加起来，只怕也敌不过十分之一，这些官老爷究竟是从哪贪来的钱财？

吴家车行被查抄之后，吴老板也跪地认罪。他原本只是个小商贩，后来被徐之秋相中，经不住三天两头知府大人亲自登门劝，便壮着胆子开始私造鬼木匣，再藏在衣柜里卖给南洋的火器商人。至于鬼木匣的图纸，据称是徐之秋花重金从一疯癫老人手中购得，具体此人是谁，便不得而知了。

"疯癫老人会不会是木痴老人？"段白月问。

楚渊点头："朕也在想，除他之外，这武林之中应该没有第二人。"

"虽说木屋起了大火，不过我总觉得，他或许并没有死。"段白月道，"服下了软筋散，又有天刹教的弟子看守，不可能平白无故起大火，倒更有可能是为了掩人耳目。"

楚渊若有所思："嗯。"

第九章

"既然答应过你要将他带回来，我必然会做到。"段白月道，"再多给我一些时间，嗯？"

楚渊回神，道："木痴老人暂且不论，此番善堂内的老者能安然而归，全仰仗西南王府。"

"是西南王府，还是我？"段白月问。

楚渊顿了顿，坚定道："西南王府。"

段白月摇头："那下回再有圣旨，记得给西南王府，莫给西南王。给也不接。"

楚渊饶有兴致："给瑶儿？"

"瑶儿怕是会被吓哭。"段白月也跟着他笑，伸手想要倒茶，胸口却泛上一丝痛楚。

"又怎么了？"楚渊只当他还在演戏，伸手推推，"说真的，你觉得有谁会想要绑架木痴老人？"

"机关暗器江湖中人人都想要。"段白月强行将嘴里的血腥气息咽下去，"说不准，而且对方看着功夫也不弱。"

"嗯。"楚渊继续出神。

段白月后背有些冒冷汗，于是站起来道："我去隔壁看看。"

楚渊点头，目送他一路出了门，伸手倒了盏茶还没喝，却听外头传来四喜的惊呼："王爷这是怎么了？"

段白月面色苍白跪蹲在廊柱下，嘴角溢出鲜血，心底如同有冰刃割过。

楚渊上前一把扶住他。

"无妨。"段白月强撑着站起来，挥手一把将人扫开，跌跌撞撞进了房间。

"皇上。"四喜公公赶忙扶住他，"小心后头台阶。"

楚渊伸手使劲拍门："段白月！"

"休息片刻便会好，有些气血攻心而已。"段白月靠着门坐下，额上有豆大的汗珠。

"开门！"楚渊怒极。

段白月抬掌按在自己胸口，想要将体内逆行的真气压回去。菩提心经本就邪佞，自己又练得不得其法,强行运功便会如此,也算不得稀奇,只是没想到如此快便会反噬,还以为少说也要两三个月。

听他一直在门后不肯走,楚渊索性一掌震碎了窗户。四喜公公被惊了一跳,皇上怎如此凶悍。段白月心下无奈,任由木头渣子满天飞,却也无计可施。

看着他额头上的隐隐纹路,楚渊也来不及多问,将人扶到床上后,又取了一枚药丸给他服下。

段白月道:"何物?"

楚渊咬牙:"鹤顶红。"

段白月闻言闭上眼睛,假装自己已经升天,还吐出了舌头。楚渊气得想笑,握住他的手腕号了号脉,便让人靠在自己怀中,抬掌按在他心口。一丝一缕的真气被灌入四肢百骸,有些暖意,虽说不能完全驱散彻骨冰寒,却也能将痛意减轻不少。约莫过了一炷香的工夫,楚渊方才撤回掌:"怎么样?"

段白月点头:"多谢。"

"南前辈到底教了你什么功夫。"楚渊拉过他的手看了看,确定那些诡异图案已经散去,方才松了口气,"怎么内伤会如此严重?"

段白月发自内心道:"没办法,我爹没找好师父。"一坑便是一辈子。

"严重吗?"楚渊依旧皱眉,"若经常如此,那朕便派人去江南接小瑾。"

"不算是病,怕是神医也没用。"段白月撑着坐起来,"不如多喝些热水。"

楚渊:"……"

"是真的。"段白月笑道,"口渴。"

楚渊只好叫四喜公公奉茶进来。

段白月一口气喝了大半壶,脸上方才有了血色。

楚渊拿过一边的帕子,替他将额上冷汗拭去:"要沐浴吗?"

段白月点头。

片刻之后,大桶热水被送了进来,楚渊暂时回了隔壁。

"皇上,王爷他没事吧?"四喜公公忧心忡忡地问。

第九章

"应当没事，多休息一阵便会好。"楚渊又想了片刻，"朕写一封书信，你令人快马加鞭，送去江南日月山庄交由沈千枫，不得延误。"

四喜公公允诺，赶忙帮他磨墨。

段白月泡在浴桶里，许久才缓过神来。段念掀开两片瓦，从上头跳了下来。

段白月："……"

"属下来给王爷送药。"段念道。

段白月糊涂："什么药？"

"属下也不知道。"段念打开一个布包，"南师父刚派人送来的，说是沐浴时加在水中，好！"

段白月："……"

什么叫"好"，也未免太过笼统了些。

段念已经打开了瓶塞。

"且慢！"段白月一把握住他的手。

段念坚持："南师父说了，务必要加。"

段白月凑在鼻尖闻了闻。

段念继续道，"南师父还说，若是王爷不肯加，那便吃了也一样。"

段白月果断将塞子塞好。

段念为难："南师父会宰了属下。"

段白月斜眼："本王就不能宰了你？"

段念顿时苦瓜脸。

"退下吧。"段白月道。

段念走到窗边又回头，道："还有一件事。"

"再多言一句，这瓶药便由你来服下。"段白月晃晃手中瓷瓶。

段念道："若是王爷方才肯装手脚无力，或许皇上就能留下了。"

段白月："……"

段念抱着脑袋，从窗户里钻了出去。段白月重新靠回桶壁，思考自己方才是不是恢复得太快了些。

但想归想,在沐浴完之后,段白月还是穿戴整齐去了隔壁。他着实不愿让那人担心,也着实不愿让那人觉得,自己是一副病歪歪的模样。

楚渊问他:"为何不歇着?"
段白月语调轻松:"习武之人,三回两回压不住内力也是常事,不必在意。"
楚渊道:"那也多少是病了一场。风寒还要躺两天。"

"一件事,说完我便去休息。"段白月道,"关于千回环,听着像是件了不起的武器,比起鬼木匣来有过之而无不及。"
"所以呢?"楚渊摇头,"如今木痴老人生死未卜,只怕在他出现之前,这千回环也只能成为永远的秘密。"

段白月却笑笑:"还有一个人,虽然不会做,却也必然知道其中奥妙。"
楚渊想了想,道:"天刹教的那个买主?"
"正是他。"段白月道,"既然愿意买,便说明至少知道此物究竟是用来做何。据天刹教所言,他此时应当在王城。"
楚渊道:"哦。"
屋内很安静。

又过了片刻,段白月继续问:"西南王要去王城,需向哪位大人报备?"
楚渊抿嘴笑道:"朕准你同行了吗?"
"准了我便光明正大去,不准我便偷偷摸摸去。"段白月撑着腮帮子,语调有些无赖,"先前也不是没抗旨去过。"
"还敢说。"楚渊敲了敲他的脑袋,"去王城自是可以,只是你的伤当真无妨?或者先回西南府找南师父疗伤,再来也不晚。"

"你信我。若是等它自己痊愈,或许还要更快一些。"
楚渊先是愣了愣,而后便耳根一红。
段白月淡定地看向窗外:"又要叫四喜公公啊?"
楚渊话到嘴边,只好又咽了回去。段白月眼底笑意更甚,楚渊恼羞成怒,甩手出门。
四喜公公在心里埋怨,看皇上这脸红的,晚上怕是又只有青菜吃。

第九章

三日之后，御林军浩浩荡荡返程，一路朝北而去。又过了一段时日，西南王府里也接到了一封书信。段瑶看完之后抱着金婵婵不撒手，为什么又要去王城，我不去，我要在王府里养虫！南摩邪倒很是迫不及待，喜颠颠地收拾好包袱，又一掌将哭闹不休的小徒弟打晕，带着一路出了城。

金婵婵在后头忧心忡忡，南师父行不行啊，连个马车都不要，扛着就走。

待大军浩浩荡荡抵达王城，时间已到炎炎夏日。段白月住在皇宫附近的一处客栈里，在屋顶能看到金銮殿。

御书房里的折子堆了能有一人高，虽有太傅率领群臣议事，有些事却依旧只有皇上回来方可下决断。幸而楚渊勤勉惯了，回来连歇都没歇一天，便开始分批处理积压事务，日日要到深夜才能回寝宫。

陶仁德看在眼里，心中担忧也散了些。皇上什么都好，就是着实太爱往外跑。先前几回倒也罢了，这次去大雁城可当真是毫无由头，就算是知晓了徐之秋私贪金山一事，派钦差过去便好，何至于亲自跑一趟。刘大人倒是很欢喜，因为皇上回来，便意味着自己手中的杂事又少了些，正好可以多说几桩媒。

"老刘啊。"陶太傅一见他就头疼，"沈将军都说了不愿意，你这侄女就不能嫁给旁人？"

"这回可不是为了沈将军。"刘大炯道，"不知太傅大人可曾听过赛潘安？"

陶太傅嫌弃道："这是什么烂名号。"

"名号烂了些，但据说是仪表堂堂啊。"刘大炯眉飞色舞道，"今日还要在王城里摆擂台，太傅大人可愿意随在下一起去瞧瞧？"

陶仁德闻言更加嫌弃："这种热闹也要去凑，莫非你还想上台与人家比美不成？"

"闲来无事，去凑凑趣总比闷在府中要好。"刘大炯循循善诱，"听说热闹得很，还有人特意从别处赶来，只为看上一眼。"

陶仁德闻言目瞪口呆，作为鞠躬尽瘁的太傅大人，他从来就不知道，原来大楚子民这么闲。

于是等楚渊忙完手中事务，想着要找太傅商议政事时，就被四喜公公告知，说太傅大人与刘大人半个时辰前就出了宫，据说去泰慈路看人比美了。

楚渊："……"

四喜公公问："是否要差人去将两位大人请回来？"

楚渊挥手："罢了，一直在这御书房，朕也有些闷，今日便到此为止吧。"

四喜公公赶忙上前扶着他起来，道："可要请御医来瞧瞧？"

"请御医做什么。"楚渊摇头，"房里太热，去御花园走走就好。"

炎炎夏日，正是花红柳绿之时，湖心小亭里微风阵阵，按理说该是令人心旷神怡才是。只是楚渊坐了一阵，却觉得似乎也没多凉爽。

四喜善解人意道："皇上可要出宫去走走？"

楚渊似笑非笑地看着他。

四喜公公笑容可掬："去看看太傅大人他们也好。泰慈路不远便是悦来客栈，说不定还能碰到西南王。"

楚渊拿扇子敲了一下他的肚子道："摆驾，出宫！"

"是！"四喜公公声音洪亮，出去好，出去畅快也凉快。

泰慈路上人来人往，果真很热闹。擂台搭得能有两人高，上头红红绿绿煞是惹眼，不过却不是如同传言那般为了比美，而是为了比棋。刘大人感觉自己受到了欺骗。不过陶大人却很高兴，他向来便是棋痴，研究了几十年围棋，还曾破过不少前人传下来的千古死局。

刘大炯揣着袖子愤然道："这与潘安有何关系。"为何不叫赛袁青，那我一定不会顶着大太阳来。

袁青是本朝棋圣，一脸麻子，丑出了花。陶大人却已经挤进人群，开始仔细研究棋局。

赛潘安戴着半截面具遮住双眼，看上去像是只有二十来岁，见陶仁德一直在研究棋局，便笑道："这位老先生可要试上一试？一两纹银一局。"

刘大炯嗤道："这么贵。"

"可若是老先生赢了，便能获取黄金百两，这可是绝无仅有的好生意。"赛潘安向后

第九章

一指,果然便见数十个金元宝正明晃晃地摆在盘子里,太阳一照,想不惹人注意都难。

刘大炯用胳膊肘捣捣他,道:"老陶,去试试?"

陶仁德道:"此局是死局。"

"老先生还未试,怎么就断言是死局。"赛潘安笑道,"不敢试便说不敢,何来这么多借口。"

刘大炯顿时担忧,要知道陶太傅是出了名的小心眼,这泰慈路的御林军首领又是他外甥,若是被掀了摊子可如何是好。

"年轻人太过狂妄,不是好事。"陶仁德倒也未与他计较,"否则将来难免吃亏。"

赛潘安摇头:"这世间,还没有人能让我吃亏。"

围观百姓有人认出是当朝太傅大人,于是小声提醒年轻人,让他注意着些说话。陶仁德摆手制止,与刘大炯一道出了人群。

"老陶,你没事吧?"刘大炯试探。

"老夫自然没事,不过他却有事。"陶仁德道。

"无非是个没见过世面的鲁莽后生,你还真与他计较上了?"刘大炯意外,别说要公报私仇。

"方才那盘棋,刘大人可知是何来历?"陶仁德问。

刘大炯道:"我不知道。"

陶仁德点头:"我也猜你不知道。"

刘大炯:"⋯⋯"那你为何还要问?

"那盘残局名曰焚星局。"陶仁德道,"这世间所有的残局,都会有人想要去破解,却只有这焚星局,人人是避犹不及。"

刘大炯不解:"为何?"

陶仁德道:"只因这焚星局,会让人入魔。"

刘大炯"扑哧嗤"一声笑出来。

陶仁德:"⋯⋯"

"吹吧你就,一场棋局,还能让人入魔。"刘大炯明显不信。

陶仁德气道:"你这人粗鄙又无学识,我不与你说话。"

"你看你，说不过就嫌我没学识。"刘大炯平日里与他斗嘴斗惯了，倒也没生气，四下看看又问，"去吃面吗？"

"吃什么面。"陶仁德道，"我要去趟大理寺。"

"好端端的，去大理寺做甚？"刘大炯直摇头，"那里头黑风煞气的，去一回头疼一回。"

但陶大人已经上了轿。

当真这么着急啊。刘大炯心下疑惑，又扭头看了眼擂台，就见那赛潘安双目微闭，像是正在打盹。

楚渊微服出宫，一路坐着轿子到了泰慈路，四喜公公看了眼前头，道："啊呀，怎么这么多人。"

楚渊在里头未说话。

"看着两位大人也不在此处。"四喜公公吩咐轿夫，"再往前走走，这里人多，莫惊了圣驾。"

轿夫领命。楚渊看向窗外，眼底有些笑意。

软轿穿过泰慈路，前头便是悦来客栈，段白月正在往这边走。

"可真是巧。"四喜公公很意外，满脸感慨。

楚渊掀开轿帘，段白月看着他笑。

"皇上是出来寻太傅大人的。"四喜公公解释，"只是恰巧路过此处。"

"刚好，买了桂花卤鹅。"段白月手里拎着油纸包，"可要一起吃？"

那自然是要的。四喜公公笑呵呵道："桂花卤鹅好，皇上顶喜欢吃桂花卤鹅。"

楚渊："……"

段白月上前伸手。楚渊将他拍开，自己跳了下来。

四喜公公看着两人一起上了楼，便带着轿夫一道去对面茶楼喝茶，顺道打发人买了几个红油油的猪蹄膀回来啃——这几日太医死活不让吃肉，日日只有白菜豆腐充饥，肚里着实是饿得慌。

屋内有从西南带来的上好普洱，段白月差小二将卤鹅切好，又配了些别的小菜，

第九章

加上一壶酒一道送入房中。段念抱着剑在门口守着，王爷好不容易才将人带回客栈，此时就算是有天大的事情，也打扰不得。

"尝尝看？"段白月往他碗里夹了一块肉，"据说味道不错，又清淡。我原本想尝过之后若还凑合，便送几只到宫中。"

楚渊咬了一口，有些淡淡的甜味，还有丝丝缕缕的桂花香。

段白月问："喜欢吗？"

楚渊点头："厨子不错。"

"那我将他绑去宫中？"段白月提议。

"那朕便让向冽办了你。"楚渊放下筷子，"关于与天刹教做交易的那个人，查得如何了？"

"毫无头绪。"段白月道，"当日那人只说等蓝姬到了王城，自会有人前去找她。只是现如今江湖中人人都在说天刹教已灭，只怕再想让他主动出来，也不是一件容易的事情。"

楚渊皱眉："王城太大，每日都有异乡客进出，对方若不主动现身，只怕官府也无处下手。"

段白月替他倒了一杯酒。

楚渊道："不如朕写封信给温爱卿？"

"为何要写信给温大人？"段白月闻言顿时不满。

江南书生，长得好看，斯文白净，深受皇上喜爱，还经常留宿宫中。

"他是我大楚第一才子，不仅博览群书才思敏捷，谋略更是过人，说不定会听过千回环。"楚渊道。

段白月心说，有才便说有才，一口气夸这么长。

"在想什么？"楚渊在他面前晃晃手。

"嗯？"段白月回神："温大人远在蜀中，只怕这书信一来一往，少说也要数月。"到那时人在不在王城还不一定，保不准就老死了呢。

"那也总比无计可施要好。"楚渊又吃了一口菜，疑惑道，"为何都是肉？"

"多吃些肉才能长肉。"段白月又夹给他一块鹅腿，"皇上要胖点才好，富态，威震九州。"

楚渊被他逗笑。

"这些天当真这么忙？"段白月凑近看他，"眼圈都有些发暗了。"

楚渊不自觉便往后躲了躲："嗯。"

"就知道那位陶大人不会轻易放过你。"段白月坐直敲敲桌子，"不过今日既然出都出来了，不如吃完饭后，一道出去逛逛？王城里头，想来会有许多好去处。"

楚渊点头："也好。"

段白月眼底笑意更甚。

段念在外头叹气，为何又要出门，难道不该用内力逼出一口血，再昏迷不醒要疗伤。毕竟话本里头都这么写。

或许是因为卤鹅当真很好吃，楚渊胃口不错，甚至觉得有些撑。段白月又让他喝完一壶普洱消食，方才一道出了门。

虽说近日并无节庆，但王城里头总归是热闹的。就算是晚上，也有许多景致能看。河边红色灯笼高悬，倒映在粼粼碧波里如同幻象，柳树依依花开正好，四处都是纳凉的人群。

段白月在小摊上买了个风车递给他，楚渊将手背过去。

段白月笑："若不拿这个，我便再买个糖人给你。"

"小孩子才会喜欢的东西。"楚渊坐在一块大石头上，"累。"

"你是心累。"段白月蹲在他面前，"偶尔出来四处逛逛，比一直闷在宫里头要好。以后要是有时间，我带你回西南住一段日子，那才真的叫悠闲快活。"

楚渊只当没听见，扭头看着河面。为何不能是去西南，而是回西南。

另一头传来闹哄声，段白月站起来看了看："像是擂台出了事。"

"什么擂台？"楚渊问，问完又想起来，道，"比美的那个？"

"比什么美，虽然设擂之人叫赛潘安，却是个棋手。"段白月道，"摆了一局死棋，带了百两黄金，说是若有人能破，便将黄金拱手相赠，这几天约莫赚了不少银子。"

"棋局？"楚渊了然，"怪不得太傅大人要来。"

"估摸着这阵仗，应当也不是什么好事。"段白月问，"可要过去看看？"

第十章

待两人赶到时，擂台上的骚乱却已经平复下来，赛潘安依旧双目微闭，正如老僧入定一般坐在台上，等着下一位解局之人，就像刚才什么都未曾发生过。

段白月问了身边人，才知原来是有人前来抢金子，不过还没等冲上台，就被赛潘安一掌拍了下去，趴在地上挣扎半天未能起来，刚刚才被巡街的官兵带走。

"天子脚下，又有这么多的百姓围观，何人会如此大胆？"段白月问。

"可不是，估摸着是穷疯了，看着金子实在眼馋。"那后生道，"只是大家伙都没想到，这摆擂台的人看着斯文瘦弱，居然还会些拳脚功夫。我都没看清是怎么回事，那劫匪就已经吐着血飞了下来，在地上砸出一个坑。"

若当真是这样，可就不单单是会些拳脚功夫，而应当是个高手才对。段白月又往台上看了一眼，便与楚渊一道挤出人群，走到了僻静处。

"有话要说？"楚渊问。

段白月点头："我想去看看那劫匪是何人。"

"这种小事自有官府去做。"楚渊戳戳他的胸口，"就不劳西南王费心了。"

段白月道："去吧。"

楚渊："……"

段白月继续一本正经道："西南王府，最爱的便是多管闲事，莫说是旁人打架，就算是两口子拌嘴，也定然是要听一听的。"

楚渊无奈："当真要去？那先说好，我只带你去府衙，要看自己去看。"毕竟按照一般人所想，此时此刻段白月应当正在云南养精蓄锐，准备一举北上谋逆才对。断然不该出现在王城，手里还拿着一个花风车。

段白月点头："好。"

楚渊带着他穿过几条小巷，伸手指了指一处高墙："翻过去便是监牢，这时辰估摸着张之璨已回了府，一个盗匪不算大事，要审也是明日再审。"

段白月问："我一个人去？"

楚渊沉默，否则呢？

段白月道："一道。"

楚渊："……"

第十章

段白月迅雷不及掩耳地将风车塞给楚渊,然后拖住他的腰身纵身一跃,稳稳落在了院中。楚渊抬掌便打了过去,段白月倒也没躲,捂住胸口满脸痛苦。

楚渊用风车敲了敲他的脑袋:"装!"

段白月笑出声。

这里关押的都是些小偷混混,也不怕会有越狱劫狱的,因此巡逻官兵也不多。两人轻松便绕过打盹的牢头,旁若无人地进了监牢。关押犯人的地方,环境不用想也知不会好,又是夏天,酸臭味要多刺鼻便有多刺鼻,段白月及时从怀中掏出来一块手巾,将楚渊的口鼻严严实实捂住。

楚渊哭笑不得道:"你这手法,倒是与绑匪有的一比。"

段白月僵了僵,然后默默将手帕捂松了些。

楚渊伸手指指前头:"新来未审的犯人都会关在这一片。"

段白月悄声上前,就见一排有四间牢狱,只有两处押着犯人。其中一人是个胖子,正躺在地上震天扯呼,看上去并未受伤,睡得还挺香。至于另一人,则正侧躺蜷缩在地上呻吟,额头摔破了一片,看上去满头是血甚是凄惨,也看不清长相。只在翻身的时候,露出了左手臂上的蓝色刺青。

段白月微微皱眉。楚渊见他神色有异,刚打算问出了什么事,却被示意先出去再说。

两人落回先前的小巷道,空气也好了不少。楚渊道:"你认得那人?"

"若我没看错,他该是钻地猴。"段白月道,"江湖中出了名的大盗,曾被通缉过几次,却都无果而终。"

"功夫如此高?"楚渊不解。

"倒不是功夫高,而是此人先前拜过异人为师,会遁地术。"段白月道,"往往是众人费尽心机将他逼入死角,却一眨眼就消失无踪。"

"若真如此,那摆擂之人也该是个高手。"楚渊道,"否则不会如此轻松便将他打伤。"

段白月点头:"江湖中似乎并无此人名号,我往后几日会多盯着他。"

"只是摆个擂台解棋局而已,就算是功夫高,也并未扰民滋事。"楚渊道,"盯他作甚?"

"事出反常必有妖，若是等他闹出事端再抓，怕就来不及了。"段白月摇头，"况且这是皇城根下，一丝乱子也不能有。"

"随你。"楚渊看看天色，"明早还要上朝，我该回去了。"

"我送你。"段白月道。

楚渊踩着小石子路，一路慢悠悠地往回走。段白月紧走几步跟在他身边，并肩沐浴在皎皎月光中。

朝中事务繁杂，楚渊也并未将那赛潘安放在心上。第二日早朝后又留了几位臣子议事，再回御书房批了阵折子，等到将手头的事情处理完，抬头见外头又是一片黑麻麻的天。

"皇上，该用晚膳了。"四喜轻声道。

楚渊刚想说没胃口，又想起中午似乎就只吃了一碗粥，于是道："传膳吧。"

四喜扶着他出了御书房，一边走一边道："西南王府今日又送来了一些香叶茅草等酸辣调料，若是皇上最近食欲欠佳，不如明日换个口味？"

楚渊顿了顿："这也要千里迢迢送？"

"是啊。"四喜道，"还有一车腊鱼。"

楚渊好笑："哪里用得着一车，分给其余大人吧。"

四喜点头称是，转身便吩咐了下去。

这回各位大人有了经验，收到腊鱼之后便纷纷找绳子串起来挂在屋檐下，也没人吃——毕竟再过几个时辰，想来皇上又是要派兵收回去的。

用罢晚膳，楚渊还未来得及喝一杯茶，太傅大人却又急匆匆地进宫求见。

四喜公公心里连连叹气，皇上好不容易得了闲，还当今夜能早些歇着，怎么又有事。

"皇上。"陶太傅一路上走得急，有些气喘，"不知皇上可知最近这王城里头，有人摆了个擂台比棋？"

楚渊点头："爱卿是说那赛潘安？"

"的确是他。"陶仁德道，"那棋局绝非一般迷局，而是噬心残局。"

楚渊微微皱眉。

第十章

"残局名曰焚星局，初看或许看不出异常，但若是潜心研究入了迷，便会被棋局吞噬心智，堕入魔道。"陶仁德道。

"焚星局，焚星？"楚渊站起来。

"皇上听过此迷局？"陶仁德意外。

楚渊摇头，又坐回龙椅："爱卿接着说。"

"昨日微臣去了趟大理寺，查明五十余年前，江湖中有一高手名曰兰一展，便是因为这焚星局入了魔道，犯下无数杀孽，最后被人囚禁在了玉棺山。"陶仁德道，"在那之后，所有录有此局的棋谱都被悉数焚毁，这世间再无人见过焚星。微臣也是因为年轻时痴迷棋局，曾广罗天下棋谱，才能知晓这残局。"

"那爱卿以为此人是何意？"楚渊问。

陶仁德道："绝非善类。"

"泰慈路上日日人来人往，那赛潘安又武功高强，若他真要闹事，定然会伤及无辜。"楚渊摇头，"既然爱卿知晓这焚星残局，便负责彻查此事吧，切记务必要护百姓周全。"

"是。"陶仁德领命，躬身退出御书房。

楚渊靠在椅背上，像是在想什么事情。四喜站在他身边，也不敢出声打扰。

"去将西南王请来。"片刻之后，楚渊突然吩咐道。

"啊？"四喜公公没回过神。

"莫要让旁人看到。"楚渊站起来，头也不回出了门，"朕在寝宫等他。"

"是是是。"四喜公公一拍肚子，喜颠颠去吩咐。

楚渊自幼被四喜伺候惯了，长大后即便是登基继位，也未在身边多留内侍宫女，因此寝宫里很是安静。夜色沉沉风吹纱帐，只有一株梅树在院中寂寂然。

屋门被人推开时，楚渊依旧坐在桌边。

"怎么了？"段白月关上门，"还以为又出了什么事。"

"是出了事，不过不打紧。"楚渊道，"与焚星有关。"

"焚星？"段白月倒是意外，"怎么，弄丢了？"

187

楚渊伸出手，一粒珠子正莹莹发光。

段白月失笑："所以？"

"今日太傅大人来御书房，说那赛潘安摆出来的棋谱残局，也叫焚星。"楚渊道。

段白月皱眉："焚星？"

楚渊将陶仁德方才所言又转述了一回。

"先前从未听过。"段白月摇头。

"我当初想要焚星，也无非是听母后偶尔提起，说是上古吉兆，仅此而已。"楚渊道。

"江湖中人趋之若鹜也想要，却说是因为它能让死者复生。"段白月将焚星从他掌心拿走，"不过无论如何，在没搞清楚真相之前，还是离它远一些。"

楚渊扬扬嘴角："已经送人的东西，还能再拿回去？"

"改天补送一个别的便是。"段白月道，"至于这焚星，若确定它并无危险，我自会还回来。"

"也好。"楚渊道，"天色不早了，若无其他事——"

"便一起喝杯酒吧。"段白月打断他。

楚渊挑眉："西南王还带了酒？"

"来得匆忙，没来得及带好酒。"段白月一笑，"不过就算楚皇再勤俭，这偌大的皇宫中，酒至少该有一坛。"

楚渊摇头："明日还要上早朝。"

段白月道："又来。"

"御书房里还有一摞折子。"楚渊趴在桌上，"若是今晚醉了，明日怕是有一群老臣要来闹。"

段白月叹气："若我能帮，倒真想都替你做完。"

楚渊闻言一笑："就说外头传得没错，狼子野心，批折子也要代劳？"

"外头传得没错，西南王的确狼子野心。"段白月凑近他。

"喂！"楚渊闪身躲开他。

"嗯？"段白月淡定伸手，从后头的架子上取下来一个盒子，"拿个东西而已，慌什么？"

188

楚渊语塞，狠狠瞪了他一眼。

段白月晃晃手里的盒子："挺香，是什么？"

楚渊答："春宵醉。"

段白月："……"嗯？

"可要喝一杯？"楚渊悠悠问。

段白月迟疑着打开，还真是春宵醉。瓶子上的三个字笔锋苍劲，显然是御笔亲书。但是此物……

段白月又抬头看了他一眼，心中天人交战。楚渊眼底颇有深意。

段白月伸手想要拉住他，却反被拍了一巴掌："乱想什么！"

"嗯？"

"这是安神药，小瑾配的，胡乱起个名字罢了。"楚渊好笑，"你还真信。"

段白月松了口气，却又不知该哭还是该笑，这种名字也能胡乱取？

楚渊将盒子收回来："有了此药，晚上能睡得踏实一些。"

"睡不实是因为心里有事，日日服药总不是办法。"段白月摇头，"不要事事都往心里装。"

"既是一国之君，还能将事推给谁？"楚渊问。

段白月理所当然道："自然是朝中那群大臣，既然领俸禄，自要出力办事，否则养来作何？又不好看，毛病还多。"隔三岔五就要谏上一谏，上瘾魔障一般，也就是命好生在王城，若换作西南府，只怕三天就会被段瑶塞一嘴虫。

楚渊笑着看他。

"也罢，不想喝酒就不喝，却也别再去什么御书房了。"段白月道，"早些歇着，至于焚星与焚星局，我自会派人去查。"

楚渊点头："多谢。"

段白月一直看他进了内殿，方才转身离开。回到客栈之后，再将那焚星拿出来，却又恢复了先前的样子，暗淡无光，如同最不值钱的珍珠一般。

往后几日，御林军与西南府的人都有意无意地盯紧了那座擂台，却也没发现有何异样。依旧日日有人上台破局，却每每都是大败而归，只能看着黄金眼红跺脚。

这日清晨，段白月正在屋中喝茶，便听楼梯上传来一阵脚步声，以及段念欣喜的声音："南师父，小王爷！"

段白月伸手揉了揉太阳穴。

屋门"砰"一声被撞开，段瑶欢欢喜喜道："哥。"

"瑶儿。"段白月伸手敲敲他的脑袋，倒是有些意外——还当又要哭唧唧地来，毕竟回回都是满心不甘愿。

南摩邪伸手拿了个点心吃，四下看看后称赞："真不愧是王城，一间客房都要比西南大得多。"

"这一路可还平安？"段白月替他倒了一盏茶。

"一点事都没发生。"南摩邪语调很是失望，像是非常期盼能出些乱子。

段白月头疼道："事先说好，若想捣乱便回西南，在王城里要消停一些。"

"自然自然，为师还在等着你娶媳妇，又如何会丢人。"南摩邪将包袱打开，哗啦啦滚出来一堆东西，"这一路过来，还特意给皇上带了不少礼物。"

段白月："……"

菜干、肉条、咸鸭蛋，铜盘子、银茶壶、瓷烧的花瓶、镶玉的摆件，倒是真将这一趟所经过的大小城镇特产买了个遍。

南摩邪道："看着可还行？"

段瑶在旁边唉声叹气，就说这回师父在坟堆里埋久了，这些破烂玩意怎么好拿出来送人，丢人现眼，他哥大小也是个王爷，而且西南王府又不缺钱。

"这是何物？"段白月随手拿起一个木头做的小玩意。

"这是瑶儿的。"南摩邪道，"昨日在来王城的路上遇到了一个老头，破衣烂衫讨饭吃，瑶儿便给了他一兜包子，换得这个小机关做谢礼。"

"机关？"段白月心里一动。

"是啊。"段瑶将点心叼在嘴里，过来替他演示了一番。将一个凸起的小小圆环按下之后，登时便有五枚银针从暗孔中射出，啪啪穿透了柱子。

虽说形状不甚相同，但却与当日的鬼木匣大同小异。段白月猛然站起来，道："那老头现在何处？"

"我怎么会知道。"段瑶被吓了一跳，"昨天在鹿鸣山水潭那遇到，也没问他要去哪，给了包子就走了。"

"随我进山！"段白月拎着他一道往外走，"无论如何，势必要将人找到！"

段瑶猝不及防，险些被领口勒断气。南摩邪倒是很欢喜，高高兴兴地跟了上去，生怕会没热闹可看。

一枚信号弹呼啸着蹿入长空，城中百姓看到也未在意，还当又是哪个门派在招人。隐匿在王城各处的西南王府暗线却早已得了指令，纷纷往信号弹升起的方向赶去。段念正守在山道入口，将人马集合之后，便带着一起进山，找人！

"木痴老人？"段瑶一边走一边充满好奇，"你找他作甚？"

段白月随口道："不知道。"

段瑶被噎了一下，略哀怨。段白月却无暇安慰弟弟，因为他当真是不知道。

西南府的人不算少，鹿鸣山也不算大。况且按照段瑶所言，昨日那个老人已经有了些岁数，腿脚也不麻利，应该走不了多快，因此段白月吩咐众人加快速度，务必要在一天内将其找出来。

时间一晃便过去几个时辰，入夜时分，段念在水潭边绕了几圈，未发现有人影，刚打算换个地方，余光却扫见旁边的深草丛一动，像是有人，于是当机立断追了过去。

"大侠饶命啊！"见有人追自己，草丛里的人立刻抱着头大叫。

"老人家莫怕。"段念赶忙道，"在下并非劫匪。"

"不是劫匪你追我。"老人满脸脏污，双眼写满戒备。

"阁下可是木痴老人？"段念试探着问。

"不是不是不是不是。"老人连连摇头。

段白月已经闻声赶了过来。

"我当真不是，我就是个叫花子。"老人抽抽鼻子，转身想走。

段瑶从上头一跃而下，挡在他面前。

"唉？怎么是小公子你。"老人很是意外。

"我哥哥要找木痴老人，你到底是不是他？"段瑶问。

"不是不是不是不是。"对方继续摇头。

"若非木痴老人，又怎会知晓此等精妙机关？"段白月上前，手中拿着他昨日送给段瑶的木匣。

"这就是个小玩意，哪里算是精妙机关。"老人的头摇得就没停过，右手却不动声色塞进包袱，以迅雷不及掩耳之势掏出来一把暗器。

但可惜，段瑶出手比他快三分。

被侧压在草地上后，老人哭道："你这小娃娃忒不厚道，我好心赠你防身之物，你却带人来抓我。"

"我也不想。"段瑶心里苦，"但我哥哥当真不是个坏人，说不定只想问几件事，就会将你放走呢。"

老人盘腿坐在地上，赌气道："那我不走路，要有人背。"

段白月道："段念！"

段瑶迅速让开路，连连庆幸，还好没让我背。段念很是愁苦，将刀合入鞘中，上前背起老人。

"年轻人，还是太轻敌啊。"老人趴在他身上摇头，"就不怕我趁机下毒？"

"这还真不怕。"段瑶跟在旁边，发自内心道，"我家的人，打小都是吃毒虫长大的。"

老人："……"

回到客栈之后，段白月双手递给老人一盏茶："今日多有惊扰，还请木痴前辈见谅。"

"说吧，找我做什么？"木痴老人默认了自己的身份。

段白月想了想，道："在下不知。"

木痴老人："……"你有病就快些去治啊。

"要找前辈的不是在下，而是在下的一个朋友。"段白月继续道。

木痴老人斜眼瞟他。

段白月挑眉。

"你们这些后生啊。"木痴老人连连摇头，"上回也有个妖女跑来抓我，说是要拿去换回春丹。"

段白月坚持："还请前辈与我一道去见他。"

木痴老人揣着手哼哼："抓都被抓了，我不同意有用？"

段白月道："没用。"

木痴老人脸上写满"我就知道会这样"，蹲在椅子上唉声叹气。

前往宫中送信的人很快便回来，说皇上正在后花园等。段白月带着木痴老人一道趁夜色进入宫中。段瑶与南摩邪也想跟着一起去，结果被段念生生堵在了屋内，说要是堵不住便自刎谢罪，他俩只好遗憾喝茶。

后花园里很是寂静，只有一座冷宫，平日里也不会有人来。四喜公公正在院墙另一头候着，接到两人后，便带着一起进了殿。

远远看见楚渊，木痴老人揉揉眼睛，然后低声道："你这朋友长得还真是高大，女子生成这样，可称之为别致。"

楚渊武功高强，耳力自然也好，于是脸色一僵。

段白月皱眉道："休得胡言，他是皇上。"

皇上？木痴老人先是一愣，而后便精神抖擞，大步跑了过去，速度快得不行。

段白月被吓了一跳。

"草民参见皇上！"木痴老人轰然跪伏在地，行礼行得极为隆重。

段白月："……"

先前还不甘不愿，猛然间为何又变得如此热情，当真脑子没问题？

"老人家请起。"楚渊紧走两步伸手扶起他，"不必多礼。"

"当真是皇上啊。"木痴老人泪流满面，殷殷问，"不知在下以后可否长住宫中？"

楚渊失笑："若是老人家愿意，自然可以，朕求之不得。"

木痴老人继续哭道："皇上有所不知，外头人人都想抓我，日子苦啊。"很需要一个靠山靠一靠。

段白月实在看不过眼，上前将他强行拉走："有什么话，前辈进屋坐着再说也不晚。"只要莫时时刻刻握着手不放。

木痴老人还在流泪感慨，哭诉自己在外头被人追来追去的惨状。若是能住在宫里，便再好不过了，毕竟就算是再胆大的劫匪，也不敢来这里抢人。

四喜公公奉了热茶进来，又端了几盘点心。不知怎的，一看这木痴老人，就觉得他定然肚子很饿。

"多谢这位公公。"木痴老人看向四喜公公的眼中充满羡慕，肚子恁大，一看就没人追杀，还顿顿都吃得饱。

"可要我回避？"段白月迟疑着问。其实他对楚渊的秘密并无探究之意，也不想偷听。但这木痴老人看着神道道的，也不知会闹出什么乱子，实在不放心放他二人独处。

"不必了，一道听也无妨。"楚渊道，"朕是想问老人家，可否能重现八荒阵法？"

纵有千古，横有八荒。在许多兵书中，此阵都被传得神乎其神，却并未有谁真正探究过其阵法精妙所在。不是不想，而是在经历过岁月洗礼后，残存下来的布阵口诀早已寥寥无几，估摸连一张纸都凑不全。

"八荒阵？"木痴老人爽快点头，"可以试上一试。"

段白月疑惑："前辈当真会？"一个木匠，就算技艺再精妙，似乎也与兵法毫无关系。千万别说是为了能住在宫中，所以随口胡诌。

"八荒阵本就是机关阵。"楚渊解释，"若说这世上还有谁能知晓，恐怕唯剩老先生一人了。"

"皇上过奖，过奖。"木痴老人谦虚搓手。

"如老先生当真能重现八荒，朕自当重谢。"楚渊待他很是恭敬。

于是木痴老人便更加高兴起来，他先前原本就是想往王城跑，看看能不能在宫里头找个修葺大殿的活，省得在外头天天担惊受怕，一个不小心就会被人绑，却没想到运气如此之好，不仅进了宫，还见着了皇上。见他二人似乎对彼此都颇为信任，段白月只好把其余疑虑都咽了回去。

第十章

"还有一件事,不知可否请教?"楚渊道,"朕想知道大雁城中那鬼木匣的图纸,可是先生所绘。"

"是我。"木痴老人先是点头,后又连连摇头,"说不得,说不得,那可是个阴毒玩意儿,谁若是用了,会断子绝孙的。"

"那前辈为何还要将图纸绘与旁人?"段白月在一旁问。

"不画也没办法,徐知府的刀就架在脖子上。"木痴老人很是诚恳,毕竟一般人都怕死,我也怕,而且奇怕无比。"

楚渊心中叹气,却也不好过于苛责。

"不过也无妨。"木痴老人话锋一转,又嘿嘿笑,"徐知府那般偷偷摸摸,我便猜出他不怀好意,应当是想背着朝廷往外卖私货。所以给他的图纸虽看似天衣无缝,实际上在连射之时,若用些小手腕,那些鬼木匣便会变成伤敌不成,自损一千的夺命盒。"

"当真?"楚渊闻言猛然站起来。

"老朽如何敢欺瞒皇上。"木痴老人道,"况且这坑害大楚将士的事,我可做不出来。"

段白月失笑:"若真如此,那买主只怕哭都哭不出来,两军对垒之时,在战场上非但占不到便宜,还会吃大亏。"

"老先生真是我大楚之福。"楚渊大喜,"单凭这个,莫说是在宫里头住,即便是要在王城里修建一处府邸,也全无任何问题。"

"这宫里挺好挺好。"木痴老人赶忙摆手,"除了八荒阵,有其余木匠修缮的活,皇上也尽管吩咐便是,我手脚快,一天便能搭半间宅子。"

楚渊笑道:"那今日便到此为止,我让人带老先生去歇着。"

"且慢。"段白月制止,"可否再问一个问题?"

楚渊微微点头。

段白月道:"千回环是何暗器?还有,当日前辈是如何从蓝姬手中逃脱?"

木痴老人提醒道:"这是两个问题。"

段白月:"……"

楚渊忍笑。

"两个就两个吧。"幸而木痴老人也不挑，答道，"千回环并非暗器，那魔教妖女一直就没搞清楚，只知道胡乱绑人。"

"并非暗器，那是何物？"楚渊问。

"是迷宫。"木痴老人道，"先前武林中有个魔头叫兰一展，被人打死之后关押在玉棺山，入口处便筑下了这千回环。寻常人莫说是想闯，就算仅仅靠近几步，只怕也会被毒针所伤。"

"既都已经被打死，为何还要关押？"楚渊不解。

"皇上有所不知，那兰一展邪门得很，相传会死而复生。"木痴老人摇头。

段白月摸摸下巴，不由便想起了自家师父。

一样在坟堆里埋了几年还能往外跑，莫非是师兄弟不成。

"可否将此事说详细些？"楚渊颇有兴趣。

木痴老人点头："五十多年前，那兰一展将江湖搅和得天翻地覆，武林中人围剿多次，却始终无法将其制服。后来还是兰一展的旧友裘戟，与他在玉棺山大战三天三夜后，方才一刀取其性命。当时恰巧我也在附近，裘戟听到便将我请到山上，在山洞入口处布下千回环，又令我毁了阵门，将人永远囚禁在了玉棺山，即便是真活了，也定然无法闯出来。"

段白月摇头："若当真是怕死而复活，为何不一把火烧了干净。"

"我也曾问过。"木痴老人道，"但那裘戟与兰一展毕竟曾是知交好友，只怕也不忍他尸骨无存。"

"江湖中知道千回环的人多吗？"段白月又问。

"本就寥寥无几，这又过了五十多年，更没剩下几个。"木痴老人道，"也不知那魔教妖女是从何知晓。"

"提到这个。"段白月道，"前辈还未说当日是如何从天刹教看守眼皮底下逃脱的，那悬崖木屋的大火又是谁所放？"

"你这知道的还真不少。"木痴老人先是意外，想了想又埋怨，"既然知道，怎不早些来帮一把，害我费了好大一番力气，方才将那两个侍女迷晕。"

"火是前辈自己放的？"段白月失笑。

"那不然还能如何，像我这样无子无女无亲友的光棍老汉，又没人来救，不多想

第十章

些法子自保,只怕早就死了十几回。"木痴老人挖了挖耳朵,"不过烧房归烧房,那两个妖女我可没烧,丢到山沟里躺着呐。"

"既然住到了宫里,老先生以后也就不必再颠沛流离了。"楚渊道,"管他魔教也好谁也好,定然都没胆往皇宫大内闯。"

木痴老人眉开眼笑。楚渊叫来四喜公公,将他带下去先行歇着,又叮嘱明日要让御膳房备一桌丰盛些的早饭。

段白月不满:"为何我就只有青菜豆腐吃。"

"外头酒楼里有的是海参鲍鱼。"楚渊道,"想吃便去吃,谁还能拦着你不成。"

"那多没意思。"段白月撑着腮帮子,"要吃就吃御厨,回去还能向府中下人吹嘘。"

楚渊打呵欠:"贫。"

"时间不早了。"段白月站起来,"我送你回寝宫?"

"此番多谢。"楚渊认真地看着他。

"又来。"段白月摇头,"你我之间何须言谢,更何况只是举手之劳而已。"

"这回还想要封赏吗?"楚渊一边走一边问。

"自然要,不然多吃亏。"段白月将脸凑过去,"嗯?"

楚渊一脚将人踢开。

段白月苦笑道:"我以为至少会有个巴掌。"

楚渊哭笑不得,又总不能真拎着打一顿,于是自顾自往前走,将人远远甩在后头。段白月靠在树上,看着他的背影笑。

再往后几日,泰慈路的擂台旁,围在赛潘安身边的人越来越多,有想赢钱的棋手,有凑热闹的百姓,更多的却是乔装后的御林军,以及西南王府的人。

赛潘安功夫不低,自然能觉察出异样,不过看上去倒像丝毫未放在心上,照旧日日闭着眼睛坐在台上,有人来便下一局棋,落子沉稳有力,心境像是完全未被扰。唯有一日,在听自己的小厮在耳边低声说了一句话后,眼神才略微有些变化。那句话便是据传木痴老人已经到了王城,却不知究竟躲在哪里。

段瑶嫌客栈里头闷,三不五时就想往外头跑,这天买了一大把花花绿绿的糖,路过泰慈路见人多便想去看看，结果却被段白月直接拎了回去。

"又做什么？"段瑶抱怨。

"那个人不简单，以后离远一些。"段白月敲敲他的脑袋。

"不简单就不简单了，江湖之中不简单的人多了去，为何偏要躲着他？"段瑶不以为意。

段白月道："因为你拿了人家的焚星。"

段瑶指着自己的鼻子："我？"你居然敢说！

"不是你，难道还是本王？"段白月一脸理所当然。

段瑶悲愤，又想起了当日自己费尽千辛万苦闯入九玄机，结果连焚星是什么样都没看到，就被直接没收的悲惨经历。

"好了，去午睡吧。"段白月替自己倒了一盏茶，"最近天气热，人的性子也躁，莫要到处乱跑闯祸。"

"对了。"段瑶站起来走到门口，又想起来一件事，"后天高丽王要来王城面圣，你知道这件事吗？"

段白月手下一僵。他不知道。

"还要带着妹妹。"段瑶补充。

段白月："……"

段瑶继续道："对的，就是楚皇想赐婚给你的那个妹妹。"

段白月："……"

"你居然不知道？"段瑶很是疑惑，天天往皇宫里头跑。

段白月也很胸闷，是啊，自己居然不知道？

半个时辰后，正在寝宫前头打盹的四喜公公，被人两把晃醒。身为一个胖子，却不能睡午觉，是多么的残忍。

"哟，西南王怎么这阵来了。"看清来人是谁后，四喜公公受惊，压低声音道，"这天还没黑呐。"

段白月一噎，此等对话倒是经常能听到，戏台子上书生翻墙私会小姐，丫鬟便是这般埋怨。

第十章

"皇上才刚歇下。"四喜公公继续道,"可要老奴……唉,西南王?闯不得啊,怎得连通报的时间都等不及,自己就往里头跑?若是被打出来可如何是好。"

寝殿挺大,不过里头却没有多少装饰摆件,一眼看上去有些空落落。只有当中一张鎏金镶玉的龙床煞是惹眼——这本是前朝周王打造的百宝床,后楚氏先祖为警醒后世子孙克勤克俭,便将此床留了下来,算是寝殿内唯一的奢靡之物。

楚渊武功不算低,自然早已觉察到有人闯入,只是右手刚握住枕下匕首,却听四喜公公在外头急慌慌地说了一句:"西南王,你好歹先让老奴进去通传一声啊。"

这阵来?楚渊皱眉坐起来,伸手揉了揉太阳穴,第一反应便是自己睡过了头。还未来得及披衣下床,就已经有人闯了进来。

"这……"四喜公公跟在后头,很是手足无措。
"无妨。"楚渊摆摆手,"先下去吧,去告诉张太医,晚些再来。"
"是。"四喜公公应下,临出门前又小声提醒段白月,"皇上还病着呐。"

楚渊靠在床上,看上去果真有些疲惫。
"怎么了?"见他这样,段白月自然顾不上什么高丽王不高丽王,走过去坐在床边,伸手搭上额头,微微有些烫。
"没什么,前几日太累,今早上完早朝便有些晕。"楚渊咳嗽了两声,"急急忙忙入宫,可是外头发生了什么事?"
段白月:"……"
"说话呀。"见他沉默不语,楚渊心里更加纳闷。

"就……"段白月淡定无比,"那个摆擂台的赛潘安,看似身边只有一个小厮,其实暗中带了不少人来王城,现如今正在四处打探木痴老人的下落。"幸好还有一件事可以搪塞。否则看他为国事日夜操劳,自己却还在计较一个八竿子也打不着的高丽王妹妹,着实是太过丢人。
"这样啊。"楚渊往后靠了靠,"如此看来,他倒极有可能就是当日与蓝姬达成交易之人。"一个是为了木痴老人,一个是为了木痴老人造出的千回环,目的勉强算一样。而且，都在王城。

"不过也不是什么大事，不必放在心上。"段白月替他将衣服掩好，"好好将身子养回来，才是当务之急。"

"既不是什么大事，何必要火急火燎地冲进宫？"楚渊好笑地看着他。

段白月这回倒是一刻犹豫也无，道："想见你。"

楚渊："……"

"好不容易才得个借口。"段白月笑笑，"否则平日里没事闯进来，怕是要被四喜公公赶走。"

楚渊又往被子里缩了缩，嘟囔道："四喜公公又拦不住你。"

"嗯？"段白月挑眉："所以以后我便能随便往里闯？"

"敢！"楚渊虽然嗓子有些哑，不过天子之威倒是一点都没少。

段白月笑了笑，轻轻将他扶着躺好："不闹了，好好睡。"

"对了，还有件事忘了跟你说。"楚渊躺在床上道，"过几日高丽王要来，高丽公主也要来。"

段白月道："哦。"

楚渊被他的表情逗笑，伸手推了推："你躲好一些，免得被人相中绑了去。"

"高丽王来也就罢了，高丽公主为何要来？"段白月苦着脸，"千万别说还想着要被赐婚。"

"要赐也不是赐你。"楚渊把下巴藏在被子里，"人家好端端一个公主，又不是没人要，你既是不愿意，高丽王还能硬塞不成，早就相中了别人。"

"是谁？"段白月问。

"刚开始是想嫁状元的，后头一听状元已经四十有余，便又不愿意了，说要嫁榜眼。"楚渊道，"可榜眼又是个麻子，画像送过去之后，那高丽公主也没看上。"

段白月心思活络，不厚道地摸摸下巴："不是还有个探花吗？"江南才子，长得好看，还才华横溢，通晓高丽文字，一听便十分适合快点成亲，然后常驻高丽，最好十年八年才回来一趟。若真是这样，那西南府定然会送上一份厚礼，或者两份，或者更多。

楚渊却摇头："温爱卿娶不得她。"

第十章

"为何?"段白月从无限遐想中醒来。

"这高丽公主名叫金姝,据说极其泼辣,还会些拳脚功夫。"楚渊道,"温爱卿那般文弱,若是成了亲,怕是会吃亏,朕才舍不得。"

段白月道:"那便舍得塞给西南府了?"

"本来就是别人家的公主看上了你。"楚渊道,"朕还能拦着不成。"

"为何不能拦着?"段白月道,"这世间,只有你最有资格拦。"

楚渊露出两只眼睛看他。

"睡吧。好不容易得个闲,又没有那群半死不活的老头在外头跪着谏天谏地。"

楚渊只笑出声。

"那我先走了,不打扰你。"段白月声音温柔。

"先等一下。"楚渊伸手指指一旁的柜子,"里头有个盒子,你去拿出来。"

段白月起身走到柜子边:"这个?"

"嗯。"楚渊点头,"是宝机琉璃蛊,小瑾想要,朕便差人去寻了两个,想来瑶儿也会喜欢,你拿一个吧。"

还替那小鬼准备礼物。段白月心中泛酸,道:"为何不能是送给我?"

"你又不养蛊。"楚渊道。

段白月坚定:"我养。"

楚渊道:"那还是要送给瑶儿。"

段白月胸闷。

楚渊转身背对他,语调懒洋洋道:"好了,王爷若无事,便跪安吧。"

段白月很是哭笑不得。

回到客栈后,段瑶正在桌边研究那小机关,见到哥哥进门,还没来得及打招呼,面前便被"咚"一下放了个大盒子。

"给你的。"段白月冷漠道。

"我不要不要。"段瑶摇头,看你这一脸讨债相,想来也不会是什么好东西。

"不识好歹!"段白月坐在桌边,"打开看看。"

段瑶心生警惕:"有毒吗?"

"你还怕毒？"段白月皱眉。

别人的毒自然不怕，但你的就难说了。段瑶小心翼翼地打开盖子，随时做好跑路的准备。一个镶嵌着各色宝石的琉璃盅正安静地躺在里头，七彩流光，剔透玲珑。

"呀！"段瑶惊喜，"你是从哪里找到的？"

段白月从鼻子里往外"哼"了一声："不怕有毒了？"

"哥。"段瑶挂在他背上，"改天我一定去找王状元，替你写一首赋。辞藻华丽，通篇歌颂，还要特别长的那种。"

段白月将人拎下来："好好收着，若是丢了，我便把你也丢了。"

段瑶："……"真的吗。

"不是我找到的。"段白月替自己倒了一杯茶。

段瑶想了想，及时理解到了这件事的重点："是皇上送我的？"

段白月放下茶盏。

"还真是。"段瑶感慨，"皇上这么有钱啊。"

段瑶又拿着琉璃盅喜颠颠地看了一阵，才问："那要回礼吗？"

段白月点头："将你送去宫中伺候他如何？"

段瑶顿时瞪大眼睛，啊？

段白月视线往下扫了扫："或者跟着四喜公公做个公公也挺好。"

段瑶果断抱着琉璃盅往外跑。

段白月从身后拎住他："坐好，还有事没说。"

"又要做什么？"段瑶不甘不愿，快些说完，我要回房用新的盅养虫！

段白月道："当日在九玄机，你是如何解的机关？"自己虽也曾暗中跟着进去，但也仅仅是为了防止瑶儿出意外，并未做太多事情。倒觉得那塔并不像传闻般恐怖，暗器是有，但也仅仅是暗器而已，远不像能吞人性命的魔窟。

段瑶默默道："在闯进去之前，我压根就不知道那里头有机关。"

段白月咳嗽了两声。

"有暗器就躲，有机关就拆，不然还能如何。"段瑶道，"多拆两个，便能拆出经验。"

段白月若有所思地看着他。按照木痴老人所言，那机关塔也并非他一人所建，而是只负责修缮了其中一部分。九玄机真正的阵门在焚星，能破阵者，都是焚星的有缘人。

段瑶单手撑着腮帮子："还有没有别的事？"
"去易容。"段白月道。
段瑶瞬间苦兮兮："易容作甚？"
段白月道："随我一道去泰慈路，试试看能不能破那局残棋。"
段瑶想了想，问："你去破，我陪着，对吧？"
段白月摇头："你去。"
段瑶："……"

段白月道："还愣着做什么？"
段瑶指着自己的鼻子，艰难道："你什么时候见我下过棋？"
段白月道："你先前也从未破过阵。"但照样徒手拆了九玄机。
段瑶被堵了回去。
段白月道："焚星与焚星局，一听便知有联系，你既能拿到焚星，说不定也能破了焚星局。"
段瑶继续犹豫。
段白月道："况且易容之后，无人认得你是谁。"输了亦不丢人。
段瑶只好答应。

当然，为了配合此行的目的，段瑶将自己易容成了一个小书生，瘦瘦弱弱，一看便知风一吹就倒。那赛潘安依旧晒着太阳在打盹，听到有人上台，方才慢吞吞地睁开眼睛。段瑶往他身侧的箱子里丢了一两碎银，而后便坐在棋局对面。周围百姓赶紧围上来看热闹。
赛潘安微微点头："这位小公子请。"
段瑶随手拿起一枚棋子，装模作样地苦思冥想半天，然后落了下去。赛潘安眉头一皱。段瑶心中喜悦，莫非真的是？
赛潘安摇头："这位小公子，若是对棋道一窍不通，就莫要来捣乱了。"
在围观群众一片"嘘"声中，段瑶淡定地落荒而逃。
段白月在后街小巷，笑得胃疼。

回到客栈后,段瑶将面具丢到一边,气鼓鼓地喝了三大碗凉茶,泻火。

段白月安慰他:"也不丢人。"

段瑶"哼"一声,转身回了自己的卧房。

段白月靠在床上,看着窗外彩霞出神。他也并未奢望如此轻易便能解局,只是想着试上一试,既然瞎猫碰不上死耗子,便只有想别的办法。

约莫过了一盏茶的工夫,段瑶却又推门进来。

段白月道:"有事?"

"紫蟾蜍似乎有些亢奋过了头。"段瑶道,"一直满屋子蹦跶。"

段白月皱眉。

段瑶继续道:"昨日才喂过,按理说会一直睡到下个月。而如今如此反常,十有八九是闻到了食物的香气。这只紫蟾蜍从出生开始,便一直是吃各类蛊虫,别的东西从未碰过。"

"你是说那赛潘安身上有蛊虫?"段白月问。

段瑶点头:"我自己养的虫全部封在罐子里,紫蟾蜍不可能会觉察到。"

"这便好玩了。"段白月摸摸下巴,"蛊虫遇到了蟾王,估摸着此时早已炸了窝。"

果不其然,第二日探子便来报,说那赛潘安像是生了病,连擂台也没摆出来。误打误撞,段白月心中倒是有些好笑。

段瑶道:"应该是他身上的蛊虫受了惊,过几日就会自己好。"毕竟不是每一种蛊都像你的金蚕线,别说是靠近紫蟾蜍,就算是被一口吞了,只怕也会懒洋洋地继续睡大觉。

"正好。"段白月道,"这几日高丽王要进王城,让他在床上多躺几天,免得又生事端。"

虽说只是个小小的附属国边疆王,但楚国礼数还是足够周全。进城当日,楚渊亲自率众在宣文门前迎候,街两边的百姓也是起个大早占位置,生怕晚了没热闹看。

第十章

段白月坐在客栈二层靠窗的位置，与师父一道喝茶。

南摩邪啧啧："你看看别人这派头。"

段白月手下一顿。

南摩邪继续道："富丽堂皇又讲究，人山人海等着欢迎。按理来说，高丽国也不比西南王府阔气，为何你与人家差距这般大？"

段白月诚心建议："师父为何不肯去街上走走？"

"高丽王想来样貌不会差。"南摩邪道，"而且说不定还会腌泡菜，与他一比，你堪称一无是处。就连为师，也会忍不住想将他收入门下做你师兄。"

段白月扬扬下巴："喏，那就是你爱徒。"

南摩邪赶忙聚精会神向下看去，就见八名壮汉正抬着高丽王往这边走过来，看着约莫四十来岁，打扮奇异，一笑便找不到眼睛在何处。

南摩邪道："果然英俊非凡。"

段白月也懒得接话，只是道："今日想来宫里会很热闹。"

南摩邪潸然泪下："这句话，真是怎么听怎么心酸。"

段白月："……"

高丽王名叫金泰，在诸多附属国主里算是消停，人又长得喜庆，因此楚渊倒是不烦他，时不时还会有封赏。因此这金泰自从继位以来，几乎每年都会来一回，吃吃喝喝回去还能拿一些，无本生意谁都爱做。这回更是铁了心，还要替自己的妹妹寻个夫婿。

大殿内歌舞升平，一派盛世景象。楚渊举杯与众臣庆贺，一饮而尽后却觉得有些不对，于是扭头看过去。四喜公公正乐呵呵地伺候着——皇上还生着病呐，西南王与太医都叮嘱过，酒不能沾。楚渊挑眉，又让他替自己倒了一盏蜜露。

高丽王高高兴兴往四下看，觉得哪个大臣都挺合适，尤其是最前头坐着的沈千帆，更是英俊非凡。

"老刘，这下完了。"太傅大人扯扯刘大炯的袖子，"你侄女婿像是被旁人盯上了。"

"那可不行。"刘大炯慌忙放下筷子,"你脑子快,赶紧替我想想这朝中还有谁能娶那高丽公主。"

陶仁德随口道:"张之璨?"

"可别缺德了。"刘大炯尚有三分媒人的操守,"张大人那模样,那秉性,莫说是公主,就算是老夫,也是不愿意嫁的。"

"咳咳。"陶仁德被汤呛到,"你这模样,这秉性,若是想嫁,张大人估摸着宁可被流放西北荒原。"

刘大炯:"……"

这头两人还在说话,那头高丽王却已经坐到了沈千帆身边。楚渊看在眼里,苦恼地伸手揉揉太阳穴,千万别说又要赐婚。温柳年舍不得,这个也一样舍不得。

"沈将军啊。"金泰笑容满面。

沈千帆赶忙回礼。

"去年本王来的时候,沈将军尚在东北边境,未能见上一见。"金泰称赞,"果真颇有战神风范。"

"高丽王过奖了。"沈千帆端起酒杯。

"哦?这可是青石玉?"看到他的剑穗,金泰主动找话题。

"是。"沈千帆点头,面不改色道,"是在下的心上人所赠。"

楚渊刚想着下来替他解围,听到后又淡定地坐回龙椅上。那枚剑穗的来历他再清楚不过,分明就是沙场上捡来的小玩意。金泰眼底写满失落。

沈千帆自谦道:"这些儿女情长,让高丽王见笑了。"

"哪里哪里。"金泰摆摆手,与他碰了一杯酒后,便回到了自己的座位上。

先是段白月,再是沈千帆,先后碰了两次壁,楚渊也有些于心不忍。于是主动道:"不知这回高丽王来我大楚,是想替公主寻个什么样的夫婿?"

金泰道:"高大英俊,武艺高强,待人要好,最好还能有些家底钱财。"

楚渊失笑:"这要求倒也直白。"

刘大炯在下头想,真有这样的,我那十几个侄女还不够嫁。

金泰问:"不知楚皇可有合适的人选?"

楚渊摇头:"既是终身大事,自然要公主亲自挑。过两日便是两国武士较量的日子，到那时自会有不少武艺高强的世家公子，说不定便能成好事。"

"也好也好。"金泰连连点头，再度遗憾无比地看了眼沈千帆。怎么就有心上人了呢。

这场宴席极其盛大，待到宾主尽欢各自散去，时间已经到了深夜。楚渊靠在轿中，昏昏沉沉揉太阳穴。

"皇上，到寝宫了。"四喜公公示意轿夫落轿要轻些，自己上前掀开帘子。

楚渊哑着嗓子咳嗽，觉得浑身都疼。四喜公公扶着他进殿，进屋却被惊了一下。段白月从桌边站起来，大步上前将人接到自己手中："怎么病成这样？"

四喜公公也不知自己该如何回答。

"先下去吧。"楚渊道。

四喜公公提醒："皇上睡前还得服一道药。"

楚渊点点头，自己坐在床边。

待到四喜公公走后，段白月蹲在他身前："当真不要宣太医？"

"着凉了而已，今日又在大殿坐了一天，那里是风口。"楚渊嗓子干哑，"先前已经开了药。"

段白月拿出一粒药丸："张嘴。"

楚渊倒是很配合，也没问是什么，乖乖咽了下去。一股清凉从舌尖蔓延开，驱散了不少昏沉。

"何时才能好好睡几天。"段白月叹气，"早知当这皇上么累，当初我便不会助你夺嫡，要这天下何用。"

楚渊抽过丝绢擦鼻涕，闷声道："大胆。"

段白月被他气到想笑，又倒了了热水过来。

楚渊问："你怎么会在宫内？"

"知道你定然又累了一天，也没好好吃东西。"段白月打开桌上食盒，"带了些粥来，多少喝几口。"

"宫里连碗粥都熬不出来？"楚渊有些好笑。

"不一样。"段白月将碗递给他。

"一样的米，一样的水，如何就不一样。"楚渊用勺子搅了两下，"你熬的？"

段白月顿了片刻，然后道："是。"

楚渊喝了一口，绵软润滑，香甜无比，水准着实有些高，于是提醒："欺君之罪是要砍头的。"

后果貌似挺严重，段白月只好承认："酒楼厨子熬的，你要想让我熬——"

"不想。"楚渊又喝了一口。

寝宫内很安静，只有勺子和瓷碗相撞时的细碎声响。

一碗粥吃完，精神也好了一些。四喜公公将药送进来，看着他服下后，方才躬身退了出去。

段白月试探："今晚我陪着你？"

楚渊道："不要。"

段白月问："万一半夜又发烧了呢？"

楚渊道："那便让它烧。"

段白月："……"

楚渊又打了个喷嚏，然后红着鼻子道："四喜！"

"皇上！"四喜公公赶忙进来。

西南王自觉站起来。

"摆驾，去温泉殿。"楚渊吩咐。

段白月倒是很意外。这回居然没有被"请"走？

第十一章

既然没说要走，那就必然是要留下的。段白月嘴角一扬，欣然跟上。

温泉殿内很空旷，四喜公公先行一步遣散了宫女内侍，待两人进去时，四周只有水滴落下的小小声响。一汪乳白色的热泉正冒出氤氲雾气，细闻还有丝缕淡淡的药香。四喜公公手脚麻利准备好沐浴用具，见楚渊没有要自己伺候的意思，便躬身退下，顺带轻轻掩上了门。

段白月一直站在原地看着他。楚渊到屏风后换好衣服，自己赤脚踩入水中，全身放松靠在池壁，舒服地叹了口气。过了许久，身边像是有人轻轻蹲下。

四喜公公在外头想，自打有了西南王，事事都有人代劳，自己少说也闲了一半。挺好。

或许是因为着实太累，或许是因为池水太暖，楚渊并没有说什么，继续昏昏欲睡，没有平日里金銮殿上的威严，也是最没有防备的样子。

"什么都别想了。"段白月道，"好好睡。"

楚渊低低"嗯"了一声。

段白月在他肩头按揉了一阵，便道："带你回寝宫？再泡下去对身子不好。"

楚渊沉默不语，不知是睡着了还是不想说话。

"今晚我陪着你，明日两方武士比武，我也陪着你。"段白月继续说道，"若是累了，我便带你回西南王府住一阵，若是不想回来，那便不回来了。那些老头爱谏就让他们谏，跪个几天几夜才知道原来皇上不在，你猜会不会一怒之下翘辫子？"

"喂！"楚渊哭笑不得，转身拍了他一掌，"休得这样说太傅大人。"

"可不仅仅是陶仁德。"段白月与他对视，"这朝中的臣子，我看不顺眼的多了去。"

"这朝中的臣子，看不顺眼西南王府的也多了去。"楚渊拿过一边准备好的衣服，再看人已经到了岸边，身上裹着宽大的袍子，脸颊绯红，比先前气色好了不少，"走吧，回去。"

段白月从水里踩出来。楚渊脸色僵了僵，而后便转身快步向外走去。

第十一章

　　四喜公公倒是很意外，他才刚盼咐泡好一壶茶，还准备在这里守两三个时辰，却没想到这么快便能出来。

　　楚渊捂着嘴咳嗽。

　　"啊哟皇上。"四喜公公赶忙将他拉回殿内，这刚从水里出来，身上也没擦干，湿漉漉裹着袍子就往外走，西南王也不管着些。

　　"出去！"楚渊道。

　　段白月很是配合。

　　四喜公公替楚渊擦干头发，又换了厚实一些的衣裳，带了披风帽子将人裹得严严实实，方才道："皇上，回宫吧？"

　　楚渊只露出两只眼睛，道："这是三伏天。"

　　"三伏天也着不得凉，明日还要见高丽国主呐。"四喜公公很是坚持，"就两步路，两步路就能回寝宫。"

　　楚渊只好扯了扯脖子上的披风，自己出了殿。段白月正在外头等，见着后被惊了一跳，这会不会又中暑啊。

　　四喜公公一边走，一边朝西南王使眼色，看到了没，皇上就要这般伺候，将来可莫要全身湿透就放出来了。

　　泡过温泉之后，全身都是松的。楚渊躺在床上，懒洋洋打呵欠。段白月站在他身边。

　　楚渊道："回去。"

　　"不回。"段白月坦然，"西南王狼子野心，又岂有错过的道理。"

　　楚渊闭上眼睛，拒绝再和他说话。

　　后半夜的时候，外头霏霏落了雨。

　　段白月苦笑，伸手轻轻拍拍他的后背。早知如此，当初便该让那肥头大耳的楚澜去当皇帝，声色犬马酒池肉林，大概三天就能气翻一群死老头，怎么想怎么舒畅。

　　"嗯？"楚渊迷迷糊糊睁开眼睛。

　　"没什么。"段白月坐在桌边，道，"继续睡。"

　　楚渊道："什么时辰了？"

段白月答:"睡觉的时辰。"

楚渊也没多问,重新又沉沉睡了过去,梦里偶尔会咳嗽两声,看着更惹人心疼。

天色一点点亮起来,四喜公公在外头揣着手来回走,快上早朝了,是进去叫还是不叫,西南王还在呐。

楚渊从床上坐起来。

段白月道:"为何还能自己醒过来?"

楚渊问:"你让四喜出去的?"

段白月道:"他根本就没进来。"

"胡闹。"楚渊披着衣服下床,"四喜!"

"在!"四喜公公如释重负,赶忙小跑进来伺候他洗漱更衣。

"早朝完后,朕便会率百官前去比武场。"楚渊让四喜替自己整理衣冠。

段白月道:"我自会易容跟随。"日月山庄经常会送新护卫进宫,出现陌生面孔算不得稀奇。

楚渊点点头,也未多言,便出门去上早朝。过了阵子,四喜公公却又折返,手中端来早点,说是皇上特意吩咐的,请西南王慢用。

自然是很贴心,但看着那满满一盘的分量,段白月觉得将来或许该找个机会说一下,自己的食量其实并不是很惊人。

虽说楚国与高丽国素来交好,但比武之事却也关乎一国体面,谁都不想输。楚渊上罢早朝回来,就见段白月已经易容完,完全换了一张脸,但也颇为英俊。

楚渊道:"这样不行。"

"为何不行?"段白月疑惑,"能认出来?"

楚渊道:"不能。"

段白月心说,那是为何?

楚渊斜眼一瞄:"你当真打算去招亲?"

段白月道:"我只是个护卫。"这也能被公主相中?

楚渊催促:"快些!"

段白月只好又坐回镜前,左右看看,往自己脸上贴了道疤。

楚渊道:"还是不行!"

段白月只好继续往脸上贴,将自己弄成了一个刀疤脸。楚渊盯着他仔细看。

"差不多了吧?"段白月苦着脸,"若是这样都能被看中,那高丽公主也着实是眼光有问题。"

楚渊勉强通过,又道:"你今日只管站着,什么都不许做。"

"那是自然,难不成还要我歌舞献艺。"段白月说得利索。

楚渊笑出来。

"还没说,身子今日缓过来了?"段白月将手掌贴在他额头,却被躲开。

"你离远一些。"楚渊道。

段白月问:"为何?"

楚渊道:"因为丑。"

段白月:"……"

然而当真很丑。当楚皇带着侍卫出现在比武场时,全部的臣子都被惊了一下,高丽王也险些丢掉手中酒杯。

段白月内心愁苦,因为先前那些刀疤楚渊还嫌不够,在临要出门时,也不知从哪里弄来一块黑布,将眼睛也遮住了半只。

楚渊倒是很淡定,反正也不是自己丑。陶仁德在心里连连摇头,这日月山庄是怎么搞的,这般模样也往宫里头送,也不怕惊扰了圣驾。

待到众人都落座之后,高丽公主也上前行礼,虽说算不上漂亮,但毕竟出身高贵,气度总归是有的,眉眼算是周正,行为举止落落大方,想娶的人应当也不算少。

"来来来。"高丽王伸手,将自己的妹妹招到身边。

金姝坐下之后,眼睛三不五时就会落在段白月身上。楚渊咳嗽两声,仰头饮尽一杯酒。沈将军分明就坐在旁边一桌,眉眼英俊举止潇洒,为何不去看他。段白月很是头疼,这样子别人若是不看,才算是奇怪吧?

"皇上,比试可要开始?"沈千帆小声问。

楚渊微微点头。

众人都抖擞起精神，等着看好戏。高丽王更是低声对金姝道："好好看，看中哪个只管向哥哥说。"

第一轮比试，楚国出的人是刘大炯的次子刘威，高丽国亦派出了王孙公子，两人大战一百多回合，最终刘威看准一个破绽，将对方击倒在地，算是赢了一场。

众人纷纷鼓掌，高丽王也拍手喝彩，只是心中遗憾，为何已经成了亲。但金姝却也没相中刘威，心里头先有了段白月，此时再看谁，都觉得差一截。

第二轮比试，高丽国是小王爷金敏，沈千帆抱拳道："得罪了。"

金泰赶忙在自己妹妹耳边说道："这个不成，听说快成亲了，剑穗子就是心上人送的。"

金姝："……"

日月山庄武学修为天下第一，沈千帆虽说天分不如大哥沈千枫，却也算是一等一的高手，只用了十几招，便将金敏制服。楚渊微微一笑，高丽王虽依旧鼓掌，脸上却也已经有些僵硬。

再往后，楚国又赢了一场。第四场比试虽说是高丽国赢，但习武之人都能看出来，是楚国武士在暗中让步，免得客人太过尴尬。

高丽王面子上有些下不来，于是起身大声道："我方要换一名武士，不知楚皇可答应？"

"嗯？"楚渊道，"自然，高丽王想换谁？"

金泰示意先前已经上场的那名王孙公子退下，自己在侍从耳边低语几句，侍从领命匆匆离去，不多时带着一个人回来，其余人却都被惊了一下。就见那人身形壮硕高大，寻常男子站在他身边，勉强只到肩头。头发如同硬刺，被随意捆在一起，脸倒是洗得干净，但上头的刺青便更加明显狰狞。走起路来地动山摇，像是要把地面都踩出深坑。

楚国大臣面面相觑，都不懂这是个什么路子。

"皇上。"高丽王道，"此人是我先前从牛马市场上赎回来的一名奴隶，武艺高强，不知可否与楚国武士一战？"

此语一出，众人心里都泛起嘀咕。这场比试原本就是为了助兴，因此双方派出的人地位相当。如今高丽王却不知从何处弄来一个奴隶，楚国若再派王孙公子将军大臣，赢了是自损身价，输了，可就更难看了。

"啧啧。"刘大炯低声道，"这高丽王也忒不厚道了，只怕这回皇上是不会赐赏了。"

"都什么时候了，还想着赐赏。"陶仁德用胳膊肘捣捣他，"快些想个法子，将此事糊弄过去才是。"

"我能有什么办法，这些和稀泥之事，刘丞相最擅长。"刘大炯道。

两人齐齐看向侧桌刘一水，就见他正在慢条斯理地喝茶。

"你看，你们刘家人。"陶仁德嫌弃，"平日里是泥瓦匠，关键时刻便成了泥人。"

"你倒是有本事，那你倒是说话啊。"刘大炯道，"你看咱皇上，脸都绿了。"

段白月低声在他耳边道："我去。"

楚渊犹豫。

"无妨的。"段白月道，"你信我。"

楚渊想了想，点头。

见到段白月上场，楚国的人都松了口气，日月山庄出来的，想必不会差到哪里去。更何况两人一样都是面目狰狞，看着也挺合适。楚渊暗自握紧右手。

那高丽奴隶大吼一声，双脚"咚"一踩，周身顿时飞起一片灰，连地皮都是深陷进去半尺。刘大炯被惊了一跳。

段白月手中并无武器，只是冷冷看着他。高丽奴隶纵身跃起，泰山压顶一般朝他扑了过来。

沈千帆看在眼里，眉头猛然一皱。他先前还当此人只是个出蛮力的，但仅仅这一跃，看起来便像是学过功夫的，再加上天生神力，只怕就算这侍卫出自日月山庄，也未必会赢。

段白月闪身躲过，一脚将对方踢得倒退几步。这里人多眼杂，为免被人看出端倪，他并没用西南王府的功夫。那奴隶被激怒，出招愈发狠毒粗野。段白月原本想速战速决，却又觉得未免太不给高丽国面子——于是只好陪着缠斗了上百招，方才将人压在地上制服。

沈千帆心中更加疑惑，看功夫路子，绝对不会是出自日月山庄，皇上是从哪里找来的此人？

"承让了。"段白月松开手站起来。

高丽王笑容尴尬，带头鼓了几下掌："大楚的武士，果真是厉害。"

楚渊松了口气，他先前一直在后悔，为什么出门要捂住一只眼，比武时连看都看不清。

群臣也纷纷恢复喜乐，只是还没等吃完下一道点心，高丽王却道："不知楚皇可否将此武士赐予高丽？"

楚渊干脆利落道："不能。"

高丽王只好讪笑着坐回去，先前就算是讨赏被拒绝，也大多会迂回一下，找个人不多的地方再说，这还是头回如此直白。

有了这场比武，接下来双方其余武士就都懂该如何取舍，气氛也和气不少。只是十几场比试下来，金姝却一个相中的也没有，只对段白月有兴趣——不过这回不是为了人，而是为了功夫。她自幼习武，因此早就看出段白月假扮的侍卫一直在暗中让步，若当真实打实硬拼，那奴隶绝对撑不过十招。这楚国人虽然不少，但功夫出神入化的当真也不多，一个是沈千帆，另一个便是那满脸刀疤的侍卫。想问楚皇讨要将军显然不可能，但却没想到，居然小气到连个侍卫也不肯给。

"注意着些。"金泰小声提醒妹妹，"这里是大楚，莫要肆意妄为。"

金姝咬着下唇，满心不甘愿。

这日待到回宫，时间已经差不多到了深夜。段白月卸下易容之物，楚渊凑近看了看，发现他脸上丝毫异样也无，于是道："脸皮厚。"

段白月笑："今日胃口怎么这么好。"在大殿设的晚宴，从第一道菜一直吃到最后一道，还喝了碗鱼汤。

"有人想要你，朕自然心情好。"楚渊道，"明日便拟个单子，将你与金银瓷器茶叶珠宝一道赐给金泰。"

"高丽弹丸之地，金泰估摸着养不起我。"段白月挑眉，"楚国地大物博，倒是可以试试看。"

"皇上。"四喜公公在外头道，"高丽王又来了，说是有要事求见。"
"三更半夜，能有什么要事。"段白月皱眉。
"估摸着是来要你的。"楚渊道。
段白月："……"
"去看看。"楚渊转身往外走。
段白月心里很是苦闷，为何都这副模样了，居然还能被惦记上？

"皇上。"金泰正在偏殿内喝茶。
"高丽王深夜前来，不知有何要事？"楚渊问。
金泰深深叹气，然后果不其然道："虽说白日里已经说过一回，但实在没办法，还请楚皇务必将那名侍卫赐给高丽啊。"
段白月在屏风后揉揉额头。
"高丽王为何如此看重他？"楚渊不动声色地问。
"倒不是我，而是我那妹妹。"金泰摊手。
楚渊："……"
段白月："……"
"楚皇莫要误会，阿妹她不是要嫁。"见楚渊面色僵硬，金泰赶忙道，"只是见那侍卫武学修为不凡，想要带回去当师父。"
楚渊摇头："此事万万不可。"
万万不可？金泰觉得自己很是焦头烂额，另一头妹妹吵着要人，这头楚皇又不肯松口。
楚渊道："人是日月山庄送来的，过几年还要回日月山庄。"
"原来是沈家的人啊。"金泰恍然大悟。
楚渊点头："若高丽王实在想要，那便只有去江南，亲口问问沈老庄主，看他愿不愿意放人。"至少先将眼前搪塞过去再说。
"时间有限，江南怕是去不了。"高丽王摇头。
段白月心想，去不了就对了。
楚渊遗憾道："那就当真没有办法了。"

高丽王冥思苦想半天，然后又灵光一闪，道："楚皇方才所言，是过几年才要回日月山庄？"

楚渊："……"

"那也好办。"金泰一拍腿，"现在先暂时将人赐给高丽国，待过个一两年，我再亲自将他送回给楚皇便是，不知这样可还行？"

楚渊继续道："不行。"

金泰苦恼，为何？

楚渊问："他走了，谁来保护朕？"

段白月嘴角扬起，这句话挺招人喜欢。

金泰语塞。

"若是公主想要武士，这楚国多得是。"楚渊道，"唯有这一个，朕不会放他出宫。"

段白月摸摸下巴。不放那便不出宫了，不如今晚继续留下？

好不容易才将金泰打发走，回到寝宫后，楚渊只觉得连脑仁子都疼。

段白月道："旁人觊觎便觊觎了，总归也抢不走。"

"谁会抢你。"楚渊自己倒了杯茶喝，想了想又问，"今日你在比武时，所用的武功是何门何路？先前似乎没见过。"

"西南王府的一个拳法教头。"段白月道，"小时候跟着一道学了几天。"

"只是几天？"楚渊问。

"当真只是几天，后来那教头便跟府里一名女子成亲，去了南洋。"段白月道，"临走时留给我一本拳谱，这么多年琢磨下来，也总能悟出一些东西。"

"怪不得，看着也不是你先前的路子。"楚渊放下空茶杯，"已经快到了亥时——"

"今晚我留下。"段白月打断他。

"得寸进尺。"楚渊转身往内殿走，眼底却有一丝笑意，"朕不准。"

不准就不准吧，反正留是一定要留下的。西南王很是坚定，背了这么多年谋朝篡位的名，也总该做一些忤逆圣意之事。

见着两人一起回来，四喜公公乐呵呵揣着手。

第十一章

听他在屏风后沐浴,段白月双手撑着腮帮子,坐在桌边。楚渊沐浴完后出来见到他这副模样,却觉得还挺好玩,没忍住就笑出了声。

段白月不解:"嗯?"

楚渊目不斜视绕过他,自己上了床。

段白月道:"若是不想睡,变个戏法给你看?"

"不看。"楚渊想也不想就拒绝。

段白月将手伸到他面前:"嗯?"

楚渊抱着膝盖:"嗯。"

"自己看。"段白月低笑。

"不要。"楚渊将双臂收得更紧。

段白月展开手心,是一枚小小的木雕。

楚渊撇嘴:"先前卖那么多关子,还当会变出来一个活人。"

"我又不傻,这阵变出一个人作甚。"段白月将木雕放在他手心,"闻闻看。"

"药味?"楚渊道。

"先前拿走了焚星,赔你一个。"段白月道。

"那我亏了。"楚渊道,"明显焚星比较值钱。"

"这是香陀木,只有南边才会有,放在枕边可以静心安神。"段白月道,"叶谷主的确是神医,但药吃多了总归不好,不妨试试这个。"

"你自己雕的?"楚渊问。

段白月笑:"还能看出来?"

"丑成这样,想看不出来也难。"楚渊扬扬嘴角,将木雕握在手心,"多谢。"

"单是嘴上一个谢字?"段白月问。

"若嫌一个字不够,明日请戏班子来宫里唱一出戏给你听。"楚渊躺回床上,整个人都缩进被子里,"好了,不许再说话。"

段白月挑眉,倒也真没再说话,过了许久,隔着被子拍拍他。

夜色如水,一片温柔。

第二日一早,楚渊去上早朝,段白月则是回了客栈。

南摩邪与段瑶正在吃早饭,见着他进屋,两人将包子往嘴里一塞,紧着两口咽下去，倒挺像是师徒。

　　段白月好笑："怕有人抢饭？"

　　南摩邪问："如何？"

　　段白月很是淡定："甚好。"

　　段瑶热泪盈眶："何时能回西南？"

　　段白月道："不知道。"

　　段瑶瞬间泄气。

　　南摩邪斥责："那还好个屁。"

　　段白月坐在桌边："我认为好的，便是好。"

　　南摩邪振振有词，"既然与叶瑾是亲兄弟，那楚皇的脾气秉性为师也能窥探一二。"

　　段白月冷静道："师父的卧房在隔壁。若是没事，便赶紧走。"

　　"来来来。"南摩邪从柜子里取出来一摞话本，"怕是你不会，却也无妨，多学学就是。"

　　段白月额头青筋跳动，将他直接撵了出去。南摩邪蹲在门口唉声叹气，简直有辱师门，有辱师门，有辱师门……

　　段白月在房中歇息了一阵子，便又去了泰慈路。就见擂台又摆了出来，那赛潘安也依旧坐在高处，闭着眼睛昏昏欲睡，想来是先前受惊的蛊虫已然恢复平静。前头传来一阵闹哄声，是高丽公主金姝带着人在王城里头逛。段白月出门都会易容，也不担心会被认出来，只是看到后着实头疼，自然是转身就想往回走。

　　"站住！"金姝在后头喊道。

　　段白月心里一僵，暗说真是见了鬼，为何不管自己是何面孔，最终都会被她拦住。

　　一队官兵上前，挡在了段白月前头，打头的人是御林军中一个小头目，名叫高阳，抱拳歉然道："这位公子请留步，公主有话要说。"

　　段白月心下无奈。金姝紧走几步上前，看清长相之后却失望。方才看背影熟悉，还以为是西南王。

　　"公主？"见她久久不说话，高阳只好出言提醒。

第十一章

段白月也眼底疑惑。

"你叫什么名字？"金姝回神。

段白月打手势，示意自己是个哑巴。金姝突然出手朝他脸上袭来，段白月站着纹丝不动，却有一粒小小的石子飞速而至，将金姝手打落。金姝痛呼一声，抬头恼怒看向路边茶楼，却哪里还有人影。段白月果断转身就走。

"你站住！"金姝还想追，却被高阳拦住。王城向来安宁和乐民风井然，即便是邻国公主，若想要无故扰民，也不会被允许。

段白月紧走几步进了小巷，道："多谢师父。"

南摩邪骑在墙头继续吃蚕豆，顺便提醒："看样子那女娃娃对你还未死心，若是不喜欢，便快些打发走。"

"要如何打发？"段白月问。

南摩邪跳到地上："就不能让你那皇上给她赐一门婚？"

段白月摇头："太过强人所难。"

"这世间哪来那么多的你情我愿两全其美。"南摩邪道，"将大好年华白白耗在一个不值当的人身上，才叫不值。"

段白月无奈："师父到底想说什么？"

南摩邪道："年轻小些也就罢了，若是将来老了，到那时又当如何？"

段白月道："真到了那日，想来也会有其余人掌管这社稷江山。"

"原来你也想过将来。"南摩邪叹气，"只是此等结果，还不如不想。"

"罢，为师就再帮你一把。"南摩邪道。

段白月问："何事？"

南摩邪道："你可知前些日子，朝廷为何要派人前去翡缅国？"

段白月心不在焉地靠在树上："因为翡缅国主长得甚是英俊高大。"先前已经说过一回，没想到还能重复第二茬。

南摩邪却道："因为据传在翡缅国里，有天辰砂。"

段白月猛然抬头。

南摩邪道："你又知为何楚皇要找木痴老人，去研究八荒阵法？"

段白月皱眉。

南摩邪继续道："破六合，入八荒，这套阵法的创始人便是翡缅国主的先祖。"

段白月只觉得自己是在听故事。

"楚皇看着对你也是用心颇深，像是打定主意若翡缅国不答应，便要挥兵南下。"南摩邪拍拍他的肩膀，"这可不像他的一贯作风。"

段白月摇头，转身就想去宫中。

"去了又有何用。"南摩邪在后头道，"若不想让他做傻事，为何不就此一刀两断。"

段白月猛然顿住脚步。

"一国之君。"南摩邪摇头，转身出了小巷，也未再多言其他。

这日直到天色暗沉，段白月方才进了宫。

四喜公公见着后低声道："王爷怎么现在才来，皇上连晚膳都没用，一直等着呀。"

段白月笑笑，推门进了殿。

楚渊正在桌前看书，面前摆了两盏茶，其中一盏已经凉透。听着有人进来也未抬头，只是问了一句："又去哪了？"

段白月看着他，心里也不知是何滋味。

"嗯？"见他久久不说话，楚渊抬头。一双眼睛在烛火下极好看，像是被星辰落满。

段白月依旧站着没动。

"喂，真中邪了？"楚渊上前，在他面前挥挥手。

殿内很是安静。

楚渊低声问："你要走了吗？"

段白月摇头："我不走。"

楚渊抬头看他。

"方才想了一些事情。都过去了。"

"若是想走，那便走吧。"楚渊语气很淡，"我不拦你。"

"四喜说你晚上还没用膳。"段白月道，"这宫里头闷，我带你出去吃好不好？"

第十一章

楚渊道:"过会高丽王还要来。"

"高丽王比西南王重要?"段白月想逗他笑。

楚渊错开彼此视线,转身回了内殿。

段白月靠在墙上,觉得有些头痛。坦白讲,他也未曾想清楚自己究竟要什么。在小巷里一直待到天黑,脑海中师父的话少说也重复了上百回,心里越来越乱。如有可能,他倒宁愿一直在暗中保护,如同当初的夺嫡之战,再后来的西南平乱那般,助他扫清所有障碍。若论回报,顶多一个笑容一个眼神,便当真已是足够。只是却没想过,以知己相待的人不止自己一个,那又要如何。

段白月打开门,让四喜传了晚膳进来,而后便跟去内殿。楚渊正站在窗边,看着院中那一树梅花。

段白月在身后问:"还在生气?"

楚渊没说话。

"若当真生气,打我便是。"段白月在他耳边道,"就别欺负那棵树了,十岁那年照料了许久,半夜都会起来看,生怕活不成。"

楚渊依旧看着远处。

段白月叹气,只好道:"我……下午的时候,听师父说了八荒阵与天辰砂之事。"

楚渊眼底总算划过一丝异样。

"我不需要你为我做任何事。"段白月继续道。

楚渊摇头:"我不懂你在说什么。"

"听不懂便当我在胡言乱语。"段白月笑笑,"你信不信,若真有那一日,我倒宁可自绝于世。"

楚渊眉头猛然一皱。

"所以,好好当你的皇帝。"段白月道,"做个千古明君,才不辜负这江山社稷。"陶仁德日日挂在嘴边的话,偶尔拿来用一用也无妨。

楚渊心底有些恍惚。

"好了,别想了。"段白月将他的身子转过来,"说点高兴的。"

"比如？"楚渊看着他。

"比如今日我在街上逛，虽然易了容，但还是好死不活被那高丽公主拦住。"段白月道。

楚渊果然不悦："为何？"

"谁知道。"段白月拉着他出了内殿，就见桌上已经摆好晚膳，于是将人按到椅子上坐好，"或许是看我太顺眼。"

楚渊"啪"放下筷子。

"好好好，不说她。"段白月很识趣。

"皇上。"四喜公公在外头道，"高丽王求见。"

"候着！"楚渊气冲冲道。

段白月忍笑。四喜公公被惊了一下，皇上这是又被西南王欺负了还是怎的，这么大火气。

饭菜一半清淡一半重油，显然是为了照顾两人的口味。

段白月夹给他一块红烧肉："就一个。"

楚渊犹豫了一下，吃掉了。

片刻之后，又是一筷子肥牛："最后一个。"

楚渊："……"

再过了一会儿。

"果真是御厨，鸭子烤得就是好。"

"好了。"看着他吃完饭，段白月方才将丢到另一边的青菜端过来，"再吃点素的，绿油油的，这个你喜欢，吃完再喝点汤。"

楚渊觉得照这个吃法，自己或许用不了三个月，便会朝着汪大人的体态发展。

金泰在殿里头喝空了三壶茶，院中才传来动静。

楚渊推门进来："高丽王久等了。"

"哪里哪里，只是片刻罢了。"金泰站起来行礼，笑容可掬，"深夜打扰，楚皇莫要怪罪。"

"高丽王有何事？"楚渊坐在龙椅上。

金泰犹犹豫豫道:"还是为了那个侍卫。"

段白月靠坐在房梁,很想下去将他蒙住脑袋揍一顿。

楚渊依旧一口回绝:"不送!"

"楚皇误会了。"金泰赶忙道,"我上次回去后告诉阿姝,说那名侍卫不可离开楚皇身边,阿姝虽说刚开始有些别扭,过了一夜却也想通了。"

楚渊不满,那你还来?

金泰又道:"只是就算不能带回高丽,能在这段日子里贴身教授几门招式也是好的,阿姝日日进宫便是,不知楚皇意下如何?"

段白月:"……"

楚渊脑袋嗡嗡直响:"不行!"

金泰几乎又落泪,为何这样还不行?

楚渊面无表情道:"那名侍卫习的是日月山庄独门秘籍,从不外传,更别论是传到高丽。"

居然还有这么多讲究。金泰不死心:"偷偷学几招也不行?"

楚渊眼神转凉:"高丽王若再提此事,便有些强人所难了。"

"楚皇切莫动怒啊。"金泰也被吓了一跳,其实他原本也不是很想来,但架不住金姝一直闹,便只有硬起头皮前来。金泰自然也是知道这种行为不甚讨好,却没想到会真的触怒天威。

"高丽王可还有别的事?"楚渊冷冷问。

金泰赶忙摇头。

"四喜!"楚渊站起来,"送高丽王回府。"

待到四周都重回安静,段白月方才从屋梁上跳下,楚渊与他对视。

段白月小心翼翼道:"仔细想想,此事其实与我无关,是吧?"当真委屈至极。

楚渊"噗"一声笑出来。

段白月眼底也浮上笑意:"回寝宫?"

"先前从没提过,为何那高丽国的公主会看上你?"楚渊问。

"这当真不知道。"段白月道,"不过听说金姝向来喜欢到处乱跑,说不定是什么时候无意中撞到。"

"而后便撞进眼底出不来。"楚渊戳戳他的肩膀,"招蜂引蝶。"

"那又如何。"段白月坦然，"横竖别人也带不走，顶多就是干看看。"

"金泰约莫还要半个月才能走。"楚渊与他一道回寝宫，"不过他也不是不识趣之人，今晚之后，应当不会再提此事了。"

"明日还要接着招待他？"段白月问。

楚渊摇头："明日还有别的事情，金泰也不是头回来王城，自己有几处喜欢的地方，朝廷只需派兵保护便好。"

段白月感慨："如此当个边疆王，倒也叫轻松自在。"

"羡慕啊？"楚渊斜眼瞄他。

"身材干瘪五官细小，我羡慕他作甚。"段白月摇头，"若我长成那样，想来那年你也不会躲到我身边。"

楚渊想了想，问："那若我长成金泰那样呢？"

段白月笑容淡定："自然还是一样要照顾的。"

"贫。"楚渊踢踢他。

"是真心话。"段白月很是认真。

两人沿着花园里的小路慢慢走，四周蝉鸣蛙叫，是美好的夏夜。但却偏偏有不凑趣的人，前头就传来说话声。木痴老人指挥太监拉着一车铜人边走边聊，说要运往工匠的大院里。段白月与楚渊避在树上，一直等到一行人远去，方才落下来，相互拍拍身上的水。

"还要研究八荒阵吗？"段白月问。

楚渊顿了顿："八荒阵法精妙至极，朕也想看看在复原之后，到底会有何等威力。"

"那说好，只是研究阵法。"段白月紧走两步跟在他身侧。

楚渊问："那赛潘安到底是怎么回事，查清楚了吗？"

段白月摇头。

"一直这么毫无头绪总不是办法。"楚渊想了想，"不如引蛇出洞？"

"什么意思？"段白月问。

"目前尚不确定，只能推测赛潘安便是当日与魔教达成交易之人。"楚渊道，

第十一章

"不如让木痴老人出现在他眼前,看对方下一步有何举措,这样至少能分辨清楚,木痴老人究竟是不是他的目的之一。"

"倒也可行。"段白月道,"不过木痴老人武功平平,要是赛潘安心怀不轨,难免会有危险。倒不用他当真出宫,找个人易容便是。"

楚渊问:"你?"

段白月摇头:"家师。"

楚渊:"……"

段白月道:"此事尽管交给我。"

楚渊犹豫了一下,又问:"话说起来,我还从未见过南前辈真容,只是久闻其名。"

段白月咳嗽两声:"嗯。"

"也不知为何,一直捂着脸。"楚渊疑惑。

段白月道:"或许是觉得自己面目狰狞。"

楚渊:"……"

"上回那个琉璃盅,瑶儿很喜欢。"段白月转移话题。

"喜欢便好。"楚渊笑,"以后小瑾再想要什么,我都备双份便是。瑶儿想要什么,也尽管写信送过来。"

段白月心里醋海翻天,为何要对那小鬼这般好?

楚渊又问:"瑶儿喜欢吃什么?"

段白月丝毫犹豫也无:"虫!"

楚渊:"……"真的吗。

"星星不错。"段白月抬头。

楚渊踢他一脚:"胡言乱语,你才喜欢吃虫。"

客栈里头,段瑶坐在床上,天一个地一个打喷嚏,双眼含满热泪。也不知是何人如此缺德,在背后说闲话说个没完。

上床之前,楚渊想服安神药,却被段白月抢先一步,拿在手中一饮而尽。

"喂!"楚渊睁大眼睛,这人难不成发烧?

段白月道:"你先前说的,对身子无碍。"

楚渊:"所以?"

"现在知道,我看你晚晚靠这个安眠,是何心情了吧?知道服药不好,以后便少用这些东西。"

殿内烛火昏暗,约莫过了半个时辰,段白月道:"看来神医也不过如此。"

楚渊用被子捂住头。

"我就知道又没睡着。"段白月道,"说个故事给你听?"

"不要。"楚渊在被子里回绝。

段白月强行将他拽出来一点:"三伏天,也不怕闷坏。"

楚渊睁着眼睛,睡意全无:"你赔我的安神药。"

段白月哭笑不得,坐起来一些道:"把手给我。"

楚渊道:"做什么?"

段白月握住他的手腕,沿着手臂缓缓往上按揉。

穴位很酸痛,痛完之后,却又有一丝一缕麻麻的感觉,挺舒服。

"什么都别想。"段白月道,"过阵子就能睡着了。"

段白月:"……"

楚渊将自己整个人都裹进被子里:"四喜!"

片刻之后,西南王被恭恭敬敬"请"出寝宫,在外头赏月。

四喜公公用胳膊捣捣他。

段白月:"……"

四喜公公端来一把椅子,示意他坐在自己身边,安慰道:"外头也好,风景好,凉快。"

段白月:"……嗯。"

微风阵阵,是挺凉快。

第二日一早,段白月回客栈之时,段瑶还在呼呼大睡,南摩邪倒是起得挺早,穿戴整齐看着像是要出门。

段白月疑惑:"又要去哪?"居然还有舍得将一头乱蓬蓬的白发弄服帖,要知道先前在西南王府的时候,金婶婶与丫鬟日日拿着梳子在后头追,也未必能将人拉得住。

第十一章

南摩邪道："找了中间人，打算在这王城里买座宅院。"

段白月："……"

南摩邪继续道："横竖看你这样，往后是要经常往这跑，早买早安心。"

"也好。"段白月摸摸下巴，"不过也不急于今天，改日拿着银票去买便是。"

南摩邪道："那今日要做什么？"

段白月答："继续去会那个赛潘安。"

南摩邪一听就泄气："不去不去，盯着这么多天，丝毫进展也无，眼睛都快要对在一起了。"再不找点别的乐子，只怕脑袋上都要生蘑菇。

段白月道："不去也得去。"

南摩邪大怒："逆徒，有你这么跟为师说话的吗？"

段白月将他强压在椅子上："师父想来应该很愿意易容成木痴老人，去引那赛潘安上钩。"

南摩邪发自内心道："我一点都不愿意。"

"师父愿不愿意不重要，我愿意便好。"段白月道，"此事没有任何商量的余地，师父若不配合，那我便去告诉瑶儿，上回是何人偷了他的五条翠眼。"

南摩邪："……"

"快些。"段白月将易容之物塞到他怀中。

南摩邪唉声叹气，觉得自己晚年甚是悲凉，也不知何时才能死下回。

泰慈路上，赛潘安倒是准时搭台落座，面前摆着一壶茶。百姓围观了他将近一个月，见他回回稳赢，都觉得此人估摸是个骗子，那棋局根本就没得解，所以热情也退散不少，四周空荡荡的，偶尔有高大马车路过，还会嫌此擂台太占位置。

一个须发皆白的老者颤颤巍巍地背着一个破包袱往前走，看着像是下一刻就会昏厥过去。有好心后生看到，怕他会被马车撞，于是扶着坐在一边的台阶上，又买了包子要了清水，让他慢慢吃。老者连连道谢，狼吞虎咽几口便吃光，看着像是饿了许久。

"老人家是家里遭了灾吧？"又有人围上来问，

"是啊是啊。"老者含含糊糊地点头。

王城里头富裕，好心人也多，因此不多时便聚集了一群人，商量着要将老人送往

229

善堂暂住。不远处的赛潘安自然也注意到了这头的动静，微微抬头看过来，而后便眼底一喜。段白月坐在对面茶楼上，自然也观察到了他的表情。

老者坐了一阵后，便谢绝众人的好意，说是要寻亲友，便继续拄着拐棍往前走去。途经一个小巷子时，眼前果然便挡了个人。

"救命啊！"南摩邪捂脸尖叫，转身就跑。

段白月扶额头，你姿势还能再夸张一些。

"前辈慢走！"赛潘安急急挡在他面前，"前辈可还认得在下？"

"不认识不认识。"南摩邪警惕地抱紧包袱，掉头又往另一个方向跑。

"前辈。"赛潘安在他后头道，"还请前辈再造一次千回环。"

"不知道不知道。"南摩邪头摇得飞起。

赛潘安道："但那兰一展极有可能已经死而复生，如今玉棺山机关遍布，在下唯有拿到千回环，方可去一探究竟。"

南摩邪使劲吸溜鼻子："你在说什么，我听不懂。"

赛潘安眼神带着三分阴毒："兰一展倘若重回武林，这江湖势必又要掀起血雨腥风，前辈当真还要继续装神弄鬼？"

南摩邪陷入犹豫。其实也不是他想犹豫，而是因为没想好，下一步要如何套话。

段白月头疼，眼神随意一扫，却被惊了一下，就见在街道另一头，真的木痴老人正在四处逛，身后跟着几个便装侍卫，应该是为了采买东西才出宫。

"这位老先生，"方才那后生也留意到了这件事，赶忙上来道，"可是来寻兄弟的？"

木痴老人莫名其妙："啊？"

后生继续道："有位老者与您长得一模一样，往那头去了。"

木痴老人眼底愈发疑惑，一模一样？那此人当真挺倒霉，估摸着三不五时就会被当成自己绑上山。

"您等着，我去替您叫过来。"后生很热情，抬腿就跑。

段白月暗中使了个眼色，段念张开手臂当街拦住他："在下可是刘大宝？"

"刘大宝是谁？"后生摇头，"小哥你认错人了，我叫谢三。"

"怎么可能，分明就是刘兄，我还能认错不成。"段念热情无比，拉着人就往茶

第十一章

楼走，"来来来，上回我借刘兄的那些银子，正好算算清楚。"后生目瞪口呆，先前在街上算卦，说最近会有天降横财，却没料到真的有，好端端走着就有人要还银子。

木痴老人先前在客栈见过段念，此番自然也能猜到或许是出了事，于是果断转身就走。段白月松了口气，再回头看向小巷，却早已空空如也。

"我当真不是什么木痴老人啊。"南摩邪哭道，绑我回来作甚。

赛潘安将他放在客栈椅子上，眼底赤红："前辈若是再装神弄鬼，那就休怪在下不客气了！"

南摩邪果断止住号哭，变成了轻声啜泣。

赛潘安也放轻语调："几日能解千回环？"

南摩邪随口胡诌："七日。"

赛潘安皱眉："先前布下阵法之时，一共才用了半天时间。"

南摩邪道："那是先前，如今我老了，眼花。"

"也罢，七日就七日。"赛潘安又问，"九玄机被毁，焚星被盗，前辈可知此事？"

南摩邪摇头。

"江湖之中人人都在猜测。"赛潘安皱眉，"想来该是位高手才是。"

南摩邪心想，自然是高手，你祖宗我亲自教出来的。

第十二章

第十二章

"无论如何,七日之后,我都要见到千回环。"赛潘安口气中并无任何商量的余地。

南摩邪揣着袖子,蹲在椅子上哼哼唧唧。

"前辈还有何问题?"赛潘安问。

南摩邪道:"想造千回环,我手中还缺一样工具。"

赛潘安问:"缺何物?"

南摩邪信口胡诌:"望月。"

赛潘安果然不解:"望月是何物?"

"这便不能说了。"南摩邪神神道道,"天机不可泄露。"

赛潘安耐着性子:"何处能寻得此物?"

南摩邪道:"放我一人出去找便是。"

赛潘安意料之中地摇头:"不可。"

"那便没办法了。"南摩邪连连摇头,"没有望月,就造不出千回环,就算你杀了我也没用。"

"服下此药。"赛潘安思考片刻,从怀中拿出来一个小瓷瓶。

"哈呀!"南摩邪险些从椅子上跳起来,行走江湖这么多年,他也见过不少下毒的阴招,却还没遇到过如此直白的,直接拿出来就让吃!这是当人傻啊!

赛潘安道:"若前辈执意不愿有人跟随,那便只有这一个法子能出门。"

南摩邪试探道:"这是大补参茸丸?"

赛潘安道:"五毒丹。"

南摩邪:"……"

"服下此药后,三天才会发作。"赛潘安道,"前辈如能及时回来,在下自当双手奉上解药,如此对大家都好。"

"我不吃。"南摩邪紧闭着嘴。

赛潘安单手卡住南摩邪的咽喉,强迫他张开嘴,将药丸塞了进去。南摩邪拼命咳嗽。

赛潘安冷冷道:"还请前辈勿要见怪。"

南摩邪老泪纵横,不见怪才是见了鬼,此事之后,老子灭你全家。

赛潘安道:"前辈可以走了。"

南摩邪不悦:"不给些银子?"

赛潘安一顿,从怀中掏出一个银锭。

南摩邪道:"不够。"

赛潘安又加了一个。

南摩邪开价："至少一千两。"

赛潘安脸色一僵。

南摩邪继续道："黄金。"

赛潘安额头青筋跳动："前辈与几十年前相比，可真是换了一个人。"

"人总是会变的。"南摩邪吸溜鼻子，"无儿无女，多攒些银子，养老。"

赛潘安往他面前狠狠拍了一沓银票。

这就对了，也不枉来一趟。南摩邪将银票卷好揣进袖中，而后便出了客栈。

穿过小巷道，段白月正在树下等，旁边蹲着段瑶。

"师父！"段瑶站起来，欢欢喜喜蹦着过来。

"不错，易完容还能认得为师。"南摩邪将银票取出来给他，"拿去买糖。"

"多谢师父。"段瑶美滋滋揣好。

"别说讹了这么久，就讹出来几张银票。"段白月道。

南摩邪怒道："很久？"分明才半个时辰不到。

段瑶迅速搀住他的胳膊："见不到师父，我们度日如年。"

南摩邪眉开眼笑。

段白月道："所以？"

"他有可能便是当日那个裘戟。"南摩邪道。

"裘戟，师父是说当日与兰一展决战，后将其手刃的那个裘戟？"段白月皱眉。

南摩邪点头。

"可那是五十余年前的事，即便两人当年刚满二十，现也年逾古稀，可看那赛潘安的双手，分明就只有二十来岁。"段白月道。

南摩邪兜头就是一巴掌。

段白月："……"这又是为何？

"亏你还是西南王府出来的。"南摩邪连连叹气，"简直给老王爷丢脸。"

"师父的意思是说那赛潘安靠蛊虫维持容貌？"段白月道，"但若他当真是裘戟，就该是个顶天立地的大侠才是，为何会用这种下三烂的阴毒手法？"况且蛊虫一旦入体，便多少也会折损自身元气，仅仅为了维持容貌就如此，只怕魔教妖女也未必会愿意做。

"传闻是如何，本人就当真是如何？"南摩邪斜眼，"那你如今就不该在此处，

第十二章

而应该坐在金銮殿中光宗耀祖。"

段白月很配合:"师父教训的是。"

"况且上回你也说了,他体内有蛊虫,说不定便是为了能维持容貌。"南摩邪又道,"方才出门时,他还强行让我服下了一枚五毒丹。"

段瑶担忧:"师父没忍住,意犹未尽咂吧嘴了?"

南摩邪摇头:"没有没有,我装得甚是可怜。"

段瑶松了口气:"那就好。"先前在西南王府的时候,师父没事做就拿五毒丹当糖豆吃,旁人劝都劝不住。

南摩邪继续问:"你江湖上的朋友多,可曾听人说起过,最近玉棺山有无异样?"

段白月道:"上回木痴老人提及,我还特意差人去打探过,都说那里一切如常,不像是出了乱子。"

"且不说那赛潘安到底是不是袭戟,他想抓捕木痴老人的目的,便是为了造出千回环,好去玉棺山一探究竟。"南摩邪道,"以确定兰一展是否已经脱逃。"

"兰一展既是魔头,想要他性命的人自然多如过江之鲫,算不得奇怪。"段白月道,"但如今玉棺山一切如常,江湖中亦无传闻,他为何突然就会觉得兰一展有可能已经死而复生,并且已经逃出玉棺山?"

南摩邪咳嗽了两声,道:"听他先前所说,应该是与九玄机被盗有关,他觉得必然是兰一展所为。"

段白月:"……"

段瑶:"……"

是吗?

"你可知当务之急是要作甚?"南摩邪又问。

段白月想了想,道:"顺藤摸瓜查下去,问问那赛潘安,为何独独认定是兰一展盗了九玄机,他摆出焚星局是何目的,以及焚星局与九玄机中焚星的关系。"

段瑶听了都晕。

南摩邪却道:"这些都不重要,当务之急,是赶紧给为师弄个千回环。"听都没听过,更别说是造,要是露馅可如何是好。

段白月道:"明晚子时,我会替师父送往客栈。"

南摩邪点点头,又问段瑶:"紫蟾蜍可有带出来?"

段瑶道:"带了。"

"借为师几天。"南摩邪摸摸胡子,一派邪相。

皇宫里头,楚渊好不容易才将手里的事情处理干净,四喜公公赶忙道:"皇上,该用晚膳了。"

"等会吧。"楚渊又拿起一摞折子,头也未抬。

四喜公公在心里头着急,又往外头看,西南王还不来,皇上都等到了现在,若再不用膳,就该就寝了。

又过了约莫半个时辰,远处轰隆隆传来一阵惊雷,看着要下暴雨。四喜公公心想,得,今晚西南王想必是不会来了。

楚渊也站起来,往窗外看了一眼。

"皇上。"四喜公公又试探,"传膳吧?"

楚渊摇头:"今日不用了。"

四喜公公:"……"什么叫今日不用了,怎得没有西南王,就连饭都不吃了。那将来王爷若是回了云南,皇上可不得三天就瘦一圈。

楚渊头有些晕,也没胃口,于是站起来想回寝宫,段白月却已经跳入院中,满身都是水。

"啊哟,王爷。"四喜公公被吓了一跳,赶忙打开门,"快些进来。"

"路上有些事,耽搁了。"段白月抹了一把脸上的水。

楚渊递给他一块手帕。

"知道我会来?"段白月问,"一路过来都没见到几个侍卫。"

楚渊道:"今日木痴老人回来,说在街上见到了段念,像是发生了什么事。"

"说来话长。"段白月道,"先回寝宫?"

楚渊点头,又吩咐四喜去准备些姜汤,免得着凉。

"习武之人,这些雨算什么。"段白月笑。

四喜公公在心里叹气,连装病都不会,一直这般刚健,旁人想照料也没机会。

与热气腾腾的姜糖水一道送往寝宫的,还有沐浴用的热水,又说晚膳稍后便会送

第十二章

上。四喜公公笑呵呵点头。只是下人心里都纳闷，为何皇上这几日不管是沐浴或是用膳，都要待在寝宫里头，门都不出。

屏风后水声哗哗，楚渊趴在桌上，一直心不在焉地想事情。待到段白月擦着头发出来，见着他这副模样，却没忍住笑出声："怎么了，陶仁德今日又来烦你？"

楚渊抬头，然后皱眉："去穿衣服。"

"都湿了。"段白月只穿了里衣坐在他身边，"有新的吗？"

楚渊顿了顿："宫里为何要有你的新衣？"

段白月摊手："你看，我想穿，你这又没有。"

楚渊语塞。

"困了？"见他一直趴在桌上，段白月道，"那便早点歇着，有事明日再说。"

楚渊道："晚膳还没传。"

"怎么又没吃饭？"段白月果然不悦。

楚渊打了个呵欠，一动也不想动。

"明日不上早朝了，好不好？"

楚渊道："不好。"

段白月道："你睡一天懒觉，我送你个宝贝。"

楚渊道："不要。"

楚渊终于坐起来，觉得有些饿。

四喜很快便送来晚膳，却不是以往的荤素各半，而是一桌子西南菜色。

段白月有些意外。

"都是你西南王府送来的。"楚渊道。

"我送来是想让你多道菜换换口味，可没说一顿都只吃这个。"段白月道，"西南菜色偏酸辣，你会受不了。"

"是吗？"楚渊舀了一口汤。

段白月将勺子拿回来："都说了，会辣。"

"那这顿便不吃了？"楚渊好笑。

"吃这个。甜的。"

楚渊咽下去，道："原来你是吃花长大的。"

段白月:"……"

楚渊道:"我想吃辣,西南王府平时吃的那种。"

段白月只好拌了一小碗鱼,加了香叶干料与炒芝麻:"吃一口便成。"

楚渊尝了半勺,脸上果然一变。

勉强咽了下去,然后抱着一壶茶喝了大半天。

段白月:"……"

楚渊面色通红,额头上也有些冒汗。

楚渊将那碗甜糯米饭端到自己面前,而后道:"其余的都给你。"

段白月叫来四喜,吩咐他做了几道别的清爽小菜。

在接下来的时间里,楚渊抱着碗,看段白月在对面面不改色,将那些又酸又辣的菜色吃了个干干净净。段白月也不知此事有何值得炫耀,但看他满眼惊奇,便觉得再辣也无妨。若是让南摩邪知道,估计又要痛哭流涕,教出此等三岁半的徒弟,有何面目去坟里见老王爷,简直连死都不敢死。

楚渊探究道:"好吃吗?"

段白月放下筷子:"好吃。"

楚渊:"……"

"你特意准备的,什么都好吃。"段白月笑笑,"真挺好吃。"

屋内气氛很好,莫说是外头电闪雷鸣在下雨,就算是下刀子,那也一样是气氛好。

楚渊想起来问:"先前还没说,今日木痴老人在街上遇到了什么事?"

段白月道:"怕被撞破露馅。"

楚渊不解:"嗯?"

段白月将赛潘安之事大致说了一遍。

楚渊心情复杂:"只是因为焚星被盗,他便认为是兰一展死而复生?"

段白月道:"应当是。"

楚渊:"……可焚星是我们拿的,而且真的只是因为好奇。"

段白月道:"虽说有些令人哭笑不得,但也不算是全无收获。至少能探听出焚星的秘密。"

第十二章

"这算什么收获。"楚渊摇头,"那焚星原先也没打算要,误打误撞罢了。江湖中人要抢不算意外,难不成我也要用它练功,将来独步武林不成?"

"可只有你一人,能让焚星发光。"段白月道,"就凭这个,我也要查清楚究竟是为何。"

楚渊依旧不愿意,他也没想过,自己儿时的一句无心之言,居然会引来这么一串事情。

段白月又道:"对了,还有件事,怕是要烦劳木痴老人再造一个千回环。裘戟拿到之后,想来会直奔玉棺山,我也想跟去看看。"

"朕不准。"楚渊皱眉,"你又不是江湖中人,凑什么热闹,好好在王城待着!"

"只是跟去一探究竟罢了。"段白月道,"未必就会明着撞上。"

"无非就是为了焚星。"楚渊摇头,"你若实在执念,那扔了便是,朕不要了。"

段白月:"……"扔了?

"总之不许去。"楚渊斩钉截铁,"此事没有任何可商量的余地!"

段白月问:"若我一定要去呢?"

楚渊与他对视。

片刻之后,段白月识趣道:"好好好,不去。"

楚渊冷哼一声,转身朝内殿走去。

夜色寂静,西南王靠在殿外看月亮。

四喜公公用胳膊肘捣捣他,道:"夜深了,王爷快些进去吧。"

段白月有些犹豫。

四喜公公继续低声道:"若王爷一直不进去,才会触怒圣颜。"估摸着往后几天都得闹别扭,那才真叫头疼。

段白月站起来:"多谢公公。"

四喜公公乐呵呵地看着他进了殿。

楚渊已经睡下,依旧背对着外头一动不动。黑发散在锦被外,微微有些乱。段白月走到床前。

楚渊将头闷进被子:"出去。"

段白月低笑:"我都答应你不会跟去玉棺山,为何还要生气?"

楚渊没说话。

段白月将被子往下拉了拉："以后这些江湖中事，我都不管了还不成？明日你要做什么，我易容陪着你。"

"不要。"楚渊挣开他，自己趴在床上。

"还真生气啊？"段白月苦了脸，"不然给你打两下。"

楚渊哭笑不得，伸手拍他一掌："明日那高丽公主还要接着选驸马，你不许露面。"刀疤脸都能看上，估计再换张脸也还是一样能看上。

"还要选？"段白月啧啧，"这都多少回了。"莫说是选个未成婚的年轻男子，就算是选个爹估摸着时间都足够了。

"你可知金姝提了何等要求？"楚渊问。

段白月摇头。

"家世人品自然要数一数二，而且还有两点，要么武功高强，要么长得像西南王。"楚渊道。

段白月觉得自己当真是很无辜。

楚渊瞄瞄他，突然问："宝贝呢？"

"什么宝贝？"段白月先是不解，说完才想起来，自己先前是说过，若他明日不上早朝好好睡觉，便要送他一件宝贝。

楚渊侧身面对他，只露出脑袋在被子外，又重复了一回："宝贝在哪里？"

这还惦记上了。段白月好笑，问："明日不去上朝了？"

楚渊答："上。"

段白月被噎了一下。楚渊伸手。

段白月拍开："先攒着，待到将来去西南，我再带你去看。"

"就知道是在信口开河。"楚渊撇嘴，将手收回去。

"自然不是。"段白月问，"我何时骗过你？"

楚渊闭上眼睛，心说骗不骗是一回事，也不知何年何月才能去西南，说了等于没说。

"明日我能否去找木痴老人？"段白月试探。

"不能。"楚渊懒洋洋回绝。

段白月："……"

"都说了，不许再插手那赛潘安与兰一展之间的事情，还要千回环作甚。"楚渊

第十二章

道,"若他当真是妖是魔,会为祸百姓扰乱江湖,自然有大理寺与武林盟去讨伐,你一个西南王,跑去凑何热闹。"

段白月乖乖道:"也好。"

"多学学金泰,闲来无事便去四处吃馆子看风景,再来问朕讨些赏银,那才叫边疆王。"楚渊道,"不许再去见木痴老人,否则打你板子。"

"打板子啊。"段白月嘴角一扬。

楚渊一噎,没来由脸一红。

"睡吧。不逗你了。"

"你的身子最近怎么样?"楚渊又问。

"无妨。"段白月道,"你也是习武之人,自然知道练功练岔是常有之事。"

"胡言乱语。"楚渊道,"即便是练就邪功的魔教头子,也没听谁说天天吐血。"

"什么叫天天吐血。"段白月哭笑不得,"总共就那么几回,还回回都被你撞到。"

"总之若是身子不舒服,便回西南去休养,莫要强撑着。"楚渊道,"这王城里头固若金汤,没有人能犯上作乱。"

段白月却摇头:"我想待在这里,与这王城动乱或者安稳无关。"

楚渊问:"那西南呢,不要了?"

"不要了。"段白月,兴致勃勃道,"不如我们做个交易?"

"什么?"楚渊收回手。

"你派那个温柳年去西南做大吏,换我来这王城。"段白月道。

楚渊转身背对他:"我可舍不得温爱卿。"

"那便舍得我了?"段白月耍赖,"你快睡,我去隔壁了。"

楚渊懒懒"嗯"了一声,嘴角有些笑意。

后半夜的时候,梦里开满一地繁花。

第二日,段白月果然没有去找木痴老人,径直出了宫。

"如何?"南摩邪还在那条巷子附近闲逛,手里正拿着一兜包子吃,"可有拿到千回环?"

"没有。"段白月摇头。

"那还要多久?"南摩邪问。

段白月道:"多久也没有,小渊不准我插手此事。"

南摩邪瞪大眼睛:"所以?"

"所以这件事便到此为止。"段白月转身往回走,"师父可以继续去吃包子了。"

背后传来一阵风声,段白月快速闪身躲过。

南摩邪在他脑门上重重拍了一巴掌,怒道:"你连商量都没商量好,就让为师去办事?"

段白月道:"其实仔细想想,这件事与我们并无多大关系。"

南摩邪:"……"

"先前只是想弄清楚,那赛潘安找木痴老人的目的是什么,现在既然已经知晓,就此放弃计划也无不可。"段白月道,"除非师父也想当一回侠义之士,助中原武林除去祸害。"

"我才不想。"南摩邪果断摇头,却又不甘心,"但为师还没玩够。"

段白月头隐隐作痛。

"你那皇帝只不许你去,可没说不许为师去。"南摩邪将包子塞进嘴里,打定主意道,"此事以后便与你无关了。"

段白月皱眉:"莫要惹是生非。"

"那是自然。"南摩邪拍拍身上的灰,从地上捡起一截烂木头棒子,哼着小调回了客栈。

段白月原本想回宫,想想到底还是不放心,便跟了过去。

"我回来了。"南摩邪一脚踢开客房门。

"大声喧哗什么!"赛潘安身边的小厮正在打盹,被吓得一个激灵。

"找着了望月,高兴一下都不成?"南摩邪不满埋怨。

听到两人的对话,赛潘安披着外袍从内室出来,半截面具下的唇色有些苍白。

苍白就对了。昨夜南摩邪回来后,找借口在屋内逛了一圈,趁机将那只大胖紫蟾丢进墙角一个花瓶里,估摸着经过一夜,那些蛊虫没少在体内作乱,能站起来便已是运气好。

"望月在何处?"赛潘安问。

南摩邪赶紧将那根木棒抽出来。

"大胆!"小厮不满。

第十二章

"你这小娃娃不懂货。"南摩邪连连摆手,"此物本体乃是上好凌霄木,又在街上风吹雨淋汲取日月精华,方能腐朽出灵性,否则你当为何要叫望月?"

小厮依旧满眼怀疑。

"既然望月已经找到,那便快些去造千回环。"赛潘安道,"倘若再出什么事端,可别怪我不客气!"

"自然不会。"南摩邪将那截烂木头塞进布包,悠悠去了隔壁。方才那赛潘安虽说穿着宽袍大袖,在说话间却能依稀看到手,不再似先前年轻的模样,而是已遍布沟壑青筋。

就这点道行,还有胆子出来装神弄鬼。南摩邪啧啧摇头,喝了一壶茶后,便躺在床上震天扯呼,一派逍遥快活。

"先生。"那小厮贴身伺候了赛潘安几年,还从未见过他这般,于是担忧地将人扶住,"可要回鬼乡?"

赛潘安将他一把扫开,跌跌撞撞地进了内室,打坐强行运气,想让体内躁动不安的蛊虫恢复平静。但有紫蟾蜍在花瓶里蹲着,莫说是一般的蛊虫,即便是蛊王,只怕也会心生怯意,满心只想逃。

体内如同有千万只蚂蚁在啃咬,赛潘安嘴角溢出鲜血,终于意识到事情似乎不像自己先前想得那么简单。这些蛊虫已在体内蛰伏多年,早已与血脉融为一体,如今却挣扎着四处奔逃,明显是有人在暗中作乱。

"先生。"小厮替他端了热水进来,却被一把卡住喉咙,于是惊恐地睁大眼睛,看着面前那丑陋至极的陌生五官。面具已然脱落在地,赛潘安脸上遍布红色筋脉,双目外凸,如同来自恶鬼幽冥界。

"咳咳……"小厮涨红了脸咳嗽。

"是你在水中下药?"赛潘安声音沙哑。

小厮已经说不出话,只知道连连摇头,神智已经趋于模糊。赛潘安抬手向他脑顶劈去,却被人中途截住。

段白月蒙面立于房中,语调冰冷:"你究竟是何人?"

赛潘安用袖子遮住脸,从窗户中纵身跳了下去。

街上百姓正在闲聊,突然见有个人从天而降,顿时都被吓了一跳。一直守在客栈附近的御林军见状心知有变，信号弹瞬间呼啸射入长空，也集结追了过去。

赛潘安轻功极好，即便体内蛊虫肆虐，也很快就将大半追兵都甩在了身后，最终只余下一人。行至一处山林，段白月抄近路将人拦住，拔刀出鞘架在他脖颈。

"你究竟是谁？"赛潘安声音嘶哑。

"我是谁并不重要。"段白月道，"阁下可是当年的袭戟？"

"我不是！"赛潘安否认，一刻犹豫也无。

"不是便不是了，这对我来说并不重要。"段白月道，"不过阁下既然知晓焚星残局，又那般关心九玄机，想来也定知道焚星局与焚星之间的秘密。"

"没有秘密。"赛潘安呼吸粗重，喉头有些肿胀。

"这是蓝燕草，可令体内躁动的蛊虫暂时昏迷。"段白月拿出一个瓶子，"若我是你，便会一五一十地回答所有问题，因为这是唯一的活路。"

赛潘安目光贪婪地盯着瓷瓶："当真是蓝燕草？"

段白月拔掉塞子，倒出几粒药丸。

"好，你想问什么？"赛潘安很识相。

"焚星究竟是何物。"段白月道，"又为何会发光。"

"焚星在你手中？"赛潘安闻言面色大变。

段白月道："这与你无关。"

"不可能，这世间能让焚星发光的人，已经全部死在了潮崖。"赛潘安双目失神，"你在说谎。"

"潮崖？"段白月皱眉。

"不可能，不可能！"赛潘安挥手一掌扫开他，像是受到了极大刺激，竟连解药都不要，转身便往悬崖边扑去。

段白月紧走两步，也只来得及抓住一片衣袖。而那赛潘安在坠崖后却并未直直下落，而是抓住几根青藤，隐入了一片茫茫云雾中。

"怎么样？"南摩邪在后头追来。

"跳崖了。"段白月道，"师父可曾听过潮崖？"

"听倒是听过，据传是位于南海中的一片幻境。"南摩邪道，"祖宗叫潮崖老祖，都说那里住着的不是人，而是仙人。"

段白月："……"

"那赛潘安方才说他来自潮崖？"南摩邪问。

段白月摇头："他先前还一心想要解药，在听说焚星会发光后，便发狂说不可能，还说能让焚星发光的人已经全部死在了潮崖，而后便失心疯般跳下了悬崖，不过却侥幸抓住了藤蔓，不知死还是没死。"

南摩邪伸长脖子往悬崖下看了看。

"那个小厮呢？"段白月问。

"被瑶儿带走了，暂时关在客栈里。"南摩邪道，"官兵也去了客栈搜查，不过晚我们一步。"

"走吧，先去看看。"段白月道，"至少能弄清楚，这神道道的赛潘安到底来自何处。"

客栈里头，段瑶正撑着腮帮子，盯着桌边的小厮。

"小少爷饶命啊。"小厮痛哭流涕，"我不敢再跑了。"

"喏，是你自己说的哦，再跑可别怪我不客气。"段瑶伸手，将蜘蛛从他额头上拿掉。

小厮明显松了口气。

"一样是做活，为何不找个好些的主子。"段瑶撇嘴，"跟着那烂人作甚。"

小厮继续抽抽搭搭。段白月与南摩邪推门进来。

"人呢？"段瑶往两人身后看，"那赛潘安，没带回来？"

段白月道："死了。"

"怎么又死了。"段瑶不满，"回回追出去都把人追死。"

小厮觉得小腹一阵发热，突然就很庆幸自己方才没有逃脱。

"都知道些什么，自己说吧。"南摩邪蹲在椅子上，"否则若是被拿来炼蛊，可就难受了。"

小厮惊得险些跳起来，方才赛潘安蛊虫入脑的惨状还历历在目，任谁都不会想试一回。于是他竹筒倒豆子，将所知道的事情都一五一十地说了出来。

那赛潘安先前一直生活在宿州鬼乡，说是鬼乡，其实就是全村子的人都遭了不治瘟疫。邻村避犹不及，平日里无人打扰，若是胆子大又喜欢清静，住在里头倒也挺合适。小厮原本是一个小贼，被村民追打时不慎闯入鬼乡，晕晕乎乎中了毒雾。再醒来的时候，身体里便被种了蛊虫，只得留在赛潘安身边伺候他，一待便是四年。

"整日里无事可做，不是练功就是研究棋局？"段瑶皱眉。

"是啊。"小厮道,"手下像是有不少人,时常会有蒙面人来家中,也不知是从何处拿来的银子。"

"这四年来,他可曾拿下过面具?"段白月问。

小厮摇头:"一回都没有。"

"那他可曾跟你提起过玉棺山,兰一展,或者裘戟的名字?"段白月又问。

"有。"小厮道,"他极关心玉棺山的近况,每隔一段时日就会吩咐我出去打探消息。隔三岔五还要让我重复,说裘戟是顶天立地的大侠,是这中原武林第一人。至于兰一展,倒是极少提到。"

段瑶闻言很是崇拜,若这人当真是裘戟,那日日要听别人称颂自己,也是病得不轻。

"那棋局他天天看,却一回也未看懂过,盯得时间久了便会入魔。"小厮继续道,"这回听他说要出来找人破局,我还挺高兴,觉得这棋局若是被破解,以后也就不用再提心吊胆日日担心了。"

"焚星与潮崖呢?"段白月道,"可曾提起过?"

小厮茫然摇头。段白月皱眉。

"急不得。"南摩邪拍拍他的肩膀,"不如为师去玉棺山看看?"

段白月犹豫。

"说不定那兰一展当真已经死而复生。"南摩邪道,"若真这样,那应当能问出不少秘密,总好过在这头瞎打转。"

段白月道:"我先进趟宫。"

南摩邪点头:"去吧,这里有为师与瑶儿盯着。"

段白月转身出了客栈。

段瑶将那小厮迷晕后关到隔壁,然后继续问:"哥哥这般心心念念要帮朝廷,到底是想帮谁?"

南摩邪斜眼一瞥:"这样了,还猜不到?"

段瑶诚实摇头。南摩邪叹气,然后勾勾手指,示意他凑近些。段瑶激动无比,赶紧把耳朵贴过去。

南摩邪一字一句道:"沈,干,帆。"

段瑶狠狠一拍桌子,如释重负道:"我就猜是沈将军!"

南摩邪笑容慈祥,伸手摸摸他的头。傻徒弟。

第十二章

宫里头,楚渊正在桌边心神不宁地来回走,四喜公公在旁边劝:"皇上不必担忧,西南王说不定等会就来了。"

楚渊重重坐在龙椅上,眉宇间有些焦躁。陶仁德第一时间便报了赛潘安破窗而逃之事,又说已经有人追了上去,不用想也知道是谁。四喜公公替他倒了杯清火凉茶。

"去找向冽来。"楚渊吩咐,"朕要带人出城!"

"啊?"四喜公公被惊了一跳。

"出城做什么?"段白月推门进来。

见到他安然无恙,楚渊的心总算落回了肚子里。四喜公公也很想念阿弥陀佛,赶紧躬身推门出去。

"先前说好不管,为何又要追出城?"楚渊上来就问。

段白月流利道:"因为师命难违。"

楚渊:"……"

南摩邪在客栈打喷嚏。

"我知道你担心我,但至少先等说完正事。"段白月坐在桌边,"然后认打认罚,随你愿意。"

"什么正事?"楚渊态度放缓了些。

段白月将赛潘安之事挑重点说了一遍,又问:"你可听过潮崖?"

楚渊犹豫片刻,点头:"听过。"

"说说看。"段白月道。

见他嘴唇有些干,楚渊先将凉茶递过去,方才道:"在我七岁那年,宫里来了几位神人,便自称是来自潮崖。先前你不说,我也没想起来,也是在他们走之后,母后才偶尔会提起焚星,想来也是从此处知晓。"

"为何是神人?"段白月又问。

"当时我小,并无太多印象,只知他们能观天象,还能预测出父皇嫔妃腹中所怀胎儿性别。"楚渊道,"后头也就没印象了,只记得在临走之时,从宫里带走了不少珍宝,看起来极受父皇重视。"

"在那之后,还有潮崖的人来过吗?"段白月继续问。

楚渊摇头:"先前他们在离开的时候,曾约定要十年后再来,但十年后父皇病危,也未见其出现,此后就更无牵连了。"

段白月点点头,若有所思。

"焚星呢?"楚渊问。

段白月回神:"在客栈。"

"扔了吧。"楚渊道,"不像是什么吉兆。"

段白月笑笑,道:"还有件事,你听了或许要生气,但我还是想说。"

楚渊问:"何事?"

"给我一个千回环。"段白月道,"那玉棺山中有秘密,不将其弄清楚,我不放心。"

楚渊果然使劲瞪了他一眼。

"你看,我就说要生气。"段白月无奈,"也并非是我亲自去,家师对此事的兴趣,看起来还要再多上几分。"

"南前辈为何会对此感兴趣?"楚渊不信,"休得胡言。"

"骗你做什么。"段白月道,"或许是因为那兰一展与他一样,都会死而复生,所以想去认认亲。"

"当真不是你想去?"片刻之后,楚渊又问了一回。

段白月点头:"我哪里都不去,就在这宫中陪着你,这样可行?"

楚渊还在犹豫。

"现在不熟,将来相处久了你便会知道,师父当真是一个好管闲事之人。"段白月继续道,"他武功高得邪门,近来又闲得发慌,就当是去玉棺山看热闹吧。"

楚渊:"……"

"那就这么说定了?"段白月道,"我们下午便去找木痴前辈,早些将师父打发走,我也能多消停几天。"

楚渊眼底有些无奈。

"嗯?"段白月凑近他,"若是答应,我再多送你一样宝贝。"

"西南王府宝贝还真不少。"楚渊闻言好笑。

"那是。"段白月点头,一脸严肃道,"只要你一句话,莫说是西南王府的宝贝,就算是想要西南王,也能自己策马前来,还顺带一匹火云狮。"听起来便是稳赚不赔。

第十二章

"贫。"楚渊伸手拍开他,又问:"可要找些人暗中保护南前辈?"

"保护?"段白月哑然失笑,"这大内侍卫也不容易,就别再欺负他们了,这普天之下除了瑶儿,还真没谁能在师父身边待得超过三天。"

这日,段瑶兴致勃勃地在街上到处闲逛。南摩邪刚开始还跟着他,后来架不住小徒弟每个铺子都要进去看,便呵欠连天地回了客栈,打算先睡一觉,再出来寻他一道吃饭。

街边糖糕热气腾腾刚出炉,段瑶掏出铜板刚打算买,抬头却看到前头不远处就是沈府。

沈府啊。

"小公子,那是沈千帆将军的府邸。"见他一直瞧,小二热情介绍道,"咱大楚国的战神,威武高大,俊朗得很。"

威武高大就对了。考虑到师父刚刚才给过自己一沓银票,段瑶觉得或许可以去方才那几家铺子里再转转,买点礼物。虽说将军应该什么都不缺,但心意总要尽到,将来才好相处。想到此处,段小王爷高高兴兴地转身,继续逛铺子去。

宫里头,段白月与楚渊一道前往木作坊,四喜公公先一步遣散了所有侍卫,因此一路很是清静消停。大殿木门紧闭,只能听到里头传来叮叮哐哐的声音。

"听彦统领说,木痴老人已经将他自己在里头关了十来天,连吃饭都不出来。"四喜公公在一旁道,"可要老奴进去通传?"

"不必了。"楚渊摇摇头,伸手推开殿门。

数百枚飞刀破风而至。幸好楚渊与段白月皆是高手,闪得够快——至于四喜公公,则是被两人一起架到了旁边。

"啊哟!"木痴老人大吃一惊,赶忙丢下手中的活计小跑过来,嘴里连说,"没事吧?"

楚渊哭笑不得:"前辈为何不事先告知这里头如此凶险?"

我说了啊,我说了谁都不许进,还说了不止一回!木痴老人满心愁苦,却又不敢反驳,因为对方是皇上。四喜公公还惊魂未定。段白月将他扶到院中树下坐好,方才与楚渊一道进了殿。

"那飞刀便是八荒阵法?"楚渊问。

249

"不是不是。"木痴老人连连摇头,"只是些一般的小机关,闲来无事便做了出来,还未来得及拆下。"

"只是一般的小机关?"段白月发自内心道,"现在我倒是好奇,连前辈都称赞精妙的八荒阵法到底是何物了。"

"要看八荒阵法,怕是还要等一阵子。"木痴老人摇头,"脑子里的图纸残缺不全,只能一样一样试,不好说。"

"前辈尽管慢慢钻研,不急于这一时片刻。"楚渊道,"朕这次前来,是想请前辈再造个千回环。"

"千回环?"木痴老人闻言一愣,"皇上也有想要囚禁的人?"

楚渊没来由地就往身边看了一眼。

段白月扬扬嘴角:"若真想关我,何须千回环。"

楚渊:"……"

"是家师想去玉棺山看看。"段白月道,"据传闻,那兰一展或许已经死而复生,闯出了机关。"

"还真能死了又活啊。"木痴老人先是受惊,后又疑惑道,"但千回环内机关遍布,当日袭戟在场时,又眼瞅着毁了阵门,里面的人断然没理由能跑出来才是。"

"所以才更要一探究竟。"段白月道,"那兰一展曾杀人无数,若让他逃出来,只怕又会出乱子。"

"也好。"木痴老人道,"千回环虽说阵法精妙,但若能重造阵门,倒也不难破。皇上与西南王只需等上一日,我便能重建阵门。"

"多谢前辈。"楚渊点头,"那朕便不多打扰了,下回要是再来,定然会记得先敲门。"否则今日是飞刀,明日不知会换成什么。

两人退出后,段白月掩上殿门,问:"想不想出去看看?"

"出去?"楚渊犹豫。

"看着今日天色不错。"段白月道,"去外头喝盏茶,还能再吃顿饭。"

楚渊摇头:"还有事情没处理完。"

"你那御书房中,何时有过消停的时候?"段白月拍拍他的胸口,"若一直有折子,便一直不出门了?"

楚渊:"……"

"不爱吃肉,我便带你去吃素斋。"段白月道,"实在不行,就着咸菜啃几个馒头，只当透气也好。"

"好不容易出去一回，就带着吃咸菜馒头？"楚渊好笑，"都说西南王狼子野心，没想到吝啬起来也不遑多让。"

"没办法，西南王府不比高丽，隔三岔五就有朝廷赐赏。"段白月一本正经，"不精打细算些过日子，只怕连王爷也要进宫做力气活儿糊口。"

楚渊踢他一脚，自己转身往寝宫走。

"想吃什么？"段白月紧走两步跟在他身侧。

"随便。"

"烤鸭？"

"不吃。"

"涮肉？"

"不吃。"

"素斋？"

"不吃。"

"那要吃什么？"

"随便。"

"……"

街道上很热闹，烈日已经隐去，凉风阵阵很清爽。楚渊走走看看，心情颇好。

段白月戴着斗笠跟在他身侧，问："为何不能易容？"

楚渊想也不想就道："怕又被人相中。"还是遮住稳妥些。

对方太过理直气壮，段白月反而不知该如何反驳。

"在这家喝茶吗？"楚渊驻足。

"仙醉楼，听着可不像茶馆，倒像是酒楼。"段白月道。

"客人这就有所不知了，咱这还真是茶楼。"小二在门口听到两人对话，笑道，"谁说只有酒能醉人，上好的茶品完之后，也一样能大醉一场。"

"走吧。"楚渊道，"管他茶好不好，起码景致不错。"

"景致不错？"段白月随他一道上了楼，坐在窗边往下看了一眼，道，"街上闹哄哄的，对面人山人海也不知在作甚，有何景致可看？"

楚渊道："那是兵部在招募青壮年。"

"又要扩军？"段白月问。

"倒也不是，不过年年开春都会在全国征选一批青壮男子，送去日月山庄习武，再回王城编入军中。"楚渊道，"今年因为其余事务繁杂，所以迟了些。"

"原来如此。"段白月继续往下看，面色却是一僵。

"怎么了？"楚渊问。

段白月道："看到了一个熟人。"

"哦？"楚渊顺着他的视线一道望去，"既是你的熟人，为何不去西南王府，跑来王城作甚？"

段白月看着队伍中的屠不戒，心情很是复杂，亦不知该如何解释。

小二很快便奉了茶上来，楚渊却没心情细品，还在问他："到底是哪个？"

"满头黄发，身材魁梧，正在大吼大叫的那个。"段白月实在很不愿承认自己认识此人。

楚渊果然便露出"你这朋友看上去脑子不甚清楚"的表情。

"二十余年前，他一直痴心玏儿的母妃，三番五次上门挑衅，被家父在后山关了几十年，前段日子刚刚放出来。"段白月道，"还当是回了老家，却没想到会来王城。"

"可要去打个招呼？"楚渊问。

段白月果断摇头，楚渊好笑地看着他。

"虽说性子鲁莽了些，功夫还是不错的。"段白月道，"参军也好，打仗时至少能顶三十个，不算亏。"

楚渊递给他一盏茶，段白月仰头一饮而尽。

楚渊道："粗鄙。"

"我不懂茶。"段白月笑笑，"但与你在一起，做什么心情都好。"

楚渊拿起一块茶点，就着苦茶细细品——觉得倒是真不错。段白月也觉得甚是心旷神怡。

三盏茶饮完，外头的天色也暗了不少。楚渊道："去吃饭？"

"好。"段白月道，"我们去吃河鱼楼。"

楚渊还没来得及点头，楼梯口就传来一声惊喜呼喊。

"贤侄！"

"咳。"楚渊扭头看向窗外。

第十二章

段白月笑容僵硬："嗯？"

"贤侄，果真是你！"屠不戒大步上前，一屁股坐在段白月对面，险些将楚渊挤下板凳。

"前辈。"念及对方被西南王府坑了几十年，段白月态度尚且算是恭敬。

"真是万万没想到，居然会在此处遇到贤侄。"屠不戒四下看看，压低声音道，"戴着斗笠遮遮掩掩，莫非是来篡位的？"

楚渊手中茶杯一倾，险些将热茶泼到他腿上。

段白月："……"

"早说啊。"屠不戒深觉自己所言定是真相，狠狠一拍大腿道，"早知贤侄要做大事，我也不用千里迢迢来这王城混饭，我们何时行动？"

段白月干笑："前辈说笑了。"

"如何能是说笑。"屠不戒又叮嘱，"但听说那小皇帝武功不错，贤侄还是要谨慎着些。莫要像我这般，杀人不得，反而被抢光了家当。"

"前辈要杀谁？"段白月随口敷衍，只想快些将人打发走。

屠不戒道："一伙黑袍人，据说是巫师，苍南州的府衙在悬赏，一颗人头百两黄金，算是大价钱。"

楚渊闻言眉头猛然一皱："百两黄金悬赏黑袍人？"

"是啊，你这小兄弟也想去？"屠不戒摇头，"去不得，那些黑袍人也不知是人是鬼，张嘴一唱歌，我脑仁子就生疼生疼，昏在路边三天才醒来。"

楚渊与段白月对视，脑海中却飞速闪过几个字。

黑袍人，潮崖……潮崖迷音？

第十三章

第十三章

看楚渊的神情，段白月虽不知是为何，但也清楚他定然是听到了些什么，于是主动道："官府可有说过，那些黑袍人是何来历？"

"来历？"屠不戒想了想，"这个倒也不清楚，我也是从飞鸢楼得到的消息。"

"官府没有张榜？"段白月问。

屠不戒摇头："没有。"

段白月看了眼楚渊，就见他脸色果然有些难看。

飞鸢楼是江湖中的情报楼，楼主名叫景流天，平日里折扇清茶诗酒花，看着不像是武林中人，倒像是翩翩才子。也极会做人，无事三分笑，看着便让人心头舒坦。偶尔来回王城，不仅各大门派抢着请，还是许多朝中大臣的座上宾。如此一个人，会协助地方官府做事并不奇怪，但身为朝廷命官，捉拿逃犯不张榜不上报，却寻了个江湖门派罗网暗杀，着实是说不过去。

"既然官府没有出榜，那百姓想来也不知道了？"段白月继续道。

屠不戒道："那是自然。"

"当日前辈在追杀那黑衣人时，对方可曾说过什么？"段白月又问。

屠不戒道："其中有个女子，说他们并非恶人，让我勿要造下杀孽，我才刚一犹豫，便被对方的魔音乱了心智。"

楚渊微微点了点头。

段白月会意，道："不知前辈此番来王城，住在何处？"

屠不戒摇了摇头："还没寻好。"

"那便住在我包下的客栈吧。"段白月道，"穿过这条街便是，悦来客栈。"

"如此就再好不过了。"屠不戒喜上眉梢，又主动道，"晚上我们去何处吃饭？"

楚渊："……"

段白月往桌上放了一锭银子，道："前辈请自便，在下还有些事，就不奉陪了。"

屠不戒眼底很是失望。段白月果断站起来，与楚渊一道下了楼，确定后头没人跟，方才松了口气。

"一口一个贤侄。"楚渊戳戳他的胸口，"上来便是篡位，估摸着平时在西南没少谋划。"

段白月有苦说不出,我是当真与他不太熟。

"走,去河鱼楼。"楚渊道。

段白月意外:"我还当你要先说那伙黑衣人。"

"要说,但不是在大街上说。"楚渊拉着他,两人一道进了街对面的馆子,要了个雅间点好菜,方才道,"若没猜错,那伙黑衣人便来自潮崖。"

段白月倒是没想到:"为何如何肯定?"

"先前潮崖族人在入宫时,也是身披黑色斗篷,身材高大。"楚渊道,"潮崖是一座海岛的名字,那里的人喜欢在暮色将近时,对着落日吟唱祈福。有不少渔船经过附近,都会因为歌声而短暂迷失方向,所以又被称为潮崖迷音,据说可摄人魂魄。"

"有些玄乎。"段白月道,"只是就算这一切都是真的,为何会有一伙潮崖人出现在苍南州,而当地官府又为何会对他们如此仇视?"

楚渊摇摇头,又问:"先前倒是听小瑾说过飞鸢楼,却没太放在心上,你与那飞鸢楼的楼主熟吗?"

段白月道:"熟。"

"那可否去问问究竟?"楚渊道,"潮崖向来不喜入世,此番听起来更像是在逃命,应当是出了什么乱子。"

段白月爽快道:"好。"

"你看,每回出来都要遇到事端。"楚渊拿筷子戳戳鱼。

"倘若不想管,都交给我就是。"段白月笑笑,"苍南州离王城不算远,我明日便出发,亲自去一探究竟。若恰好遇到潮崖族人,就全部给你带回来问话。"

楚渊点头,想起这乱七八糟一堆事,觉得食欲全无。

"不吃我可就真喂了啊。"段白月拿起勺子。

楚渊自己取过碗筷:"南前辈去要去玉棺山,你又要去苍南州,那瑶儿呢?"

"自然是跟着我。"段白月道。

楚渊道:"若他愿意,留在宫中亦可。"

"还是不必了。"段白月淡定喝汤,"我怕宫里没那么多虫给他吃。"

客栈内,段瑶正在桌边看一块玉佩,不愧是王城呢,工匠手艺就是好,速度又快,一个时辰便镂空刻出了一个"段"字。南摩邪看到后颇为欣慰,徒弟长大了,还知道给他自己买些玉佩挂一挂,就好像是外头大街上那些翩翩公子。

段瑶问:"若我将此物送给沈将军,会不会太显隆重了些?"毕竟上头刻着他哥的姓氏，往小了想只是一块玉佩，往大了想，那可就是一个人啊！

南摩邪笑容满面，将玉佩从他手中抽走："大人的事，小娃娃还是莫要插手为好。"

段瑶："……"

"以后离那沈将军远着些。"南摩邪摸摸他的头，慈祥教导，"倘若被旁人看到，会说闲话。"

段瑶："……"

南摩邪又问："过几日可要与为师一道去玉棺山？"

"不去。"段瑶一口拒绝，"听着便黑风煞气的。"

南摩邪不甘心："当真不去？"

段瑶拼命摇头。

南摩邪松了口气："正好，为师也不想带着你。"

段瑶："……为什么？"

"南师父，小王爷。"段念在门外道，"有客求见。"

南摩邪咳嗽两声："可是沈将军？"

段瑶瞬间精神抖擞。

段念道："是屠不戒前辈。"

"活见鬼。"段瑶纳闷，"他来做什么？"

南摩邪眼中亦是不解。

"管他，先去看看。"段瑶正闲得发慌，打开门去了隔壁，果然就见那屠不戒正坐在桌边喝茶，一头乱发满身脏污，脸都没洗干净。

"噫……"南摩邪语调意味深长。

噫什么噫。段瑶心说，和你刚从坟堆里爬出来时差不了许多。

"南前辈！"屠不戒见着两人，顿时站起，一派侠义双手抱拳。

"阁下来王城作甚？"段瑶问。

屠不戒压低声音神秘道："自然是为了助王爷成事。"

段瑶："哈？"

"成什么事？"南摩邪也未搞清楚。

"方才我已经与王爷在茶楼密谈过了。"屠不戒面带神秘微笑,用自家人只有你我才懂的语气道,"自然是为了金銮殿上的那位。"

一语既出,段瑶如何想暂且不论,南摩邪却很是五雷轰顶了一番。心说徒弟是不是脑子有毛病,就算是想请帮手,为何居然请了这么一位?

屠不戒还在沾沾自喜,不由自主地开始描画锦绣将来。

"那我今晚先回去了,屠不戒还在客栈,免得闹出事端。"段白月将人送回宫,方才道,"今晚早些睡,莫要再想什么潮崖。"

楚渊点头:"好。"

"明早我早些进宫,帮你带外头刚出炉的牛肉火烧。"段白月问,"还要吃什么?"

楚渊想了想,道:"豆腐花。"

"好。"段白月答应。

段白月笑着摇摇头,转身出了寝殿。

回客栈已是深夜,段瑶早就呼呼睡着,屠不戒也呼噜扯得震天响,只有南摩邪依旧坐在桌边,喝茶等人。

"今日我去问了木痴老人,那千回环最快也要明日才能拿到。"段白月道,"师父莫要指望了,早些歇着吧。"

南摩邪拍拍桌子,威严道:"坐下!"

"又怎么了?"段白月头痛,"我明日还要早起。"

"那屠不戒,你是认真的?"南摩邪已经纠结了许久。

"在街上遇到,怕惹是非便先打发回了客栈,有什么认真不认真?"段白月随手倒了一盏茶,"招惹师父了?"

"在大街上随便便遇到,你便能一五一十什么都说?"南摩邪闻言更为震惊。

段白月迟疑摇头:"我不懂师父在说什么。"

"还说不知道。"南摩邪埋怨,"为何那屠不戒会知道你与楚皇的事?"

"什么?"段白月眉头猛然一皱。

"你不知道?"南摩邪也犯糊涂,"可下午的时候他亲口所言,说知道你与金銮殿上那位之间的事。"

"当真?"段白月问。

第十三章

"这事，我骗你作甚。"南摩邪忧心，丝毫不觉自己有些理解偏差，"若不是你亲口所言，怕是宫中有人已经看出了端倪，要出乱子啊。"

段白月拿着佩刀，直接去了屠不戒房中。

这是要杀人灭口还是怎的，南摩邪赶紧跟上。

屠不戒正睡得香甜，脖子上突然就传来一阵彻骨冰凉，慌得登时睁开眼睛。昏暗烛火下，段白月目光寒凉看着他。

"贤侄这是何意？"屠不戒大惊失色。

段白月冷冷道："说，你究竟有何目的？"

"目的？"屠不戒如芒在背，先前还想着要隐瞒，后头实在顶不住压力，便哭丧着脸道："贤侄有话好说，是我一时糊涂，那夜明珠我不要了，还你便是，还你便是。"

屋内一片安静。

南摩邪觉得，似乎有哪里不太对。

屠不戒继续战战兢兢："我也是起夜时走错了路，才会误入贤侄卧房，看到柜子里有东西在亮，就，就一时鬼迷心窍。"想着偷点私房钱，免得以后睡街头，毕竟西南王府的人，是出了名的六亲不认喜怒无常，说不定哪天就会被赶出去。

"什么夜明珠？"段白月问。

屠不戒僵硬着身子，将手伸到枕头下，取出一颗蓝幽幽的珠子。

焚星。

看着那温润蓝透的色泽，段白月也不知自己该是何心情。先前只有小渊能让这焚星发亮，还能说是上古神物有灵气。但如今这五大三粗的屠不戒却也能让珠子发光，只怕就不是有灵性，而是有毛病了。

"贤侄啊。"屠不戒还在忏悔，好歹先将刀放下。

段白月摇头，拉起南摩邪一道出了卧房："他先前究竟说了些什么，一个字都不许差地重复一遍！"

"那哪能，我记性也不好。"南摩邪连连摇头。

段白月单手将刀插入地下两尺深，只怕下头的人抬头都会吓晕。南摩邪只好努力

259

回忆,并且复述了一遍。听完之后,段白月觉得头很疼。

南摩邪全然不觉到底发生了何种乌龙,还在问:"为何不说话?"

"先前八岁的时候,有个和尚来西南王府算命,说我在三十岁之前,命都不好。"段白月道,"当时父王将他赶了出去,说是骗子,现在看来,却或许当真是个圣僧。"有个傻乎乎的弟弟,有个如此不靠谱的师父,房中还睡了个莫名其妙的抠脚糙汉,不管怎么想,这命数也算得好。

南摩邪关心:"那三十岁之后呢?"

"三十岁之后倒没说。"段白月道,"或许先一步被师父气死,也说不定。"

南摩邪:"⋯⋯"逆徒!

那焚星离了屠不戒身边,光晕也就逐渐散去,不多时便恢复了原本的暗沉。段白月将它握在手心,独自躺在床上出神,睡意全无。到了后半夜,索性径直出了客栈,打算去外头散散心,却不知不觉便到了宫门口。依旧熟门熟路,依旧并无多少御林军看守。

听到脚步声,楚渊睁开眼睛,却没有出声。

"知道是我?"段白月坐在床边。

楚渊看着他:"怎么了?"

"没出事,只是睡不着。"段白月道。

楚渊笑:"所以便来打扰别人睡觉?"

段白月道:"我带了酒来。"

楚渊从床上坐起来:"什么酒?"

"云光。"段白月道,"有些烈。"

"也是自己酿的?"楚渊伸出手。

段白月拧开小酒囊,递过去。

楚渊尝了一小口,皱眉:"这种酒,喝多会伤身。"

"所以只带了这些。"段白月道,"若是辗转难眠,便可以饮此解忧。"

楚渊摇头:"不准喝,以后也不准喝。"

"也罢。"段白月倒是没强求,他原本也不是为了喝酒。

"说吧,肯定有事。"楚渊将酒囊放在一边,"怎么了?"

第十三章

"今晚，焚星又发光了。"段白月犹豫道。

楚渊意外："为何？它认得你了？"

段白月实在不愿意提及屠不戒。

楚渊皱眉："不好？"

"也不是不好，只是不舒坦。"段白月头疼，将事情大致说了一遍。

楚渊："……"

段白月道："我会查清楚缘由。"

"会不会是因为，我与你那亲戚都曾接触过来自潮崖的人？"楚渊想了想。

段白月立刻否认："他不是我的亲戚。"

楚渊一拳捶在他胸口："听后半句！"

段白月点头："有可能。"心里却畅快了许多。

"如此一来，当日赛潘安所言能让焚星发光的人都已经死在了潮崖，便也能说得过去了。"楚渊道，"对了，还有件事。临睡前差人去查过，苍南州的知府是余舒，从县令一步一步升上来，政绩虽说不算突出，却也无大过，但看记录看不出什么。"

"余舒。"段白月道，"好，我会去查。"

楚渊靠回床上："这阵彻底清醒了，还要聊些什么？"

段白月问："被吵了睡觉，不生气？"

"又不是小娃娃。"楚渊好笑。

楚渊趴在床上懒洋洋道："四——"

段白月道："喜。"

楚渊把头闷在被子里笑。段白月拍拍他，也跟着笑，只是看着他的样子，心里却没来由地一空。

"四喜去歇着了，下回换别人在门口守着。"楚渊笑完之后道，"专门负责罚你。"

段白月看着他，"若是回了西南，又不知要何时才能见面。"

楚渊表情僵了僵。

"好了好了，不说这个。睡吧，我陪着你。"

楚渊问："何时回西南？"

段白月道："至少要将潮崖与焚星的关系弄清楚，还有玉棺山与兰一展，赛潘安既然摆出焚星局想引他现身，便说明此人与焚星亦有牵连。"

"要多久？"楚渊又问。

"这可说不好。快了三五月，慢了三五年，再慢三五十年，到时候西南王也不做了，将这几十年的逍遥快活都补回来。"

楚渊眼眶兀然一热，掩饰笑道："再过三五十年，便是老头子了。"

"那又怎么样？"段白月道，"你也老了，我们互不嫌弃。"

三日之后，段白月带着段瑶一起动身，前往苍南州。而南摩邪也带着屠不戒，一道去玉棺山查看究竟。

苍南州最出名的便是牡丹芍药满城艳，段瑶一进城便很高兴，盘算着晚上去哪逛。段白月在酒楼叫了一大桌菜，又要了一笼豆沙馅儿的包子，特意花了双倍银子，让做成蟾蜍的形状。厨子站在案板前，回忆着田间的青蛙尽量捏，顺便感慨如今的客人真是越来越难伺候，上回那追影宫主要捏兔子也就罢了，居然还有人要捏蟾蜍。也是爱好奇特。

"乖，你看，你最喜欢的形状。"段白月将热乎乎的包子递给他。

段瑶警惕道："又要偷什么？"

段白月道："人。"

段瑶怒道："你让我去偷人？"

声音有些大，引得周围桌都看过来，纷纷啧啧世风日下，偷汉子这种事也要拿出来说。

"你看你！"段瑶怒道，在桌下怒踢。

"说真的。"段白月道，"飞鸾楼的景流天，你可认识？"

"我怎么会认识。"段瑶啃了一口包子。

西南王稍微有些苦恼，因为他也不认识。至于先前为何要说认识，那要看问的人是谁。小渊出口相求，莫说是景流天，就算是阎罗王，也是定然要认识的。

"你想认识那飞鸾楼主，也不用把人偷出来吧？"段瑶道，"递个拜帖表明身份，还怕被闭门谢客不成。"

"飞鸾楼每隔三个月方才开一回门，接十单生意，上次开门是一个月前。"段白月道，"这么多年，还没谁坏过规矩。"

第十三章

"这么神神道道。"段瑶皱眉,然后又埋怨,"你既然不认识人家,为何不先找人牵个线后再来。"如此大热天风尘仆仆,若是白跑一趟岂不吃亏。

段白月道:"闭嘴。"

段瑶:"……"

段白月又道:"今晚去趟飞鸾楼,先看看人在不在。"

段瑶趁机打击:"估摸着不在。"

段白月一巴掌就拍了过来。横竖金婵婵也看不着,没人骂。

吃完一大桌子菜后,段瑶心满意足地扒在窗口向下看,却疑惑道:"这些人要去干吗?"

段白月扫了一眼,就见百姓正在往一个方向跑,于是随口道:"最近有牡丹会。"

"赏花不比赏灯,谁会挑大晚上。"段瑶道,"况且看大家伙的神情,也不像是有好事。"

段白月微微皱眉。

事实证明,也的确不是好事。苍南州的知府余舒,在一个时辰前被人发现,离奇毙命在了府衙书房。

段瑶叹气:"看来有人抢先我们一步。"

"走。"段白月拿起佩剑,"先去看看是怎么回事。"

府衙早就被官兵包围起来,周围百姓围了一圈,都在打听事情的由来。段白月与段瑶从后院跳入府中,里头人不少,除了余舒的家眷子女,还有官兵与仵作,闹哄哄的,看不出有何线索。

"消停些再来吧。"段瑶道。

段白月点点头,与他一道出了府衙,走过三条街道,段瑶脚下一顿:"有人跟着?"

"这阵才发觉?"段白月笑笑,"在府衙里就被盯上了,不过也无妨。"

段瑶猛然回身。一个白衣男子手拿折扇,不躲不藏,只是冷冷地看着两个人。

"白袍玉扇,想来便是飞鸾楼主了。"段白月道,"失礼。"

"阁下是谁?"景流天问。

263

段白月道:"西南王府的人。"

"西南王府,段王爷?"景流天皱眉,看眼前这人周身气度倒是像,但手中那把宝剑太过平平无奇,和传闻中的裂云刀实在相差甚远。

段白月道:"实不相瞒,本王此行便是为了拜访景楼主,却没想到会在此遇到。"

景流天问:"余舒的死,可与王爷有关?"

段白月摇头。

景流天提醒:"若当真无关,那在下倒是愿意请王爷前往飞鸢楼喝杯酒。但若是有关,余舒是我的客人,客人无故被杀,我定然会查清真相。"

段白月道:"本王比景楼主更不愿意见到余舒毙命,因为还有事未查明。"

景流天问:"何事?"

段白月答:"那伙黑袍人。"

景流天摇头:"贪念太重,只怕会误入歧途。"

段白月道:"景楼主看起来知道不少事情,本王这回像是找对人了。"

景流天道:"王爷误会了,在下只是愿请王爷喝杯酒,若是想做买卖,还请两个月后再来。"

"先前景楼主也说了,要查明余舒遇害一事。"段白月挑眉,"恰好我此行也有一半是为了余舒而来,为何不能合作?"

"余舒为何会招惹到西南王?"景流天问。

段白月倒是很坦白:"他没招惹我,却招惹了我一位朋友。"

景流天对这个答案倒是有些意外,他可不觉得西南王会这般助人为乐。

"如何?"段白月问,"若是合作,对你我都有好处。"

"是好处是坏处,现在还不好说。"景流天道,"不过在下倒是极愿意与王爷一起喝杯茶。"

段白月道:"好。"

"明晚飞鸢楼会设下宴席,还请王爷赏脸。"景流天抱拳,"今日还有些别的事,在下便先告辞了。"

段白月点头,目送他离去后,段瑶问:"要我守着府衙吗?"

"有飞鸢楼在,只怕那凶手也不敢再来。"段白月道,"先回客栈歇着吧,有事

第十三章

明晚再说。"

"看那飞鸾楼主一张脸漆黑,怕是心情也不好。"段瑶提醒,"你确定他会愿意与我们合作?"

"心情不好,是因为余舒被人暗杀。而官府曾与飞鸾楼有过交易,如今出了这档子事,景流天也难逃干系,说不定凶手就是为了给他一个下马威。"段白月道,"如此一想,换成是我,也一样不会高兴。"

"早来一天就好了。"段瑶遗憾,"说不定那知府就不会死,我们也不会像现在这样一头雾水。"

"人世间哪有这么多假设。"段白月揉揉他的脑袋,"走吧,回去睡觉。"

皇宫里头,楚渊依旧在御书房里看折子。四喜公公在旁边奉茶,心里忍不住就想叹气,这西南王一不在,皇上又该在御书房待到天明了,也没个人能劝劝。心里刚这么一想,外头就有人报,说是刘大人求见。

"宣。"楚渊正好看得头闷。

刘大炯进来,喜气洋洋。

楚渊打趣:"千帆同意与爱卿结亲了?"

"这倒没有,沈将军最近忙得很,已经好一阵子没私下碰见过了。"刘大炯道,"是那高丽国公主,总算相中了一个人。"

"哦?"楚渊挑眉,"相中了谁?"

这些时日可当真不容易,若是资质平平的青年,金姝自然不会看上,但若换成是王城内数一数二的世家公子,又未必能瞧得中这异国公主,楚渊向来不会做逼人成亲之事,想请他下旨赐婚是没辙,因此金泰只得日日焦头烂额为此事奔走,还以为又是空来一场,谁曾想最后还真成了对。

"是一伙南洋来的商人。"刘大炯道,"里头有个男子,据说是当地数一数二的富户少爷,生得高大会功夫,还与西南王眉眼有三分相似。"可是不容易。

楚渊:"……"与西南王眉眼有三分相似。

"皇上,微臣此行来就是想禀告皇上,过几日的比武招亲不用再比了。"刘大炯道,"高丽王昨日听闻此事,今天就连嫁妆都准备好了。"

楚渊哑然失笑:"倒是美事一桩。"

"谁说不是呢。"刘大炯连连点头,折腾了这么久,可算是消停了。

"罢了,爱卿先回去休息吧。"楚渊道,"一把年纪,莫要累着才是。"

刘大炯领命告退,四喜公公趁机道:"皇上也回寝宫歇着吧?"

"陶太傅最近生病,积了不少事情。"楚渊道,"地方上可都在等着回复,多拖一日,百姓或许就要多愁一日。"

"那也不能不顾龙体啊。"四喜公公继续劝,"皇上这声音听着都哑了。"

"他让你看着朕?"楚渊笑笑,问道。

四喜公公受惊,赶忙跪地道:"老奴不敢。"

"有什么敢不敢,是便是,不是便不是。"楚渊漫不经心地翻折子,"你跟了朕将近二十年,明知不管是说什么,朕都不会气你罚你,又何必如此战战兢兢?"

四喜公公只好自己吭吭地站起来。

"嗯?"楚渊看着他。

四喜公公老老实实答:"西南王临走之时,什么都没说过。就那么走了。"

楚渊:"……"

四喜公公:"……"

片刻之后:"哼!"

"皇上,皇上您慢着些走。"花园小径上,四喜公公挺着肚子气喘吁吁地追。还说不会气,折子都不批了。

梓园客栈里头,段白月头疼:"傻笑什么?"

"哥。"段瑶实在很需要分享,于是道,"我知道你的知己是谁了,师父说的。"

"……"怎么会有这种师父呢。

"却没想到如此位高权重。"段瑶啧啧,"眼光还挺好。"

段白月头疼:"知道便知道,休得到处胡言。"

段瑶满肚子的话都被憋了回去,只好想,为什么这么小气,居然聊一聊都不成。

段白月洗漱完后躺在床上,还没多久弟弟就又来敲门。

"喂喂,我是好心来还东西的。"段瑶递进来一个小盒子,"你的焚星,在我的包袱里。"

段白月随口道:"放在桌上吧。"

第十三章

"只是放在桌上?"段瑶狐疑,先前可是要压在枕头底下一道睡的。

段白月却没有再接话。先前贴身带着此物,是因为唯有一人能让它发光。现在突然冒出来一个屠不戒,间接证明这宝珠与小渊并无关联,倒是与潮崖之间千丝万缕,自然也就兴趣索然。若不是因为要探寻其中的秘密,几乎连带都不想带。

奇怪兮兮的。段瑶摇摇头,替他关上房门。

第二日天气倒是不错,客栈内的客人都起得挺早,一楼厅里闹哄哄的,都在讨论余舒的事。

"看个个说得煞有介事。"段瑶道,"还当都是亲眼所见。"

"看来这余舒官做得也不怎么样。"段白月道,"否则若是清正廉明,几个店小二也不会是这样的表情。"

"这世上哪有那么多清官。"段瑶啃了一口包子,"你若是不打探消息,那我便去牡丹会了。"待在客栈里头也闷,倒不如出去逛逛。

段白月道:"休要惹是生非。"

"乌鸦嘴。"段瑶把半个包子塞进嘴里,拍拍屁股出了客栈,直到晚上也未回来。

有段念跟着他,段白月倒是不担心。待到天色将暗之际,便准时前往飞鸢楼赴宴。

景流天笑道:"方才还在纳闷,为何王爷还不见来。"

"景楼主久等了。"段白月道,"只是路上遇到官府盘查,所以晚了片刻。"

"最近出了事,城中也风声鹤唳了许多。"景流天倒了两杯酒,"不过那刺客是谁,我还真没猜出来。"

"所以景楼主这是愿意合作了?"段白月问。

景流天道:"那要看王爷能帮多少忙。"

段白月挑眉:"若这件事查不清楚,我便不回王城了。"

"冒昧问一句,王爷要帮的那位朋友是谁?"景流天试探。

段白月失笑:"飞鸢楼是情报楼没错,但此等事情也要查验清楚?"

"能知道潮崖,想必身份也不简单。"景流天道,"只是潮崖本就是不祥之兆,与之牵扯上关系的人,都不会有好下场。王爷不如劝劝你那朋友,莫要插手为好。"

段白月却道:"我不信这些,所谓报应,也是先有因才有果。"

"我可以与王爷合作。"景流天道，"但有个条件，一物换一物。"

段白月点头："愿闻其详。"

景流天道："在下想知道，菩提心经究竟是何物。"

段白月道："莫非景楼主想练？"

"自然不是。"景流天摇头，"只是江湖之中人人都在说，却从未有人得见，飞鸾楼也已好奇许久。"

"如何能是从未有人得见。"段白月打趣，"西南到处都能买，每隔一阵子还会出来新招式。"

景流天固执道："若菩提心经不可说，那让在下与南摩邪前辈过几招亦可。"

段白月这回倒是很爽快："好，就这么说定了。"

"那这件事可得快些解决。"景流天捏捏下巴，"否则等下回南前辈再钻回坟堆里，又不知多久才会出来。"

"现在可以说潮崖了吗？"段白月道，"为何与贪念有关？"

"看来西南王还当真不知道。"景流天道，"潮崖岛是珍宝岛，据说处处都是宝石与黄金。"

段白月摇头："传闻里的海外仙山，十座有九座都是这样。"

"可唯有潮崖被屠杀洗劫过多次。"景流天道，"别的岛屿可没这待遇。"

"所以其中一部分潮崖人便逃了出来？"段白月道，"若真如此，官府非但不保护，却要将其剿杀，又是为何？"

"潮崖只是一座孤岛，不产黄金亦无名贵特产，按理来说只能靠打鱼为生，能勉强混饱肚子就已是难得，更何况积累下巨额财富。"景流天道，"而经过那一片的不少渔船，都曾报官说自己被岛上的迷音蛊惑了心神，丢了货物钱财。"

"所以官府便认定他们是黑巫族？"段白月皱眉。

"我先前也觉得如此太过武断，只是在下的弟弟在不久前去了趟南海，也是一样被洗劫一空，甚至还受了伤。"景流天道，"据他所言，那潮崖族人的确个个凶神恶煞，而那潮崖岛上，也的确是遍布黄金。"

第十四章

"在十余年前,潮崖一族的人曾去过一趟皇宫。"段白月道,"景楼主可知是为了何事?"

景流天摇头:"愿闻其详。"

"本王也不知道,不过听闻在离开之际,这些潮崖族人向楚皇讨要了不少金银珠宝。"段白月道,"若当真满岛都是黄金,何必要在乎这些东西?"

景流天道:"贪念是无尽的。"

"贪念不贪念不好说,但人做事总有合理与不合理之分。"段白月道,"潮崖族若当真有金山,那多一箱少一箱并不会有太大区别。千里迢迢进宫为楚皇做事,却只是为了带两箱可有可无的金子回去,倒不如什么都不要,还能博个高风亮节的名头,将来好讨要别的人情。"

景流天试探:"王爷的意思是说在下的弟弟撒谎?"

"这句话可是景楼主说的。"段白月笑笑,"本王也只是做个猜测,至于是真是假,怕是唯有景楼主自己去分辨了。"

景流天闻言若有所思。

"余舒为人如何?"段白月替自己斟了一杯酒。

"不好不坏,这大楚的官员,怕是有八成都如他一般。"景流天道,"有些贪,无大恶,会勾结乡绅行些见不得人的勾当,也会为百姓修路铺桥破案送粮。"

"那伙潮崖族人呢?"段白月问,"去了哪里?"

景流天道:"当初余舒说这伙人是巫族,要杀无赦。飞鸢楼收钱办事,通知了不少江湖中人,牛鬼蛇神都有,不过却一直无人到官府领赏金,最近更是连个消息都没有,估摸着已经逃了。"

"逃向哪里?"段白月又问,"南还是北?"

"北上。"景流天答,"余舒是因何而死,现在尚且不好说。不过应当不是潮崖人亲手所为,他们除了能用迷音惑人,功夫并不高。余舒喉间的伤口很深,是被人一剑封喉,遇害时间是在下午,院中巡逻的家丁只来得及看到眼前黑影一闪,书房内的姨太太就开始尖叫,等破门而入之时,余舒已经坐在椅子上断了气。"

"书房里还有个姨太太?"段白月摸摸下巴。

"是从王城青楼里带回来的姑娘,名叫翠姑。"景流天道,"没什么背景,姿色平平,不过嗓音婉转动人,余舒也是因此才会花钱赎人。"

"以景楼主的身份,想介入查案应当没有任何问题。"段白月道,"可否替本王问那姨太太几个问题？"

"自然。"景流天点头。

两人一壶酒还没喝完，下人却又来报，说是有人求见，自称家里的小公子出了麻烦。

"小公子？"景流天看向段白月。

出门之后，来人果真是段念。

"出了什么事？"段白月问，"为何只有你一人，瑶儿呢？"

"回王爷，小王爷跟人跑了。"段念气喘吁吁。

段白月："……跟人跑了？"

"晚上的时候小王爷想吃河鲜，我们便去寻了家馆子。"段念道，"恰巧在那里遇到了日月山庄的人，小王爷与他们相谈甚欢，等属下结完账回来，人就已经不见了。"问过小二，只说是出了城，自己打马追了十里地，也没见着人影，无奈之下只好先回来禀告。

"当真是日月山庄的人？"段白月问。

段念还未说话，景流天先在一旁道："最近是听闻沈大少爷派了一些人去洛州，若想回日月山庄，是该经过此处没错。况且苍南州是飞鸾楼的地盘，应当不会有人胆大到敢冒充日月山庄。"

"要真如此，那便随他去。"段白月道，"玩够了自然会回来，没玩够一路跟去江南，沈家应当也不会吝啬一双筷子一碗饭。"

景流天笑："王爷倒是会做生意。"

段念满心愁苦，点头领命。

另一头的山道上，日月山庄暗卫正伸着手指："就是这个方向，当日进城时，我们亲眼看到有黑衣人往山上走，只是没想太多，若早知道是潮崖一族，就跟进去了。"

"多谢。"段瑶道，"我去看看。"

"小王爷还是等到白天吧。"暗卫道，"此地多有凶险，号称九鬼下山，倒不是说真闹鬼，而是山路太过湿滑泥泞，又有落石，晚上孤身前去，怕是会有危险。"

"无妨的。"段瑶固执，"好不容易才有线索，若再拖一日，不知道又要去哪里才能找到。"

日月山庄暗卫相互对视一眼，觉得有些无奈，又拗不过他，只好护在身后一道往山里走——否则段瑶若是因此受伤，可就当真不好向西南王府交代了。

山间阴风阵阵，细听还有小儿的哭号声，倒当真挺让人毛骨悚然。看着段瑶一声不吭地只管往前走，日月山庄暗卫皆是头疼，且不说这九鬼下山绵延极广，光是这黑天半夜两眼一抹黑，单凭几个火把就想找人，简直就是不可能的事。

"呱！"紫蟾蜍在他怀中叫。

日月山庄暗卫纳闷，什么鬼东西。段瑶的脚步愈发加快。

"呱呱呱！"紫蟾蜍叫得很是欢畅。

片刻之后，道两边传来窸窸窣窣的声音，眨眼间爬出来几十条蛇，红白黑绿什么颜色都有。

"不要伤它们。"段瑶回头叮嘱。

日月山庄暗卫只好将抽出来的剑又插了回去。小虫子嗡嗡嗡在脑顶飞，很快就盘旋成一条黑色的雾龙，遇到火把也不怕。沿途所有的虫豸都像是被从梦中唤醒，气势汹汹跟在一起朝前走。

看着段瑶身边那些五颜六色的虫子，日月山庄暗卫身上起了一片鸡皮疙瘩。和这比起来，叶谷主先前在山庄里养的那些蛊虫，可当真是一点看头都没有。都说西南王府是毒虫窝，先前还不信，现在可是真信了。

虫鸣声越来越大，到最后，整座山都热闹了起来。众人登到最高的一块山石上，段瑶将紫蟾蜍装进小口袋，道："四下看看吧，应当很快就能有火光出现，小心莫要伤到人，也要小心他们的潮崖迷音。"

日月山庄暗卫点头，分头向着四面八方寻去。

"那里！"很快就有人发现了火光，像是山中一处水涧。

"走！"段瑶当机立断往山下跑。

无数虫子嗡嗡叫着往山洞里钻，毒蛇嘶嘶吐着信子。黑衣女子抱着怀中婴儿，满眼都是惊慌。十几个黑衣男子围在她身侧，手中握着火把，不断驱散着扑上来的蛇虫鼠蚁。

"这里毒虫太多，硬拼没有必要。"女子急道，"我们走便是。"

"走？外头官府那些狗贼可还在等着杀人。"其中一个男子狠狠道，"也不知又是哪个妖孽门派，用这种下三烂的法子，圣姑莫慌，我们定然会护你与小囡去王城见

第十四章

楚皇，求他赏赐庇佑。"

小婴儿受了惊，也开始扯着嗓子哇哇大哭，声音在黑暗中尤为凄厉。女子赶忙捂住娃娃的嘴，生怕会引来追兵。段瑶从上头一跃而下，还有七八个日月山庄的暗卫。女子慌得向后倒退两步，几乎跌坐在地。

"大姐不用怕。"段瑶赶紧道，"我们不是坏人。"

"呸！你们这些见钱眼开的恶贼，又是谁要悬赏杀我们？"黑衣男子拔刀出鞘。

"我也想知道，到底是谁要杀你们。"段瑶摊手，"所以不如回客栈慢慢说？"

"这些毒虫是你弄出来的？"男子不耐烦地问，"你究竟是何人？"

段瑶并未回答问题，而是向后指指，道："这是日月山庄的人，日月山庄，你们听过吧？"江湖中最义薄云天的那个。

"你是叶谷主？"男子狐疑。

段瑶赶紧摇头："我不是。那神医凶得很，谁要冒充。"

"小公子是我家二少爷的朋友。"日月山庄的暗卫解释，"我们也是在途中遇到，才会陪他一道进山寻各位。这些毒虫乃下下之选，并非存心为难。只是若不如此，大人且不论，这山里湿气重，小娃娃待久了，怕是会落下病根。"

"你找我们想做什么？"男子继续问。

段瑶道："不知道。"

男子："……"

小娃娃这阵倒也不哭了，咬着手指看着周围一圈人。

段瑶道："是皇上要找你们。"

"楚皇？"男子闻言先是一愣，后头却又狐疑。

段瑶道："骗你做什么，我也是替人办事，外头那余舒已经死了，也不晓得是被谁杀的，即便是为了破案，也迟早会有人来搜山，你们当真不走？"

"余舒死了？"黑衣人大喜过望。

段瑶道："被人一剑毙命，现在百姓都在说，是因为得罪了你们。"

"得罪了我们？"黑衣男怒极反笑，"若真有法子能杀他，我们又何至于会狼狈至此。"

"所以出山？"段瑶打了个呵欠，"我哥哥也来了，皇上令他彻查这件事，此时正在城中，与那余舒可不是一伙。"

"我们为何要相信你？"女子尖声问。

"相信不相信随你,不过若是不相信,我们便只有将你们打晕了带出去。"段瑶道,"又要费力气,又会伤和气,能不要还是尽量不要了。至于潮崖迷音,日月山庄里可都是练过月阳心法的人,只怕诸位就算是唱破了嗓子也没用。"

话音刚落,便有人细细哼唱出声。日月山庄暗卫果真没什么反应,倒是段瑶赶紧伸手捂住耳朵,因为着实是难听。江湖之中,能将三界六欲摒在身外的内功心法,也的确唯有月阳而已。潮崖黑衣人看上去像是信了不少。

"走吧。"段瑶道,"不然天该亮了,到时候又会出乱子。"

见众人还在犹豫,日月山庄暗卫只好道:"至少跟我们去一个人,证实所言非虚后,再来接同伴也成。"

"我跟你们去。"女子将怀中婴儿递给其中一个黑衣人。

"圣姑。"男子劝阻,"我等如何能让圣姑冒险,让我阿四跟去便是。"

"你就你吧,也不用抢。"段瑶道,"待到洗清疑虑,其余人再进城便是。"

女子点头,眼底还有疑惑,却也无计可施:"也好。"

"走吧。"段瑶跳上山道,拍拍土自己往前走。那名叫阿四的男子也跟在后头。日月山庄暗卫则是陪着其余潮崖人一起,在山洞里头等。

段瑶一路都没说话,也不怎么喜欢这些人——或许是被人追杀久了,都变得有些过分警惕小心,看谁都是目露凶光,连那名女子也是一样,阴恻恻的。自己身为局外人,对此自然没什么资格多说,却也懒得再沟通,只想着将人赶紧带给他哥。

城中人很少,段瑶轻功又好,很快便带着他回了客栈。阿四狠狠捶了一下墙,看向段瑶的眼神中也夹杂了不少凶意。段瑶更加确定这伙人有病,轻功那么烂,自己好心带他回来,还一副受了莫大侮辱的样子,果真脑子不好使。

段白月听到动静,起身打开门。

段瑶如释重负:"赶紧,把你要的人带进屋。"

阿四满怀警惕地看着他。

又是这好死不死的眼神啊。段瑶转身就往自己房中走,事不关己,还是早些洗洗睡了好。

第十四章

段白月将他从领子上拎住:"不打算解释?"

"还有什么好解释的,看都能看出来。"段瑶道,"这便是你要找的潮崖族人,我与日月山庄暗卫在山里找到的,他们不相信我,只肯先派出一个人跟回来看,其余人都在山里,约莫十来个男子,一个女子,一个抱在怀里的小婴儿。"

段白月失笑:"你倒是办事挺快。"

"那是,谁都像你,只知道与那飞鸢楼主攀亲。"段瑶伸了个懒腰。

阿四却已经脸色一变拔刀出鞘:"你与那景流天是一伙的?"

段瑶:"……"

"一伙算不上,不过我们的确一起喝过酒。"段白月答。

"呸!别以为我们不知道,那景流天便是下令追杀我们的人,都不是什么好东西。"阿四一脚踢翻走廊中码放整齐准备换洗的香炉,又一刀砍向一扇门——亏得里头没人住,否则估摸着会吓尿。

段瑶看得直叹气,要砍也是去砍哥哥,砍门作甚,你是欺负门不会还手,还是眼神不大好。

"都说潮崖族人遗世独立,现在看来,人还是要多出来走动才好,起码不会见识短。"段白月摇头,"飞鸢楼主杀你作甚?是有人花大价钱向飞鸢楼买潮崖的命,我与景楼主一道喝酒,也是为了能查明缘由,好将你们从漩涡中捞出来,你不感谢也就罢了,连飞鸢楼是做什么的都没搞清楚,却在此处大喊大叫,不觉得脸红?"

阿四狠狠道:"说话便好好说,休要满嘴喷粪,侮辱我族人!"

"况且我若真想杀你,还用得着说如此多的废话?"段白月语调微冷。

段瑶甚是欣慰,果真是哥哥,看起来似乎也不怎么喜欢这人。

"你找我们究竟想做什么?"阿四被他堵住,也不知该如何辩驳,只得恶狠狠地问。

"去给他拿把笤帚上来。"段白月道,"先将这些被你莫名其妙踢翻的香灰扫干净,再说正事。"

段瑶一蹦一跳下楼,很快又抱着笤帚簸箕跑回来。

"我不扫,让小二来扫,否则要他作甚,这客栈又不是你家的!"阿四一屁股坐在地上,"若你想让官府杀了我,有种就别让我进房!"

"瑶儿。"段白月冷冷道,"去官府,就说人我们抓到了,只是不小心被毒死了。"

"好嘞！"段瑶又转身蹦下楼。

阿四满眼不屑。段白月捏开他的下巴，往里倒了一瓶药。阿四依旧一脸无所谓。段白月将他拎进隔壁空房，反手关上门。

阿四蔑笑："不让老子扫地了？"

段白月道："只怕你没命扫。"

阿四轻哧一声，伸手刚拿起茶壶想倒茶，却觉得腹中一阵剧痛。肠子如同被利刃割断，阿四跪在地上，眼睛血红。

"也用不了多久。"段白月道，"半个时辰而已，熬过去便能见阎王。"

阿四张着嘴大口喘息。

"本王此生最讨厌的，便是你这种既无见识又夜郎自大，言谈举止毫无修养，不知感恩，给别人添麻烦还觉得理所当然之人。"段白月道，"若是识趣，就趁着现在还能动，去外头把东西收拾好，再回来要解药！"

阿四几乎是爬了出去。段白月摇摇头，若有可能，他倒是一点都不想让楚渊见到这伙人。

足足过了一盏茶的时间，阿四才连滚带爬进来，唇色青紫发干："解药。"

段白月这次倒是没为难他。阿四将小瓶子里的东西一饮而尽，坐在地上大口喘气，许久之后才缓回来一口气。

段白月问："可以说了吗？"

阿四不甘："你想知道什么？"

"潮崖究竟发生了什么事？"段白月道，"还有，你们又为何要北上进宫？"

"楚皇知道我们遭了难？"阿四问。

段白月点头："猜到的。"

"全岛的人都死了。"阿四道，"只剩了我们几个。"

"为了什么？"段白月问。

阿四道："金山。"

段白月一笑："这会还要充面子？看你的言谈举止，可不像是有金山的样子。"

阿四："……"

"楚皇想找你们，也不过是因为好奇而已，又念及当初曾在宫里见过，听到地方

第十四章

官府在追杀潮崖人，也就派人出来看看。"段白月道，"我奉劝阁下一句，最好不要把自己看得太重要，因为你当真算不得重要。"

阿四再度被戳穿，面色更赤红。

段白月问："还不打算说实话？"

阿四恨恨道："为了争夺钱财。"

"这就对了。"段白月笑笑，"将所有事情都一五一十说出来，就算本王不喜欢你，也能保你一路畅通前往王城，不必再受此颠沛流离、被人追杀之苦，可是一笔划算买卖。"

诚如段白月先前所料，潮崖岛的确不是什么黄金岛，若说祖辈尚且积累了些财富，百余年的时间下来，也早已被后世挥霍一空。海岛不比内陆，只要有土地就能出产粮食，潮崖族人又自视甚高，不肯像其他岛屿一般打鱼捕虾靠海为生，所以为了生计，便不得不各自暗中出岛，男子靠着一些先祖传下来的养生之法替人看病，女子则靠着婉转嗓音做歌姬赚钱，才能勉强解决生计。

"出来赚够钱，便又回去？"段白月问，"那为何不干脆留在楚国？地大物博也繁华，大多数地方的百姓对外来客也极友好，按理来说就算只是做个四方唱游人，日子也能比在岛上有滋有味才对，何必要苦守一座荒岛。"

阿四道："潮崖族人，不会轻易离开故土。"

"那这次为何却又离开了？"段白月道。

阿四眼底愤恨："岛上分为两派，其中一派为了能将其余人驱逐出岛，便勾结了南洋来的匪徒，将他们带上岛屿杀人。谁知那伙匪徒心怀不轨，根本就不顾岛上的人究竟是哪一派，见到活着的就砍杀，到最后只剩下我们几个人，躲在了一艘破旧的船里，方才保全性命，又趁着天黑逃了出来。"

"南洋来的匪徒，是何身份？"段白月道。

阿四摇头："不知道。"

"那现在整座潮崖岛，应当已经被南洋匪徒所侵占？"段白月若有所思。

阿四道："应当是，不过我们是慌乱出逃，也没在意。"

"余舒为何又要悬赏追杀你们？"段白月继续问。

"应当也是与南洋劫匪沆瀣一气。"阿四道，"那伙劫匪想要让潮崖全岛皆灭不留活口，也不知是从何处得知了消息，居然能查到我们的行踪。"

"看在你算是配合的分上,再问今日最后一个问题,而后你便可以饱餐休息了。"段白月道,"焚星与潮崖有何关系,为何在遇到有些人的时候,会突然发光?"

"焚星在你手里?"阿四震惊。

段白月摇头:"只是听过传闻而已。"

阿四松了口气,道:"焚星是潮崖圣物,但我们却从来没有见过,至于发光就更加不知道了。"

段白月笑笑,从桌边站起来:"很好,你可以留下了,至于你的其余同伴,可要一同接回来?"

阿四道:"自然。"

段白月叫来段念,吩咐他与阿四一道,去山里将其余人暗中接回。待两人离开之后,段瑶从门缝里露出一只眼睛,问:"怎么样了?"

"或许说了真话,不过大多是假话,要么就是真话只说一半。"段白月道。

段瑶啧啧:"我就说,这些人信不得。"

"但至少是潮崖人。这世间与焚星最有关系的便是他们。"段白月道,"能找到总是好事,先带回王城再说。"

"沈将军想要啊?"段瑶意味深长地问。

段白月摇头:"是楚皇想要。"

一样的一样的,楚皇将事情交给沈将军,沈将军交给你。段瑶笑容灿烂。

"你这是什么表情。"段白月敲了敲他的脑袋,"睡吧。"

"没奖励啊?"段瑶不满,好歹也是立了功。

段白月笑:"想要什么?"

段瑶立刻神采奕奕:"菩提心经!"

段白月摇头。

"至少让我见识一下。"段瑶抱住他哥的大腿。

段白月道:"害人的功夫,不让你知道是为你好。"

"骗人,若当真会害人,师父怎会让你练?"段瑶不信。

"我练是为了疗伤。"段白月蹲在地上,伸手拍拍他的脸颊,"或许有一天,我能想出克制菩提心经的法子,到那时再教给你。"

段瑶撇撇嘴:又来。

第十四章

"况且不管你信不信,我当真没练多久。"段白月将他拉着站起来,"不过你今日确实有大功,的确值得领赏。"

段瑶问:"所以?"银票也是可以的。

段白月道:"菩提心经是不能给你,裂云刀却可以。"

"裂云刀?"段瑶一愣,"那是你的武器。"

"你比我更适合它。"段白月将佩刀从腰上解下递过来,"算来你也快满十六岁了,拿它绰绰有余。"

"我不要不要。"段瑶连连摇头,"我不要什么奖励了,那是父王留给你的,快收回去。"

"父王给我,是因为你当时年岁尚小。"段白月道,"裂云刀法轻灵空缈,与你再适合不过。"

"那你呢?"段瑶问。

段白月从房中拿出来一把钝剑。

段瑶:"……"

"如何?"段白月问。

段瑶问:"这便是师父上回死前叮嘱你,在地下埋几年再拿出来的那块破铁?"

段白月点头。

"你信我,这当真就是一块破铁。"段瑶苦口婆心,"就算你拿砂纸擦得再亮,顶多也只是一块亮些的破铁。"

段白月失笑,将裂云刀递到他手中:"好好带着它。"

段瑶心情复杂。

"好了,去睡吧。"段白月拍拍他的脑袋,转身回了卧房。

段瑶抱着裂云刀好一会,方才自己爬上床。小时候的确是想要这把刀的,但哥哥已经随身带了这么多年,却说给自己就给自己。段瑶思前想后睡不着,于是又从床上爬起来,拔出来在烛火下看了大半宿。

后半夜的时候,段念也将其余人都带了回来。日月山庄暗卫一路暗中护送,直到确认已经安然抵达,方才告辞离开。幸好段白月将这一间客栈整个都包了下来,所以多住七八人也绰绰有余。

如此一折腾,外头已经天色微亮。那群潮崖人先前东躲西藏,几乎没有囫囵睡过一整晚,此番好不容易被楚皇的人接回客栈,也顾不得其他,脑袋一沾枕头就呼呼睡了，直到第二天中午还没醒。段白月倒也没催，独自去了飞鸢楼。

"听说王爷已经找到了那群潮崖人？"景流天开口就问。

"景楼主果真是消息灵通。"段白月笑笑，"不过现在人在本王手中，再有人想要他们的性命，也不是件简单的事。"

景流天道："江湖规矩，就算是买主身亡，生前所委托的事情，也一样要做到。"

段白月点头："本王自然知道，来就是想告知景楼主一声人在我手中，仅此而已。至于这消息放或不放，要怎么放，全看景楼主喜欢。"

景流天笑道："王爷倒是个敞亮人。"

"身有要事，先前说要查余舒死因，只怕本王不能亲力亲为了。"段白月道："不过既然答应了景楼主，本王自然会留下人手，协助飞鸢楼做事。"

景流天点头："多谢王爷，恕在下不远送。"

段白月转身离去，直到目送他的背影消失在街角，景流天才招手叫来心腹。

于是当天下午，各路江湖人马就又获悉了一个消息——那伙潮崖巫师已经被人抢先一步劫走，北上去了王城。至于抢先一步是抢先多久，则是没有详细说明。一时之间，官道上乌烟瘴气，人人都往北面跑。即便那余舒死了，但黄金可是先一步就付给了飞鸢楼，买卖还是照做不误。

而直到三天后，段白月才带着人马，一路从小路折返王城。虽说路上是多花了几天，但却是风平浪静，一丝麻烦也没遇到。只有那个小娃娃时不时就会哭，那名女子也没有奶喂，幸好段瑶人长得好又嘴甜，在沿途各个村子里找米糊奶水，才勉强将她喂饱。

抵达王城已是深夜，段白月先将众人安顿在客栈，那女子不满道："为何不让我们进宫？"

"深更半夜，你手中可有什么了不得的消息，能换得楚皇从床上起来一回？"段白月问。

女子先是想要说话，后又生生咽了回去。段白月笑笑，自己去隔壁洗了个澡，又换了身衣裳，方才出门。段瑶靠在门口啧啧。段白月一巴掌拍在他脑袋上，自己下了楼梯，直奔皇宫大内而去。

280

第十四章

楚渊正在寝宫内看书，也不觉得困。四喜公公早已回去歇息，只有偶尔侍卫巡逻的脚步声传来，更显四周寂静。段白月熟门熟路落入院中，翻墙这种事，多做几回也就熟悉了。

楚渊微微一愣。段白月伸手推开门！楚渊扭头与他对视。

段白月笑道："我回来了。"

"……这么快。"着实有些意外，楚渊过了半天才说话。

"你觉得快，我却觉得慢。"段白月上前坐在床边，"那伙潮崖人已经找到了，就在悦来客栈，明晚我便给你带来。"

房中有些冷风，段白月站起来想关窗，走过去却一愣："梅花呢？"

楚渊道："挖了。"

段白月哭笑不得："这回可冤枉，我什么都没做，怎么又将它给挖了。"

楚渊仰头看床顶。想挖就挖，你管朕！

楚渊又道："木痴老人已经研究出了八荒阵法，明日可要去看？"

"自然。"段白月意外："还当是古书里才有的东西，没承想却真的能重现于世。"

"其实是铜人阵。"楚渊道，"不过据闻翡缅国是将阵法内的铜人换成了死士，所以更加难以破解，很有看头的。"

"怎么还在想翡缅国。"段白月叹气，"且不说那天辰砂只是传言，就算当真在翡缅国，我也会自己想办法去取，不需要你做任何事，记住了？"

"最近这一连串的事，由头可都在南洋。"楚渊道，"那里岛国众多，未必就是翡缅国在从中作祟，却也未必就不是。"

段白月皱眉。

"不管怎么说，多知道一个阵法总没坏处。"楚渊道，"有备无患。"

段白月只好道："也好。"

"南前辈前些日子去了玉棺山，那头可有动静？"楚渊问。

段白月道："没有。"

"会不会出什么乱子？"楚渊有些担忧。

"放心吧，兰一展不会是家师的对手，事实上现如今这江湖之中，也没有几个人能与他为敌。"段白月道。

"如此玄妙？"楚渊意外，"是因为菩提心经吗？"

　　段白月失笑："你怎么也听过这玩意。"

　　楚渊语塞。在先前去西南的时候，四喜买来的那些小话本里，便有许多类似的记载。但堂堂一国之君看这些东西，显然有些失体统，于是楚渊道："嗯。"

　　幸好段白月也没在意这个"嗯"字究竟是何意，继续道："师父练的功夫没有名字，也没有派系。他自小被人拐卖，后头自己逃脱认了个武师当爹，武师去世后，又辗转各个门派拜师学艺，却每每因为太过顽劣邪气，用不了一年就会被赶出来。如此混了十几年，没有一家的功夫练成，却也没有一家的功夫不会。"

　　楚渊笑道："这脾气性格，倒是与传闻中的人能对应起来。"

　　"最后一次被逐出师门后，师父被众多仇家追杀，在抗敌之时反而自己揣摩出了一套功夫，后头便在西南闭关五年，终练就一身武学修为。"段白月道，"只是这功夫虽说威力惊人，却也有不少弊端，师父亦不敢悉数教给我们。因此我与瑶儿学的武功，除了套路固定的段家刀法外，其余招式内力皆不相同，外人看上去，也不会觉得两人是出自同门。"

　　"南前辈果真是厉害。"楚渊翻了个身趴在床上，继续问，"那菩提心经呢，是你练还是瑶儿练，再或者只是外人乱说，根本就没有这门功夫？"

　　段白月道："菩提心经太过阴毒，师父在研究出内功心法之后，原本想叫我练，却又觉得万一练死了不好向父王交代……"

　　"什么叫万一练死了？"楚渊哭笑不得打断他。

　　"这可真是师父的原话。"段白月笑笑，"后头这菩提心经便被封存了起来，连我也没看全，只翻了几页而已。"

　　"原来如此。"楚渊了然，又道，"只是不知为何，南前辈在我面前一直捂着脑袋，否则倒真是想与他共饮一杯。"

　　段白月道："江湖上出了名的老毒物，旁人避都避不及，你怕是这世间唯一想与他共饮一杯之人。"

　　楚渊不悦："怎可如此说前辈。"

　　段白月笑："实话实说罢了，若真能有机会一起喝酒，只怕你会被他活活气死。"

　　楚渊："……"被你气死还差不多。

　　"睡吧，明日还要上早朝呢。"段白月帮他压好被角。

　　楚渊却摇头："明日休朝。"

第十四章

"为何?"段白月问,"是不是出了什么事,那伙死老头又要开始谏天谏地?"

楚渊笑出声:"这回倒没有,是高丽王终于在王城住够了要走。好歹金姝也是在王城招到的驸马,所以朕赐了些赏,明早会率百官送他回高丽。"

"说起来,金姝也是要嫁到南洋。"段白月问,"先前只说对方是个商人,家世背景查清了吗?"

"如此关心?"楚渊瞟瞟他。

"自然是关心的。"段白月道,"先前你还在说,最近这么多乱子源头都是出自南洋,那金姝也是嫁到南洋。她身后可是整个高丽国,虽说弹丸之地不足为惧,但若被外人利用来对付你,也是够头疼。"

楚渊道:"你担心是有人想利用金姝,来控制金泰?"

段白月道:"的确有这种可能。"

楚渊道:"金泰大小也是一国之君,要将自己心爱的妹妹嫁出去,如何会不先打听清楚对方的底细,倒是不用担心。"

"也不可大意。"

"瑶儿也跟你一道回来了吧?"楚渊又问,"明日金泰走了,这宫里也就消停了,让瑶儿来一起吃饭?上回只在琼花谷外的客栈见过一回,也没说话,当时事发突然,只怕吓到他了。"

"为何老是惦记那个小鬼?"段白月不满,"不行。"

"为何老不让我见瑶儿?"楚渊也不满,"不行那你就回去。"

段白月无计可施:"好好好,明晚我带他来便是,在见潮崖人之前,先一道吃个饭。"头疼。

既不用上早朝,那楚渊也就起得比往常稍微晚了一些。

楚渊坐起来。

"四喜。"

"来喽!"四喜公公欢欢喜喜地跑进来。

楚渊:"……"

"皇上,也该洗漱了。"四喜公公扶着他下床,"文武百官都已经陆陆续续到了,正在偏殿候着呢。高丽王金泰也到了,看着挺高兴,说明年还要来。"

楚渊问:"他一共有几个妹妹?"

四喜公公赶紧答:"就一个,就一个。"

楚渊点头："那就好。"千万别一年来招一回亲。

楚渊好笑。洗漱完后便去送金泰出宫。先前说了要去看木痴老人与八荒阵法，因此段白月也没着急回客栈。四喜公公不多时便送来了早膳，除了稀饭小菜金丝卷，还有一整只烤猪蹄膀，刀一切噗噗冒油。段白月觉得，自己就算是平时荤腥吃得多，但大清早的，这也未免太隆重了些。

客栈里头，段瑶正在拿着一兜野果哺，顺便摇着摇篮里的小女娃，粉白粉白的，眼睛又大又机灵。这几日在路上或许是奶水讨得多吃得饱，因此比先前在山里的时候胖了不少，挺招人喜欢。反而是她那娘亲，一直脸色蜡黄，看着像是身染重病。因此在住到客栈后，段瑶索性将小娃娃带到了自己房中照顾，那些潮崖人倒也没意见，很爽快便点头答应了。

什么娘亲啊这是，段瑶撇撇嘴。想起当初在西南府时，二哥从猛虎嘴下救回来的那名女子，成天娃娃不离身，一饿就抱着去屋里喂奶，才该是做娘的样子。小女娃吃饱了肚子咯咯笑，段瑶捏捏她的胳膊，心说才几天就能胖一圈，也不知先前到底是过的什么日子。

直到临近中午，楚渊方才回到寝宫。进屋时段白月正站在窗边，看着院子里头的那个大坑。

楚渊："……"

段白月问："种回来吧？"

楚渊答："看心情。"

段白月笑："如何才能心情好，不然我唱上一段？"

"贫。"楚渊道，"走吧，去木工殿。"

段白月道："忙了一早上，这才刚回来，连杯茶也不喝？"

"今日事情有些多。"楚渊道，"去看完八荒阵法，太傅与其余大人还有别的事情要说，现正在御书房候着。晚些还要与瑶儿吃饭，以及见那些潮崖人。"

段白月摇头："光是听听就头疼。若当真是忙，那晚上便不一道吃饭了，潮崖人在客栈，横竖跑不掉，看着一时半会也死不了，我养着便是，等你有空再见也不迟。"

第十四章

"不行,事情只会越攒越多。"楚渊笑着拍拍他的肩膀,"走吧,青天白日过御花园,猜猜看能不能有人发现西南王就在宫中。"

木工殿内,木痴老人正在研究一把木琴,拨动之时如同水流潺潺,声音煞是悦耳。这回外头两人有了经验,记得先敲了敲门。

"皇上,西南王。"木痴老人打开门,笑道,"我才接好最后一根弦,来得真是凑巧。"

"方才在门外就听到了,很是清雅。"楚渊随手拿起木琴,"没想到却是如此小巧的乐器所鸣。"

"也是暗器?"段白月问。

"这倒不是,只是看这木头着实好,边角料都舍不得送去当柴烧,便顺手做了把木琴。"木痴老人道,"大雁城的工匠自创的小玩意,大多是给小娃娃戏耍,即便是不通音律,胡乱拨弄几下也好听。"

"前辈真是。"段白月也找不到该用何词形容,只是道,"如此精妙绝伦的手艺,却不肯收徒弟,未免太过遗憾。"

"收徒看的是缘分,强求不得。"木痴老人摇头,又道,"皇上与西南王,此行该是来看八荒阵法的吧?"

楚渊道:"正是。"

木痴老人将二人带到木工殿一间空房内,地上摆着十八个一尺高的铜人,每个铜人脚下都有机关底座,腰间则是挂着小巧木盒。

"地方不够大,便将所有的东西都缩小了数倍。"木痴老人道,"只是看个阵法,这样反而更加方便。若是到了真正行军打仗的时候,将铜人换成真人,至于人数,只管十八十八往上翻倍,人数越多,威力也就越不可小觑。"

楚渊点头:"前辈可以开始了。"

木痴老人道:"先等等。"说完便转身跑出门,也不知是去哪里,片刻之后回来,左右手各拎着三只大老鼠,哇啦乱叫。

楚渊:"……"

段白月不动声色往前站了站,将他挡住一些。

木痴老人甩手将那大老鼠丢进了八荒阵中。铜人缓缓开始移动,速度不快,那几只老鼠却如同无头苍蝇一般，就算旁边便是敞开的门，也不知道往外跑，反而是一直在阵法中胡乱转圈，像是被蛊惑了心神。

楚渊微微皱眉。

又过了一阵子，其中一只老鼠像是已经焦躁到了极点，张嘴便向着旁边的铜人咬过去，只是还没靠近，喉间便已经喷出一股鲜血。其余同类闻到血腥气息，顿时扑过去将它分食一空，满地都是内脏毛皮与腥臭血污。

楚渊觉得自己快吐了，段白月却看得极为清楚，在方才老鼠即将开始袭击之时，那铜人的手臂飞速一动，用指间的刀片将它干净利落取命封喉。

"这只是个小阵法。"木痴老人关掉底座上的机关，"真正的八荒阵法，目的除了能困住敌军，还能扰乱其心志，时间久了，便会出现幻觉，自相残杀。"

楚渊道："前辈果真令人佩服。"

"皇上今日不舒服？"木痴老人问，"怎么脸色如此煞白。"

段白月将人带出了机关房，小声道："还好吗？"

楚渊摆摆手："无妨。"他原本就没顾得上吃早饭，送别金泰时又多饮了几杯酒，本来就不舒服，再亲眼看见一群老鼠相互啃咬，只觉得腹中泛酸，胃也隐隐作痛。

"八荒阵法就先到这里吧。"段白月对木痴老人道，"前辈这段时日也辛苦了，他日我们再来拜会。"

"西南王客气了。"木痴老人连连摇头，"该是我谢皇上才是。"天天大鱼大肉，床又大又软，更加不用担心被人追杀，一群小工匠也不像大雁城里那般钩心斗角惹人讨厌，祖师爷祖师爷叫得那叫一个嘴甜，简直能多活八十年！

楚渊道："那前辈就先歇着吧，朕回御书房还有些事情。"

"是是是。"木痴老人低头领命，又暗中捣了捣段白月。

段白月挑眉，与楚渊一道先回了住处。

"这阵要回客栈吗？"楚渊坐在桌边问。

"看你这副样子，还去什么客栈。"段白月替他倒了杯热茶，"别想了，将茶喝完。"

楚渊也觉得先前御驾亲征上战场杀敌，手下鲜血无数也没觉得如何，为何今日就会如此恶心？思前想后，也只能归咎为那的确太恶心了，从小到大也没见过几回，

第十四章

西北巨鼠阵那回自己也离得挺远。毕竟这玩意灰不喇唧,细尾巴,贼眉鼠眼,臭,还脏,还脏,还脏。噫。

段白月被他的表情逗笑:"想什么呢?茶要凉了。"

楚渊回神,将杯中茶一饮而尽,结果胃更难受。

"皇上,可要去御书房?"四喜公公在外头小心翼翼地问。

楚渊站起来。

"还去什么御书房。"段白月拦住他,"一头冷汗。"

楚渊压着胃又坐回桌边。

段白月让四喜进来,道:"去宣个太医来。"

"啊哟,皇上这是怎么了。"四喜公公被吓了一跳。

"去告诉太傅,今日便算了吧。"楚渊道,"没什么大事,就是有些不舒服。"

四喜公公赶忙差人去请太医,自己则是一溜小跑去了御书房。段白月将人扶到床上躺好,问:"又没吃早膳?"

楚渊道:"嗯。"

段白月叹气,拿他没办法。

太医很快赶到,段白月自然是暂时去了屏风后。幸好太医没内力,也不会觉察出房间里多了个人,诊脉之后又问过今早的膳食,便开了方子去煎药,又问可否需要扎几针缓解疼痛。

"不必了。"楚渊道,"比先前好多了,再休息一阵就会好。"

太医点头称是,躬身退下后替他关上殿门。段白月从屏风后出来,道:"不吃早膳也就算了,居然还饮酒?"

"三杯而已。"楚渊靠在床上,已经脱了外袍,只穿着明黄色里衣。

"这笔账我先记在金泰头上。"段白月道,"下回有机会,替你讨回来。"

楚渊:"无理取闹。"

段白月:"是关心你。"

楚渊叫道:"坐回去!"

段白月笑:"生病了还这么凶。"

楚渊道:"正好,不想去见太傅与其他臣子。"

"下回再不想见,别拿自己的身子开玩笑了。"段白月道,"只管交给我,西南王府揍人极有经验，你想清闲四天，我便让他们在床上躺四天。"

"又来。你怎么老是与太傅作对。"

"他也不见得喜欢我，我为何要喜欢他。"段白月说得理所当然。

对方太过振振有词，楚渊也懒得再争论，自己躺在床上眯了一阵子。片刻后四喜公公送来熬好的药粥，便又退了出去。段白月打开食盒盖，一股子冲天药味。

"粥便是粥药便是药，这也太——"段白月端到床边还没说完一句话，楚渊就已经拿起勺子自己吃了起来。

"不难吃啊？"段白月看着都牙疼。

楚渊反问："药如何能好吃？"

段白月："……"但难吃成这样的也不多见吧。

咽下最后一口粥，楚渊将空碗递给他。四喜公公及时进来收走，又伺候漱了口，办事很是麻利。

段白月道："我不羡慕金泰，倒是很羡慕四喜。"

楚渊往他身下瞄瞄。

段白月："……"

"要去吗？"楚渊问。

段白月摇头。

"什么时候想去了，只管告诉朕。"楚渊拍拍他的肩膀，"给你插个队，不用等。"

段白月冷静道："此等福分，不如留给高丽王，反正他什么便宜都想占。"

楚渊笑着躺回床上，觉得肚子里舒服了不少。

约莫过了半个时辰，楚渊沉沉睡去，段白月替他盖好被子，方才起身离开皇宫。

段瑶也正在呼呼大睡。

"起来。"段白月敲敲他的鼻子。

"又怎么了？"段瑶拼命打呵欠，迷迷糊糊睁开眼睛。

段白月道："有好事。"

段瑶眼睛原本都已经张开了一半，听到后又果断闭回去。毕竟亲爱的哥哥所说的好事，十有八九不是什么好事。

段白月道："带你进宫。"

第十四章

咦？段瑶坐起来："进宫做什么，看八荒阵法？"

段白月道："吃饭。"

段瑶："……"

段白月道："小渊要见你。"

段瑶纳闷："小渊是谁？"

段白月与他对视，段瑶更加茫然。

由于弟弟实在是太蠢了，段白月只好道："楚皇。"

"皇上要请我吃饭？"段瑶觉得自己受到了极大震撼。

段白月道："记得休要给西南王府丢人。"

段瑶："……为何啊？"

段白月继续道："去将你皱巴巴的衣裳换了，等会随我一道进宫。"

"小渊？"段瑶还是很费解，这是什么烂称呼。

段白月兜头就是一下："小渊也是你叫的？"

段瑶觉得自己应该是刚睡醒，所以脑子不太够用。西南王府明里狼子野心，实际上一直在帮朝廷，这他也能看出几分端倪，但也不至于"小渊"这么亲热吧，莫非是代号？所以说人一旦钻进牛角尖，是很难再出来的。以至于过了足足一个时辰，段瑶还在想，这是什么烂名号啊，千万别说皇上叫他哥小月，听来完全就是秦淮河上的歌姬。

"可皇上为什么要找我去吃饭啊？"段瑶第八回问这个问题了。

段白月很想给他喂一包哑药。段瑶撑着腮帮子想，莫非是因为自己找到了潮崖人？

这日天色将暗之际，段白月果然带着段瑶进了宫。虽说没有大摆筵席，楚渊却依旧准备了满满一桌菜，一半是王城风味，另一半则是西南府的酸辣咸鲜。

"莫要丢人。"在进入殿中时，段白月再一次叮嘱。

"自然！"段瑶清了清嗓子，笑靥如花伸手推开门。

"瑶儿。"楚渊站起来，笑着走上前。

段瑶却是有点惊呆，皇上啊，居然就是先前在琼花谷外客栈里遇见过的那个人？

等等。

段白月暗自头疼，这是什么蠢样。

"瑶儿？"楚渊也不解。

段瑶脑海中飞速闪过片段，在客栈遇到的时候，他以为这便是哥哥的知己，后头师父却说是沈将军，那他也就理所当然地把这人想成了是沈将军的侍从。但居然是皇上？

"段瑶！"西南王从牙缝里往外挤字。

"不必拘束。"楚渊笑道，"只是家常便饭罢了。"

这到底是怎么回事啊！段瑶欲哭无泪，觉得自己有些信念崩塌，整个世界都陌生了起来。

段白月索性拎着他直接放在了椅子上。楚渊也有些拿不准，他先前早就听说西南府的小王爷天真烂漫。段白月亦是提起过几次，也的确是机灵惹人爱，但为何如今看上去却有些呆？

段白月问："有烈酒吗？"两杯灌醉干净。

"瑶儿还小，喝什么烈酒。"楚渊从桌上取过一杯羊乳，"这是特意叮嘱御厨做的，尝尝看，里头加了芝麻花生与金丝枣，又甜又香。"

段白月摇头："都多大了，还专门做这些东西，你也太惯着他了。"

"与你何干。"楚渊瞪他一眼。

段瑶干吞口水。段白月心情复杂，这是被人下蛊了不成。师父成天蒙着脸，弟弟又是个二愣子，家人如此拖后腿，感觉往后三十年都人生无望。

而此时此刻，亲爱的弟弟脑海中正在万鼓齐鸣，万马齐喑，万箭齐发，万人长歌。看两人方才在桌上的对话，分明就是很熟悉，再仔细想想，沈将军，是师父说的，是师父说的！自己是脑子进水了吗，居然会相信师父说的话！毕竟那可是拿着一根锯条都能吹成干将莫邪的人啊。他哥现在腰里还挂着一块破铁！这这这……

段瑶猛烈地喝了一杯羊乳，"咚"一声放下杯子，嘴上留下一圈白。楚渊被他的动作吓了一跳。

段白月："……"

楚渊觉得，自己还是莫要说话，低头吃菜为好。

第十五章

饭桌上很安静，安静到连吃菜喝汤声都变得异常明显。

楚渊想开口，却又怕吓到段瑶，于是充满疑惑地看了段白月一眼——你来之前究竟说了些什么，为何能将人吓成这样。

西南王心里长吁短叹，何其无辜。他是当真不知道究竟出了什么事，只是凭直觉断定，定然又是与自家那坑徒弟的师父有关。

"多吃些这个。"见段瑶一直不动筷子，楚渊盛了一小碗鱼羹给他，温和道，"加了西南府先前送来的调料，很是酸辣可口，这王城里没有好的西南馆子，难得吃到家乡味。"

"多……多谢皇上。"段瑶赶紧丢下筷子站起来。

段白月："……"

"怕什么，都说了是一起聚聚，随意吃顿饭而已。"楚渊笑道，"快坐，若是嫌饭菜不合口味，让御厨撤了再做便是。"

"瑶儿。"段白月淡淡瞥他一眼。

段瑶哽咽，觉得自己仿佛做什么都是错。为什么会这么倒霉呢，简直想不通。

"先好好吃饭。"楚渊将他拉回椅子上，"吃过饭后，朕带你去太医院。"

段瑶紧张地问："去太医院做什么？"

段白月在一旁凉凉道："看看你的脑子还有没有救。"

段瑶："……"

"乱讲。"楚渊哭笑不得，继续对段瑶解释，"那里有一处绿萝苑，里头都是朕替小瑾从各地搜罗来的奇花异草，过会一道去看看有没有什么是你喜欢的。"

是吗？段瑶顿时热泪盈眶，皇上为何这么好，比他哥好多了。

楚渊继续替他布菜盛汤，也没再说话。

三五道菜吃完后，段瑶总算是稍微冷静了些，也终于能自己伸筷子夹菜。段白月坐在一边，觉得似乎找回了儿时看他第一次用筷子时那满心的欣慰感。

一顿饭结束，楚渊又让四喜上了壶普洱茶。段白月问："打算何时见那些潮崖人？"

"倒是不急。"楚渊道，"多等一阵子，否则只怕还以为自己有多重要。"

段瑶坐在旁边的椅子上，双手抱着茶杯晃。

"瑶儿对那些潮崖人怎么看？"楚渊问。

第十五章

"嗯?"段瑶回神,不自觉便看了眼哥哥。

"想说什么,尽管说便是。"段白月点头。

"我不怎么喜欢那些人。"段瑶道,"阴森森的,又自私凶蛮。刚到客栈之时,对西南王府的人颐指气使,被哥哥教训过后才稍微收敛了些,若换成小二,不得被欺负死。还有,对那个小娃娃也毫不关心,每天也就敷衍过来看一回。"

"是不是亲娘还不好说,说不定是抢来的孩子呢。"楚渊道。

段瑶一愣,他先前倒是没想到这一点。

段白月道:"逃亡途中还不忘抱着这个孩子,若非亲生,便说明她身上有什么秘密。"

"先前年岁小,对潮崖人并无太多印象。"楚渊道,"却没觉得居然能如此不讨喜。"

"十几年前潮崖人之所以进宫,是为了能向先皇讨要赏赐,自然懂得该如何说话做事。"段白月道,"说不定等会见到你,这些人照样会做出一副恭敬的样子。"

"不管怎么样,先看看他们想做什么。"楚渊道,"茶也喝得差不多了,可要去太医院?"

段瑶有些小雀跃道:"好!"

绿萝苑位于太医馆最深处,平日里也没人会去,毕竟里头处处都是毒药,若是不小心碰到了,叶神医在江南,可赶不及来王城救命。门口只有一个看守,周围绿树环抱,环境很是僻静。

"是望天鸾啊。"刚一进小院,段瑶闻到了熟悉的香气。

"上回小瑾来的时候种了一片,说是花开之时能超度亡灵。"楚渊道,"这里先前是个大湖,前朝周氏一族仓皇出逃的时候,将不少无辜嫔妃都溺亡于此。从那之后闹鬼的传闻就没停过,更有甚者,还说曾亲眼看见冤魂飘过。"

段瑶在身后捏捏他哥,听到没有,你要考虑清楚。

段白月打算在这次回西南后,便寻个机会将段瑶卖掉,一两纹银也是钱,或者更少也无妨。

"去吧,里头应该都是你喜欢的东西。"楚渊道,"看中什么只管拿。"

看着殿内满满当当的药柜,段瑶很想搓搓手,心花怒放。什么叫天降横财。就算是哥哥将来要被沉湖,那也是值得的。他迈着欢快的步伐跑进去。

"先前在西南王府的时候,师父惯着他,婶婶婆婆惯着他,老二与弟妹也惯着他。"段白月道，"没曾想到了宫内，你也如此惯着他。"

"还没问，你先前跟瑶儿说什么了。"楚渊道，"为何在刚来的时候，会吓成那样？"

段白月道："我什么也没说。"

楚渊闻言哭笑不得，居然什么也没说？至少也该……

"嗯？"段白月嘴角一扬看着他，"不如你教我，要怎么说？"

楚渊语塞。

段白月若无其事地转移话题："这里晚上没人会来？"

楚渊愤愤踢了他一脚。段白月举手服输。

大殿里头，段瑶如同挖到宝，这里看看那里看看，什么都想要，却又知道不能什么都要。挑来拣去大半天，也只拿了一小盒蓝木粉，养蛊用。

"只要这些？"楚渊意外。

段瑶道："嗯，多谢皇上。"

"这么一盒小东西，如何能称得上谢。"楚渊笑笑，"也罢，下回再想要什么，只管进宫便是。若是这宫里没有，朕便派人去民间搜寻，总能替你找来。"

段瑶眼泪汪汪，感动非常。

西南王很是泛酸，死小鬼。

离开太医院后，段白月与段瑶先一步回了客栈，打算等会再带那些潮崖人暗中进宫。一走到大街上，段瑶抱着脑袋就开始跑，速度飞快，但段白月的速度比他更快。几乎只是一眨眼的时间，段瑶便顺着衣领被拎了起来。

"还敢跑？"段白月挑眉。

段瑶震惊又泪流："你的轻功什么时候变这么好？"难道是背着自己偷偷向日月山庄学的，也有可能啊。毕竟沈家轻功天下第一，沈大少爷是沈千枫，沈千枫与叶谷主的关系世人皆知，叶谷主的哥哥是皇上，而皇上和他亲爱的哥哥……咳。

段白月问："今天到底是怎么回事！"

你还好意思问我。段瑶血泪控诉："为何不在出发之前说清楚？"

"你自己说的早已知晓。"段白月敲他的脑袋。

"那是师父说的，而且师父说的那个人是沈将军！"段瑶悲愤。

段白月五雷轰顶："谁？"

第十五章

"沈将军！"段瑶伸手一指，前头不远处就是将军府，青砖黑瓦，可高大！

段白月："……"

"吓死我了！"回想饭局刚开始的场景，段瑶还是腿软。

"师父说的话你也信？"西南王咬牙切齿，很想欺师灭祖打弟弟。

"怎么就不能信了，你不也信？"段瑶叉着小腰，"拿着一块破铁当宝贝。"锈迹斑斑的，怎么好意思挂在腰里，简直给西南王府丢人。

于是哥哥就把弟弟揍了一顿。段瑶奋起反抗，但是打不过，毕竟他哥练过菩提心经，于是哭得直咳嗽。待到回西南，定然要向所有的婆婆婶婶都告一状，至少念叨半个月的那种！

客栈里头，那些潮崖人等得焦躁，来回在屋里转了十几圈，终于忍不住想要推门出去，就听外头总算是传来了脚步声。

段瑶心情很不好，风一样呼呼地冲进隔壁自己的卧房睡觉。

段白月心情倒是很好，对那伙人道："谁要跟我进宫？"

对方一愣，道："不是我们都去？"

"自然不是。"段白月道，"皇宫大内戒备森严，诸位又轻功平平，这么多人想要一起进去，可不是件容易的事情。"

"为何不能将楚皇请出来？"那名女子问。

段白月失笑："阁下好大的口气，让当今圣上特意出宫，只为了见你？"

"先前我潮崖族人进宫，先皇是以礼相待，为何到如今就变成了偷偷摸摸见不得人？"那女子不满道。

"十几年前，潮崖一族是堂而皇之，坐轿骑马从官道进宫，先皇自然也是正大光明相待。"段白月挑眉，"不如诸位也如此再走一遭？那时皇上自然会打开宫门，恭迎诸位。"

女子被生生堵了回去。

"既然是一路人，又何必还要分彼此。只是回答几个皇上的问题，而后说不定便能一起光明正大进宫，何必要拘泥于此时？"段白月靠在门口提醒，"若是再拖下去，外头天可就要亮了。让皇上空等一夜，等到龙颜大怒，这唯一的机会都会没有，诸位最好想清楚。"

那几人相互看了一眼，道："我们要私下商量一番。"

段白月笑笑，转身出了客房。看方才犹豫不决的样子，这群人怕是并非全然互相信任，共经生死尚且如此猜忌，这潮崖岛还真是暗无天日。

片刻之后，那名女子出来，道："我随你一起进宫。"

其余潮崖人在她身后，虽说心底不甘，却又无计可施，眼睁睁地看着二人下了楼。

时间已经临近子夜，楚渊正在偏殿中喝茶。四喜公公前来通传，说是西南王带着人来了。

"宣。"楚渊放下茶杯。

"去吧。"院中，段白月道，"知道些什么，要说些什么，最好先想清楚，否则只怕会弄巧成拙。"

那女子闻言看他一眼，却也没再多言，自己推门进了大殿。段白月绕到后头，纵身落在屋顶上。

"民女参见皇上。"女子跪地行礼。

"平身吧。"楚渊道，"姑娘当真是潮崖人？"

"回皇上，正是。"女子点头。

"朕也是偶尔得到消息，说余舒广罗武林中人，正在四处追杀一群潮崖族人，心生疑惑便派人去看究竟，没承想还当真能救到诸位。"楚渊道，"按理来说朝廷命官与潮崖族人，该是井水不犯河水才是，为何会如此，姑娘应当能给朕一个解释。"

"潮崖岛已经毁了。"女子道。

楚渊微微蹙眉："为何？"

"岛上有一人名叫玄天，勾结了南洋匪徒上岛，将所有人都杀了，甚至连他自己也被杀了。"女子道，"我们几人也是侥幸才能逃脱。"

楚渊问："原因？"

"从七八年前开始，岛上就分为南北两派，玄天是北派的头目，因不忿我们南派势力越来越大，便心生歹意。"女子道，"却没想到会被人利用，南派的人死了，北派也未能幸免。全岛百余户人家，如今也只剩我们七人拼死逃脱出来而已。"

"那伙南洋匪徒现在何处？"楚渊继续问。

"应当还在潮崖岛上。"女子答。

"岛上当真有黄金宝藏？"楚渊饶有兴致地看着她。

女子顿了顿，道："有，只是不知在何处。"

楚渊点点头，示意她继续往下说。

第十五章

"潮崖岛地下埋着黄金,是先祖留下的遗训。"女子道,"只是后人一直寻找,也未见其踪迹。"

段白月在屋顶摇头,听起来这潮崖先祖与自家师父倒像是亲兄弟,一样不着调。

"所以那伙南洋匪徒留在岛上,也是为了继续挖掘黄金?"楚渊若有所思。

"十有八九是如此。"女子点头,"玄天应当没有别的理由能说动他们千里迢迢乘船北上。"

"真是没料到,余舒竟然还会与南洋扯上关系。"楚渊放下茶杯,"那姑娘与同伴此番来见朕,又有何要求?"

"民女想恳请皇上,替我们夺回潮崖岛。"女子道。

"潮崖人并非我大楚子民,于理不合。"楚渊答。

"皇上。"女子跪地,"现潮崖一族岌岌可危,唯有皇上能救我们于水火。我族人可承诺,只要夺回故土,倘若将来有一日当真能找到宝藏,定悉数向大楚纳贡,绝对不留分毫。"

"潮崖一族的遭遇自是令人唏嘘,只是大楚与南洋向来井水不犯河水,若因此惹下麻烦,只怕南海百姓会因此受害。"楚渊道,"姑娘可明白,不是朕不帮,而是朕不能帮。"

"那南洋匪徒狼子野心,只怕目的也不仅仅在潮崖岛。"女子话中有话,"皇上可能安心?"

"那又如何?"楚渊一笑,"潮崖并非交通要塞,更非兵家必争之地。前有天雾岛后有南水洲,再过去是白沙十六环,每一处都布有重兵,这还不算东海驻军。若是当真打起仗来,潮崖存在与否,上头的人是谁,对朕而言,对大楚而言,根本就没有任何意义。拿这个要挟朕,姑娘似乎将自己看得太重了些。"

段白月弯弯嘴角。

"皇上恕罪,民女不敢。"女子脸色有些白,"只是一时心急,所以才口无遮掩。"

"朕不会出兵潮崖,更不会插手别国之事。"楚渊道,"看在先前父皇的面子上,顶多能在这王城内给诸位一座宅子,姑娘只需回答我,要还是不要便可。"

女子张了张嘴,道:"一直就有人追杀我们。"

楚渊笑笑:"想留在宫里?"

段白月:"……"

女子道:"是。"

楚渊道:"也好。"

297

段白月不悦。

"朕可以答应你。"楚渊道，"只是这宫内人多眼杂，诸位若是住进来，怕就不能走动了。"

女子点头："民女知道。"

楚渊道："那今晚便到此为止，明日白天，自会有人去客栈接其余人进宫。"

女子跪地谢恩，跟着四喜去了住处。

段白月问："为何要让这群人留在宫中？"

"否则呢？"楚渊与他一道慢慢往寝宫走，"也不知道究竟有什么目的，放在王城里头，百姓怕是不会安心。"

"放在宫里，我也不能安心。"段白月道。

楚渊笑笑："在宫里是软禁，看他们有一天会不会露出马脚，自会有人专门看守，我又不会三天两头跑去看，有何不能安心？"

"算起来这段日子，也有不少人与这些潮崖人有了接触。"段白月道，"只是能让焚星发光的，却依旧只有你与那屠不戒。"实在是很不想提起这个名字。

"瑶儿也不行？"楚渊问。

段白月不满："不许再提那个小鬼。"

楚渊戳戳他："胆子不小，敢忤逆皇上。"

"我哪敢忤逆你。"段白月摇头，"若当真如此，那便——"

"嗯？"楚渊斜眼看他。

段白月很冷静："明早别做肘子了，油。"

楚渊笑："菜也不吃肉也不吃，西南王当真难伺候。"

"今晚我就不留下了。"段白月道。

楚渊问："又要去哪里？"

段白月答："青楼。"

楚渊顿住脚步。

段白月笑："当真是青楼，顾兄前几天回了王城，今写来书信说找我有事，一直没空去赴约，便说今晚过去看看。"

"有何事，非要三更半夜说？"楚渊和他对视。

段白月："……"因为只有三更半夜才有时间。

第十五章

"去吧去吧,没人留你。"楚渊轻描淡写,自顾自地往前走。
段白月开窍,几步追过去继续与他并肩走:"不去了。"
"不怕别人空等?"楚渊瞄瞄他。
"等便等了,反正与他也不熟。"段白月说得很是坦然。
楚渊被逗笑,伸手推推他:"不闹了,若真有事便去,莫要耽误才是。"
"当真没事。"段白月拍拍他的肩,"当我方才什么都没说,忘了忘了。"

染月楼里,顾云川坐在琴娘房中,仰头又饮下一杯酒,兴趣索然听着小曲儿。这到底是来还是不来。

等到后半夜的时候,顾云川实在是困意不断,索性站起来自己找去了客栈,结果问过守夜的暗哨才说,王爷一直就不在,房中只有小王爷。

见鬼了。顾云川还当是两人在路上错过,于是又掉头折返,却恰好在街上遇到两个人。

"南前辈?"

南摩邪身边跟着屠不戒,见着他后也意外:"这三更半夜的,在街上晃什么?"
顾云川将自己与段白月有约,却左等右等也不见人的事情说了一遍,又道:"王爷怕是已经到了染月楼,别是路上错过了。"
南摩邪道:"我跟你一道去看看。"
顾云川:"……"
三人一道折返染月楼,却并无人在等。南摩邪顿时眉开眼笑。
顾云川纳闷:"前辈似乎很不愿意让在下与王爷见面。"
"有什么事,白天见也不迟。"南摩邪拍拍他的肩膀,"你将来便会懂。"
顾云川道:"但这事有些重要。"
"你也说了,只是'有些重要'。"南摩邪道,"他现在做的事,可是迫在眉睫,一刻也等不得。"
顾云川将信将疑,屠不戒一头雾水。
南摩邪哼着小调往回走。

皇宫里头,那株梅花树已经被挪了回来,又上了肥料,储备养分打算冬日再开一树花,来年或许能少被挖几回。

楚渊睡得很快也很熟，一是累，二是安心。

看着外头越来越亮的天色，段白月在心里叹气。这才躺下多久，就眼看着又要上早朝。

楚渊迷迷糊糊地问："什么时辰了？"

段白月道："子时。"

楚渊弯弯嘴角："又闹。"

"别去上朝了，好不好？"段白月低声道，"就这一天，装装病，嗯？"

楚渊抬头看着他："傻。"

"你才傻。"段白月笑，"哪有人做皇上做成这样，眼里只有天下社稷，不是傻是什么？"

楚渊顿了顿，没说话。

段白月："闭眼睛。"

外头传来细碎的脚步声，四喜小心翼翼探头进来。段白月道："告诉那些死老头，今日休朝，想谏等明天。"

四喜公公一愣。楚渊在被子里闷闷笑。

"是。"四喜公公赶忙将门关好。

四周重新恢复安静。

"睡觉。"段白月命令，"不到午饭的时候，不准起来。"

楚渊转身背对他。

四喜公公坐着软轿往正殿赶，众位大人已经在偏殿候着，聊着天等上朝，却被告知说皇上龙体欠安，所以今日休朝。

陶仁德关切道："皇上身子还没好？"昨日御书房就没见着。

"是啊。"四喜公公道，"胃疼就没好过，服了药又歇了。"

"多谢公公告知。"陶仁德点头，其余大人都已经散去，刘大炯过来戳戳他："去吃驴肉火烧？"

陶仁德道："我去看看皇上，可别是病得严重了。"

"呸呸呸，咱皇上龙体安康得很，你这什么嘴。"刘大炯道，"偶尔风寒脑热胃疼皮外伤，能是多大的事，看给你担心的，婆婆妈妈。"

"你一个一天到晚想着给人说媒的人，居然敢说我婆妈？"陶仁德震惊。

第十五章

刘大炯不满:"说媒怎么了,你那五个女婿,有三个都是老夫说的,都一年就让你抱了孙子,那时怎么不嫌?"

陶仁德:"……"

"走走,吃火烧去,你付银子,我没钱。"刘大炯揣着手拱他。

"你说你一个朝廷二品大员,吃个火烧都要人请。"陶仁德连连摇头。两人也未坐轿子,就这么往外走,一边走着又纳闷,"皇上自打登基以来,除非不在宫中,否则可是日日都会上早朝的。上回围猎不小心伤了胳膊,第二天也依旧在御书房批了一天的折子,最近这是怎么了,三不五时就见不着人。"

刘大炯道:"你别与我说话,我现在满脑子都是火烧。"

陶仁德:"……"

路过悦来客栈,二楼传来哗啦一声响,街边的人都抬头看。

"出去!"段瑶蹲在墙角不肯转过来。

"瑶儿。"南摩邪笑容满面,硬挤着蹲在小徒弟身边,"当真生气了?"

"你就知道骗我!"段瑶鼻子通红。

真哭了啊?南摩邪后悔不迭,将他抱起来放在椅子上,"师父错了还不成?你说你想要什么,师父就算是挖地三尺也给你找来。"

"我什么都不要,我要换一个师父!"段瑶哭得打嗝。

"那可不成,我舍不得。"南摩邪拍拍他的脑袋,"不如为师教你两招菩提心经?"

"我不学!"段瑶继续拼命哽咽,"谁知道是真是假,你一块破铜烂铁都能当宝剑送给哥哥!"

"那浑小子说是破铜烂铁?"南摩邪气得鼻子歪,不过还是及时摆出慈祥的笑容,继续哄小徒弟,"那师父带你去逛青楼?"

逛个鬼!段瑶闻言哭得更大声,这是个什么破师父啊。

直到中午,段白月才从宫里回到客栈。

屠不戒正蹲在客房门口,手里拿着一个蜜桃吃,见着他上来后,赶紧使了个眼色——南师父心情不好,贤侄可千万莫去触霉头。

段白月意外:"何时回来的?"

屠不戒站起来道:"昨晚刚回来。"

段白月点点头,又问:"为何前辈不回屋歇着,要蹲在此处?"

屠不戒往房间里指了指,用嘴型道:"在吵架。"

吵架就对了。段白月对此丝毫也不意外，不吵才是见了鬼。推门进去之后，果真南摩邪正坐在桌边唉声叹气，听到动静也没抬头。段瑶不在，估摸着是去了隔壁自己房中睡大觉，或是怒而出门逛大街。

　　"唉。"南摩邪又深深地叹了口气。

　　"再唉也没用。"段白月自己倒了杯茶喝，"待到师父将瑶儿哄好了，我们再来说说沈将军的事。"

　　南摩邪："……"明明就是同一件事，为何还有第二茬。

　　"这次玉棺山之行，可有发现？"段白月问。

　　"没有。"提到这个，南摩邪连连摇头，"也不知是从哪里来的传闻。我到那玉棺山之后，轻易便用千回环破解了阵法，结果去山洞内一看，那兰一展的棺木依旧好好放在高台上，十八根木钉结结实实，四周灰落了一指厚，哪有死而复生的模样。"

　　"只是棺木无恙，里头的人呢？"段白月又问。

　　"人也在，不过早就成了白骨，能看出些刀痕，应该是当日与裘戟大战时所受的伤。"南摩邪道，"无端打扰逝者，着实不该。将棺木重新封好后，我又找和尚在山下念了三天经，方才折返。"

　　段白月道："这可不像是师父的作风。"居然还知道将棺木封好，再找和尚超度。

　　若换作先前，那自然懒得管。南摩邪想，但现如今有了两个小鬼，该积德还是要积德，自己不怕死，徒弟可不能出岔子。

　　"这么多年过去，江湖中怕是没几个人知道兰一展是谁。"段白月道，"说起魔教，也只能想到前段日子被追影宫所灭的凤九夜。唯有那赛潘安心心念念，一听说九玄机被毁，便立刻觉得是兰一展死而复还，不惜与天刹教合作，甚至来这王城摆出焚星局，大张旗鼓只为引他出现，也不知究竟是哪来的依据。"

　　"将来抓到了，审问一番便是。"南摩邪道，"你可是亲眼见着他抓藤蔓下悬崖，八成还活着。"

　　段白月点头："此番辛苦师父了。"

　　"知道为师辛苦，便去将瑶儿哄好。"南摩邪撺掇道。

　　段白月很淡定："话是师父说的，哄自然也是师父去哄。"

　　我若是能哄好，还要你作甚！南摩邪提议："不然你试着换个人？为师觉得沈将军挺好。"如此一来，自己也不算说谎，只是演算了一下未来。

第十五章

段白月拍拍他的肩膀，发自内心道："师父当真是一点都不令人同情。你那小徒弟，就自己慢慢哄去吧。"

晚些时候，楚渊派来侍卫，将那伙潮崖人带入宫，段白月闲来无事，自然也跟了过去——就算是有事，也一样要跟过去。

御书房旁的殿内侯了一群大人，都在等着递折子。段白月靠在树上远远地看了一眼，都觉得脑仁子疼，再一看陶仁德排在最前头，头更疼。

这么多年以来，西南府在宫里的暗线隔三岔五就会递来消息，说这位太傅大人又在催促皇上选妃立后，再不然便是斥责皇上对西南太过听之任之，完了还要历数西南王府八大罪状，引得群臣也一道愤慨起来——简直就像是老天爷派来专门与自己作对一般。所以即便知道这老头是个忠臣良将，但每每听到陶仁德三个字，段白月还是会想亲手给他喂只虫。

大人一个接一个，事情一桩接一桩，最后一个人是刘大炯，倒不是为了公事，而是乐呵呵地说自家小孙子十天后满月，想请皇上给赐个字。

楚渊道："这一下午，可算是有了件好事。太傅大人方才还在说，等着十天后去府上喝满月酒。"

"那估摸着老陶是知道他自己所奏之事不讨喜，所以故意说些别的，也免得皇上责怪。"刘大炯连连摇头，"真是没料到，连微臣那未满月的孙儿也要被老狐狸拿来利用。"这可就不是一个驴肉火烧能解决的了，起码也要两个。

楚渊失笑，站起来道："字稍后朕再差人送到府上，爱卿可要留下一道用膳？"

"多谢皇上，只是微臣晚上还有些事，家中有客人。"刘大炯道。

"那朕便不留了。"楚渊拍拍他的肩膀，"等会出去见着太傅大人，记得好好向他讨些银子。若非看在爱卿孙儿的面子上，方才那折子，朕可不会批。"

"是。"刘大炯点头，"微臣定然好好讹他一笔。"

"皇上。"待到所有人都走后，四喜公公方才进来，道："可要回寝宫歇着？"

"睡了一早上，这阵倒不累。"楚渊问，"那些潮崖人可曾进宫？"

"回皇上，两个时辰前便来了，向统领亲自接回来的。"四喜公公道，"全部安置在了怡心殿。"

"不错。"楚渊点头，道，"走吧，回寝宫。"

四喜公公心里头纳闷,方才还说不累,这阵怎么又要回寝宫,还当是要去看那伙潮崖人。

寝宫离御书房不算远,推开门后,段白月正坐在桌边等他。

啊哟!四喜公公在心里狠狠拍了下脑门,自己这是什么脑子,潮崖人来了,西南王自然也会来。

段白月道:"看御书房外那么多人,还当要晚上才能回来。"

"人不少,事情却也都不大。"楚渊坐在他对面,"只要边关不起乱子,其余事情都好说。"

"没去看那些潮崖人?"段白月问。

楚渊摇头:"先晾几天再说。"

"我可去看了。"段白月道,"一群人正在房中抱怨,说是无人打扫的冷宫。"

"不是无人打扫,是无人伺候。"楚渊道,"笤帚水盆都有,若想干净,自己清理便是。"

段白月笑笑:"听对话内容,里头有两个人,十几年前就已经进过宫,似乎还颇被先皇看重。"

楚渊点头:"三日之后,我再去看他们。"

"那就先不说这事了。"段白月道,"师父从玉棺山回来了。"

"南前辈?"楚渊问:"可有查出什么事?"

段白月摇头,将那玉棺山的状况大致说了一遍。

"果然。"楚渊道,"先前我曾写信到日月山庄,千枫也说不像是真的。能死而复生,除了南前辈之外,这江湖中似乎并无第二人。"

"师父可不是死而复生,而是压根就没死,只是功夫练得太多太杂,难免损伤心脉,所以每隔一段时间便会假死疗伤,在地下少则一月多则数年。"段白月道,"那兰一展虽说曾是魔头,但也已是几十年前的事,所谓人死债消,那些被他得罪过的门派想来也不会记恨太久。若论起谁能对他念念不忘,怕是只有那个曾经的好朋友裘戟了。"

"就是那个赛潘安?"楚渊道。

段白月摇头:"赛潘安与裘戟是不是同一人,尚且不能肯定,只是我的猜测。"

"当年兰一展是死在裘戟手下,两人自幼一起长大,对方练的是什么功夫,会不会假死复生,该了如指掌才是,理应不会为了一座九玄机就疑神疑鬼。"楚渊道,

"如此有些想不通。"

"想不通就不想了。"段白月道,"你管朝堂之事便好,江湖事留给我。"

"西南王插手中原江湖之事,被太傅大人知道,又该捶胸顿足了。"楚渊笑着看他。

"巴不得气死那老头。可要出去散散心?看你在御书房闷了一下午。"

"今晚王城里头会赏荷灯,到处都是人,不去。"楚渊道,"否则又出乱子。"

"赏荷灯?"段白月道,"先前没听过。"

"也没什么特别,大家一起图个热闹罢了。"楚渊道,"陶太傅也会带着孙子去,还有朝中不少大人,若是看到西南王出现,怕是会当场晕厥。"

"我易容便是。"段白月拉住他。

"碰到我也不行。"楚渊道,"好不容易才将他们应付完,哪有自己跑出门再撞一次的道理。"

这也不行那也不行,段白月撑着腮帮子,道:"无聊。"

"无聊便去青楼。"楚渊挑眉看他。

"早知你会如此惦记,我昨晚便不说了。"段白月哭笑不得,"实不相瞒,若不是你说,我还真将此事给忘了。"也是很对不起顾兄。

"现在去也不晚。"楚渊道。

"不去,明日再去。"段白月道,"那去御花园走走?这寝宫里头着实闷。"

楚渊道:"不如去你住的客栈?"

"嗯?"段白月坐直,微微有些意外。

楚渊道:"在那里也能看到荷灯。"

虽说远了些,但在夜里看河面烛光摇曳,也是美景一片。

客栈里头,段瑶正在问:"当真?"

"自然是真的,等回到西南,为师就去坟里给你刨。"南摩邪举手发誓。

段瑶抽抽鼻子:"这回不许骗我。"

"自然自然。"南摩邪连连点头。

段瑶将自己手里握着的肉串递给他一把:"成交。"

南摩邪笑得满脸褶子,屁颠颠地接过来吃。

楼梯上传来脚步声,段瑶疑惑:"怎么听着有两个人?"

南摩邪随口道:"说不定是皇上。"

段瑶趴在门缝看，然后诧异道："还真是皇上啊。"

"是吗？"南摩邪来了兴趣，赶紧也一道贴过去偷窥。

段白月与楚渊一道进了卧房。南摩邪与段瑶不约而同地从门口瞬间挪到了墙边，继续专心致志地趴着听，连姿势都一模一样，恨不得穿墙而入，一看便知道是亲师徒。

"早知你会来看荷灯，先前就该住去对面。"段白月道，"视界更开阔些。"

"又不是小娃娃看花灯会，一定要挤到最前头看个清清楚楚。"楚渊笑着看他，"你自己都说了，宫里头太闷，出来透透气罢了。"

这里是王城最热闹的一条街，就算是半掩着窗户，也依旧能听到下头的嘈杂声，热气腾腾的糖油糕在锅里一炸，香气登时便上了二楼，满满都是甜香。

"吃吗？"段白月问。

楚渊点头："嗯。"

"等我。"段白月起身出了门。

段瑶在隔壁眼巴巴道："我也想吃。"

"听话，忍忍。"南摩邪继续趴在墙上，伸出一只手拍拍他的脑袋，"等会师父带你下楼去吃热乎的。"

楚渊站在窗边，一路看段白月穿过街道，和一群小娃娃挤在一起买糖糕，买完后又进了隔壁点心铺子，最后回来的时候，还不忘捎带上几包牛杂卤味。

"尝尝看。"段白月道，"每天都能看见这家的卤味有人排队，应当很不错才是。"

"这间店的老板曾经是宫里的御厨。"楚渊也没用筷子，用手捏了一片牛肝吃，"后来有一次不慎摔断了腿，便辞了宫里的事情，去江南老家住了三年，可又惦记在王城的儿子儿媳，前几年刚回来，闲不住开了这八方卤味馆。"

"记得如此清楚？"段白月意外。

"尝尝看。"楚渊道，"你应当会喜欢。"

段白月随手拿了块牛腱丢进嘴里，点头："的确不错。"

"只是不错？"楚渊看他。

"嗯？"段白月想了想："不然我多夸几句？酥而不烂，肥瘦适中，色泽红艳，入口即化。"

第十五章

段瑶与南摩邪在隔壁齐齐吞口水。

楚渊摇头,道:"十来岁那年你进宫,说喜欢吃这个,还说将来要派西南府的厨子过来学。"

段白月:"……"

"就知道你忘了。"楚渊闲闲道,"罚你今天不许吃。"

"多年前的一盘卤味,忘了也不至于罪不可恕吧?"段白月挪着椅子坐在他身边,"喏,重要的事我可一件都没忘。"

"比如?"楚渊问。

"比如说过,将来有一天要一起回西南逍遥。"段白月道,"你十来岁时可答应我了。"

"嗯?"楚渊学他撑着腮帮子,"想不起来,忘了。"

"我没忘便成。有些烫,慢慢吃。"

"那是什么?"楚渊看到墙角一堆零零散散的布包。

段白月道:"易容之物。"毕竟王城不比别的地界,认识自己的官员有不少,为了避免生出事端,还是要小心为妙。

楚渊凑近了看了看他的脸。

段白月笑:"无妨的,皮糙肉厚,和你不一样。"

"值吗?"楚渊问。

段白月道:"值。"

楚渊看着他,一时半刻却也不知道自己该说些什么,大小也是个王爷,却连光明正大在街上走都是奢望,当真值?

"又在胡思乱想。"段白月叹气,"都说了,不许后悔当年的事情。"

楚渊声音很低:"如今这天下提起你,可都是骂名。"

"谁说的,前阵子不还有公主想嫁给我。"段白月不以为意,"况且能骂什么,来来回回也无非就是狼子野心,图谋不轨。我若在乎这个,那可就真是虫吃多了。"

楚渊却没有说话,依旧在出神。这十几年来,两人有过相互利用,亦有过生死与共,说过的话太多,做过的事也太多,早已不知道什么才是他心中所想。甚至即便是现在,偶尔也还是会神思恍惚,觉得看不清眼前的人,也看不清将来的路。

"隔壁怎么如此安静?"段瑶心里没底。

南摩邪冲他"嘘"了一下，轻轻打开屋门，蹑手蹑脚走到两人的屋门前，继续听。
段白月皱眉，有些担忧地看着他："怎么了？"
楚渊单手抚上他的肩。

房内很安静。
片刻后，楚渊道："我要回宫了。"
段白月问："这就不理我了？"
楚渊："……"
段白月低笑："再坐一阵子，我送你回去。"
"今晚去见见顾云川吧。"楚渊道，"他或许当真有要事找你。"
"好。"段白月答应。
窗外传来百姓的笑闹声，河面漂着少说也有上百盏莲花灯，晃晃悠悠，蜿蜒连成一串。楚渊站在窗边，看着那片灯火出神。
"许个愿？"段白月在他身侧，"说不定当真会实现。"
楚渊道："许你此生安康喜乐。"
段白月摇头："不是我，是我们。"

河畔，刘大炯正在与陶仁德一道吃桂花汤圆，自然一样是太傅大人付钱。
"下回再找皇上批折子，你拿自己的孙子献宝。"刘大炯埋怨，"莫要牵连无辜。"
"你这头不是新鲜句，刚呱呱落地，皇上还没见过，惦记着呢。"陶仁德道，"我那孙子天天在宫里头闹，去一回皇上头疼一回。"
"你罪过可大了。"刘大炯道，"咱皇上原本就不愿意纳妃选秀，若是看到讨喜的娃娃，说不定还能改改心思，这下越发没戏了。"
"好意思说我。"陶仁德丢下汤圆勺子，"你天天给人说媒，也不见给皇上说一个。"
"那可是咱皇上，一般人如何能配得起。"刘大炯振振有词，"头回纳妃，少说也要相貌出众出身高贵，还要知冷知热知进退，你倒是说说，这王城里有几家能配得上？"
陶仁德连连摇头："王城里没有，那就去外头找。正好过段日子要去北行宫，你沿途仔细看看，我最近这眼皮子老是跳，说不定真有姻缘。"
"听老弟一句劝，你的眼皮子跳，是亏心事做多了，哪有本事跳出姻缘。"刘大炯满脸嫌弃，"再说，你看你脑门上这斑，千万莫给咱皇上跳来一个满脸麻子的。"

第十五章

陶仁德觉得,自己迟早有一天,会被这媒婆的碎嘴给气死。

段白月也恰好在问:"北行宫?"

"嗯。"楚渊点点头,"每年此时,都会去那里住一阵子。去看看沿途百姓,也换个地界开阔一下眼界,是父皇定下的规矩。"说完顿了顿,又笑,"不过我总觉得,是他嫌这王城内太热,所以找个由头避暑。"

段白月道:"云德城地处深山,的确要比这里凉快许多。"

"你呢?"楚渊问,"要回西南吗?"

段白月道:"不回。"

"出来这么久,不怕边境乱?"楚渊扭头看他。

段白月道:"等你亲眼看过就会知道,西南的边境,怕是大楚最安稳的一个边境,靠的可不单是武力镇压。先前苗疆七十二寨各自为营,天天都在钩心斗角相互下毒,只为争夺那一点点房屋口粮。现在统一之后,大家有房住有田耕,西南王府还会时不时赏赐,日子好着呢。他们可不比漠北那些悍匪狼子野心手腕高超,就算是联合一致,也翻不出大风浪,连西南都出不了,更别提是王城,又何必自讨没趣。"

"你也有说别人狼子野心的一天。"楚渊撇嘴。

"什么时候我拉着他们起个大旗,你说消息传到王城,会不会将那位陶太傅给吓晕?"段白月问。

楚渊哭笑不得:"这也能扯上太傅大人?"

"他天天骂我,你又不让我去打。只能说说闲话。"很是委屈。

晚些时候,看莲花灯的百姓逐渐开始散去,段白月也送楚渊回了王宫。南摩邪与段瑶趴在窗台上,目送两人背影远去。

四喜公公正在寝宫门前打盹,听到响声睁开眼,见两人都已经回来,方才松了口气。

"这段时间里,可有人来找朕?"楚渊问。

"没有,安静得很。"四喜公公笑呵呵道,皇上以后尽管安心出去逛。

"那便好好休息吧。"段白月道,"我去看看顾兄那头有什么事,而后——"

"而后就回客栈歇着。"楚渊道,"这几天你都没好好睡,今晚说完事情想来又是半夜三更,不准再乱跑了。"

"也好。"段白月笑笑,"那我明晚再来看你。"

楚渊点头，看他跳过院墙离开，觉得有些想笑。动作倒是越来越熟练。

"皇上。"见他心情好，四喜也高兴，在一旁道，"可要传热水沐浴？"

"过会吧，时间还早。"楚渊道，"朕再去看看折子。"

四喜："……"

楚渊笑着看他："朕知道，会早些回来睡。"

四喜连连称是，扶着他去了御书房。

折子依旧是先前那些，事情也依旧不算少，楚渊的心情比起昨日来却好了许多，甚至脸上一直还挂着笑。四喜公公在旁边啧啧，看来还是得有西南王。

一晃眼半个时辰过去，楚渊放下手中狼毫，四喜公公赶忙道："皇上可要回寝宫？"

楚渊按了按肚子，道："传些膳来。"

四喜公公乍一听到还没反应过来，后头回神又赶忙道："皇上想要用些什么？"

"什么都好，越快越好。"楚渊下巴抵在龙案上，"饿死了。"在客栈里虽说买了不少油糕卤牛肉，却压根就没吃多少，刚回宫时还不觉得，看了几本折子却是肚子咕咕叫，简直要前胸贴后背。

四喜公公小跑下去吩咐，不多时便有内侍送来一个食盒，打开是楚渊先前经常吃的清粥小菜，以及一道甜汤一道茶香点心。

"皇上慢用。"四喜公公替他布好碗筷。

楚渊问："有肉吗？"

四喜："……啊？"

御膳房的厨子赶紧起火，排骨剁得震天响，肉汤咕嘟嘟直冒香气，周围一圈小太监都在咽口水。热腾腾的菜肴被加紧送往御书房，御厨诚惶诚恐，说是时间赶，来不及做大菜，还请皇上恕罪。

楚渊吃了一口荷包鱼肚，道："挺好，赏。"

御厨瞬间喜笑颜开，谢恩后跟随内侍出了御书房。

四喜公公在旁边伺候着，看楚渊吃完鱼又吃肉，啃了七八根排骨还不见停筷子，又说要吃红焖鹿蹄。于是心里纳闷，这西南王将人带出去，怎么也不给饭吃，看给皇上饿的。

这个晚上，楚渊一个人，吃了胃口最好的一顿饭。

第十五章

染月楼里，顾云川正在凭栏抚琴，段白月靠在柱子上道："看顾兄手法这般行云流水，想来再过一阵子，便能挂牌接客了。"

顾云川手下一顿，琴弦断了一根。段白月坐在他对面。

顾云川眼底疑惑，往他腰间看："王爷的裂云刀呢？"

"给瑶儿了。"段白月自己倒了一盏酒。

给瑶儿便给瑶儿吧，但为何要在腰上挂这么一块破铁？顾云川实在忍不住，问："可否将此宝剑，借在下一观？"

段白月干脆利落道："不能。"

顾云川："……"

"找我有何事？"段白月问。

"与天刹教有关。"顾云川答。

段白月一顿，抬头看他。

"我这回去梦澜洲寻访旧友，回来时路过西南。"顾云川道，"在蓝姬毙命后，天刹教如同一盘散沙，其余小弟子自不必说，早就卷起包袱各寻门路。教内的四大护法也无心再留，各自拿了财产后，便一把火烧了天刹教宫。原以为这件事就到此为止，没想到在前段日子，那四名护法却都被人杀了。"

"被谁？"段白月问。

顾云川道："蓝姬。"

段白月眉头猛然一皱。

"或者说是蓝姬的冤魂。"顾云川道，"其余三人都是被一招毙命，胸口发黑皮肉外翻，看着像是蓝姬平日里所练的白骨爪。消息传出后，江湖中人心知不妙，于是便想先将第四名护法救下来，谁知却也晚了一步，只来得及听她说最后一句话，说索命之人正是蓝姬。"

段白月道："当日她身受重伤又坠下悬崖，还有命活？"

"所以才说了，或许是鬼魂。"顾云川挑眉，"西南各江湖门派都在查，听说连日月山庄也要派人去，我就没有凑热闹，先回来将这件事告诉你。"

段白月点头："多谢。"

"若是她没招惹西南府，这事王爷也就别插手了。"顾云川道，"这回我也问了，梦澜洲虽说地处南海，却也没几个人听过天辰砂，能不能找到还说不定。金蚕线有多毒，千万莫要大意才是。"

段白月笑笑："现在我倒是像个病秧子了，人人到了一个新地方，都要惦记着替我问一句药。"

"王爷这般有趣的朋友不多见，能多活几年还是多活几年为好。"顾云川给他斟满酒，"今晚若是没事，便留在这染月楼中喝酒吧，比不上王爷亲手所酿，不过也窖藏了十几年。"

段白月点头："好。"

顾云川与他碰了一下杯："早些成亲。"

段白月："……"

"咳咳。"顾云川道，"实不相瞒，这回路过西南府的时候，金婶婶拉着我说了大半天，说日日盼着王爷娶媳妇延香火，眼睛都哭瞎了一只。"

段白月："……"

客栈里头，段瑶困得晕天晕地，还是坚持不肯去睡，要听师父讲哥哥的故事。

第二日清早，段白月回到住处，就见南摩邪与段瑶都趴在桌上，正睡得香甜。

"哥。"听到响声，段瑶迷迷糊糊爬起来。

"为何要在这里睡？"段白月问。

"聊得太久，不知不觉就睡着了。"段瑶使劲打呵欠。

"又在聊什么？"段白月坐在桌边。

段瑶与南摩邪异口同声道："聊你将来成亲的时候，会有多大的排场。"

段白月往弟弟嘴里塞了个勺子。

段瑶呸呸："这是昨晚掉到地上的！"

"胡言乱语。"段白月站起来，"都回去睡。"

段白月坐在床边："我昨晚在染月楼。"

"染月楼好啊，物件齐全。"南摩邪拍了下大腿。

段白月道："与顾兄在一起。"

段白月懒得多言，抽出腰间破铁，将两人赶了出去。

又过了几天，楚渊果然摆驾出宫，一路向东去了云德城北行宫。既是为了体察沿途民情，自然不会赶时间，沿途走走停停，三天才到下一座城。马车停在驿馆，楚渊推开自己的房门，就见桌上摆着一大捧花，也不知是从哪揪来的。段白月靠在屋梁上，看着他笑。

"下来。"楚渊伸手。

段白月翻身跳到地上："怎么这么晚，我都在城里晃荡了一日。"

"路上热，便让大家多歇了一阵子。这屋子里也热，冰块要等会才能送来，你怎么也不知道在外头等。"

段白月笑道："先前还真在树上，结果一群小娃娃猴子一样来爬树，险些被发现。"

"堂堂西南王，躲着一群小娃娃。"楚渊拍他的胸口，"丢人。"

段白月刚打算多关心两句，屋子外头却有人道："皇上。"

楚渊顿时站远了些。

段白月问："我能出去揍他吗？"

楚渊道："不能。"

不能也是要揍的。西南王蹲在房梁上，看着陶仁德进屋。自己上辈子，应当欠了这个老头不少东西。

"这一路劳顿，太傅大人怎么也不歇着。"楚渊道，"找朕有事？"

"回皇上，有。"陶仁德道，"这驿馆附近有处月老庙——"

"太傅大人。"楚渊不悦打断他。

"皇上听老臣说完。"陶仁德加快语速道，"这月老庙灵验得很，后天又恰好是乞巧节，因此那姻缘树前挂了不少锦帕，都是待字闺中的女儿家一针一线——"

"四喜！"楚渊大声道。

"皇上。"四喜公公小跑进来。

"送太傅大人回去。"楚渊吩咐。

陶仁德还想说什么，楚渊却已经进了内室。

"太傅大人，走吧。"四喜公公在他耳边小声道，"别惹皇上不高兴，有事等会再说。"

陶仁德心里叹气，谢恩后便退了出去。刘大炯揣着手，正在树下头看好戏。就知道陶仁德定然会被赶出来，还生说自己眼皮子跳，有好事。好个屁。

"你看，你又不让我去揍他。"段白月蹲在他身前。

楚渊坐在床边，看着他也不知是该气还是该笑。

段白月问:"月老庙,去不去?我带你去。"
"不去。"
段白月:"都说了挺灵验,我们偷偷去,看一眼就回来。"
"这么爱看热闹?"楚渊问。
"说不定当真能求个姻缘。"段白月说得有道理,"至少也给自己结个红线。"
也成。楚渊懒洋洋道:"嗯。"

第十六章

去月老庙,自然要在晚上,这阵离晚饭尚有一段时间,外头天还大亮着。段白月问:"先睡一阵子?想来一直赶路也累了。"

楚渊摇头:"累倒是不累,就是马车里着实闷得慌,这阵出来吹吹风,好多了。"

"那想不想吃东西?"段白月又问。

楚渊好笑:"怎么不是睡就是吃?"

段白月道:"自然是因为关心你。"

"不饿,渴。"楚渊道,"等会便会有酸梅汤送来,你还想吃什么,我让四喜一道买了来,这城里的肉馅酥饼极为有名,还有冬粉煎包,你要不要?"

段白月看着他笑。

楚渊不解:"笑什么?"

"没什么。"段白月道。不像是皇上,说些鸡毛蒜皮的小事情,有些唠叨,却分外轻松自在,让人心里也跟着一道舒坦起来。

酸梅汤很快便放凉冰好,一道呈上来的还有酥饼煎包与其他几道特色小点。楚渊没什么胃口,只是坐在桌边看着他吃,后头实在忍不住道:"你一整天都没吃饭?"

"一直等着你来。"段白月道,"好吃白食。"

楚渊哭笑不得,又递了个包子给他。

两人吃完东西,又在房里说了一阵话,眼看着外头天色渐暗,便从后门出了驿馆,慢慢走着去月老庙——也不用问路,跟着街上的人走便是。今儿晚上月老庙可是最热闹的地方,人人都想着要早些去占个好位置,求个好姻缘。

"喏,就是前头了。"段白月道,"不过看架势,能不能挤进去都难说。"

"罢了,就在这看看吧。"楚渊停下脚步,"也一样。"否则两个大男人挤着人去看姻缘树,就算没被认出身份,也难免会惹人注意。

段白月点头,又道:"没事,就算离得远了些,该听到的话,月老还是一样能听到。"

楚渊笑笑,也没说话,只是一直看着前头。

姻缘树前挤满了百姓,红绳几乎要将树枝挂满,陶仁德拼死拼活挤到最前头,将一根红绳缠在了树上,累得气喘吁吁,心里念叨月老保佑,让皇上赶紧选妃立后,可别再这么胡闹下去了。否则将来自己两眼一闭,都无颜面去泉下见先皇。周围人不

第十六章

明就里,纷纷都在心里嘀咕,这不知从哪来的老头也是脸皮厚,一大把年纪看着该做爷爷了,还跑来求姻缘,也不怕别人笑话。刘大炯站在最外头,一边喝大碗茶一边啧啧,还说自己爱做媒,自己哪能比得过这位,这都要来掺和一脚。若是再过两年皇上还不肯成婚,陶大人怕是得疯。

"等我片刻。"段白月道。

楚渊点头:"嗯。"

段白月转身离去,片刻之后回来,手中却是拿了一根红绳。

楚渊问:"从哪偷来的?"

"嘘,神明面前不可乱说话。"段白月握住他的手腕,将那红绳绕上去,"是找了个小娃娃,去月老祠前买来的。长得虎头虎脑挺招人,月老看了应当也喜欢,便能多保佑你一阵。"

"只是一阵?"楚渊问。

"不如每过一段日子,便来求一次月老,让他老人家想忘了都不成。"段白月问,"你说这样好不好?"

楚渊笑:"好。"

周围百姓还在往前头跑,说皇上这几日恰好在城中,赶紧多求求月老,说不定能让自己闺女侄女外甥女进宫当娘娘,那可是光宗耀祖的大好事。

段白月道:"咳。"

"走吧。"楚渊拍拍他的胸口,"月老也拜了,糖粥也吃了,该做的事都做了,回去歇着。"

两人嫌人多,也未走大路,就在小胡同里慢慢溜达,七拐八拐险些迷了路,好不容易回到驿馆,已经到了子时。沐浴之时,西南王依旧奉旨蹲在屏风外,双手撑着腮帮子。楚渊下巴抵在浴桶边沿,看着外头那个模模糊糊的人影笑。

接下来几天的路途都挺顺利——事实上前后左右都是御林军与大内高手,想不顺利都难。段白月依旧提前两天便到了云德城,随便寻了一处客栈住下之后,便独自一人去了北行宫,想着闲来无事逛逛也好。

皇上要来,行宫里头自然要好好准备一番,四处都是人,看架势像是要通宵干活。段白月在前殿看了一圈，又去寝宫坐了一阵，便拿起剑想回去，却又见一处小院落里隐隐传来光亮，四周一片安静漆黑，与别处的热闹忙碌比起来，显得有些格格不入。

段白月心下好奇，便走过去一看究竟，只是人还未靠近，院中便已经有苍老的声音传来："阁下又是谁？"

段白月微微一愣。

"出来吧。"老人继续道，"听着脚步声，可不像是这行宫里头的人。"

段白月只好伸手推开院门，硬着头皮道："打扰了。"

"哟，玄冥寒铁，看来也是个有来头的。"老人看了一眼他腰间的佩剑，继续自己与自己下棋，也不再搭理他。

中原武林卧虎藏龙，段白月诚心道："晚辈见这里透出星点灯火，便过来看一眼，没想到打扰了前辈的雅兴，还望见谅。"

"雅兴也称不上。"老头道，"一盘棋下了三十年，不是左手赢，就是右手赢。只是最近这左手似乎不行了，已经输了整整一个月。"

段白月心里一动，问："前辈喜欢下棋？"

老头摇头："消磨时间罢了。"

段白月又道："那前辈可知道焚星局？"

老头倒是有些意外，又叹气："小后生，莫说你也想去找黄金，那岛上啊，可真真什么都没有。"

段白月心里一喜，坐在他对面道："前辈放心，晚辈对黄金珠宝并无任何兴趣，对潮崖亦不关心，只想请教前辈，可知为何焚星有时会发光？"

"焚星在你手中？"老头总算是抬起头，正眼瞧了半天，"都说九玄机被毁了，原来是你这后生所为。"

"前辈，"段白月又问了一次，"焚星究竟是何物？"

老头摆摆手："你先替我做件事情，我便告诉你这焚星里头的秘密。"

"何事？"段白月问。

"去福明村，看看一个叫凤姑的人在做什么，过得好不好。"老人道，"回来之后，我便告诉你，为何焚星会发光。"

段白月答应："好。"

老人道："这么多年，来找我偷偷摸摸问事情的人也有一些，你却是点头最爽快的一个，甚至都不问凤姑是谁，就不怕被骗？"

第十六章

段白月笑笑："我与前辈无冤无仇，想来那福明村里也不会有机关陷阱在等。顶多白跑一趟，替前辈看看故人罢了，无妨。"

"那就去吧。"老人挥挥手，"记住，莫要打扰到她。"

段白月转身离去，也未回客栈，而是径直策马出了城。

两人素昧平生，他自然不会完全相信那老者。但对方能一眼认出玄冥寒铁，身份应当不会简单，说不定当真能解开焚星发光的秘密。就凭这个，这笔交易无论如何也值得做。

福明村距离云德城不算远，火云狮又是绝世良驹。天才蒙蒙亮，段白月便已经到了村口。几个年轻后生像是刚出山，手里拎着几只野鸡，正在有说有笑地往这边走。

"几位小哥。"段白月道，"可否问一下，这村里可有一位叫凤姑的人？"

"有有有，前头那户人家，烟囱里正往外冒烟的就是。"其中一人笑着说，"你也是来买她家粽子糖的吧？"

段白月默认。

"可真是生意好，这么早就有客上门。"那后生颇为羡慕，又道，"也是，再晚一阵子，外头的商铺便要来收货了，那时候再想买，就要多花银子去城里才行。凤姑的粽子糖好吃，外头的人都愿意花双倍的价钱买。"

原来是户做粽子糖的人家。段白月道过谢后，便去了那户人家敲门，院子里的狗汪汪大叫，而后便被主人呵斥了一句，木门吱呀打开，一个头发花白的老妇见着段白月，疑惑道："这位公子，是要找我家的人吗？"

段白月恭敬道："路过此地，听说有家人粽子糖做得不错，我朋友嘴馋喜欢吃，便来看看。不知婆婆可是凤姑？"

"是我。"老婆婆笑道，"原先这糖啊，都被城里的商铺给收了，不准我卖给其他人。只是公子若想给朋友吃，那取个两三包也无妨，银子便不用付了，也不是什么值钱的吃食。"

"多谢婆婆。"段白月道，"赶了一夜路，可否进来讨杯水喝？"

老婆婆点头，让他到院中坐着，又叫掌柜的出来招呼。

"还是头回有客这么早上门。"从后院出来一个满面红光的老头，打着赤膊头发花白，笑声很是爽朗，"我这糖浆才刚熬好，公子想买糖，怕是要再等一个时辰。"

"无妨的。"段白月也笑，"只要莫打扰二位老人家，我等多久都成。"

"正好一道留下吃早饭吧。"老婆婆道，"儿子和媳妇都去了山里，女儿女婿也在城中做活，要后天才能回来，昨天邻居送了不少包子，这大热天的，我们老两口吃不完该坏了。"

段白月站起来："我帮婆婆收拾厨房。"

"可别，看着就是大户人家的公子哥儿，尽管坐着喝茶便是。"老婆婆连连摆手，"我这厨房小，人多了转不开身。"

段白月便又坐了回去。

包子很快就在锅里煎好，配了稀饭咸菜，粗陋自然是粗陋的，却也是别处吃不到的味道。饭桌上，老两口一直笑呵呵地与段白月聊天，等到粽子糖做好之后，又包了满满两大包给他，死活不肯收银子。老头笑道："我这老婆子，就喜欢公子这样有礼的人，快些收着吧，我家的糖不愁卖，也不在乎这一包两包。况且答应过城里的商铺不能卖给他人，公子若是硬要给钱，可就是破坏规矩了。"

"那在下便只有厚着脸皮收下了。"段白月道，"多谢二位，还要着急赶路，就先走了。"

老婆婆点头，与老伴一起将他送出门，便又回了院中继续忙碌。段白月回头看了一眼，转身策马而去。

这次再回到北行宫，又已是子夜时分。

老人依旧在自己与自己下棋，夜风瑟瑟，听到他进门，也只是抬了抬头。

段白月道："凤姑现在过得很好。"

老人问："有多好。"

段白月道："夫妻恩爱，儿女双全，家中做着小生意，销路很好，不愁吃穿。"

老人笑道："还在卖粽子糖啊。"

段白月将两包糖放在棋盘上："老婆婆人很好，送的。"

"如此便好，如此便好。"老人点点头，又闭上眼睛，老僧入定一般。

段白月也未催他。足足过了一炷香的时间，老人方才睁开眼睛，道："我都忘了，昨日答应过你，要说焚星之事。"

段白月道："实不相瞒，在下有个朋友，能令焚星发光。"

"那可不是什么好事。"老人摇头。

段白月眉头猛然一皱。

第十六章

"那潮崖岛，不是什么好地界。"老人道，"或者说曾经是个好地界，后来自从见识了外头的花花世界，便都毁了。"

段白月道："在下愿闻其详。"

"相传当初潮崖老祖带着族人东渡，是为了寻一处苦修之地，想想也知道，是看哪里苦便住在哪里，否则如何能叫苦修。"老人道，"在刚开始的时候，族人们倒也耐得住寂寞，修身养性念经诵佛。如此过了几百年，岛上却逐渐有了变化，后生们开始往外头跑，见识了内陆的繁华，又误打误撞救了个海上迷途的商人，与他一道去了处黄金岛。"

段白月意外："当真有黄金岛？"

"世人皆道潮崖便是黄金岛，却不知原来潮崖上的黄金，全部是从另一座岛屿搬来。"老人道，"那里原本是海盗堆放赃物的地方，后来或许是遭了海难，那座岛便成了空岛。那商人机缘巧合得知这个消息后，带着潮崖族几个后生来回十几趟，也未能将黄金岛搬空，眼看着风浪期就要来临，也不能再出海，便约定将来再一道回来取。临走之时，众人绘制了一张航海图，那名商人拿了一半，潮崖族的人拿了另一半。"

段白也点头："原来如此。"

"潮崖族的人有了钱财，便开始大肆挥霍，来往商船逐渐都知道了，这座岛屿上遍地都是黄金，因此都愿意前往兜售商品，阿谀奉承百般讨好。原本清修苦行的潮崖人，也变得贪慕虚荣好逸恶劳，再也不是当初潮崖老祖再世时的模样。"老人喟然长叹，"贪念害人啊。"

"那后来呢？"段白月继续问。

"后来，那商人因此成了大户，却也因此成了疯子。"老人道，"原来当初与他一道误打误撞发现黄金岛的，共有七人，由于不知道附近有没有海盗，所以那回众人并未动岛上的财富，而是在避过风浪后，便赶紧仓皇驾船离开。只是那明晃晃的金山银山，谁看进眼里都出不来，在返程的路上，那名商人将其余同伴一一杀害，只为独享这个秘密。"

段白月摇头。

"只是秘密守住了，二度出海时，钱财在潮崖人的帮助下拿到了，心魔却也种下了。"老人道，"那可是七条血淋淋的人命，商人疯了之后，潮崖族人也慌了，想要找他拿回另外半张航海图，可是那商人的宅子却早已被付诸一炬，人也已经被官府斩首示众。"

"所以现在唯一剩下的，便是潮崖族人手中的那半张航海图？"段白月道，"那与焚星又有何关系？"

"潮崖人把那半张航海图当宝贝，自然是要藏一个最稳妥的地方。"老人道，"焚星发光，便能唤醒海中的蓝火鱼，只有跟随鱼群，才能找到那处藏有航海图的岛屿。"

段白月道："可只有半张而已。"

"是啊，只有半张而已。"老人叹道，"但偏偏就是这半张航海图能让一座岛的人都为之丧失理智。几十年前，尚且有一群老人坚持维护正义，后头老人们没了，只剩下年轻一辈，岛上便愈发乌烟瘴气，整日里钩心斗角，都觉得自己若是能找到那半张航海图，便能找到黄金山。"

"找到哪半张？商人的那半张？"段白月问。

老人摇头："潮崖岛上的那半张。"

段白月不解。

老人解释道："潮崖族的老人们为了能让后辈和睦相处，最终决定毁了那半张藏宝图，也好断了念想。谁知这个决定被后生们知道，连夜举着火把包围了老人们的住所，要他们交出月鸣蛊。"

段白月道："不是交出焚星？"

"焚星那样的珠子，在岛上还有几十颗，九玄机中的那一颗，也就不知情的中原江湖人才将它当成宝贝。"老人道，"焚星不重要，能让焚星发光的月鸣蛊，才是所有潮崖人都想要的东西。只是在僵持一夜后，见潮崖后生已无理智可言，老人们绝望地吞下蛊虫，纷纷拔刀自尽，焚星也就成了一堆黯淡无光的废物。"

段白月不由自主便攥紧手心："所以能让焚星发光的人，身上都被种了月鸣蛊？"

"所以我在开头便说了，不是什么好事，就算找到那半张藏宝图又如何？"老人道，"还是快些去替你那朋友治病吧。"

"月鸣蛊是何物，可有危险？"段白月追问。

老人摇头："你这身上少说也带了七八种蛊毒，也是个懂行的，还怕解不了月鸣？将蛊虫取出来后，便将其烧了吧，永绝后患，否则贪念害人呐。"

第十六章

"前辈究竟是何人？"段白月问。

老人挥挥手："去吧，彻底毁了潮崖，那里原本就是座孤岛，将来也不必再有人。毁了那里，我便告诉你我是谁。"

"多谢前辈。"段白月道，"待我解了月鸣蛊，再来找前辈详谈。"

老人点头，又重新闭上了眼睛，不多时便垂着脑袋，沉沉睡了过去。

天色微亮，行宫里头也越来越热闹。城外的官道上，四喜公公笑道："到了到了，皇上，前头都能瞧见城门了。"

楚渊掀开马车帘，朝外看了一眼，就见地方官员已经在跪迎，乌泱泱的人头。虽然明知道段白月不可能在外头，却依旧有些失望。

四喜公公看在眼里，笑得愈发乐呵。

"老陶啊，"刘大炯下了轿子道，"这云德城的地方官可是你的门生，算是你的地盘，头顿饭得你请。"

陶仁德牙根疼："你究竟何时才能告老还乡？"

"还早还早。"刘大炯挺着腰，"至少要等到太傅大人先种两年地，我才走。"

陶仁德推他一把，也懒得再计较。此番来行宫，虽然也不至于完全无事可做，但总比在王城里头要清闲不少，棋盘茶叶画眉都带着，可得好好休息几天。

地方官员三叩九拜后，还在滔滔不绝口若悬河，楚渊面色清冷威严，心里却想起段白月常说的一句话，当真很想给此人嘴里喂一只虫。

等终于接待完众人，回到寝宫之时，已经差不多到了该吃午饭的时候。推开门后，段白月果然坐在桌边。四喜公公识趣退出去。

"怎么了？"楚渊问，"看着不高兴，谁惹你了？"

"我可不是不高兴，是担心。"段白月站起来，将他拉近身，"别动。"

"嗯？"楚渊不解。

"别动。"段白月又重复了一次，手沿着他的后脖颈慢慢往下找。

"喂！"楚渊挣开他，瞪一眼，光天化日做什么！

"我似乎知道了焚星为何会发光。"段白月道。

楚渊一愣："嗯？"

"让我看看你的背，不用怕，没什么事。"段白月握住他的手，"看过之后，我便告诉你原因。"

楚渊："……"

段白月扶着他坐到桌边。楚渊将信将疑，却也没再问什么，自己解开衣带，将上衣褪去给他看。

段白月拇指一寸寸按过脊背，楚渊皱眉，刚想问他究竟在做什么，却猛然传来一阵疼。

"嘶。"

段白月停下手，又在那里轻轻按了按，果真有个小小的硬块，若是不仔细看，谁都不会察觉。

"你拿针扎我啊？"楚渊问。

段白月将衣服替他穿好，道："我说了你别怕，不是什么大事，瑶儿与师父来之后，这蛊自然能解。"

楚渊眉眼疑虑。

"焚星遇见月鸣蛊，便能发光。"段白月道，"应当是那伙潮崖人在十几年前进宫时，给你下了蛊。"

"我？"楚渊又不自觉伸手摸了摸方才疼的地方。

"说不上原因，不过没什么事。"段白月拉着他的手，将先前老人所言之事给他细细复述了一遍。

楚渊觉得有些不可置信。

"人就在行宫的偏院里，不过我答应过前辈，无事不会去打扰他。"段白月道，"你可知他是谁？"

楚渊摇头："从小到大，这行宫几乎年年都来，却从未听说过住着世外高人。只是我虽不知那老者是谁，却知道故事里的商人是谁。"

段白月倒是意外："嗯？"

"是沈家的先祖，就是现在的日月山庄。"楚渊道，"那名商人名叫沈柳，当时的武林盟主与他有些交情，不忍见他被官府满门抄斩，便救下了其子嗣沈落。二十余年后天下大乱，沈落辅佐楚氏先祖打下了这江山，沈家也因此才得以重新发展壮大。"

段白月道："原来如此。"

"这在江湖中也不算秘密，只是日月山庄如今是第一大门派，所以无人敢说闲话罢了，毕竟已经过去了百来年。"楚渊道，"当年沈柳在疯了之后，只说海外有座被海盗遗弃的黄金岛，却没说潮崖之事，自然也就无人会将两事联系起来。"

第十六章

"先不要把此事说出去。"段白月道,"将你体内的月鸣蛊取出来,才是头等大事。"

"若是一直不取出来,会如何?"楚渊问。

段白月想了想:"会变傻。"

楚渊:"……"

"逗你的,应当不会有什么大事。"段白月笑笑,"只是蛊虫无论是哪种,都是以血为食,又不是什么好东西,干吗要一直养?"

"你也知道。"楚渊拨了一下他的鼻子,"那金蚕线呢?"

"金蚕线要乖一些,一年只醒一回。"段白月答得流利,"所以无妨。"

楚渊哭笑不得。

"师父与瑶儿估摸明日就会到。"段白月道,"明晚便帮你将月鸣蛊拿出来。"

"嗯。"楚渊点头,又疑惑,"为何南前辈与瑶儿会与你分开?"

段白月道:"因为我并没有让他们跟。"但是再不让跟,也架不住非要跟。

段瑶背着小包袱,高高兴兴跟在师父后头走。南摩邪在路边买了几个包子,一边吃一边分给小徒弟,道:"注意着些,可莫要让你那哥哥发现我们。"

"那是自然。"段瑶道,"明日就要到云德城了,我们现在就易容!"

"好!"南摩邪赞许。

两人盘腿坐在树下阴凉处,还没等打开包袱,便有人从远处骑马而来。段瑶赶紧捂住脸,南摩邪舌头吐得老长,面目狰狞变形。如此五官全非,应当没人能认得出来。

来人翻身下马,道:"南师父,小王爷。"

"咳咳。"南摩邪恢复正常表情,在小徒弟脑袋上拍了一把。

段瑶问:"要号啕大哭吗?"

来人赶紧制止,道:"王爷并未生气,反而让属下快马加鞭,请南师父与小王爷速速进城。"

南摩邪瞬间来了精神:"当真?"

来人道:"王爷似乎很着急。"

南摩邪狠狠拍了下大腿,着急便说明有事情,有事情是好事啊,最近恰巧闲得慌。

日头一点一点落下山，北行宫内，段白月正在陪着楚渊吃饭。万岁爷御驾亲临，地方官自然要设宴款待，不过四喜公公知道皇上在此等场合向来不会吃什么东西，于是便特意叮嘱厨房做了些皇上平时爱吃的小菜，在宴席后送到了房中，又加了不少荤腥，为了更合西南王的胃口。

楚渊咬了一口肥厚的红烧肉，拌着油吃米饭。

段白月问："鱼要不要？"

楚渊点头。

"胃口怎么这么好？"

楚渊道："不是胃口好，是若我不吃，你又要絮絮叨叨半天。"

段白月哭笑不得："絮絮叨叨？"

"当真没胃口，但没胃口是因为天气热，不是因为什么月鸣蛊。"楚渊道，"就算是有，都十几年了，也没觉察出有什么。"

"你能如此想就最好。但饭还是要好好吃，这个不腻，试试看。"

楚渊实在很是好奇："西南府平日里吃菜吗？"看上回瑶儿也是，只吃肉，一点青菜都不夹。

段白月道："若是有你在，我找十八个厨子，天天变着花样做青菜。"

"贫！"

这一路舟车劳顿，好不容易到了行宫，总算可以休息一个月。晚些时候躺在大床上，楚渊动都不想再动一下。

"明日师父与瑶儿就会来。"段白月道。

"南前辈又要戴面具吗？"楚渊问。

段白月顿了顿，道："不戴也成，但我先说一件事，你不许生气。"

楚渊皱眉："那可不一定。"

段白月："……"

"说，有什么事瞒着我？"

段白月实在头疼，却又不能一直瞒着，于是只好道："先前你在琼花谷中遇到的那个白来财，便是家师。"

楚渊果然一愣。段白月将事情大致说了一遍给他。

楚渊在黑暗中幽幽看着他，道："早有预谋啊。"

"我可当真是无辜。"段白月道，"师父这回从坟里跑出来，连西南王府都没

第十六章

回，径直便去找了叶谷主，就连我第一回碰到他，也是在琼花谷那次。"

"师父那人的性子，你相处久了便会知道，没人能看清他心中所想。"段白月道，"不过对我和瑶儿是真好，豁出命的好。"

楚渊道："我自然不会生前辈的气。"

段白月道："那就好。"

楚渊道："生你的气。"

段白月大感不公："为何？"

楚渊道："不为何。"

段白月："……"

段白月只好道："那明早醒了，便不许再生气了。"

"那可说不定。"楚渊闭上眼睛。

段白月笑笑，楚渊却睡意全无。

第二天白日里，依旧是络绎不绝的地方官员，要报这个报那个。段白月独自一人，闲来无事一直睡大觉，直到楚渊回来方才起床。

"懒。"楚渊道。

"有皇上养着我，自然要懒。"段白月道，"衣来伸手饭来张口。"

楚渊道："今日又有地方官参了你一本。"

段白月抽抽嘴角："来这里都躲不过，谁？说出来去揍他。"

楚渊道："陶礼，是太傅大人的同乡。"

"你看，来来回回还是他。"段白月道，"那老头也一把年纪了，到底何时才能告老回乡。"

楚渊笑笑："父皇临终之前，将朕与这江山托付给了他，陶家三代忠良，若不能看到这江山盛世清明，皇家子嗣众多，太傅怕是不会走。"

西南王撑着腮帮子，很是委屈。

"南前辈与瑶儿什么时候来？"楚渊又问。

"也差不多了。"段白月道，"放心吧，这行宫内的侍卫，对他们来说形同虚设。"

楚渊笑着瞄他一眼："形同虚设，还要放心？"

"以后我给你调派些西南王府的人手。"段白月很识趣，道，"有事保护你，没

327

事就去装鬼吓唬陶仁德。"

楚渊捂住耳朵："三天内不许再提太傅大人。"否则一大把年纪，真要被这人念出病了可如何是好。

段白月心想，嗯，三天不提，第四天继续提。

"皇上。"四喜公公在院外头轻声道，"您等的人来了。"

楚渊道："快请进来。"

四喜公公打开门，笑呵呵道："二位请。"

南摩邪依旧戴着个青面獠牙的面具，段瑶则笑容灿烂。

"瑶儿。"楚渊伸手将他叫到自己身边，又道，"南前辈，将面具摘了吧，大热天的。"

"不用。"南摩邪声音尖锐。

段瑶牙疼了一下。段白月觉得甚是丢人，上前一把揭掉他的面具。南摩邪惊呼一声，赶紧用双手捂住脸，只在指头缝里露出半只眼睛。

段白月道："已经知道你是谁了。"

南摩邪松了口气，放下手嘿嘿笑道："皇上。"

楚渊替他倒了杯茶："在云水城有救命之恩，该我谢前辈才是。"

"小事一桩，不足挂齿。"南摩邪赶紧摆手，"皇上福大命大，福星高照，洪福齐天，我也只是恰好路过罢了。"说完又看徒弟，见着没，就要如此顺着毛哄。

段白月："……"

"这么着急找我和师父来，有什么事吗？"段瑶已经好奇了许久。

段白月问："紫蟾蜍带了吗？"

"带了。"段瑶从包袱里取出一个小竹篓子，打开后，紫蟾蜍在里面蹦跶，呱！

楚渊后背顿时起了一层汗毛。

段白月道："别怕，不会拿来炖汤让你吃。"

段瑶："……"炖汤吃？！

"皇上中了蛊？"南摩邪担忧。

段白月道："师父可知道月鸣蛊是何物？"

南摩邪点头："年轻时曾见过，不过没什么意思，便也没养。"

"这行宫内有位老人，"段白月道，"知道不少潮崖族的旧事，像是去过那里。"

第十六章

"哦?"南摩邪道,"那他可知焚星?"

段白月点头,看了眼楚渊,方才道:"月鸣蛊能令焚星发光,而发光的焚星能唤醒海中蓝火鱼,追随蓝火鱼群的方向,就能找到潮崖族人心心念念的半张藏宝图。"

"就为了半张藏宝图?"南摩邪啧啧摇头,"也值得拼死拼活。"

"此事稍后再说,倒不急。"段白月道,"师父既见过月鸣蛊,想来也懂该如何才能将其逼出。"

"月鸣蛊不比金蚕线那般凶险,也不会伤人,莫说是你,就算是西南府里的药师,也能轻易取出。"南摩邪道,"为师老眼昏花,此等事情,还是要你亲手做才行。"

段白月点头:"也好。"

段瑶松了口气,原来只是取个蛊虫,并不是要煮了吃。将紫蟾蜍留下之后,南摩邪便与段瑶一道去了外头,四喜公公正在院中候着,见着两人后乐呵呵地打招呼:"段小王爷,南前辈。"原来西南王的师父,便是当日在云水城中救驾的白来财,若是如此,那还挺好。

"你要把这玩意……"楚渊伸手指了指桌上,"用来作甚?"

"紫蟾蜍可不是一般的蟾蜍。"段白月打开药箱。

楚渊道:"不用你说,看也能看出来。"一般的蟾蜍,谁又能长成这般颜色,又紫又黑周身滑腻,感觉摸一下就要烂手。

"不会让它碰到你。"段白月道,"取些毒液罢了。"

楚渊道:"哦。"

"蛊虫毕竟不是一般的虫子,在身体里待了十几年,多少会有些影响。"段白月道,"而且取蛊之时要用到紫蟾蜍的毒液,虽说用量甚少,也总归是毒药,两两相加,往后几天你或许会有些发烧不舒服,熬过去就好了。"

楚渊点点头:"无妨。"

"我会一直陪着你。"段白月安慰,"不怕。"

楚渊看着他笑。段白月取出一根银针,捏起紫蟾蜍,在它背上戳了一下,取出一些毒液。

"呱!"紫蟾蜍很不满,四条胖腿伸得笔直。

楚渊不自觉便往后退了退。

"不会疼,只会有些麻。"段白月道,"顶多一个时辰就会好。"

楚渊点头，脱掉上衣之后，便趴在床上侧头看他。段白月坐在床边。

楚渊懒洋洋地一躺，道："你这样的赤脚大夫，在外头怕是要被扭去官府。"

段白月笑，右手抽出一根银针，左手拇指在他背上那处硬包侧边轻轻按了按。楚渊闭上眼睛。段白月用针头取了些紫蟾蜍的毒液，顺着肌肤缓缓刺进去。

果真不疼，相反，冰冰凉凉还挺舒服。只是想到那只大胖蟾蜍，楚渊还是不自觉颤了一下。

"嗯？"段白月停下手里的动作。

"没事。"楚渊下巴垫在手背上，"有点麻。"

段白月放了心，又取了另一根银针，轻轻转动着扎进去，动作温和轻缓。

院子里的段瑶呵欠连天，觉得怎么还没完，是不是出了什么事。但仔细想想，好像又不应该——毕竟若是真出事，他哥应该花容失色地冲出来才是，断然不该如此安静。

南摩邪在旁边解释："面对重要之人，自然要更加小心一些。"

段瑶闻言先是点头，想想又悲愤，那为什么当初自己不慎中蛊时，师父与哥哥看起来简直一点耐心都没有，一个按脚一个扎针，三两下就除了蛊虫，连处理伤处的步骤也没有！

"好了，再过一阵子，拔了银针便是。"段白月半跪在床边，"难不难受？"

楚渊摇头："没什么知觉。"

"紫蟾蜍的毒液有麻醉的作用，过个三两天就会好。"段白月道，"不疼便没事。"

一炷香的时间很快便过去，将那些银针取出来后，上头果然缠了七八条细小的银色线虫，头发丝一般，极细。

楚渊别过头。段白月取出一个白瓷小罐，将那些蛊虫严严实实地封了进去。

楚渊见状问："不烧掉？"

"潮崖一族的事情尚且没有完全解决，先留几天。"段白月将他扶起来，"过后再烧也不迟。"

楚渊想了想，点头："随你。"

"明后两天，可就哪里都不许去了，有天大的事情也交给其余人去处理。"段白月替他穿好里衣，"好好躺着休息两天。"

第十六章

"腰里一点知觉都没有,还能去哪里。"楚渊靠在床头,又问,"先前你曾说过,屠不戒也能令焚星发光,那便说明他体内也有这月鸣蛊?"

段白月点头:"十有八九。"

"他会有可能是潮崖人吗?"楚渊问,"或者曾去过那里。"

"不大现实。"段白月道,"屠前辈是土生土长的楚国人,还与顾兄是同乡,祖籍江西,又在西南王府被囚禁了十几年,不识水性没出过海,更不可能去过潮崖。"

"那便只有上回,他为了徐之秋的悬赏而去杀人,与潮崖族人有了短暂的接触。"楚渊道,"打斗之时中了蛊?"

段白月道:"有可能。"

楚渊依旧皱着眉头。

段白月伸出一根手指无奈道:"才刚刚取出蛊虫,也不休息一阵子。"

"又不困。"楚渊看着他,"若真如此,那至少能说明一件事,当初潮崖族的老人在自尽时,并未毁掉全部的月鸣蛊。此番住进宫里的那些潮崖人中,至少有一个人手中依然握有月鸣蛊,才会在当日与屠不戒打斗时,或有意或无意地种到了他体内。而其余人对此有可能知情,也有可能完全被蒙在鼓里。"

段白月道:"彼此间钩心斗角,对他们来说不算稀奇。"

"屠不戒来了吗?"楚渊问。

段白月摇头:"依旧在王城客栈里,这便差人回去接,到时候再看看,他身体里有没有与你一样的月鸣蛊。"

楚渊点头。

"我去让四喜准备些热水,替你擦脸漱口。"段白月道,"然后就好好睡一觉,有事明天早上再说,嗯?"

楚渊道:"还早。"

"动都动不了,就算时间再早,不睡觉难不成还要批折子。"段白月转身出了门。

院中三个人不约而同地站起来。

段白月:"……"还挺整齐。

"皇上怎么样了?"四喜公公问。

段白月道:"无妨,就是染了些紫蟾蜍的毒液,腰腿麻木,休息一夜就会好。"

四喜公公连连点头。

"烦请公公准备些热水。"段白月道，"越烫越好。"

四喜公公赶忙出去吩咐。

段白月把紫蟾蜍还给段瑶，而后便道："隔壁院子空着，早些去歇息吧。"

南摩邪用颇有深意的眼神看他。

段白月冷静道："师父若是不想歇息，那便赶紧去街上逛，也没人拦着。"

段白月转身回了房中。南摩邪目光殷殷，非常期盼徒弟能中途再回来。段白月反手关上门。

南摩邪："……"

四喜公公很快便送来了热水，段白月拧了毛巾，将所有扎过针的地方都替他热敷了一遍，又上了药膏，方才放下衣裳。

"手都烫红了。"楚渊道。

"热些才有功效，免得明天会淤肿不舒服。"段白月坐在床边道，"我皮糙肉厚，也烫不坏。"

"明日太傅大人原本有事要说，若是看到我躺在床上一动不能动，怕又要一怔。"楚渊道，"随行还有不少太医，快想想，要找个什么借口糊弄他们？"

"这世间怪模怪样的病多了去，莫说是太医，就算是叶谷主，也未必样样都能知道。"段白月一边伺候他漱口，一边道，"只管让四喜告诉其余人，就说你批了一夜折子，第二天早上起来就腰腿麻木高烧不退，看他以后还敢不敢时时刻刻拿先皇压你。"

楚渊想了想，赞许："嗯，这借口不错。"

"既然不错，那有赏吗？"段白月问。

"没有。不许过来。"

"真没有啊？"段白月威胁，"当心造反给你看。"

楚渊笑着躲开，将人打发去洗脸。就着剩下的热水洗漱完后，段白月也正好借此休息片刻。

楚渊问："南前辈与瑶儿都歇息了吗？"

"四喜已经带他们去了隔壁小院。"段白月道，"不必担心。"

"大家明早一道吃早饭？"楚渊看着他。

"好。"段白月答应。

"那南前辈与瑶儿喜欢吃什么？"楚渊继续问。

第十六章

段白月道:"虫。"

楚渊捶了他一拳头:"虫什么虫,好好说话!"

"这么关心别人,都没问过我喜欢吃什么。"段白月抱怨。

"要问吗?红醉猪蹄、八宝鸭、豉汁排骨、酸辣牛肉、三鲜鱼汤煲、酸辣豆腐,这是你唯一爱吃的一道素菜。"

段白月心头发热:"你……"

"喏,知道我爱吃什么吗?"楚渊拍拍他的胸口。

段白月想了想,心虚又淡定:"青菜。"

楚渊看着他笑:"青菜?"

"我错了还不成。"段白月咳嗽两声,"明日就去问四喜你爱吃什么,然后一样样去拜师学,嗯?"

楚渊道:"不务正业。"

"如何能是不务正业。"段白月道,"你看,你又不会做饭。"

楚渊坦白道:"米也不会洗。"

西南王闻言很是忧虑,怎么连米都不会洗,怕是将来连吃饭都成问题。

楚渊慢慢觉得头有些晕,便闭上眼睛。

楚渊裹着被子咳嗽。段白月将冰块包了三四层,然后放在额头帮他降温。楚渊嗓音有些沙哑,看起来倒真是与着凉一个样。

陶仁德在吃完早饭后,便去行宫内的御书房候着,准备与皇上继续商议政事。谁知四喜公公却匆匆赶来通传,说皇上病了,正在床上躺着呢。

"又病了?"陶仁德担忧,"可有请太医查过?"

"回陶大人,已经查过了。"四喜公公道,"太医说皇上最近忧心政事太过劳累,昨儿又熬得太晚,所以才会扛不住,染了风寒又周身麻木,只需按时针灸服药,再睡两天便会没事。"

"不知本官可否随公公一道去探望皇上?"陶仁德闻言更加担心,着凉也就罢了,怎么还能周身麻木。

"自然。"四喜公公躬身,"大人这边请。"

寝宫里头,楚渊正在一勺一勺吃段白月送过来的药。由于紫蟾蜍的作用,他今天早上起来胳膊也有些酸痛，倒不至于动不了，但穿衣洗漱却着实费劲，索性便安心躺着被伺候，体验了一把昏君是何感受。

段白月问："苦不苦？"

楚渊道："还成。"

段白月问："吃点糖？"

楚渊点头："好。"

段白月起身去了隔壁，片刻后又回来，拿着一个小纸包。

楚渊不解："桌上就有蜜饯。"

"这是前几日去城外的时候，从凤姑婆婆那里买来的粽子糖。"段白月拆开一粒喂给他，"据说挺好吃。"

楚渊用舌尖抿了抿："嗯，不太甜，有芝麻香。"

"原本想全部送给北行宫的前辈，虽说不知究竟当年发生了什么事，但也能看出来，他应当是喜欢那位凤姑婆婆的，这糖理应给他。"段白月道，"只是后来想想，在买糖的时候，我说了是要带回家给人，怎么着也得让你尝尝不是？"

楚渊脸上一僵。

段白月问："甜不甜？"

楚渊双手扯住他的腮帮子，使劲一拧。西南王顿时表情扭曲，叫苦不迭举手求饶。怎么这么狠啊……

第十七章

胳膊动一动都困难，自然不能再一道吃早饭。楚渊吃完两颗粽子糖后，问："南前辈与瑶儿起来了吗？"

"早就出去逛了。"段白月道，"先前两人都没来过此处，若是来了兴致，晚上能不能回得来还不一定。"

楚渊笑道："用来修行宫的地方，自然差不到哪里去。云德城虽说比不上王城富丽繁华，却也有好山好水可观，这七八月间飘雨开花，正是山里最美的时候。"

"那便快些好起来。"段白月道，"而后我们便去听雨赏花。"

楚渊点头："好。"

段白月伸手想替他整整衣服，外头却又有四喜公公禀告，说陶大人求见。

"得。"段白月道，"还真被你说中了，一大清早就来。"

"避一下。"楚渊道，"太傅大人一大把年纪了，莫要被你吓出病。"

段白月纵身跃到房梁上。

陶仁德进屋后，见楚渊躺在床上一脸病相，于是担忧道："微臣方才在来的路上遇见张太医，说皇上是因为操劳过度才龙体抱恙，昨晚又是天亮时分才睡下，以后可千万莫要如此了。"

段白月摸摸下巴，这几句话听着还顺耳些。

楚渊点头："多谢太傅大人。"

"这云德城内有位盲士，虽说双目失明，却极为擅长针灸按摩。若皇上依旧手足麻痹，可要微臣将他请来诊治一番？"陶仁德又问。

"不必了。"楚渊摇头，"张太医也说无碍，好好休息一阵子便会没事，朕难得清静几天，外人若是能不见，还是不见了吧。"

"是。"陶仁德低头领命。

"太傅大人找朕，可还有别的事？"楚渊问。

陶仁德连连道："皇上尽管安心休养，这地方上一些无足轻重的小事，只管交给臣子们便是。若有大事，微臣再来奏请皇上也不迟。"

楚渊点头："那就有劳太傅大人了。"

陶仁德告退出了寝宫，途中恰好遇到刚从早市回来的刘大炯，手里拎着几笼包子，说是特产，送去给皇上尝尝鲜。

"皇上刚服完药，才刚歇下。"陶仁德从他手中拿过纸包，"你就莫要去打扰了。"

第十七章

"皇上又病了？"刘大炯纳闷。初登基的时候日日操心劳力，在御书房里待到天明也没事，怎么最近天下安定了，却反而三不五时就卧床不起。

"估摸着是先前太过劳累，落下了病根。"陶仁德道，"太医上回不也说了吗，皇上晚上全靠着九王爷配药，才能勉强睡着。年纪轻轻便这样，可不是前头几年累狠了。"

"那这包子就更要送给皇上了。"刘大炯将纸包又抢回来，"还有你，咱皇上好不容易来这行宫歇几天，便让他好好享享清静。看好你手下那帮子人，莫要再三不五时就抱着一摞折子去求见了。"虽说刘家倒了，但朝中的派系也还是分三五个，陶仁德为人耿直，手下也是一帮子倔脾气，在金銮殿上辩论起来，莫说是楚渊，就连刘大炯也觉得，极想将这群人给拖出去扔了。脸红脖子粗，还聒噪，生得也不见得多好看，怄烦。

寝宫里头，段白月正在替楚渊按摩。这城中的盲士再好，也不会比西南王更好。下手知轻知重，时不时还会说两句好听的话哄开心，长得也颇为英俊高大，总之挑不出什么缺点。

楚渊问："你想不想去玉郎山？"

"在哪？"段白月问。

"离行宫不远，是一座孤峰。"楚渊道，"小时候偷溜上去过一回，不小心迷了路，便在那里待了一夜。现在虽已记不清山上风景如何，但夜半靠在树下听风雨潇潇，那种心境却一直忘不了。"

"小时候，才多大。"段白月替他系好衣带，"寻常人家的小孩黑天半夜在山上迷路，怕是连哭的胆子都没有，哪有人会惦记着听风雨声。"

"去不去？"楚渊问。

"自然去，玉郎山，听着名字倒是不错。"段白月道，"待你身体里的毒退去一些，我便陪你上山。"

往后几天，朝中那些臣子们果真没有再来奏本，楚渊难得轻松自在，连寝宫门都不曾出过。只是在床上躺得久了，困意却反而更多，三不五时就能睡一觉，头也整日里晕晕乎乎。这晚，段白月拉着他检查了一遍，叹气："怎么一点做昏君的本钱都没有，这才睡了几天，就整个人都没了精神。"

楚渊一句话也不想说，打呵欠。

"明早带你去玉郎山,走动走动也看看景致。"段白月道,"否则若是再这么睡下去,真该睡病了。"

楚渊扯过被子,捂住头,继续睡。段白月哭笑不得。

楚渊打了个呵欠,继续沉沉入睡,又是一闭眼就晕晕乎乎到天明——若不是第二天被段白月强行拉起来,当真是依旧不想动。

"我们去玉郎山听风雨声。"

楚渊道:"嗯。"

"来,把眼睛睁开给我看看。"段白月道,"别是睡傻了。"

"胡言乱语。"楚渊一掌劈过来,自己踩着软鞋,摇摇晃晃去洗漱。

四喜公公心惊胆战,心说西南王这都做了些什么,把皇上弄得无精打采也就算了,居然连路都走不稳。段白月看着他的背影,心里苦恼以后若是又要熬夜批折子,自己究竟是答应还是不答应。虽说想让他早点休息,可这阵看起来,睡多了像是也不好。容易傻。

洗漱完后又吃了早饭,楚渊精神总算是回来一些。火云狮太过惹人注意,段白月此行并未将它带出来,不过城中租借来的骏马也是脚力上佳,虽不能日行千里,爬坡走山路还是绰绰有余。山间清风徐徐,楚渊使劲伸了个懒腰,觉得……彻底清醒了。

段白月见状松了口气:"幸好。"没睡傻。

楚渊四下看看:"少说也有十年没来过此处了。"

"无非就是一座山而已。"段白月任由马在路上慢悠悠踱步,"你喜欢看,西南多得是。"

"下去走走吧。"楚渊道,"一直骑马也没意思。"

段白月带着他翻身下马。

虽是正午时分,山间却依旧凉爽宜人,丝毫也不显燥热。两人走了一阵子,段白月从树上摘了几个野果,擦干净递给他:"吃不吃,酸的。"

楚渊咬了一口,眉头都皱起来:"你还真不客气。"说酸就真是酸,牙都要掉。

段白月低头看着也尝了一下,失笑:"还没熟,否则该是酸甜才对。"

楚渊抬头往树上看,想寻个红一些的,远处却扑棱棱飞起一群鸟,像是受了惊。

"这山里有野兽?"楚渊往前走了几步,站在一块石头上往下看。

第十七章

段白月道:"猛兽说不准,野物定然是有的。吃不吃?我去给你打两只野兔来。"

楚渊摇头:"带的那些点心烤饼,热一热垫肚子便是。"

段白月道:"养你可真是省银子。"

楚渊懒得与他贫嘴,坐在石头上歇息,顺便从他手里挑拣甜一些的野果子吃。时间过得挺快,天色不知不觉便暗了下来,还当真落了阵雨。段白月找了一处隐蔽的山洞生起火堆,又在洞口处铺了干净的枯草,与他一道坐着听风赏雨。两人谁也没先说话,偶尔一个对视,笑意便从眼底传到心里。

云德城中也落了雨,连更夫也未出门。街上只有几个醉汉踉踉跄跄地吹牛皮,临到家门口才各自回去。其中有一人名叫周达,好吃懒做惯了,手脚还不干净,后被人扭送去了官府,打了顿板子又关了半年,这响才刚放出来没多久。

见雨似乎有越下越大的趋势,周达骂了一句脏话,将手中空酒壶丢在地上,紧走几步想要跑回家,前头却依稀出现了一个人影,细看还是名女子。

酒壮色胆,更何况原本也不是什么良善之人。周达喜出望外,上前打着酒嗝道:"这位小娘子,深夜是要去哪呀?"

女子低着头,并未看他,也未说话。

"小娘子,莫要害羞啊。"周达嬉皮笑脸,一把握住她的手想要占些便宜,却觉得似乎有哪里不对,不像是活人的手,僵直发硬,一丝热乎气都没有。

女子缓缓抬头,湿透的黑发下,是惨白的脸,血红的眼。

周达心下骇然,还没来得及惊叫出声,脑顶便传来一阵闷痛,紧接着便陷入了无边黑暗之中。

第二日清早,云德城的县令陶礼还在睡,师爷便急匆匆上门来,说是出了事。

"什么?"陶礼大惊失色,连外袍也没来得及穿,只着里衣就上前开门。

"大人,不好了啊。"师爷急道,"城中巷子里又有一具尸首,是泼皮周达。也是与前几天的更夫一样,赤身裸体,双目暴突,都死硬了。"

"这、这可如何是好。"陶礼急得团团转。云德城距离王城不算远,自然穷不到哪里去。民风虽称不上路不拾遗,却也是知礼守法,平日里最大的案件也无非就是偷鸡摸狗丫鬟私奔,谁承想前几天皇上刚一来,城中的一个更夫就惨死在了街头。幸好巡街衙役发现得早，也没被百姓觉察。因怕被责怪降罪，陶礼原本是打算先将此事压下去，待皇上起驾回宫之后再审，却万万没想到才隔了没几天，居然又出了命案，而且还与先前的如出一辙。

"大人，拖不得了啊。"师爷在旁小心翼翼地劝慰。

陶礼想了许久，终于狠下心一跺脚，道："快些随我一道前去行宫，拜见恩师陶大人。"

山间雾霭淡淡，楚渊深呼吸了一下，道："守了一夜，为了这片刻景致也值。"

"看完日出便下山，带你去吃福德楼的炸酱面。"段白月道，"否则该饿坏了。"

"所以才说你粗鄙。"楚渊道，"换作文人雅士，便该是醉风醉景才是，提什么炸酱面。"

"粗鄙便粗鄙吧，我可不想让你早上就喝一口风。"段白月道："顶多再看一盏茶的时间。"

楚渊道："对了，昨日收到金泰书函，高丽国已经收到聘礼，将金姝送往南洋了。"

"这就算成亲了？"段白月道，"若男方当真是老老实实的生意人，也是美事一桩。"

"金泰为人粗中有细，既然肯允诺，定然也是早已将其查了个清楚。"楚渊道，"其实这样不算坏，高丽与大楚一直交好，将来若真的边陲不稳，有这层关系，反而对我们有好处。"

"南洋边陲不稳，还有西南替你守着，怕什么。"段白月道，"只管交给我便是。"

"我想交给你，朝臣可不让。"楚渊道，"都能想到太傅大人届时会说些什么。"

"皇上，此举万万不可啊。"段白月双手抱拳，面色愁苦，"西南王狼子野心天下皆知，割让十六州已是无奈之举，若让其再联合南洋诸国挥兵北上，我大楚国运堪忧、国运堪忧，望皇上三思而行啊。"

楚渊笑得胃疼："平日里也没见你与太傅大人打过交道，怎么学得这么像。"

"那帮迂腐的老头子，来来回回都是一个调调，不用想也能学会。"段白月道，"管他，到时候再说，先下山吃面去。"

第十七章

福德楼名字挺大,其实就是个小面馆。段白月挤在人群里买了两碗面,端着到对面茶楼雅间:"在这吃清静些。"

"生意还真好。"楚渊道,"买了这么久才回来。"

"倒也不是,那老板在聊天,手脚动作慢。"段白月替他拌开,道,"说是城里在闹鬼。"

楚渊手下一顿:"闹鬼?"

"哪个城里没出过女鬼,此等街头巷尾的小故事,隔三岔五就会出来新的。"段白月道,"个个都是貌若天仙,一听便是文人瞎编,苦兮兮娶不到媳妇,就想着能有个美貌女子能替自己红袖添香,即便是鬼也认了。"

"你这人,怎么对文人有如此大的成见。"楚渊哭笑不得,自己朝中的臣子几乎被他念叨了个遍,出来吃碗面还要说。

"好好好,下回不说了。"段白月道,"下回我夸还不成?"

楚渊在桌下踩他一脚,自己低头吃面,咸甜咸甜的,配上一壶酸梅茶,倒是挺开胃。

"恩师,恩师可得帮帮学生啊!"行宫内,陶礼跪在地上,面色惶急,"这……学生也不知究竟是出了什么事,当真冤枉啊!"

"先起来吧。"陶仁德道,又责怪,"出了事,便该早些解决,岂能像你这般藏着掖着?"

"是是是,学生一时糊涂。"陶礼道,"但现在这情况,可要如何是好,还请老师指一条明路啊。"

"明路?明路自然就是快些破案,不管凶手是人是鬼,都要将其绳之以法。"陶仁德道,"如此才不负你这顶乌纱帽。"

"是是是。"陶礼连连点头。

"你先回府去吧,案子该怎么查就怎么查,皇上这头,本官去说明便是。"陶仁德道,"只是在皇上起驾回宫前,你这案子最好能告破,将来方不影响仕途。"

"学生知道,学生定会加派人手侦破此案。"陶礼道,"多谢恩师。"

"破案不是屈打成招,若随随便便找个百姓说是犯人,那可不成。"陶仁德道,"这道理你可懂?"

陶礼继续称是。陶仁德让他先行退下,自己换上官服,前去找寝宫找楚渊,却被

341

告知说皇上一早就去了御书房。

"我替你磨墨?"段白月问。

楚渊道:"会吗?"

段白月哭笑不得:"莫非你觉得我不识字?"无非是多说了几句文人,怎么还能连墨都不会磨。

楚渊道:"别人叫红袖添香,你这叫添乱,退下。"

段白月道:"退到哪?"

楚渊指指屏风后:"去睡觉。"

段白月双手撑着腮帮子,在龙案前无所事事,晃来晃去。

楚渊停下笔,疑惑道:"先前没发现,你头怎么这么大?"

西南王胸闷,只好往后退了退。楚渊摇摇头,刚想叫他一道看折子,四喜公公却说陶大人求见。

段白月感慨:"这位太傅大人,不服也不行。"

楚渊挥手将他赶到屏风后,让四喜公公将人宣了进来。

"皇上。"陶仁德进门便跪。

"太傅大人快请起。"楚渊见状,赶忙亲自下去将他扶起来,"出了何事不能好好说,为何要行此大礼。"

段白月揉揉眉心,看这架势,往后要想再去山间逍遥自在,怕是没戏了。

"究竟出了何事?"楚渊问。

"此事微臣原本早几天就该上奏,只是皇上一直龙体欠安,便想着交由地方官去处理,只是没想到事情却有愈演愈烈之嫌。"陶仁德忧心忡忡道,"这城中,像是有人在故意装鬼作祟,想要惊扰圣驾。"

楚渊闻言皱眉,段白月亦在屏风后,想起了今早在面馆时听到百姓闲聊的那番话,敢情当真有鬼?

"前几日,这云德城中曾离奇暴毙了一名更夫,死状甚惨。"陶仁德道,"地方官员为免百姓恐慌,并未将此事公布于众,只是一直暗中盘查。只是还没等查出结果,昨晚却又有一人遇害,据说是城里出了名的小混混,名叫周达。毙命时的情形、

第十七章

尸体的状况，都与前几日的那名更夫一模一样，全身赤裸双目暴凸，胸前还有黑色掌印。"

段白月心里一顿。

"听上去可不像是一般的谋财害命，只交给地方官员怕是不行。"楚渊摇头，"大理寺也来了人，让他们去查吧。"

"是。"陶仁德领命。

"既然城中出了乱子，那其余人也要多加小心。"楚渊道，"早不闹鬼晚不闹鬼，偏偏在朕来的时候出事端，对方目的是百姓还是这行宫，目前谁都说不准。"

"微臣明白。"陶仁德道，"稍后便去找向统领商议。"

楚渊点头，待他退下后，扭头问："你觉得怎么样？"

"看在神明能庇护你我的分上，我甘愿敬让三分，只是鬼却是万万不信的。"段白月从屏风后出来，"而且那两人的死状，听上去倒是与蓝姬的白骨爪有几分相似。"

楚渊问："她当真没死？"

"算来也是我闯的祸。"段白月道，"放心吧，我不会将这个烂摊子丢给地方官府。"

"如何能是你闯的祸。"楚渊摇头，"天刹教主又不是你。"

"可若真是蓝姬，也怪我当初太过大意，未能将其毙命。"段白月道，"那妖女功夫邪门至极，就算是向统领，只怕也挡不住几招。"

楚渊皱眉。

"交给我便是。"段白月拍拍他的肩膀，"我保证，绝不会让她为祸百姓。"

"除了百姓，还有你。"楚渊道，"别受伤。"

段白月笑笑："好。"

"要我做什么吗？"楚渊问。

窗外夏风阵阵，是两人间难得的片刻静谧。

在出行宫前，段白月先去了趟那偏僻小院。

老人依旧在下棋，旁边摆着粽子糖，由于白日天气热，已经有些融化掉了。

"你这后生，又有事啊。"听到声音，老人慢慢抬起头。

"没什么事，只是来看看前辈。"段白月道，"若是前辈不喜被人打扰，我走

343

便是。"

"会下棋吗?"老人问。

段白月坐在他对面,道:"不会。"

老人摇头:"既然不会,为何又要坐下来。"

段白月道:"前几日幸亏有前辈提醒,在下的朋友才得以取出月鸣蛊,还未来专程道过谢。"

"只是随口一提,没什么好专程道谢的。"老人又问,"玄冥寒铁,可否借老朽一观?"

"自然。"段白月解下腰间佩剑递过去。

老人缓缓摩挲过斑驳剑身,问:"是从何处寻来的?"

段白月道:"家师所赠。"

"那你这师父可真不错。"老人道,"多少人拜师时磕上百个头,顶破天也就拿一把拜剑山庄锻出的剑。只是这剑虽好,若你与它无缘,也是开不得刃,白白浪费。"

段白月道:"如何才叫有缘?"

老人道:"你师父没告诉你?"

段白月摇头。

老人又问:"那你师父与韩冥老仙有何关系?"

段白月答:"从未听家师提起过此人。"

老人沉思片刻,道:"那你师父这把剑,怕是偷来的。"

段白月:"……"这倒真是有可能。

老人握过他的手腕,试了试脉搏,又道:"就算这把剑是偷来的,能被你拿着,也不算掉价。"

段白月道:"多谢前辈夸奖。"

"受过内伤,当心将来被剑气所伤。"老人松开手,"还有你心头的金蚕线,不想办法取出来,打算好吃好喝养一辈子不成?"

段白月失笑:"前辈当真是绝世高人。"

老人抬抬眼皮:"我当你要问,何处才能找到解药?"

段白月道:"翡缅国?"

老人道:"若这金蚕线解不了,也莫要学人娶亲了,成亲顶多七八年,往后的日

第十七章

子长夜漫漫,剩下那一个人要如何才能熬过去。"

段白月道:"我会想办法活得久一些。"

老人闻言叹气,扶着桌子慢慢站起来:"罢了,回去吧。"

"前辈。"段白月道,"最近这城中有妖人作乱,还请前辈多加小心。"

老人顿住脚步:"妖人?"

段白月道:"在下自会暗中派人保护好凤姑婆婆所在的村落。"

老人点点头,继续蹒跚回了房中。

夜色如水寂然。

云德城中有座宝塔,相传当初修建时是为了镇妖。几百年的时间过去,早已斑驳不堪,百姓路过时都要绕道走,生怕哪天倒了会被砸到。官府也不敢轻易拆,怕放出邪秽之物,因此只能用木栅暂且围起来,打算等天气凉爽些的时候,再从王城请来高僧与木匠,重新修缮。段白月跃上塔顶,将城中景象尽收眼底。

既然闹鬼一事已经上报给了皇上,那也就没有必要再继续藏着掖着。官府下午的时候便贴出了榜文,百姓看过之后皆是惴惴不安。天还没黑透就都回了房,大街上处处都是巡逻的官兵,打着火把,将天也照红了半边。

段瑶悄无声息地蹲在他身侧。

段白月问:"你来做什么?"

段瑶答:"自然是帮忙。"

段白月道:"影子都还没一个,毫无头绪之事,说捣乱还差不多。"

"那也要留下。"段瑶双手托着脸,道:"师父让我来的,说万一你体内金蚕线苏醒,死在外头怎么办。"

段白月抽抽嘴角:"等这次再回西南,你与师父都去王夫子那里学些诗词歌赋,说话或许能不这么招人嫌。"

段瑶撇撇嘴,继续打呵欠,看着下头道:"这云德城不算小,想要找出一个人可不容易,更何况是如此大张旗鼓。"

段白月道:"至少也能起个震慑作用,让百姓安心。至于背后作乱之人,自然不能光这么找。"

段瑶问:"你有什么打算?"

段白月道:"若当真是蓝姬,那她现在最恨的人便是我。"

"可朝中那些大臣也不见得有多爱你。"段瑶提醒,"若放出消息说你在云德城,只怕蓝姬还没出现,赵钱孙李周吴郑王大人们就先要疯。"

段白月问:"蓝姬最想要的是什么?"

段瑶想了想:"菩提心经?"

段白月点头。

段瑶道:"所以……"

"普天之下练过菩提心经的,只有我一人。"段白月道,"朝中大臣们不知道,蓝姬不可能不知道。"

段瑶似懂非懂:"嗯。"

段白月道:"不过这云德城人太多,若当真打斗起来,百姓难免会受伤,得找个偏僻些的地方。"

段瑶提醒:"练蛊之人死而复生,功力便会大增,这可是拿阳寿换来的,一般人比不过。"

段白月笑笑:"担心我会落败?"

段瑶道:"算日子金蚕线再过几月也该醒了,连师父都在担心。偏偏这时候出乱子。"

段白月道:"无妨。"

段瑶胸闷:"无妨?"也不知上回半死不活吐血的那个人是谁。

段白月道:"篓子是我捅出来的,自然要想办法堵上,这与金蚕线何时发作无关。"

段瑶叹气,那命呢,不要了吗?

段白月纵身跳下镇妖塔,一路掠过房顶,身影瞬间隐没在黑暗中。

寝宫内,楚渊还未歇息,正靠在浴桶中出神。段白月推窗进来。

楚渊有些意外。

段白月问:"远远看烛火亮着,怎么到现在还没歇息?"

楚渊道:"当你今晚不回来了。"

"城中到处都是官兵,那装神弄鬼之人再敢出来,才是真见了鬼。"段白月拿过一边的手巾,替他将脸上的水珠擦干净,"不过我倒有个法子,能诱她现身。"

"什么？"楚渊问。

段白月道："蓝姬先前最想要菩提心经，现在应当最想要我的命，说来说去，都与西南王府有关。"

楚渊往起坐了一些，道："所以呢？难不成你还要招摇过街地引她出来？"

段白月摇头，在他耳边低语了两句。

楚渊想了想，道："也行。"

"管它有用没用，先试试看吧。"段白月道，"那两具尸体上的伤口，家师也潜入府衙去看过了，十有八九是蓝姬。"

楚渊道："你也要小心。"

段白月："我自然要小心，不仅要小心，还要长命百岁。"

楚渊笑笑："嗯。"

"先去睡觉好不好？"段白月问，"先前我过来的时候，见师父院中还有人影在动，去向他说一声再来陪你。"

楚渊点头，下巴抵在浴桶边沿，目送他出了寝宫。

南摩邪果然正在院中啃烧鸡。

段白月道："师父真是好胃口。"

南摩邪道："闲来无事，又放心不下你和瑶儿，便只有买只烧鸡啃。"

段白月将佩剑放在桌上："这剑究竟是从哪里来的？"

"还能是哪来的。"南摩邪吐了口骨头，"偷来的。"

果然。段白月对这个答案丝毫也不意外。

"这可比裂云刀好得多。"南摩邪道，"你段家那把刀，也就看着威风，这玄冥寒铁是上古之物，倘若放在江湖之中，能与秦少宇那把剑齐名，快些收回去。"

段白月道："还有件事。"

南摩邪问："什么？"

段白月道："关于天辰砂，我无论如何也要找到。"

"你这不是废话吗，人命关天的事。"南摩邪道，"不过倒不急于这一时半刻，看你这脉相，少说也能活个七八年，有的是时间慢慢找。"

段白月道："除非找到天辰砂，否则我不会成亲。"

南摩邪在衣襟上擦擦油手，摇头："说得好像你想成就能成一样。"

段白月问:"除了翡缅国,还有何处能有此物?"

南摩邪道:"翡缅国有没有都不一定,更别说是别处。为师早就说了,急不得,要慢慢找。"

段白月道:"我急。"

"你这阵知道急了。"南摩邪扯下一只鸡爪子,"急也要先回西南再说。"

"不瞒师父,金蚕线似乎又要醒了。"段白月道。

"什么?"南摩邪大惊,丢掉手里的鸡肉上前,一把握住他的手,试探片刻之后,皱眉道,"不该是这时候啊,提前好几个月?"

段白月道:"八荒阵已解,翡缅国外的屏障已破。若是我在此时毒发,只怕不出月余,大楚的军队便会压在南洋海境。"

南摩邪道:"听上去着实感人。"

段白月叹气:"自八荒阵法被破解以来,各路军队南下北上地调动布兵,他以为我不知情,我却不能装不知情。"

"这么多年,你做了多少事,为何就不能让他也为你任性一回?"南摩邪松开手,扯过袖子给他擦了擦手腕上的油印。

段白月道:"我身后可没有江山社稷,再任性也无非是一条命。他任性,是生灵涂炭,亦是千古骂名。"

"哪有这么严重?"南摩邪连连摇头,"回回都这么说,你莫要自己吓唬自己。"

"翡缅国地处南洋深处,这么多年来一直寂寂无闻,与大楚中间相隔着十几个小岛国,没人知道那上头到底是什么。"段白月道,"大楚军队虽多,却大多只擅长陆上作战,唯一的海军全部压在东海海境,提防着倭国与海匪。若是当真与南洋开战,且不说东海兵力是否会被削弱,也不说南洋其余岛国会怎么想,单单一个小小翡缅国,打不赢是损兵折将窝囊无用,打赢了是毫无理由侵犯别国,耗费兵力抢个离楚国迢迢百里的小海岛,吃不得穿不得看不得。所以且不论这场仗结果如何,在楚国宣战的一刻,其实就已经输了。"

南摩邪噎了噎,道:"你能想到,旁人自然也能想到。那可是皇帝,如何会为了替你抢天辰砂,将自己陷入此等境地?"

段白月道:"他会。"

南摩邪:"……"

第十七章

"他一定会。"段白月又重复了一回,"所以师父要帮我。"

"还要怎么帮你,合欢蛊你又不肯要。"南摩邪埋怨,"少受些苦楚,也能多活两年。"

段白月道:"没人知道天辰砂长什么样。"

南摩邪问:"然后呢?"

"此番若金蚕线蛰伏不醒便算了,若是醒了,师父随便差人去外头走一遭,回来找些东西,说是天辰砂便可。"段白月道,"莫要让他再插手此事了。"

"随便找来的药物就算吹破天,也治不好你啊。"南摩邪心塞。

段白月道:"治不好便说明天辰砂无用,至少他不会再想着去打翡缅国。"

"不打翡缅国,哪来真的天辰砂?"南摩邪围着他转圈,"你可想清楚,这么一闹,将来可就别指望朝廷能帮忙找了。"

段白月道:"一年多前小渊便写过亲笔书函给翡缅国主,结果如何?"

南摩邪:"……"

"杳无音讯石沉大海,说明对方根本就不愿出手相助,既然如此,朝廷的名号应当也没什么用。"段白月道,"何必又要让他再为难。"

"说来说去,你还是不舍得罢了。"南摩邪摇头,"其余事情都好说,此事关乎你的性命,万一找不到解药,死了怎么办?"

段白月道:"师父说话果真是直白。"

南摩邪斟酌了一下用词,道:"驾鹤西归。"

段白月失笑:"师父埋两年都能活,徒弟说不定也能试试。"

"试个屁,菩提心经也就是上回为了疗伤才勉强练了两招,还想着能活。"南摩邪道,"也罢,天辰砂再想想别的办法,不过这菩提心经,你务必得继续练下去,不单单是那几页,而是从头到尾九九八十一招式,一招也不能漏。"

段白月摇头:"练得神功盖世,半人半鬼?"

"半人半鬼也比死了要好。"南摩邪兜头就是一巴掌,"金蚕线已经开始躁动,此事没有任何商量的余地。"凶得很。

与南摩邪聊了许久,段白月方才回到隔壁寝宫,楚渊也依旧没有睡,正靠在床头出神,听到他进门,方才扭头看了一眼。

段白月道:"与师父多聊了几句,回来晚了。"

"在说什么?"楚渊问。

"也没什么。"段白月坐在床边,"只是过段日子,我或许要去闭关几日。"

楚渊问:"又是因为金蚕线?"

段白月点头。

楚渊道:"上回发作不是这月。"

"蛊虫毕竟是活物,早醒几日晚醒几日,算不得什么大事。"段白月道,"只要它依旧是一年醒一回,便无妨。"

"若是早日闭关,会好些吗?"楚渊又问。想起上回他在欢天寨时的生不如死,依旧觉得有些心悸。

"自然,上次是因为在蛊毒发作之时强行运功,这回我什么都不做了,金蚕线一醒便立刻去暗室运功疗伤,又有师父在,不会出事的。"

"只有南前辈吗?"楚渊问。

段白月不解。

楚渊道:"你前几日所说,行宫中的那位神秘老者,听起来像是颇有身份,或许能帮上忙也说不准。"

"那位前辈的确一眼便看出我身中蛊毒,可也并未说要替我解毒。"段白月道,"应当也是无能为力。"

"问都没问过,怎么就知道是无能为力。"楚渊道,"我明日去试试看。"

段白月道:"前辈像是不喜被人打扰。"

楚渊摇头:"金蚕线发作又不是什么好事,那位前辈若是不肯或不会,那便另当别论,可至少也要先问问看。"

段白月扶住他的肩膀:"若是非要问,我再去找一回便是。"

楚渊看着他:"你是不是有什么事瞒着我?"

段白月笑道:"我瞒着你的事情可多了去,若是件件上报,怕是要说到明年。西南边陲各般事,十件有九件是写给那位太傅大人看的,至于实情是如何,我知道你不想看,也没必要看。"

楚渊与他对视。

段白月道:"嗯?"

楚渊开口叫:"四喜。"

段白月:"……"

四喜公公一路小跑进来,笑容满面道:"皇上。"

楚渊道:"送西南王出去。"

四喜公公:"……"

段白月在背后悄悄摸摸地挥手,示意四喜公公出去。

楚渊掀开被子下床,继续道:"摆驾,去那处小宅里看看。"

四喜公公左右为难。

段白月道:"深夜多有打扰,若那位前辈一怒之下不肯再帮忙,岂非得不偿失?"

楚渊道:"朕又不求他什么,看热闹罢了,谈何得不偿失?"

段白月:"……"咳。

楚渊往外走。

段白月从身后拉住他:"好好好,我认输,我说便是。"

见皇上像是没什么反应,四喜公公赶忙躬身退出,眼观鼻鼻观心,很是知道什么能看,什么不能看。

寝宫内一片安静。楚渊没有开口,也没动,像是在等着他先说话。

段白月道:"这金蚕线在我体内少说也待了五六年,除了每年会苏醒一回之外,其余是当真没什么事,只是最近却有些异常。"

楚渊问:"有多异常?"

"我只是不想让你担心罢了。"段白月将他的身子转过来,苦笑道,"说实话,这玩意发作起来的滋味,当真不好受。"

楚渊微微皱眉:"我知道。"

"按理来说,它一年顶多会醒一回,已是极限。这回突然提前了好几个月,师父说,或许它以后每年会醒个两三回也说不定。"段白月道,"所以才要早些去闭关,到时候能好过一些。"

楚渊单手抚上他的胸口,问:"现在疼吗?"

段白月摇头。

"先前也问过,你却没说。"楚渊道,"到底为何会中蛊?"西南王府的人,从小便在百虫窝里长大,理应不会是遭人暗算。

果然,段白月道:"金蚕线是师父养出来,亲手放入我心脉之中。"

楚渊眼底有些不解:"南前辈?"

段白月点头:"当时我练功走火入魔血脉尽损,师父为了救我,便冒险用了这金蚕线，虽然是捡回了一条命，可蛊虫一旦入体，再想拿出来便不容易了。"

"走火入魔，是为了练菩提心经？"楚渊又问。

段白月摇头："若这次熬不过去，又找不到天辰砂，我才会去练菩提心经，只是……"

"只是什么？"楚渊看着他。

"若要练功，便要闭关三年。"段白月道，"你若是见不到我了要怎么办？"

楚渊问："三年？那三年之后，金蚕线之蛊便能解了吗？"

段白月点头："嗯。"

"既然如此，那为何不早些去练？"楚渊又问。

段白月道："舍不得走。"

楚渊："……"

"你才刚登基没多久，朝中不稳，边陲也乱，当初说好了要助你让这江山清明。"段白月拍拍他的脸颊，"既然说到，自然就要做到。"

楚渊摇头："你回西南吧。"

段白月哑然失笑："这就要赶我走啊？"

"三年就三年。"楚渊道，"等你解了金蚕线的毒，再说其余事也不迟。"

段白月道："至少让我将这回的事情做完。"

楚渊道："这回的事情，是指闹鬼的云德城还是宫里的潮崖人？"

段白月道："两件都是。"

楚渊道："什么都让你做了，要官府与官兵何用？"

段白月顿了顿，道："先前不是这么说的，至少蓝姬那件事是我闯出来的祸，理应由我解决。"

楚渊抽回手，道："再多言一句，那便今晚就动身。"

段白月："……今晚？"

楚渊与他对视。

段白月只好道："十天。"

楚渊依旧没说话。

"这十天我什么都不做，就待在这里无所事事，如何？"段白月道，"这一走可是整整三年。"

楚渊低声道："三年而已。"

第十七章

"三年还不够长?"段白月撇撇嘴,有些孩子气道,"一千多个日夜呢,待在那冷冰冰的山洞中,除了师父之外,谁都见不着。"

"会有危险吗?"楚渊道,"菩提心经。"

段白月摇摇头:"没有。"

楚渊道:"嗯。"

"那我可就当你答应了。"段白月道,"十日之后我再走,成不成?"

楚渊别过视线,眼底有些红。

"我闭关之时,西南王府的事情会暂时交给段荣与段念,他们都是我的心腹,你有什么事,尽管去找便是。"段白月道,"实在遇到大事解决不了,便写封书信交给师父,他——"

"不会有什么大事。"楚渊打断他,"你只管安心闭关练功。"

段白月笑笑:"也好。"

四喜公公在外头听了好一阵,听到说要沐浴用的热水,方才松了口气,赶紧让内侍准备妥当送了进去。

楚渊道:"当真不去问问行宫内的那位老前辈?"

段白月道:"我去问。"

楚渊看他一眼。

段白月识趣道:"我们一起去问,明日就去。"

"知道你怕自己熬不过那金蚕线。"过了阵子,楚渊道,"我也怕。"

段白月看着他。

"我不管你方才那些话里隐瞒了多少实情,不说便罢了,我也不想问。若此番能熬过去,三年之后再过个二十年,边陲也能稳。"楚渊道,"虽说几位王叔当初看走了眼,对我百般刁难暗算,却也是大楚正统血脉,到时候看谁的子嗣当真有本事,再召回王城便是,这江山还给楚姓皇族中人,不算坏了规矩。"

段白月眉头猛然一皱。

"若你熬不过去,"楚渊咬牙,过了许久才道,"至少还有这十天。"

段白月摇头:"不准你乱说。若我当真熬不过三年,你便忘了这十天。好好做皇

353

帝,别再与那些死老头作对,该做什么便做什么,他们虽说唠叨了些,到底也是为你好,嗯?"

楚渊道:"好。"

外头悄无声息起了风,透过窗户缝儿钻进来,吹得桌上红烛微微跳动,曳出一室浮光。

四喜公公将周围一圈御林军都远远打发开去,自己挺着肚子守在门口,乐呵呵地喝茶。

后半夜时,楚渊先是昏沉地闭上眼睛,过了阵子又睁开,道:"明早太傅大人要来。"

段白月道:"交给我便是。"

楚渊低低"嗯"了一声,便重新睡了过去,心里不算踏实,哪怕入了梦,睫毛也在微微颤抖。

段白月坐着,也不知自己脑中思绪究竟有多纷杂。出生入死这么多年,却也未想过要真的做什么,觉得能替他守住江山便好。况且一旦练了菩提心经,便是死而不僵半人半鬼,没有体温亦没有心跳,容貌狰狞,连血里都带着毒,金蚕线虽说会因此毙命,只是人也会毁了大半。如此自顾不暇,似乎理应如师父所说,一走了之才对,可当真是不舍。

这世上到底有没有天辰砂,谁都说不准,亏得还有些时间可以慢慢去找。可要当真没有,那便只有去练菩提心经,练成之后将西南府交给瑶儿,自己来王城寻一处不见天日的角落,日复一日看着他。没人想变成怪物,只是若能一直远远地看着,也好。

拖了这么久,也该狠下心做个了断。一直想着金蚕线不会发作,便能在王城多待几天,可又能再拖多久。这回顶多替他除去蓝姬,除去赛潘安,除去那伙心怀叵测的潮崖中人,余下的事情,便交给他自己去做罢。

段白月悄声叹气。守了这么些年,也该放手试试看。

第二天方才蒙蒙亮,便有鸟儿在窗外婉转鸣叫,楚渊微微皱了皱眉头,还未来得

第十七章

及睁开眼睛。

"还早。"段白月道,"出门不用上早朝,再睡一阵子。"

寝宫里头鸦雀无声,两人谁都没再说话。楚渊像是在出神,段白月便也没有打断他的思绪。

寝殿外,陶仁德正满脸担忧,道:"皇上又病了啊?"

"太傅大人不必担忧,皇上这回出宫未带九王爷配的安神药,所以入睡有些晚,今日又是天亮了才歇下,不算生病。"四喜公公流利道,"大人若是没有急事,便让皇上多睡一阵子吧,现在醒了,便又要劳碌一日,铁打的身子也熬不住啊。"

"你看你,我就说。"刘大炯站在旁边,闻言用胳膊肘捣了陶仁德一下,满脸嫌弃,"咱皇上出来是为了躲清闲,你这三不五时就抱着一摞折子来,纵观朝中上下,也找不出有谁能更遭人嫌。"

"你懂什么,这事极为重要。"陶仁德瞪他一眼。

"那可要老奴前去通传?"四喜问。

"不用去,不用去。"刘大炯连连摇头,"让皇上好好歇着,城中闹鬼也不是一两日了,交给大理寺去查便是,何必回回都要来奏请皇上。"

陶仁德被他拖得踉踉跄跄,又想找皇上,又觉得似乎交给大理寺也无不可,几番犹豫间,人已经被刘大炯生生拽了出去。

四喜公公总算是松了口气。

第十八章

第十八章

中午时分四喜公公在外头听了听,寝宫里仍旧一点动静也没有,便吩咐下去,煮了些温补的吃食炖着,待皇上起了再送过来。又过了小半个时辰,外头却下起了夏日阵雨,一声惊雷过后,楚渊猛然睁开眼睛,心怦怦跳了好一阵子,方才抬头看了一眼。

段白月依旧倚在床边。

楚渊轻轻握过他的手腕,指尖下脉搏跳动坚定有力,觉察不出有任何异样。

"这下放心了?"段白月问。

楚渊身子僵了僵。

"都说了,金蚕线不发作便没事。"段白月看着他,"我也不会让自己出事。"

楚渊收回手,道:"嗯。"

段白月试试他的额头温度,微微有些烫。

楚渊扭头躲过,道:"没事。"

"至少也要吃些东西,不然要饿晕了。"段白月道,"想吃什么,鸡汤面好不好?"

楚渊点点头,着实不愿意动。靠在床头看着他出门吩咐四喜,想了想又问:"太傅大人呢?"

段白月坐回床边,道:"卖了。"

楚渊失笑:"谁会愿意买?"

"你也知道那老头遭人嫌。"段白月替道,"先说好,今日不许见他,明日也不许见他,天大的事情也不许见。"

楚渊啧啧:"先前没看出来,你还真有几分祸乱朝纲的本事。"

"那是。"段白月很配合,"没办法,谁让皇上宠着我,自然要恃宠而骄。"

"皇上宠着你作甚。"楚渊靠回床头,撇嘴。

又过了一阵子,四喜公公在外头小心翼翼地说膳食已经备好,段白月出门端进来,鸡汤面倒是鸡汤面,就是碗着实大,盆一般,两个人也未必能吃完。

楚渊:"……"

段白月端着碗坐回床边,道:"亏得是臂力好。"否则谁能端得住。

楚渊也起来靠了靠。

四喜公公在外头笑呵呵地拍拍肚子。

面条口味很淡,段白月却是难得没嫌弃,耐着性子陪他吃完了整顿饭。

段白月道:"将来若只剩一碗米——"

"那便一拍两散。"楚渊道,"才不要与你一道讨饭。"

"谁说讨饭了,听我说完啊。"段白月道,"若只剩一碗米,那我们便端着去大街上讹钱,看谁膀大腰圆绫罗绸缎,就上去撞他一下,我功夫好,至少也能收回来一担粮。"

楚渊与他对视片刻,扯起被子捂住头,将嫌弃表现得很是明显。

"你再躺一会,我去那头看看师父与瑶儿。"段白月拍拍他。

楚渊闷闷"嗯"了一声。

段白月洗漱之后出了宫,四喜公公笑容极为夸张。段白月打算在回去后,定要给他送一车金子。

隔壁小院中,南摩邪与段瑶正在聊天,见到他进门,两人齐刷刷地站起来,嘴角几乎要咧到耳朵。西南王还是头回觉得,原来自己周遭的人都如此喜庆。

"如何?"南摩邪眼中写满殷殷期盼。

段瑶也紧张地揪住衣角。幸好,这回段白月微微扬起嘴角,眼底神采飞扬,宛若状元郎探亲回乡。

段白月道:"若没其他事情,我要回屋了。"

"别!"段瑶赶忙道,"我还有正事要说,与这城中前段日子的女鬼有关。"

"找到人了?"段白月问。

段瑶道:"昨晚我又去了那处镇妖塔,发现里头似乎有人在活动。你还记不记得,前几回我们去的时候,到处都是灰,可这回我再去,却有一层变得干净了许多。"

段白月问:"除此之外呢?"

"除此之外倒没有其他了,怕打草惊蛇,我也不敢一层一层查。"段瑶道,"不过官府像是也发现了这件事,早上我买糖糕时顺便绕过去又看了一眼,那镇妖塔附近比平日里多了双倍御林军还不止。"

"若是官府已经觉察出端倪,暂时便不用再插手了。"段白月道,"静观其变吧。"

段瑶点头:"嗯。"

"再去做件事。"段白月道。

段瑶问:"什么事?"

第十八章

段白月在他耳边低语几句。

段瑶皱眉:"为何?"

"去做便可。"段白月道,"切记,莫要被人看到。"

南摩邪内力深厚,自然早已听到了二人的交谈,叹气道:"方才为师倒是想错了。"

段白月笑笑,从柜子里拿了些药物,大踏步回了宫。

楚渊正在看书,睡了一早上,他着实是困意全无。

段白月取了一粒药丸:"吃了。"

楚渊张开嘴。不苦,很甜,还有一丝凉意。

"对嗓子好。"段白月又拿过一个小罐,"还有这个青藤膏,可以用来按摩。"

楚渊问:"何时去找那位老前辈?"

段白月道:"天黑了再去也不晚,省得被人看到,不急于这一时半刻。"

楚渊与他对视。段白月眼神很是坦然。

楚渊道:"也好。"

段白月打开罐子取了些药膏,在他腰背上按揉。楚渊的酸疼缓解了不少。

楚渊静了一会儿,然后说:"段白月。"

"嗯?"

"你要活久一点。"

段白月道:"好。"

楚渊和他对视:"从相识到如今,你答应过我的事,可都做到了。"

"这件也一样会做到。"

楚渊笑,眼底闪着细碎的光。

晚上吃过饭后又歇了一阵,两人便出了寝宫,一路前往那处偏院。老头依旧在独自下棋,那包已经融化的粽子糖也依旧摆在旁边。

"老前辈。"段白月伸手叩了叩门。

老头摇头:"先前几回来便来吧,这回怎么还带了一个人。"

"多有打扰,还请前辈见谅。"段白月道,"晚辈此番前来,只想请教前辈几件事。"

老头放下棋子，道："说。"

段白月问："这世间当真有天辰砂？"

老头道："有。"

段白月又道："在何处？"

老头道："说不准，说不定在街边药铺，又或者在蓬莱仙岛，但若是有缘，总能找到。"

段白月道："金蚕线若是每年都醒个四五回，会如何？"

老头道："不如何，多受些痛楚罢了，发作之时多喝热水，便能好过许多。"

楚渊："……"

段白月道："多谢前辈。"

"就问这个？"老头抬头，看着楚渊道，"你这后生，是不是也有事情要问我？"

楚渊道："除了天辰砂，可还有何物能解金蚕线？"

老头摇头道："没了，这世间能够解金蚕线的，只有天辰砂。只是一时半会若找不到，倒也不用着急，方才都说了，若是有缘，总能找到。"

楚渊微微皱眉。

"天色已晚，前辈早些休息吧。"段白月道，"问题就这些，多谢前辈解答。"

老头摆摆手，看着两人肩并肩出了门。

片刻之后，段瑶从后头的房中出来，道："多谢前辈。"

"原来他便是那人。"老人长叹，"一国之君呐。"

"一国之君又如何？"段瑶双手撑着腮帮子，蹲在老人面前。

老人难得露出笑容："这话倒也是。"

段瑶刚打算告辞，余光扫了眼棋盘，却惊奇道："咦，焚星局？"

"焚星局？"老人用颇有兴趣的眼神看着他，"你这小娃娃，还知道这个？"

"不过像是看错了，先前在王城的时候，我看过一眼残局，不大一样。"段瑶又摇头。

"你没看错。"老人将棋子拿掉一些，"这当真是焚星局。"

段瑶道："哦，真是啊。"

老人问："会下棋吗？"

段瑶很实诚："不会。"

第十八章

"不会不打紧。"老人道,"我今晚便教你,如何才能破解这焚星迷局。"

"前辈能解焚星局?"段瑶闻言震惊。

老头道:"只是一个棋局而已,先前不会,看了这么多年,总该看出些门道,否则岂不白白蹉跎时光。"

段瑶犹豫着坐在他对面,道:"可我对下棋一窍不通。"

"无妨,慢慢学便是。"老头道,"有朝一日学会了此棋局,或许能让你哥哥活久一些。"

段瑶顿时睁大眼睛。

老头问:"只需要回答我,学还是不学。"

"学!"段瑶很是爽快。

老头点头:"从今夜起,我每回只教你三步棋。"

段瑶道:"好好好。"

"这一步,叫斩月摘星。"老头拈起一枚棋子,"看似平平无奇,却能有并吞四海之势。"

段瑶撑着腮帮子,虽然看不懂,但也看得极为仔细。

"这一步,叫观星落海。"老头又走了一步,"小鬼,你还未曾叫过我一声师父。"

还要拜师?段瑶很是为难,倒不是不愿叫,而是自己已经有了师父,不仅凶,心眼还忒小。不用想也能知道,若是被他晓得自己在外头又拜了个师父,怕是行宫也会被拆。

老头问:"你师父是何人?"

段瑶赶紧道:"南摩邪。一听这名字,便知不是个善茬,所以前辈,我不如就不拜师了吧。"

"原来是他的徒弟。"老头点点头,"先前倒是听说过此名号。"

"第三招叫什么?"段瑶转移话题,天真烂漫又活泼。

"第三招,叫星垂平野。"老头顺着他的话,又走了一步棋,"正北偏南三步半,除此处之外,周遭地界皆为险地。"

段瑶似懂非懂,点头。

"这便是你今晚要学的三步棋。"老头取回棋子,"到你了。"

段瑶犹豫着拿起两黑一白三枚棋子,有样学样,啪啪啪依次落在了棋盘相应位置。

老头却摇头。

段瑶问:"不对吗?"

老头握住他的指尖，往棋盘上点了一下。真气回环，似乎连棋子都在微微颤抖。

段瑶："……"

"可曾学会？"老头又问。

指尖依旧滚烫，段瑶总算是后知后觉发现了一件事。所谓焚星局，根本就不是一局残棋，而是一门功夫，一门深不可测的功夫。

另一处小院中，南摩邪正坐在石桌旁，帮小徒弟喂虫。

这行宫之内有处温泉，虽说正值盛夏，泡进去却也不嫌闷热。段白月帮楚渊按揉了一阵肩膀，问："回去歇着？"

楚渊趴在池壁，像是正在发呆。

段白月在他面前挥挥手。

楚渊回神："嗯？"

"在想什么？"段白月问。

楚渊道："在想偏院中那位前辈，到底是何身份。"

"江湖何其大，有人也有神鬼，若是对方不想说，我们又何必非要问。"段白月道，"之所以会选择住在这行宫，八成是为了能远远守着那位凤姑婆婆，应当是他年轻时的心上人，却不知为何会错过，只余下晚年独自一人。"想来也是唏嘘。

楚渊道："南前辈也不知他是谁？"

段白月摇头："师父虽说曾到各门派拜师，大江南北踏了个遍，却一直就对中原武林的你争我夺没有多大兴趣，后头到了西南王府，便更加散漫随性，连武林盟主的名字也是提了十几回才记住。"

楚渊失笑："倒真像是师父的性子。"

段白月嘴角一扬，看他："方才叫什么？"

楚渊先是疑惑，想了想却又整个人一僵。

"那师父可赚了。"在他说话之前，段白月抢先道，"有你这一句，下回就算是又钻进坟堆，怕是也能半夜笑醒。"

楚渊拍了一掌过来。段白月也不躲。

回去的路上，天边又隐隐传来惊雷声。不多时便降下了雨。

城中出了女鬼，自然不会再有更夫。雨滴重重砸在地上，溅起一个一个小小的水洼。有谁家小孩哭闹了几声，也赶忙被自家娘亲捂住了嘴，生怕会招来不明不白的邪

第十八章

秽之物。街角有白色长袍一闪而过,速度快到仿佛只是一瞬,再想定睛细看,却已是杳无踪迹。

第二日早上,卖豆汁的老王早早便撑开了摊子,却迟迟不见对面卖油条煎饼的张阿拐,还当是生了病。于是在做完生意后,便收拾担子顺便拐道去探望,敲门没人应,从窗户缝里看进去,却是直勾勾一双眼睛。一双毫无生气的眼睛,满脸是血。

"救命啊!"老王魂飞魄散,连滚带爬逃出小院,沿街大声喊,"死人了,又死人了啊!"

百姓瞬间作鸟兽散,方才还热闹繁华的街道上,眨眼便只剩了寥寥三五人。

向浏恰好正带着人在附近巡查,听闻消息后急匆匆地赶过来:"出了何事?"

"张阿拐,张阿拐死了,被女鬼挖了脑啊!"老王膝盖发软,险些要跪坐在地上。这句话一说出来,连先前胆大留在街上的三五人也跑了个干净。

向浏让人暂时带他去休息,自己赶去城北查看究竟,张阿拐依旧是先前那个姿势,早已断气多时,死状与先前那两人如出一辙。

段瑶后背贴着墙,小心翼翼地往自己的卧房方向挪。
南摩邪跷腿坐在屋顶上,一边剔牙一边道:"昨晚去哪了?"
段瑶脚步顿住,笑脸抬头:"师父,早呀。"
南摩邪跳到院中,道:"来来来,看为师替你准备了什么。"
段瑶后背发麻,心说要不要这么倒霉,才一夜就被发现。哥哥最近不靠谱,也指望不上能帮忙,还是早些跑了为好。只是还没来得及转身,南摩邪却已经神秘万分地掏出来一个小瓷罐:"来看。"

段瑶犹豫着凑过去看,是一只红头大虫,光触须就有一指长。
"呀!"段瑶惊喜。
"好好收着,你那哥哥都没有。"南摩邪拍拍他的手,"为师养了三年,才能养得这般溜光水滑,可不容易。"
"师父。"段瑶几乎要热泪盈眶。
南摩邪乐呵呵转身,继续去院子里捣鼓虫。
段瑶深情道:"师父!"
"怎么了?"南摩邪停住脚步。
段瑶小跑几步,上前亲热地挽住他的胳膊:"有件事要告诉师父,只是听了不准生气。"

"说。"南摩邪一脸慈爱。

段瑶道："昨晚我没回来,是因为一直待在那处小偏院中。"

"待在那里做什么?"南摩邪果然皱眉。

段瑶道："前辈一直在教我,如何才能解焚星局。"

"还有这本事?"南摩邪意外。

段瑶使劲点头。

南摩邪想了想,又不满："有这种事,为何不叫上师父?"

段瑶道："下回叫,下回叫。"

"能破解焚星局,又通晓潮崖之事,听上去倒像是有三分本事。"南摩邪摸摸下巴,问,"学会了吗?"

段瑶答："只学了三招。"

"三招?"南摩邪纳闷。

段瑶老老实实道："焚星局的破解之术,其实是一套内力心法。"

"你说什么,那老头教你练功夫?"南摩邪闻言鼻子差点气歪。

段瑶道："前辈说若能学会破解焚星局,将来说不定能解哥哥的金蚕线。"

"你听他吹!"南摩邪抓过小徒弟的手腕,试了试脉象确定没事,方才放下心来——但放心归放心,该生的气还是一定要生!于是随手在地上捡了一块石头,就要去打架讨公道!从出生到现在,一直便是自己抢别人,还从被未别人打劫过,光天化日强抢别人家的徒弟,这谁能忍。

"师父,师父冷静一点啊!"段瑶在后头追。

南摩邪一脚踢开小院木门,双手叉腰吹胡子瞪眼。老头只是缓缓抬了下眼皮,便继续低头研究棋盘。虽说布局看上去与昨日不大相同,段瑶却依旧一眼看出了隐藏其中的焚星局。

南摩邪架势极足："你究竟是谁!"

"无名无姓,不足南大侠挂齿。"老头长叹,说话速度极慢。

段瑶觉得,这应当是自家师父此生头一回被人叫大侠,如此重要的时刻,很值得让街头的苟秀才细细记录下来。

"当真能破焚星局?"南摩邪蹲在他对面。

老头道："可以试上一试。"

第十八章

这才可以试上一试,连个谱都没有,就开始坑别人家的徒弟?南摩邪瞪大眼睛,死老头,忒无耻。

段瑶躲在门口,只露出半个脑袋偷窥,顺便想等会若是师父与这位老前辈打起来,自己是要帮忙还是赶紧跑。

南摩邪定定看了那老头许久,突然出手攻了上去。段瑶大惊失色,一溜烟般冲了进来。

那老头却是纹丝不动。在离他脑顶还有一指之隔时,南摩邪停下手。

段瑶赶紧抱住师父,千万要冷静。

老头继续道:"若阁下是南大侠,那想来这位便是西南府的小王爷了,先前那位,可是西南段王?"

"你知道的还真不少。"南摩邪围着他转圈看,"到底有何目的?"

"目的倒也谈不上。只是见到西南王,有些感触罢了。"老头道,"我虽不能解金蚕线,却能破焚星局,若是机缘巧合,应当也能助一臂之力。"

南摩邪眼底更加疑惑。

老头问:"学还是不学?"

段瑶很想拍着胸膛狂吼:学!但是又不能吼,因为师父还在。

南摩邪坐在石凳上:"学,但我这小徒儿不学,你教给我便是。"

段瑶:"……好吧,也成。"

老头摇头:"破解焚星局,讲究的是耳聪目明,心底澄澈。"

南摩邪问:"你这是在拐着弯夸自己,还是在拐着弯骂我?"

段瑶一闷,为何不能是在夸我?

老头继续道:"若是不肯学,那便请回吧。"

南摩邪问:"焚星局与金蚕线有何关系?"

老头道:"焚星局与金蚕线无关,却与天辰砂有关,至于其他事情,多说无益,南大侠就莫再问了。"

段瑶心中狂喜,因为不管从哪个方面来看,面前这位老前辈似乎都要比师父靠谱许多,靠谱,且靠谱。

南摩邪此生最烦两类人,一是装神弄鬼,二是想与自己抢东西。面前这死老头好巧不巧占了个全,但偏偏却又不能打。思前想后大半天,南摩邪道:"让瑶儿学可以，但是我要一直守在旁边。"

老头爽快点头："好。"

南摩邪心里却并没有多爽利，反而更加堵了些。直到回到住处，也依旧还在愤愤。

"师父。"段瑶小心翼翼敲门。

南摩邪吹吹胡子。

段瑶坐在他身边，眼神无辜。

南摩邪一脸威严。

"我又不会认别人做师父，哥哥也不会。"段瑶道，"下一盘棋罢了。"

南摩邪拍拍他的脑袋，心想，待到将焚星局解决之后，自己定然要与那死老头比试一场。

花园里头很是凉爽，楚渊坐在凉亭里，看着远处的流云在想事情。

段白月随手摘了片草叶，道："吹个童谣给你听？"

"你还会这个？"楚渊有些好笑。

"小时候玩过，长大也没忘。"段白月含住那片叶子，轻轻吹出声响，声音断断续续，却也勉强有些调子。

楚渊看得好玩，道："教我。"

"一国之君，吹什么小曲儿。"段白月道，"不怕被人笑话？"

楚渊从他手中抽走叶子，试着吹了吹，一点声音都没有。

段白月看着他笑。

楚渊道："不学了。"

"像我这样。"段白月凑近给他看。

楚渊本能地往后退了退。

段白月道："我可是真心想要教你。"

楚渊犹犹豫豫嘟起嘴。段白月忍笑，但着实很想笑。

楚渊："……"

"皇……"，四喜公公一路匆匆跑来，见着两人后赶忙顿住脚步。

"皇上。"四喜公公慌忙跪地。

"起来吧。"楚渊有些头痛，觉得自己方才定然是中了邪，居然会跟着他闹。

"多谢皇上。"四喜公公站起来，又道，"是太傅大人来了。"

第十八章

怎么又是那老头?段白月皱眉。

楚渊示意段白月去假山后,而后道:"宣。"

"皇上。"片刻之后,陶仁德匆匆赶来。

楚渊道:"太傅大人,出了何事?"

"老臣无能。"陶仁德跪地,道,"依旧是为了那城中女鬼,虽说这几日大理寺一直在查,却收获甚微,昨晚……昨晚,这城里又出了命案,死者是卖早点的小生意人。"

楚渊眉头一皱。

"查了这么多日,最大的收获便是城中那处镇妖塔。"陶仁德继续道,"那原本是阴邪之地,城中百姓个个避之不及,但最近却似乎有人在里头活动。"

"可有进去看过?"楚渊问。

陶仁德道:"江淮带人进去查过两回,并无收获。"

楚渊道:"先将北阴驻军调来三千人,守着这城中百姓。"

陶仁德道:"是。"

"镇妖塔。"楚渊想了片刻,道,"是谁发现里头有人影?"

"城中不少百姓都见着了,说是白衣黑发,瘆人得很。"陶仁德道,"今日那妖塔附近的铺子都关了张,无人再敢靠近。"

"先下去吧,晚些叫江淮与薛文韬一起过来,宫飞若是回来了,也一并叫过来。"楚渊道,"女鬼抓到与否暂且不提,这城中百姓可不能再出事了。"

"老臣知道。"陶仁德点头称是,躬身退下。

段白月从假山后出来,楚渊扭头看他。

"先前我的提议,如何?"段白月道,"我当真怀疑对方就是蓝姬,若如此,用我做诱饵是最省事的法子。"

"什么叫作诱饵。"楚渊不悦。

段白月很识趣:"是我口误,你知道意思便好。"

"也罢。"楚渊道,"等会待我与几位大人商议过,再定也不迟。"

段白月点头:"好。"

"你看,总有这么多的事情。"楚渊叹气,"想清静也不成。"

"我让你将所有事情都给我,你又不肯。"段白月按着他的肩头,"坐下,我替你揉揉肩膀。"

楚渊道："既然做了皇帝，如何能将所有事情都丢出去。"

段白月道："丢给我也不成？"

楚渊好笑，瞟他一眼。

"还指望三四个月。"楚渊握住他的手，"不到十日，你便要回去了。"

段白月道："拖几日也无妨。"

楚渊道："敢。"

段白月笑："嗯，我是不敢，也好，十日就十日。"

楚渊声音很低地叹了一声。

段白月心里兀然一疼。

"嗯？"见他许久没说话，又不动，楚渊有些疑惑。

"我答应你，一定会活久一点。"段白月道，"后头几十年，我将你这前半生受的委屈都补回来。"

楚渊笑笑："好。"

凉风习习，景致和心境都一样温柔。

四喜公公在外头想，若是西南王能不走便好了，最近这段日子，皇上可当真是变了个人。

御书房外的小路上，陶仁德道："你来作甚？"

刘大炯忧心忡忡："这城中出了这么大的事，还不准我来看看了？"

"去做你的正事。"陶仁德心烦意乱。

刘大炯摇头："如今连风里都带着刀子，我可没心思说媒。"

陶仁德简直要膜拜他："刘大人的正事就是说媒？"

"啊？"刘大炯道，"不然呢？"

陶仁德："……"

"二位大人，御书房到了。"御林军副统领江淮在后头提醒。

刘大炯道："听到没有，江统领嫌你聒噪。"

江淮赶紧道："末将并无此意。"

"行行，都闭嘴。"陶仁德简直要脑仁子疼，进到御书房后，楚渊正在案几后看折子，抬头见着后问："怎么刘大人也来了？"

刘大炯赶忙道："城中出了乱子，微臣自然也想出一份力。"

楚渊点头："也好。"

江淮眼底却有些疑虑，他内力高强，自然能觉察出屏风后还有一人。

楚渊笑笑，道："是朕的暗卫。"

"是。"江淮赶忙道，"末将多虑了。"

楚渊放下手中奏章，看了眼侧边摆着的屏风。段白月扬扬嘴角。其实按照他的武功修为，想要伪装到没有任何气息并不难，只是楚渊念及金蚕线的毒，命他不到万不得已，不许动用内力，便也乐得自在。如果这便是有人关心的滋味，那还当真挺不错。

第十九章

第十九章

几人在御书房中一聊就是两个时辰,太阳慢慢落了山,外头天色逐渐变暗,四喜知道皇上平日里的习性,也未传膳,只是一直在门口候着,凝神听里头的动静。

"皇上。"陶仁德道,"这三千驻军调来之后,城中百姓虽可暂时安全,但总归不是长久之计,还需尽快找出那背后作乱之人,方可永绝后患啊!"

"诸位爱卿有何想法?"楚渊问。

"那镇妖塔末将已带兵搜查过,看痕迹的确有人曾去过那里,只是并未找到任何机关暗道。"江淮道,"这城中接二连三出命案,不管对方是人是鬼,想来也不会轻易离开。城门口已加强了防备,云德城不算小,若是带人挨家挨户地搜查,怕是少说也要花上月余。"

"这么长的时间,想来江统领也知道,云德城地下有不少暗道,后头还有座大山。"楚渊道,"莫说是想躲一个人,就算是十个八个,只要不主动出现,也够官府头疼一阵子。"

江淮低头:"皇上所言极是,只是对方在暗我们在明,除此之外,也没有别的法子。"

陶仁德几人亦是沉默不语,御书房中气氛有些沉重。刘大炯在旁边心说,自己这不脑子有病吗,好端端地跑来蹚浑水,还当陶仁德已经有了高招,谁知居然一问三不知。

段白月在屏风后,冲楚渊微微使了个眼色。

"咳!"刘大炯清清嗓子,刚打算缓和一下气氛,却听楚渊开口道:"若诸位爱卿当真无计可施,朕这里倒有个人选,或许能解决此事。"

下头几个人眼中都是一喜,道:"可是九王爷要来?"九王爷来,便意味着日月山庄的大少爷也会来,沈千枫啊,那可是这中原武林实打实的武林盟主——虽说还没继任,却也只是差个仪式而已,无论是武功人品还是做事手腕,都很值得称颂一番。

楚渊摇头:"不是小瑾,也不是千枫,是西南王。"

"西南王?"陶仁德闻言吃惊。

刘大炯也很想拍大腿,亏得高丽国公主已经嫁人了,否则被知道还得了。

"西南王……为何会来这云德城?"陶仁德皱眉,"先前并未听皇上说起过。"难道不该先递个折子才是。

"是朕与他之间的交易,送些东西罢了。"楚渊道,"小瑾想要几味药材,恰好西南有。"

"就为了几味药？"陶仁德愈发忧心忡忡，"若真如此，那西王南府大可以派人送来，何劳段王爷亲自北上，此事怕是不简单啊！"

段白月揉揉太阳穴，每回都是这句话。

楚渊道："怎么，太傅大人怕西南王会对朕不利？"

陶仁德道："的确如此。"

段白月："……"这老头还当真是不客气。

"虽说在清剿刘府与西北之战时，西南王曾助大楚一臂之力，但无利不起早，这背后的代价可是整片锰祁河。"陶仁德言辞诚恳，"还望皇上三思。"

"人都来了，估摸还有几日就会到，总不能将人赶出去。"楚渊嘴角一扬，"太傅大人多虑了，这里是朕的地盘，无人敢肆意妄为。"

"但皇上乃万金之躯，还是要小心为妙。"陶仁德道，"人既是已经来了，见自然是要见，老臣愿代皇上前往，先看看西南王此行究竟意欲何为，再作定夺。"

段白月蹲在屏风后，拖着腮帮子一脸哀怨。谁要见你，不见成不成。

楚渊忍笑，道："也好，那就有劳太傅大人了。"

"妖人作乱，西南王说不定当真有办法。"刘大炯在一旁插话，"老臣虽没去过西南地界，但听说那里经常会有各种异事发生，三不五时就有人诈尸，满山都是僵尸乱窜，对此等小妖孽该见怪不怪才是。"

段白月："……"

楚渊道："那此事便这么定下了。这几日先令城中加强防守，百姓尽量少外出。官兵巡查片刻不得懈怠，待与西南王商议过之后，再做下一步打算。"

众人点头领命，出了御书房，才发觉天色已经彻底变暗。四喜公公挥手叫过旁边内侍，命他快些去传膳。段白月从屏风后出来，道："什么叫满山都是僵尸乱窜。"

"都是王城里头小话本的功劳。"楚渊靠在龙椅上，"人人都知西南王狼子野心，你能指望那些秀才将故事写得多好，自然是怎么凶残怎么来。"

段白月凑过去："心里堵。"

"堵就堵。"楚渊将他拍开，"说正事。"

段白月坐回去："哦。"

"下一步呢？"楚渊问，"要做什么？"

"先前不都说了吗，蓝姬最想要的人是我。"段白月道。

第十九章

楚渊撇撇嘴。

"我险些杀了她,又练过菩提心经,一为增长内力,二为报仇雪恨,上句话可没别的意思。"段白月赶紧撇清关系。

楚渊哭笑不得:"继续说。"

"只需放出消息,说我要来见你便是。"段白月道,"倘若真是蓝姬,十有八九会主动现身。"

楚渊道:"会不会有危险?死过一次又活过来,是人是鬼都说不准。"

"看那几具尸体的伤口深浅,内力也并没有多惊人。"段白月道,"我应付她绰绰有余,不必担心。"

"嗯。"楚渊点头,"我到时候也会派人在苏淮山庄附近守着,以免节外生枝。"

两人简单用过晚膳,楚渊问:"今晚还要去隔壁吗?"

"不去,陪着你。"段白月道,"想不想去花园里头走走?凉风吹着挺舒服。"

楚渊道:"原本这几日城中百姓会有集会,晚上更是热闹,只可惜有人在背后作祟,白白辜负了好时节。"

"也不急于这一时,大不了往后推几十天,夏末秋初反而天气正好。"段白月道,"国家这么大,哪能事事顺遂,事情来了想办法解决便是。"

"你这番话,听起来倒挺像是太傅大人。"楚渊瞄他一眼。

"那你就当我方才什么都没说。"段白月道,"像谁都成,我可不想像那死老头。"

楚渊笑,两人一道在花园里头散心,虽说四周都是黑漆漆的,在一起走却也不怕跌倒。

段白月突发奇想:"给你抓个蛐蛐儿?"

楚渊满脸嫌弃:"不要。"

西南王摸摸鼻子。好吧,不要便不要。

楚渊道:"那只蜘蛛呢?"

段白月道:"没带,给瑶儿了。"

楚渊继续晃晃悠悠地往前走。

段白月问:"不检查一下?"

楚渊慢吞吞道:"回去之后,叫四喜来检查。"

四喜公公靠在长廊下，笑呵呵地看月亮。黑漆漆的，去逛花园。还挺好。

直到四周寂静，两人方才回宫。洗漱完后躺在床上，楚渊却没睡着，过了一会儿又抬头："说好了，即便是蓝姬出现在苏淮山庄，也不准与她打斗，一招也不准。"

"自然，还有金蚕线呢，我如何会轻举妄动？"段白月道，"有师父与瑶儿在，想必也轮不到我插手。"

"嗯。"楚渊道，"你记得便好。"

"担心我啊？"段白月笑笑。

楚渊却问："我不该关心你？"

"你自然该关心我。"段白月说得有理。

"乱讲，谁要管你。"楚渊别过视线。

"西南王无法无天，自然是要皇上管的。"段白月道。

楚渊一脸嫌弃。

段白月眼底带笑。

而在另一处小院中，南摩邪正一脸愤怨，目光如烈火灼灼地看着自己心爱的小徒弟。

段瑶坐在棋盘边，双手撑着腮帮子，继续记棋谱，或者说是记内功心法。老头极有耐心，又或者是因为年岁太大，经常说到一半，便会沉沉睡着，过个一盏茶的时间醒来，接着教。段瑶也不催，若是见他睡着了，便自己将棋局摆回原位，又继续一步一步地回忆方才的布局招式，倒也不觉时间缓慢。

南摩邪心中先是怄火，后头却发现，小徒弟还当真有几分下棋的天赋。与段白月不同，段瑶从小便好动好哭，练功也不算努力，能有今日成就，天赋着实占了大半功劳。南摩邪自觉已经将他教得出类拔萃，只是没曾想，竟然还能学进去别家功夫。

"老前辈。"段瑶捏着一枚黑子道，"今晚学四招如何？"

老头道："三招已是极限，学多了，怕是会与你先前的内力相冲。"

段瑶道："可这样太慢。"

老头笑笑，摇头道："练武切忌一个'贪'字，你天分惊人，更该好好保护自己才是，不急于这几天。"

段瑶只好道："也成。"

第十九章

老头将棋子分拣好，道："时间还早，再来一回吧。"

段瑶乖巧道："辛苦前辈了。"

南摩邪坐在门槛上，搓自己的破烂衣角。怎么也不回头看一眼师父。心里着急，忒气人。

第二日清晨，楚渊从睡梦中醒来时，段白月正在桌边喝水。院中鸟雀婉转鸣叫，阳光洒在床上，不燥热，暖融融的。

楚渊侧首看他："早。"

段白月端着一杯水过来："喝完了继续睡。"

"你呢？"楚渊问。

"去隔壁看看瑶儿与师父，问问昨晚有何发现。"段白月道，"而后便去街上买些早点回来。"

楚渊将空杯子还给它："醒了也就不睡了，我去御书房待一阵子，顺便等你。"

"这么早就去御书房？"段白月问，"我是当真关心你。"

"没事的。"楚渊道，声音很低。

"没事就好，不舒服也别强撑着。"段白月道，"我找四喜进来伺候你洗漱。"

"嗯。"楚渊叮嘱，"早些回来。"

自然是要早些回来的。

"大清早捡银子了？"段瑶正在院中喂蟾蜍，"怎么一脸喜气？"

段白月坐在桌边："师父呢？"

"还在睡，没起。"段瑶道，"我要出去买早饭，你想吃什么？"

"不必了，我替你买回来便是。"段白月道，"昨晚城中可有异动？"

段瑶摇头："没有，出去看了一眼，几乎家家户户门口都有官兵把守，傻子才会现在冒头找打。"

"也是。"段白月道，"想吃什么？"

"银丝卷，要加糖，还有煎饼和卤肉。"段瑶道，"北街福满金铺门口那家，别的不要。"

"好。"段白月站起来。

"居然不嫌我多事？"段瑶倒是意外。

段白月道："吃完饭之后，去替我做件事。"

果然。段瑶对此毫不意外，无事献殷勤。

城中在闹鬼，街上自然也萧条了许多。早点铺子仗着有官兵在门口把守，才有胆子开张，不过也没几个客人。段白月买完早点，又去镇妖塔附近检查了一圈，确定并无异常，方才转身回了行宫，只是却没注意到在高塔之顶，有一双苍老的眼睛，正幽幽地盯着自己。

段瑶依旧在小院中乘凉，身边还多了个人。

"王爷。"见他进院，段念起身行礼。

"你怎么回来了。"段白月放下手中的油纸包——先前去飞鸢楼的时候，留下了他与另外几个人协助景流天，一道查知府余舒被杀一案，前几封信函里还说毫无进展，却没想到这么快就会来北行宫。

"找出了凶手。"段念道，"不是别人，正是余舒的小妾，那名被他从王城赎回家的歌姬。"

"翠姑？"段白月道，"怪不得，屋外防守重重，还能被人一剑毙命，原来凶手就在房内，演得倒是挺好。"

"景楼主也一道来了。"段念道，"带着翠姑一道，住在城中客栈。"

"这就奇怪了。"段白月道，"余舒被杀，景楼主找出了真凶，不管是交由官府或是自行处理都可，带来给我作甚？"

"那翠姑是潮崖人。"段念道，"王爷正在查这件事，又与朝廷扯上了关系，景楼主自然不会轻举妄动，恰好飞鸢楼离这云德城也不远，便索性一道带了来。"

"还有此等身份？"段白月摸摸下巴，"倒是有趣。"

段念道："王爷可要去金满客栈？"

"过半个时辰吧，人在景楼主手中，跑不掉。"段白月拿起桌上的早点，"你也累了，先休息一阵子。"

"是。"段念点头领命。

待段白月离开之后，段瑶道："先去睡一觉吧，估摸着不到吃完午饭，哥哥不会回来。"

段念犹豫："但王爷方才所说是半个时辰后便能回来。"

段瑶一脸高深莫测，半个时辰你就别想了，哥哥可是去给皇上送饭，半个时辰哪

第十九章

里够用。

楚渊靠在软榻上,正在翻看手中几本折子。

段白月推门进来,见状笑道:"困了就去睡,眼睛都要睁不开了。"

楚渊坐直,道:"为何这么久?"

"也不算太久,只是去城中又看了一圈而已。"段白月将油纸包打开,"没什么动静,一切如常。"

"意料之中。"楚渊擦擦手指,捏起一个包子吃,"苏淮山庄已经派人去收拾了,过几天就能住进去。"

"离这里还有一个时辰的路途。"段白月道,"要引蓝姬出来,也不能回这行宫陪你。"

"看你一脸吃亏之相。"楚渊好笑。

"自然是吃亏的。"段白月低头咬了口包子,"一共就只有十天。"

楚渊将剩下的包子都给他,道:"就不能是我去苏淮山庄?"

段白月意外,抬头看着他。

"一个时辰路途而已。"楚渊道。

"去是一个时辰,来也是一个时辰,一来一往一折腾,早上还时不时有臣子求见,还要不要好好睡觉了。"段白月道,"我可不许。"

楚渊道:"一个人待在这行宫里,照样睡不着。"

"有你这句话便足够。"段白月依旧不肯,"别的当真不用。"

楚渊抽回手:"嗯。"

"放心吧,不是什么大事。"段白月道,"方才是逗你玩的,往后还有几十年,不在乎这几天,你说是不是?"

楚渊笑笑:"好。"

"先将早点吃了。"段白月道,"而后便在软榻上歇一阵子,有什么折子,我替你看便是。"

"不许再碰折子。"楚渊皱眉,"上回一句'你自己看着办',险些将贵阳知府吓出病,这笔账还没同你算,别以为我不知道!"

段白月嘴角一扬,很是冷静。折子里絮絮叨叨,写了一大半都是在诋毁西南王府,回一句"你自己看着办"已经是很给面子,否则按照平日的性子,早就派兵过去拆房揍人。

　　诚如段瑶所言，虽说是"半个时辰"，但段白月也是吃过了午饭，方才回到小院，与段念一道出了宫。

　　金满客栈中，景流天正在喝茶，见到他进来后笑道："还当王爷会很想解决此事，却没料到在下居然白白等了一个早上。"

　　段白月坐在桌边，面不改色道："西南王府事务繁杂，让景楼主久等了。"

　　"倒是无妨。"景流天道，"翠姑就在隔壁，被我的人看着。武功已废，想来也不会再作恶了。"

　　段白月问："据说她原本是潮崖人？"

　　景流天点头："据她所言，潮崖有不少女子都流落在外做歌姬，只是大多数人在赚够银子后，都会选择重新回到海岛，只有她喜欢这大楚繁花似锦，便私自留了下来。"

　　"那又为何要杀余舒？"段白月继续问。

　　"虽说叛逃出海岛，那里到底还是她故土。"景流天道，"余舒想要斩尽杀绝，她自然不会袖手旁观，而且在听说那伙潮崖人中还有个小娃娃后，便更加起了杀心。"

　　段白月道："为何？"

　　"因为她猜测，在仓皇出逃时还能不被遗弃，这个小娃娃的身份想来不一般，很有可能与岛上的南洋人有关。"景流天道，"十有八九，孩子的娘亲是她的亲姐姐。"

　　"岛上的南洋人？"段白月摸摸下巴，若有所思。先前那伙潮崖人也说过，岛上的确是有南洋人，是与北派首领玄天勾结，才会上岛烧杀掳掠，却没说还曾娶妻生子。而根据翠姑的描述，这伙南洋人在岛上少说也待了七八年，整日里不做别的，就是为了寻找藏宝图与宝藏，甚至还负责给潮崖人提供日常必需品，两方非但不是剑拔弩张，反而还很是和谐。

　　"那伙南洋人的首领叫木作，与翠姑的姐姐成了亲，算是岛上的大头领。"景流天道，"虽说潮崖人全靠他养活，但毕竟是异族，所以前几年也是骚乱不断，后头才逐渐信服顺从起来。"

　　段白月摇头："那般一穷二白荒芜苍凉的地界，也能你争我夺。"

第十九章

"有人的地方,自然就会分个三六九等。"景流天道,"其实翠姑也不确定,那小娃娃到底是不是她姐姐的孩子,毕竟已经多年没有联系过。"

"但她还是杀了余舒,仅仅是因为一个猜测。"段白月道,"这海岛上出来的人,果真不能用常人的思维考量。"自私至此,也不多见。

景流天道:"现在杀害余舒的凶手已经找到,飞鸾楼也便能从此事中抽身而出了。人我便不杀了,留给王爷处置,就当是多谢曾助一臂之力。"

段白月道:"景楼主既然来了,不妨再多帮本王做件事,如何?"

景流天问:"何事?"

段白月在他耳边低语几句。

景流天点点头:"可以倒是可以,但为何要如此自找麻烦?"

段白月道:"与朝廷做笔交易罢了,既然景楼主在这里,那便正好帮本王一把。毕竟若论起传小道消息,我虽不是江湖中人,却也知道追影宫第一,飞鸾楼第二,无人敢排第三。"

景流天大笑:"也罢,举手之劳,做做亦无妨。"

于是当天晚上,城内便传出谣言,说是西南王要来。

来就来吧,陶仁德等一众官员听到消息,也不觉得诧异,毕竟皇上先前就曾经说过。只是传闻的内容却不仅如此,有人说西南王已经练成了魔功,名叫菩提心经,莫说是出招,就连看人一眼,对方也会中毒,甚至会当场毙命。

刘大炯张大嘴:"当真?"

"按理来说,江湖中应当没有如此邪门的功夫。"江淮道,"大人不必担忧。"

"应当没有,却不是定然没有。"陶仁德道,"皇上乃龙体,切不可以身犯险,这西南王还是不要见为好,不对,是定然不能见。"

"老陶,皇上是不用见了,你可还得去见啊!"刘大炯忧心道,"可要问江统领要几件金丝软甲穿上,多套几层,再捂住嘴,鼻子也一道捂住。"

陶仁德道:"老夫身为朝廷命官,怎可如此畏畏缩缩?"

"看一眼都带着毒啊!"刘大炯提醒他。

江淮只好在旁边又重复了一回:"江湖中应当没有如此邪门的功夫,两位大人不必忧心。"

怎么也没人听。

陶仁德道:"菩提心经,老夫也是知道的。"

此言一出,江淮与刘大炯齐齐吃惊:看不出来啊!这也能知道?

陶仁德从袖子中取出一本皱巴巴的小书。

咦……刘大炯眼中充满嫌弃,还成不成了,朝廷一品大员,一大把年纪,居然看这种莺莺燕燕的小话本,成何体统。

陶仁德随手翻开一页。

刘大炯赶紧捂住眼睛。看不得啊!回去会被夫人罚跪搓衣板。

陶仁德道:"这本便是菩提心经的招式套路,我看过了,没看懂。"

江淮:"……"

陶仁德道:"但也能看出来,并非什么玄妙功夫,最大的作用,无非是壮阳而已。"而西南王壮与不壮,与皇上,与大楚并无任何关系,不足为惧。

江淮咳嗽了两声,问:"末将冒昧问一句,大人是从何处拿到这本秘籍的?"

刘大炯心说,街上一文钱两本,想要多少都有。这都信,估摸着是脑子进了水。

陶仁德道:"前些日子追影宫的人来王城,恰好在街上遇到,老夫便问了几句关于西南的事,最后花重金从几位少侠手中购得此书。"

江淮站起来:"末将还有些事,就先告辞了。"

陶仁德继续道:"追影宫乃蜀中第一大门派,离西南近,秦宫主又年少英雄无所不能,想来是极为靠谱。"

刘大炯唉声叹气地看着他,还在这絮叨,没见江统领都被你震飞了。早说莫要时时刻刻端着一品大员的架子,偶尔也要出来走走,看看小话本,听听说书人胡吹乱侃,才能开阔见识,不被坑。花重金从追影宫手中买小话本,这事一般人还真做不出来,因为实在是太蠢。真不知在扬扬得意个啥。

楚渊自然也听到了传闻,段白月道:"再陪你两晚,我便去苏淮山庄了。"

"那名潮崖的女子呢?"楚渊问。

"暂时关押在小院中,有段念看着,不会出事。"段白月道,"回去再审也不迟,横竖宫里还有一大堆她的同伙。"

楚渊道:"也好。"

"当初我就说过,线索总会越来越多。"段白月道,"所以不必烦心,所有的事情都会往好的方向走就对了。"

楚渊:"又开始讲道理。"

"是宽慰你。"段白月道。

楚渊叮咛:"过几日等你住去苏淮山庄,太傅大人也就要来了,你可不准气他。"

段白月道:"为何不能是他气我?"

楚渊想了想:"倒也是。"

段白月得寸进尺:"安慰一下?"

楚渊一口拒绝,非但没有安慰,还用被子将他整个人都埋了起来。西南王很是无辜。楚渊又往上压了一个枕头,方才转身走了。段白月在一片黑暗中叹气,怎么这么凶。

第二十章

第二十章

苏淮山庄位于云德城以南,也算是皇家行宫之一。不大却很精巧,修建的工匠全部来自江南,因此宅子外观不像北方粗犷,而是白墙黑瓦雕花木窗,看起来颇有几分婉约小女儿情态。

这日子夜时分,南摩邪与段瑶从大街上回来,照旧想去那处荒凉小院,却好巧不巧遇到段白月。

段瑶果断后退两步,躲在了师父后头。

段白月问:"三更半夜,要去哪里?"

南摩邪也问:"三更半夜,你又要去哪?"

段白月道:"这里是回寝殿的路。"

"那便赶紧去。"南摩邪挽住小徒弟的手往回走,"我们也要回去歇着了。"

段白月道:"站住!"

南摩邪跑得飞快。

段白月飞身挡在两人前头,眼神一凛:"说!"

段瑶迅速抱住头。

南摩邪清了清嗓子,坦白:"去那处小院里看看。"

"这晚了,去找那位老前辈作甚?"段白月不解。

段瑶眼神飘忽。

南摩邪愤愤道:"瑶儿这几晚,在同他学功夫。"

段白月更加意外:"学功夫,师父能同意?"

那自然是不同意的。南摩邪扯了扯破烂衣角,道:"嗯。"

段白月眼底狐疑。

段瑶解释:"只学十日,不是什么复杂的功夫。"

"叫什么名字?"段白月问。

南摩邪胡诌:"明月指法。"

"点穴?"段白月摇摇头,"也罢,想学便去学,难得前辈愿意教。只是后天便要搬去苏淮山庄,师父可要与瑶儿一道前往?"

南摩邪顿时很为难,小徒弟眼瞅着就要被人抢,他自然是想时时刻刻守着的。但根据这几日的脉相,金蚕线似乎也快要醒了,还不知那蓝姬到底是人是鬼,放大徒弟一个人在山庄中也不成,思前想后,还是道:"瑶儿留在这北行宫,为师随你一道去苏淮山庄。"

383

段瑶立刻道："我会保护好皇上。"十分乖巧。

段白月拍拍他的脑袋，转身回了寝殿。

段瑶松了口气，又问："为何不让哥哥知道实情？"

"心里头压的事情太多，能少一件便少一件吧。"南摩邪道，"倘若知道你是为了他才去学功夫，怕也不会答应。"

段瑶乖乖点头。

南摩邪带着他，一道在小径上慢慢往前走，忍不住又长叹："你将来可要学着自私一些啊。"

段瑶："……"哦。

又过了一日，段白月果真便带人住进了苏淮山庄，消息传到云德城中，原本就不怎么敢出门的百姓，更是恨不得从早到晚都待在家中——毕竟那可是西南王啊，一直就狼子野心心狠手辣，保不准这回是为何而来，还是躲远一些好。

南摩邪逛了一圈，道："这山庄当真不错，是个享乐的好地方。"

段白月拿起茶壶，还没来得及吩咐下人去烧水，段念便前来通报，说是陶大人来了。南摩邪摩拳擦掌。

段白月在旁道："若师父敢出现，今后半个月便休想再见荤腥。"

南摩邪："……"

段白月补充："或许更久。"

南摩邪蔫蔫蹲在地上。段白月整理了一下衣冠，推门出了房间。

陶仁德果真正在大厅中喝茶，念及在刘府叛乱时，对方曾对自己有救命之恩，最近又颇为消停，因此态度尚且算是和善友好，站起来躬身行礼："西南王。"

"陶大人客气了。"段白月打趣，"本王前脚刚到，大人后脚便来拜访，可当真是连喝口茶的时间都没有。"

"如此着急，的确是失礼了。"陶仁德道，"只是皇上心中一直牵挂西南王，怕这山庄内的下人伺候不周，方才命我早些前来照看，免得怠慢诸位。"

"这山庄内景致倒是不错。"段白月道，"只是还想请问太傅大人，不知皇上何时才会召见本王？"

陶仁德问："西南王此行所为何事？"

段白月道："送几味药材。"

第二十章

"若只是送药材,交给老夫便可。"陶仁德道,"皇上最近龙体欠安,朝中又事务繁杂,西南王若想见皇上,怕是要等上一阵子。"

段白月道:"无妨。"

陶仁德:"……无妨?!"

段白月继续道:"正好最近西南王府也没什么事,就当是游山玩水。"

陶仁德头隐隐作痛:"如此怕是不妥。"

"能有何不妥?"段白月失笑,"金泰能在王城一住便是月余,本王却不能在这云德城多待两天?"

"高丽王是为纳贡才会前来大楚,这回住得久了些,也是因为要替公主选驸马。"陶仁德道,"并非闲来无事四处游玩。"

段白月道:"本王此番前来,也是为了送药。金泰只是送金银,只是金银再多,也买不来西南半根草药。"

陶仁德有些犹豫,毕竟这批药草是九王爷想要的东西,那般性子,还是莫要招惹为好,否则头疼的不单单有自己,还有皇上。

段白月道:"陶大人可还有话要说?"

陶仁德让步:"西南王路途劳顿,想来也累了,今日便早些歇着吧。"

段白月点头,送他出了大厅。

南摩邪啃着果子从后头出来,道:"他当真要住在这山庄里?"

"既是负责看着我,又如何会住到别处。"段白月道,"此等一板一眼的性子,还当真是十几年不变。"

南摩邪啧啧:"居然连顿接风宴也没混上。"

段白月道:"这朝中官员,在局势未明之前,怕是无人敢同西南王府的人同桌吃饭。"

南摩邪道:"听着便心酸。"

段白月不以为意:"如此反而更自在。否则顿顿饭都要看着那位陶大人,只怕山珍海味也吃不下。"

天色渐渐暗去,夜晚开始淅淅沥沥下雨。段白月靠在床上,枕着手臂还没睡着,外头却传来细微声响,于是起身推开门。

楚渊手中撑着一把寒梅伞,在雨中看着他笑。

"你……"段白月先是讶异,后头便跟着笑,又有些无奈,"说了要在行宫里头好好歇着。"

"过来看看，太傅大人有没有被你气死。"楚渊肩上有些落雨，鼻尖也冰凉。

段白月将伞接到手中，拉着他进了房。南摩邪趴在隔壁窗口看，心里颇为欣慰。

下人很快便送来了热水，楚渊泡在浴桶中，下巴懒洋洋抵在桶壁："看什么？"

"自然是看你。"段白月坐在屏风后的小板凳上，双手托着腮帮子。

楚渊笑："傻。"

段白月道："你又不让我过去。"

楚渊想了想："嗯，你就是不准过来。"

"明日还要回去吗？"段白月问。

楚渊道："天黑再回去，后天早上还要与人谈事。"

"也好。那明日便不出门了，免得遇到那位陶大人。"

话音刚落，外头便有人拥了进来，陶仁德在院子里扯着嗓子问："西南王可曾休息？"

楚渊扶住额头。段白月抽抽嘴角。楚渊用眼神示意他开门。

段白月长吁短叹，笑容很是冷静地出门："陶大人深夜前来，不知所为何事？"

陶仁德举起手中一个油纸包，道："怕西南王半夜腹饥，所以买了些吃食。"

段白月接到手中，耐着性子道："多谢。"

"那老夫便告辞了。"陶仁德态度很是恭敬，让人就算是想揍，也找不到理由。

段白月转身回屋，将那包鸡爪放在桌上。

楚渊道："估摸着是怕你图谋不轨半夜乱跑，所以特意前来查房。"

"当真不能想个办法，让他快些回去？"段白月道，"且不说我，若是蓝姬来了，这位陶大人可是个大负担。"

"太傅大人来是为了礼数，明晚便会有别人来顶替。"楚渊道，"是日月山庄出来的高手，名叫宫飞，刚刚回来王城并无官职，也能在关键时刻助一臂之力。"

楚渊将头发擦干，取过一旁的里衣换上。

屋外风雨潇潇，段白月低声问："在想什么？"

"西南王府。"楚渊道，"我想去看看。"

"不等将来了？"段白月道，"也好，待这阵的事情完了，我便来接你前往西南。"

楚渊笑笑："嗯。"

行宫小偏院内，段瑶道："今晚的两招，与昨夜的两招，似乎并无不同。"

老头道："那是因为你悟性还不够。"

段瑶皱眉。

"不过也不着急。"老头道，"练功夫讲究机缘巧合，有些事情，强求不来的。"

段瑶点头："师父也这么说，可若我迟迟悟不出来，那还能解焚星棋局，救我哥哥吗？"

老头道："说不准。"

段瑶叹气。

"我虽不会看相，却也知道好人该有好命，因果轮回报应不爽。"老头道，"西南王看着耳清目明，不像是心有恶念之人，命数想来也会不错。"

对的，段瑶心想，我哥不管怎么看，都应该长命百岁才是。

老头又用手沾了些粽子糖，放在嘴中舔了舔。

段瑶劝道："老前辈莫再吃了，放了这么久，也该坏了。我再去城中买一包便是。"

老头摇头："好坏能吃多少，做个念想罢了。"

见他一脸苍凉，段瑶也不知该说些什么，过了阵子才试探着问："那，可要我去偷偷探望一下那位凤姑婆婆？"

老头道："莫要打扰她了，一年看一回，知道她日子过得好，便已足够。"

段瑶道："是。"

老头捂着胸口咳嗽，强撑着站起来，颤颤巍巍进了内室。

段瑶又记了一回棋谱与心法，便也起身回了住处，却翻来覆去地睡不着，后头索性一跃而起，拿着裂云刀去了金满客栈。

景流天正在床上打坐，听到动静后睁开眼睛，意外道："段小王爷怎么来了？"

"有件事想请教景楼主。"段瑶道。

景流天问："小王爷可知，飞鸾楼并非日日都会开门做生意？"

"我知道要排队，可我不想排。"段瑶"啪"往桌上拍了把毒药，"用这些换，行不行？"

景流天看了眼，道："不行。"

段瑶坚持道："行。"

景流天好笑："段小王爷，如此便有些强人所难了。"

387

"我又不是中原江湖中人，自然不需要守中原江湖的规矩。"段瑶道，"我只问一件事。"

"也罢。"景流天道，"看在西南王府的面子上，小王爷请讲。"

"这世间可有谁既能知晓焚星局与焚星的秘密，又武功高强隐姓他乡，还有个守而不得的恋人？"段瑶问。

"能知晓焚星与焚星局的秘密，便与潮崖有关系。隐姓埋名的高人，这江湖中多了去，至于儿女情长，就更加难以猜测了。"景流天道，"三样加在一起，还当真不知道是谁。"

段瑶道："那这个问题不做准，我再问一个。"

景流天好笑："段小王爷真不愧是出自西南王府，半分亏也不吃。"

段瑶道："我若说了，还请景楼主莫要打扰到老人家。"

景流天点头："自然，飞鸾楼这点操守尚且还有。"

段瑶问："几十年前，江湖中可有一名女子，名字中有个'凤'字？"

景流天道："这个字，少说也有十几个。"

"那情路坎坷的呢？"段瑶穷追不舍。

景流天道："江湖女子大多情路不顺，不过说来，白头凤却是其中最坎坷的一个。"

段瑶拉过椅子坐在他身边，双眼烁烁："愿闻其详。"

"段小王爷为何要知道这个？"景流天意外。

段瑶心想，那位老前辈看来像是已病入膏肓，要一直不管不顾，多半是熬不过今年冬天的，又执拗不肯看大夫，倘若能弄清楚前尘往事，替他多解一个心结也好。